你别把世海！（笑）

2018.4.7. 孙建军画。

人迹板桥剑凝霜

Collection of essays on Xu Jian

徐剑论集

温星　编著

北方联合出版传媒（集团）股份有限公司

万卷出版有限责任公司

图书在版编目（CIP）数据

人迹板桥剑凝霜：徐剑论集 / 温星编著. — 沈阳：
万卷出版有限责任公司，2024.6
ISBN 978-7-5470-6505-1

Ⅰ．①人… Ⅱ．①温… Ⅲ．①报告文学—作品集—中
国—当代 Ⅳ.①I25
中国国家版本馆CIP数据核字（2024）第082218号

出 品 人：王维良
出版发行：北方联合出版传媒（集团）股份有限公司
　　　　　万卷出版有限责任公司
　　　　　（地址：沈阳市和平区十一纬路29号　邮编：110003）
印 刷 者：辽宁新华印务有限公司
经 销 者：全国新华书店
幅面尺寸：170mm×240mm
字　　数：430千字
印　　张：26.75
出版时间：2024年6月第1版
印刷时间：2024年6月第1次印刷
责任编辑：王雨晴
责任校对：刘　洋
装帧设计：张　莹
ISBN 978-7-5470-6505-1
定　　价：88.00元
联系电话：024-23284090
传　　真：024-23284448

序言：时代的报告文学与时代的作家

阿 来

（中国作家协会副主席、四川作家协会主席，茅盾文学奖得主、鲁迅文学奖得主）

"如果真的承认一个时代有一个时代的小说，那么，也就应该承认一个时代有一个时代的作家。"

当我试图通过这部《人迹板桥剑凝霜：徐剑论集》来对徐剑及中国当代的报告文学创作稍作审视之时，忽然，就想起了《尘埃落定》后记中的这个论断。徐剑应该就是属于这个时代的作家，不仅因为其创作本身，还因为其数十年来所持续深耕的报告文学这个文学形式在当代日益凸显的重要性与独特价值。

尽管我也曾写过非虚构作品（《瞻对》），但整体而言，不管是对非虚构，还是与之概念多有交叉，也有诸多相似之处的报告文学，我都没有什么发言权。之所以有此番审视的契机，是因为这部《徐剑论集》的编著者、媒体人和评论家温星，希望我能为本书作序。他有一个基本的认知和价值判断：所有非藏族，亦非藏地的作家中，于藏人、藏地、藏文化书写最为用心的，就是徐剑；而阿来，则是当代最为重要和最为经典的藏族作家，理应对跨族别，也跨"文学地域"而来的徐剑格外关注。

我不知温星为何许人也。他请徐剑转来的如是判断，姑且算一家之言。出于我与徐剑多年的情谊，当然也出于自己多年来对藏人、藏族、藏地及藏文化的关注与书写，我来为有着强烈藏地情结的徐剑的这部论集作序，应该也是合适的。

徐剑是从昆明走出来的军旅作家，亦如其所在军种（火箭军）在全军序列中极其突出的特殊性和重要性，他在全军作家方阵中的地位和影响力，也是非常特殊而又重要的。经中央军委、中宣部或中国作协指派，许多关涉国家利益和"最高机密"的重大题材的文学记录与书写，都使命性地落到了他头上。这种使命性，有时还具有着双重属性，第二重，则是他内心为自己赋予的使命，他觉得自己必须去写，必须去记录、去缅怀乃至去致敬某些轰轰烈烈发生过却又不为人知的历史和那些与之血脉相连的生命。

此类情况，我印象最深的，就是他的长篇报告文学成名作《大国长剑：中国战略导弹部队纪实》，他既是为二炮部队艰难曲折的创建过程而写，更是为共和国艰苦卓绝的崛起历程而写，其实，也是为他当年长眠于二炮隐秘基地深山密林中的战友们而写。他炽热的情感、滚烫的泪水，在回忆中涌动，在战友们墓碑前倾落，也在作品中澎湃激荡，奔流不息。

《大国长剑》为徐剑摘取了首届鲁迅文学奖，还有"五个一工程"奖、解放军文艺奖，成就了他文学生涯的第一个高峰。这样一个重大题材的作品，诞生于、成就于作为火箭军政治部创作室主任的徐剑之手，自是必然，正如我曾经说过，因为我的族别和我的生活经历，《尘埃落定》这个看似独特的题材的创作，于我也绝对是必然。但当然，作品本身成功与否，即便有鲁奖、茅奖甚至诺奖的加持，也并不足以完全说明问题，而要看在较长的岁月中广阔范围内读者的接受与认同。

《徐剑论集》所收录的第一篇文章，便是当年二炮司令员李旭阁将军为《大国长剑》所写的评论。徐剑曾任将军秘书，作为对二炮最为熟悉的共和国要员之一，将军当然也非常熟悉自己这位"爱将"，不吝赞美之词："这是迄今第一部全景式地表现战略导弹部队艰苦卓绝创业史的恢宏力作，是一幅立体式地展示火箭兵风采业绩的雄浑画卷，是一曲弘扬中国军人爱国主义和革命英雄主义精神的壮歌……"

论集下卷《对话徐剑》收录的一篇对话中，作为本书编著者的温星，将"重器"与"经幡"提炼和界定为"非虚构作家徐剑"之"神性双翼"，在我看来，是富有见地的。除《大国长剑》，徐剑的《导弹旅长》《东方哈达：青藏铁路全景实录》《鸟瞰地球：中国战略导弹阵地纪实》《大国重器：中国火箭军的前世今生》《麦克马洪线：1962年中印边境自卫反击战纪实》及《天晓：1921》等军事与党史题材的厚重作品，自然也属于"重器"，它们都是当下文学领域"大国力量"的代表；其他非军事与党史类重大国家战略和国计民生的题材，如写南海填岛的《天风海雨》，写东北老工业基地的《浴火重生》，写脱贫和民族地区跨越式发展的《金青稞》《怒放》《安得广厦：云南百万大搬迁纪实》，等等，划为"重器"也是可以的。

这些作品中的多部，其实，也兼具了"经幡"之属性。在温星的界定中，作为世人最为熟知的藏文化标签之一的"经幡"的意象，指徐剑西藏题材的所有作品，体裁上，包括相关的长篇报告文学，还有他数量不算太多的散文作品中的大部分，如《岁月之河》《玛吉阿米》《祁连如梦》这几个集子中的大部分，以及长卷散文《经幡》的全部。徐剑之散文，我曾零星地读到过不少，其气质与报告文学迥异，前者常有古典意气、唐宋诗词之华美气象，后者则可见接续《史记》之史官笔法、文脉因子。

正是"经幡"的部分，让温星认定了，在所有非藏族，亦非藏地作家中，徐剑是书写藏人、藏地、藏文化最为用心的当代作家；也正是这部分，让他在徐剑与我这个所谓"当代最为重要和最为经典的藏族作家"之间建立起了坚定的勾连。

"经幡"系列作品中，《经幡》是最为特别的一部，它有别于徐剑所有的报告文学和散文集，是一部长卷历史纪实散文。《经幡》的结构非常好，徐剑用三种不同程度的"转山"——"中转""大转""小转"，分别与"灵山""灵地""灵湖"匹配，分三大部分，讲述了三个故事。一是法国东方丽人、汉学家大卫·妮尔深入藏地寻找梦中的"香巴拉王国"的故事；二是民国女特使刘曼卿穿越万里羌塘进藏，昭示中央怀远之情、努力维系国家统一与族群和谐相处的故事；三是西藏当时著名的"摄政王热振"达到权力顶峰，最终又跌落的故事。三个动人而又复杂的故事，皆发生于近百年前局势诡谲的西藏，却又埋藏于百年来的史料与尘埃深处。徐剑以他小说家般结构故事的能力，梳理出三者之间丝丝缕缕偶然与必然的内在关联，又以"我"随时穿越于历史与当下之间，与三位主角若即若离乃至相互观照的形式，来推动故事不断地发展。而故事之外所包裹的，或者说故事内在所蕴含的，所刻画的，所解析的，终究还是藏文化这个内核。

无疑，这是一种非常神秘的内核，或者说，是一种在世人眼中非常神秘的内核。徐剑的"经幡"系列作品中，这种神秘性或者神秘感是很强烈的。这方面，他与我似乎有点泾渭分明，我曾多次强调，我的写作，就是要努力地去化解这种神秘。多年前，我在昆明的一个电视活动上，被主持人发问：你是怎么表现西藏的神秘，并使这种神秘更加引人入胜的？我说，我的西藏里没有一点神秘，我的小说也从不会刻意显得神秘。

与四川山川相连的云南，我是相当熟悉的，我的散文集《大地的阶梯》首版，就是在云南人民出版社出版的，我也曾为云南作家黄立新、半夏的著作写过序。如今，又为云南评论家温星编的这部云南老友徐剑的论集作序，真是一件有意思的事情，进一步证明了我跟云南的关系，情感相连，亦如山川相连。

这部论集三大板块的设置，我觉得也是颇为独到的。上编《名家论剑》，自然就是名家们评论徐剑——我读到过多种专门研究某位作家的评论集，全书都收录评论，未免单调；中编《徐剑论剑》，是徐剑夫子自道，徐剑纵论报告文学与非虚构源流的文章，能见到他清晰的理论体系；下编《对话徐剑》，则是将媒体为主的提问者与徐剑的对谈实录成文，原生态呈现徐剑之观点与作品的脉络肌理。

本书编著者温星，也将自己与徐剑的四篇长对话收入了论集的下卷，而并未收录他任何一篇关于徐剑的评论文章。四篇对话，分别针对《经幡》《金青稞》《天晓：1921》及《西藏妈妈》，我留意了一下篇幅，至少6万字。他提问的角度、方式颇具匠心，前后问题衔接流畅，起承转合颇见法度。难怪徐剑介绍说，这是一位非常善于观察和思考的提问者，还是一位非常犀利的监督者和批评者。他所指，是曾经作为著名揭黑记者的温星。当然，在本书中，犀利的话语与批评的姿态也不是没有，我印象最深的，就是温星就"报告文学有偿写作"现象"揪住"徐剑不放而展开的论述，我觉得，是很有现实意义的。

《徐剑论集》全书话语所涉，"剑锋"所指，至少覆盖了徐剑十之六七的重要作品，"出剑"者，果然名家云集，除前文写到的时任二炮司令员李旭阁中将，还有散文泰斗刘白羽（已故），当下特别活跃且深具影响的评论家孟繁华、梁鸿鹰、胡平、何向阳、刘大先、李舫、张陵……他们自然是在关注作为中国报告文学学会会长的徐剑个人的创作，但我更乐意理解为，他们更是在关注报告文学这一文学样式和体裁在当下的发展与价值。正如我在本文开头便如是断言：徐剑是属于这个时代的作家，不仅因为其创作本身，还因为其数十年来所持续深耕的报告文学这个文学形式在当代日益凸显的重要性与独特价值。

祝贺徐剑，祝贺军旅生涯和文学生涯双双迎来50周年的、创作成果丰硕的徐剑。也祝贺温星，他以独到的思维、独到的视角，来策划编辑了这部别具一格的《徐剑论集》，于徐剑本人，于当下的报告文学创作而言，都具有着独到的价值。

是为序。

目 录
contents

中编：徐剑论剑

下编：对话徐剑

附　录

上编

名家论剑

散文：清澈的小湖

——序散文集《岁月之河》

作者：刘白羽（1916年—2005年，曾任文化部副部长、中国作家协会党组书记、副主席）

1988年秋天，我参加了《散文》编辑部和二炮宣传部联合举办的徐剑散文作品讨论会，觉得这位年轻的军人很有才气和潜力。时隔三年，欣闻百花文艺出版社出版徐剑的军旅散文集《岁月之河》，真是可喜可贺。作为一名多年从事散文创作的老人，我为此感到由衷的高兴。

最近，一些出版社相继推出了一批散文集，据市场调查，散文文体又开始在读者中走俏。在我们这个有着悠久文化传统的国家，散文具有深厚的群众基础，尽管时代发生了很大变化，但散文在当代文学中的位置、在广大读者心中的位置，是永远不会改变的。我相信，只要地球上还有人，就有人的创造和各种各样的创造。散文作为一种文学形式，也必然会在人的创造中继承和发展，从而获得经久不息的生命力。

当然，散文是一种难写的文学式样，是一个民族文化的基础，反映了一个民族文化的素养。在人类文化发展的长河中，留下痕迹和烙印的也主要是散文和诗歌。并且，散文至今仍拥有大批读者，特别是年轻人。比如鲁迅、闻一多、朱自清、郁达夫、萧红等作家的散文作品，现在的读者竟然比当年还多，这就是有力的证明。这是一件很好的事，说明人们需要散文。

散文不但可以欣赏，还可选入课本作为教材。小说当然也可以选入课本，但不如散文方便。很多年轻人不是为了搞文学来读散文，而是为了提高文学素养来读散文。小学中学里都在教散文、读散文、写散文，散文的阵地很宽阔。许多中学生读了我的散文之后给我写信，也寄些散文习作和读后感来，我看后觉得很好。我不同意散文萧条的说法。据说出一本散文集子很难，要赔钱，出集子难并不意味着散文萧条，只证明人们的欣赏水平还不够高。在这方面，百花文艺出版社做了很大贡献。最近又出版了一批中外散文集子，这真是一件好事。如果坚持搞下去，一集一集地出，将功德无量。这不仅对文学的繁荣，对整个中国文化事业的振兴也有很大意义。

一个作家、艺术家，终生都在探索人生、自然的奥秘，这种探索就是创造。从艺术的渊源上来讲，任何成就都是探索的结果，特别是散文，把人生与自然巧妙地融合在一起，它是一种美的文学。由于各种原因，散文产生了各种不同的流派，很重要的问题，就是主客观的关系问题，就像王国维所说的"有我、无我"。在百花文艺出版社出版的《芳草集》序言中，我提到对散文的见解时，也说是个主客观的问题。我想，如果长篇小说是一条长河，那么散文则像一个清澈的小湖，湖水晶莹透明，阳光一直照到湖底，能见到湖中的游鱼、鹅卵石、小草，它容不得有一丝的瑕瑜和糟粕。在一部长篇小说中，如果有一个句子用得不恰当，一般来说是无妨的，而散文则不行。我归纳了一下，散文概括起来说是一个字——"纯"，即纯真、朴实。1987年，我访问美国，在洛杉矶，有人问我对美国人的印象如何，我说美国人很纯朴，结果闹了个笑话，美国人认为纯朴是幼稚。这就是我们与西方文化不同之处吧！我们通常说一种酒好，就赞美它纯。炉火纯青，"纯"是散文最高境界呀！

徐剑结集出版的作品，我大都读过，我觉得写得很好。文学实际上是青出于蓝，创新之举主要在于年轻的时候。老作家当然有很多可贵之处，但老作家毕竟有老人的缺点，主要是缺乏新意、活力。而徐剑的作品，却在这方面弥补了老作家的遗憾。他的作品我看大致可以分为几类——

一类是《剑光，在古烽火台闪烁》《月亮城》《将军石雕》《蹉跎河，岁月之河》《茫茫荒原藏精灵》等，这是代表其风格的一类。他把雄壮的军旅生活与民族的古代战争，经过思考，有机地结合起来，把对人生和自然的奥秘的探索联系在一起。文章描写的虽然是古战场的情景，却把一个当代青年军人对人生、民族、人类的思考渗透其中，既有远古的影子，又有历史的回声，既有战争的刀光剑影，又有深沉冷峻的思辨，充满了阳刚之气，开拓了散文创作的一个新天地。军事文学就应该提高到整个人类的高度来思考。托尔斯泰的《战争与和平》是不朽之作，就是因为作家站在人类历史的巅峰上俯瞰战争，探究参与战争的每个民族的心态和精神。它的意义不仅仅是一般的战争，更是反映所有参加战争的人。如果战争胜利了，正义胜利了，就把人类推向前进，这是用血的代价创造人类的未来。

我很欣赏《剑光，在古烽火台闪烁》这几篇，立意很高，没有平铺直叙，就事论事，没有具体写发射场和一次火箭发射，而是经过古战场的联想，然后加以烘托，写出了古烽火台的苍凉悲壮，表现对人生、历史和社会未来的深邃思考。而且，有些地方写得很重感情，包括了人类的故国之思，如写古战场的情景，写杨振宁博士听到中国原子弹爆炸成功，并得知是中国人自己搞的之后，独自跑到洗脸间哭了，这一段真把我打动了。散文就是要寻找这种感人的场面和片断，散文一定要以情感人，这一点很重要。

前几年，我观看二炮业余文艺演出，曾提出"科学的诗化"这个观点。科学家必然要进入军旅文学的主要位置上来。朱春雨的《绿荫》是一部很好的作品，我一直认为是他最好的小说之一，因为他进入了一个新的领域和新的境界。散文也要引入科学，也要反映瞬间变化的现代化建设。过去我曾考虑过，在散文里，如何来表现二炮这支现代化部队的生活，不能光写导弹或发射场，徐剑在这方面率先进行了探索，写了鲜为人知的火箭兵生活，开垦了一片神秘的土地，进入了一个全新境界，这就是"科学的诗化"，是对军旅散文新的拓展。军旅散文要写部队的现代化建设。现在部队的装备都大大改进了，人的观念也变化了，散文要和小说、报告文学一样，应该去迅速适应这种变化。

另一类作品如《雪域之旅》《布达拉宫的暮鼓》《秋风落叶拜将坛》《芙蓉楼》等，作者的视角是全景式的。他力图站在人类长河的制高点上，直面着祖国万里疆场、千年历史和一个个活生生的文化精灵，追溯源远流长的历史，在雄关遗址、宗教金庙、文化废墟的寻根探幽中，注入一种文化的内涵，遁入超越尘世的精神安谧，输入了真切的生命体验和民族的血魂，使天地与史实编织在一起，生命与自然逐步亲近，表现出厚重的历史感和极强的思想张力。这正是作者追求恢宏洒脱的气势、沉郁雄健的风格的表现。

再一类，我较喜欢《睡美人山》《沉默的远山》。这类作品与前面的风格迥然不同，作为一篇散文相当完整。尤其可贵的是，当中越边境激战犹酣的时候，徐剑就表现出对战争与和平的思考。现实已经佐证了作者当时的预见，而他对长眠在红土地上的千百英灵永恒沉默的描写，则又反映出了他感时忧国的勇气和胆识。《睡美人山》写得也好。其中关于环境污染的问题提得不错，很及时，很准确。这实则是人类生存环境的问题，作者跳出了平庸地写童年思乡的窠臼，把一种文化现象积淀在人类的生活环境中，作了一次长长的生命呼应和真情实感的抒发。散文就是这样，不必把每个问题都联系到一个结论上来，散文最忌讳概念化。

当然，徐剑的有些作品还不够完善和完整。我的要求，就是要把散文写成一个清澈的小湖。要想写好散文，除了要有一定的生活体验之外，还得多读书、多思考。徐剑读了不少书，从文章中可以看出来。不过，我再推荐两本书，一本是《聂鲁达散文选》，一本是《惠特曼散文选》，希望他找来读读。这对进一步铸造他的雄健、深沉、壮美的散文风格，是大有益处的。

总之，我很高兴，高兴文坛又出了一个散文作者，散文作家队伍又多了一个新的成员，更高兴一批又一批的青年作家脱颖而出。这标志着一个新时代的到来，有像徐剑这样一大批三十岁左右的青年人进入了阵地，散文勃兴的日子是不会久远的！

爱国主义和革命英雄主义的壮歌

——读长篇报告文学《大国长剑：中国战略导弹部队纪实》

作者：李旭阁（中将，曾任中国共产党中央委员、原第二炮兵原司令员）

原载：《求是》杂志，1997年第4期

在炮兵部队走过30年辉煌壮阔历史的时刻，徐剑同志的长篇报告文学《大国长剑》面世了。这是迄今第一部全景式地表现战略导弹部队艰苦卓绝创业史的恢宏力作，是一幅立体式地展示火箭兵风采业绩的雄浑画卷，是一曲弘扬中国军人爱国主义和革命英雄主义精神的壮歌。作为一名在第二炮兵组建之初就与徐剑经常接触并在这支部队长期工作过的老战士，我为此感到由衷的欣慰和喜悦。

翻开《大国长剑》，我的思绪被带到了导弹部队昔日艰辛创业的峥嵘岁月：毛主席、周总理在超级大国核威慑的鼓噪声中，英明果断地运筹决策；各位老帅十分关心初建的导弹部队的健康成长；技术干部刻苦攻关，"亚洲第一营"官兵用麻绳当电缆，用萝卜刻模型，刻苦钻研现代技术；为导弹筑巢的工程兵，在风烟滚滚的坑道中与大塌方拼搏鏖战九死不悔……这一幕幕感人的历史画面，至今回忆起来仍然令人心潮澎湃，热泪盈眶。

今天，二炮部队建设已发生了根本性的变化，但老一辈艰苦创业的光荣传统依然在广大官兵的血脉里流淌。时刻把慧眼投向明天的导弹旅长，恪守"兵家只为战事忙"信条的年轻发射营长，从工程兵变成"导弹通"的普通士兵，为支持丈夫献身导弹事业含辛茹苦无怨无悔的军人妻子……所有这些栩栩如生的典型形象，生动地再现了当代军人爱国奉献的博大胸襟和克服困难的英雄气概，给人一种奋发进取的鼓舞力量。

徐剑同志能够写出这部力作，不是偶然的。他自70年代入伍就来到二炮部队，在深山峡谷里修筑过导弹坑道，对每一座阵地的绿水青山都有着很深的眷恋之情，对二炮部队创业的艰难、基层官兵默默奉献的情怀，更有着切身的体验。他调二炮领导机关工作后，经常找一些老领导、老同志交谈，掌握了不少鲜为人知的宝贵史料。他对二炮部队发展壮大的精神动因进行了冷峻的、全方位的思考。他深刻理解这支战略部队肩负的神圣使命，熟悉如火如荼的导弹军营生活，了解火箭兵丰富多彩的内心世界，因而，能够从时代风云变幻的大背景下审视和揭示中国军人爱国主义、革命英雄主义精神的独特价值。

这说明，唯有挚爱我们的党、祖国、人民和我们这支英雄的军队，才会有热情讴歌战略导弹部队官兵精神风貌的强烈愿望，唯有具备弘扬当代军人生活主旋律的责任感和使命感，才能写出《大国长剑》这种震天撼地、催人奋进的历史长歌。

诞生于内忧外患交加年代的战略导弹部队，长年驻守在环境艰苦恶劣的深山高原。广大官兵之所以能够以苦为乐，淡泊名利，无私奉献，其中最主要的原因，就在于他们始终不渝地大力弘扬爱国主义、革命英雄主义的时代主旋律，使献身导弹事业、弘扬创业精神、争创一流业绩的理想信念深深植根于军营这片沃土，成为一面富有强大凝聚力和感召力的旗帜。在建立社会主义市场经济的新形势下，人们的思想观念、价值取向、生活情趣发生了某些变化，但是，我军的根本职能、宗旨和神圣使命没有变，部队肩负艰巨繁重任务和生活相对艰苦的特点没有变，革命军人恪守的牺牲奉献为本的职业道德也没有变。瞬息万变的社会生活或许会经常为人们的视觉增添一些斑斓的色彩，但爱国主义和革命英雄主义精神永远不会过时，永远不应褪色。

　　《大国长剑》所描写的众多人物，从统帅部的领袖、将军，到基层连队的普通士兵，身上都强烈地辐射着我们这个民族自尊自立自强的气节，蕴含着中国军人战胜困难、一往无前的凛然风骨。这既使作品增添了一种悲壮、豪放的阳刚之美，也为当代军事文学如何更好地表现和弘扬爱国主义、革命英雄主义这个主旋律，作了积极有益的探索和尝试。

铸剑的史诗

——读长篇报告文学《大国长剑：中国战略导弹部队纪实》

作者：周政保（中国作家协会会员，曾任中国作家协会全委会委员）

原载：《文艺报》，1997年

中国战略导弹部队是一支长期沉默的部队。如果说，1984年的国庆阅兵仅仅是以有限的形象让世人领略了它的雄姿，那么，徐剑的长篇报告文学《大国长剑》则是撩开了长时间遮掩它的神秘面纱。所谓"中国战略导弹部队纪实"，实际上是一个极为真实的"铸剑"过程，那些难以置信的坎坷艰辛，那些闻所未闻的"故事"，那些把奉献与牺牲当作终身职业的官兵，都可以让人感受到一种悲壮的慷慨，一种精神的光荣与自豪，一种催人泪下的回味与冲动。

《大国长剑》以生动翔实的笔触，勾勒了这支神秘部队的轮廓：它的开创、它的成长、它的现状，以及与此相关的背景。从"长辛店的岁月"到"亚洲第一营"，从"血祭大莽林"到"绿色峡谷之恋"，从"神秘之旅的神秘故事"到"女人河"、到"皇天后土"的辛酸与坚韧……我们确实从"东方的震撼"中领受到了冲撞心弦的力量，也感悟到了中国人不屈不挠的自信与坚定。因了作品描写的概略色彩，所以，"史"的意识也就成为全部记述无可回避的显著特点。

但这部作品并没有就写"史"而写"史"，或者说，作品所展示的还不仅仅是"史"——"史"只是一种契机，作品更注重的是"铸剑"过程中的人，是人的精神，以及这种精神与现实的关系。若把《大国长剑》所张扬的精神归结到一点，那就是当今世界依然是一个残酷竞争的时代，一个民族倘要真正站立起来，没有强大的骨骼力量，没有足够的军事防卫能力，是很难从真正意义上站立起来的，也是很难维护民族尊严与人类和平的。于是，无论一个民族，还是一个军人，乃至军人的家属，都是要有点儿精神的；有了一种百折不挠、自强不息的精神，才能真正做到"抚长剑兮玉珥"，才能不被人欺负。

《大国长剑》写得最感人的地方，无疑是对于人的描写——那是一种多角度、多侧面的描写，一种丰满的让人潸然泪下的描写，一种虽有重复但又不显重复的描写。这种描写既不讳言我们的贫穷落后，也不回避前进道路上的艰辛坎坷，甚至还把某种差距、某种并不光彩的矛盾摆到读者的面前。作品以"哀兵必胜"的描写情调赢得了我们的共鸣。其中，写到了共和国的困难时期，写到了动乱的狂热岁月，也写到了翻天覆地、观念大变的改革时代，但沉默如山的官兵自始至终经历着"铸剑"的洗礼。那些令人感到心颤的场面，那些永远不可能忘却的血与泪的故事，那些悄然抛洒荒原峡谷的青春岁月，那些将与边关晓月结为永恒的年轻生命……给我们留下的印象是沉重而辉煌的。"这是世界上一支有希望的军队"，那个原国民党上校老兵返回中原大地时所发出的感叹，的确是一种由衷的声音。

这部作品不仅写到了过去的官兵，也写到了现在的官兵；不仅写到了那些纯朴得令人心痛的农村士兵，也写到了真正称得上高级知识分子的工程技术人员；不仅写到了军人的妻子儿女所承受的苦楚，也写到了那些奉献了儿子的父老乡亲的博大胸怀……"长剑"就是这样铸造的。在这里，无论军人还是百姓，都不是抽象的概念，而人的精神也就成了"铸剑"史诗的最好注解。

《大国长剑》的价值还在于它的文献性。作为中国战略导弹部队的真实记录，而且是前所未有的记录，作品不仅为今天的人们提供一种精神楷模，而且，还将为后人提供一种重温历史的机会。

大气磅礴　史中觅诗

——读长篇报告文学《鸟瞰地球：中国战略导弹阵地工程纪实》

作者：丁临一（评论家、艺术家，曾任武警总部电视艺术中心主任）

原载：《光明日报》，1998年4月9日

在当代的中青年报告文学作家中，徐剑称得上是一位出手不凡、颇具潜力的后起之秀。在他的长篇报告文学《大国长剑》相继荣获全军文艺创作最高奖项"解放军文艺奖"及"五个一工程"奖、鲁迅文学奖之后，最近，他的又一部长篇报告文学《鸟瞰地球》再度引起了人们的广泛关注。立足于中国战略导弹部队生活的厚土，着眼于国际战略大格局及我军建设的重大历史事件，使得《鸟瞰地球》显出既大气磅礴又新鲜动人的特色，读来使人振奋又发人深思。

《鸟瞰地球》向读者报告的是一项历时十四年、凝聚着我军十万将士的青春与汗水乃至于鲜血与生命的战略导弹阵地工程建设始末。这项工程的重大意义，就在于确保我战略导弹部队的抗核打击能力与后发制人的战略威慑能力，从而彻底粉碎可能施之于我的核讹诈。作者纵观历史风云，从毛泽东、周恩来等老一辈革命家对我国战略导弹阵地工程的重视，邓小平同志在改革开放之初亲自拍板启动我国战略导弹阵地工程的建设，到江泽民主席及新一代军委领导人对这项工程的高度关注，指出数十年间国际战略大格局虽然发生了剧烈变动，但始终不变的是一个事实，即没有实力就没有和平。在这样一个清晰的、高屋建瓴的认识统领下，作者采用以人带史的笔法，通过八个"将军的故事"、五个"虎将列传"及数十个基层官兵喋血莽林荒漠的精彩片段，把这项鲜为人知的战略建设工程始末层次分明地记入了史册。

引人注目的是，中国战略导弹阵地工程建设的全过程，几乎是与我国改革开放的历史进程同步的。在改革开放之前，这项意义重大的建设工程虽早已列入党和政府的议事日程，但国家并不具备使之全面启动的经济实力。而在改革开放的大环境下，这项建设工程的胜利进展，恰又成为我国改革开放事业蓬勃生机的生动写照。无论是广大官兵的精神面貌，还是建设方式、管理方式的变革，包括工程技术人员在对外交流中汲取的发达国家先进的科学技术，都从不同侧面生动翔实地告诉读者，这项重大战略建设工程的胜利完成是改革开放的产物。国家的经济实力强了，军队的实力才可能不断加强，军队的现代化建设离不开国家现代化建设的强有力支撑，从这一角度看可以说，作品的思想立意已经超越了特定题材的限制，它是记述当代军人为国为民建功立业的壮美诗篇，更是讴歌改革开放、建设有中国特色社会主义伟大事业的深情咏唱。

在《鸟瞰地球》中我们看到，中国战略导弹阵地建设是一项规模浩大、艰苦卓绝的工程，而中国军人在完成这项工程中焕发与升华的则是一种现代军人应有的意识与精神。作者绘声绘色地为我们介绍了数十位有名有姓、各具特色的军营人物，尽其所能地沿着这一个个人物的身世历程开掘下去，充分地展现了书中主人公的精神风貌，从而也成功地避开了重复堆砌苦难、记录好人好事的窠臼。从"出师未捷身先死"的陈景年将军身上，我们读到了居安思危、为军队现代化事业鞠躬尽瘁的精神；从"献身国防现代化的模范科技干部"黄炳华身上，我们理解了一代中国军人知识分子的理想和志向；从被誉为"大山骄子"的孟繁奎团长身上，我们看到了一名现代指挥员所能够具有的意志力量、智慧力量和人格力量；从闯过"魔鬼谷"的学生官谷钢铁身上，我们体会到了新一代军人对于使命、责任和人生价值观的深刻认识与执着追求……《鸟瞰地球》中，还别出心裁、慧眼独具地深入描写剖析了军营中的三个悲剧人物，通过他们的命运周折，使我们形象地感受到了我们的军队改革开放以来一步步更新观念、进军科技、淘汰庸才、质量建军的历史性大变革和大发展。

如果说我军战略导弹阵地工程建设是一场意义重大的战役，那么，透过这场战役物质层面上的辉煌成功，作者更深入地展示了我们军队在精神层面上的巨大变化，展现了当代军人继承优良传统并不断开拓进取的崭新精神风貌。物质层面上的成就再大也是可以计算的，而精神层面上的变革与探寻，则将使我们的军队乃至于我们的民族受益无穷。也许可以说，这就是《鸟瞰地球》较之一般的记录成就、赞美辉煌的报告文学作品高出一筹的原因所在。

这部作品，通过一项重大工程，向读者展示了我军建设的沉甸甸的历史，同时，也显现了作者驾驭重大题材的能力与才华。作品中有开阔的视野、翔实的材料、鲜活的军营人物群像，更有凝重的思考、充沛的激情和史中觅诗的成功追求。作为一部思想性、艺术性与可读性高度和谐统一的佳作，它的成功经验应该能够给我们的报告文学、纪实文学创作以诸多有益的启示。

为"倚天长剑"的锻造者立传

——读长篇报告文学《鸟瞰地球：中国战略导弹阵地工程纪实》

作者：汪守德（作家，曾任总政宣传部艺术局局长）

原载：《求是》杂志，1999年第8期

当我们在和平的阳光下创造和享受着美好生活时，或许，不曾意识到有许多人为了铸造保卫和平的盾牌，正在奉献着青春，抛洒着热血，默默无闻地从事着惊天动地的伟业。在他们平凡而崇高的行动中，流灌着令人震撼的浩然之气和不屈不挠的精神，把大写的军人形象深深镌刻在青山巍巍的天地之间，将给今人和后人以永久的纪念和激励。这就是我读徐剑新作《鸟瞰地球》所获得的强烈感受。

可以想见，常年与深山为伴的二炮官兵，所创造的故事肯定是数也数不清的，它们都如闪光的珠玉般散布在这种特殊军旅生活的各个角落和杳然深处，沉积成一种精神的矿藏。如果我们这个时代的作家不加以开采和搜集，其中大部分都将随时间的悄然流失而湮没不闻，这无疑是一种巨大损失。

从二炮基层走来的徐剑，以他那支饱蘸激情、才华横溢的笔，使我们的这个担心成为了杞人之忧。长期的部队生活，使徐剑拥有了对这个兵种的深刻了解和切身的生活感受。而作为一个勤奋的笔耕者，又经过长达5年时间"上穷碧落下黄泉"式的采访，从生活中撷取了上千个形形色色的也是无可替代的生动故事，密密匝匝地记满了他的十几个笔记本，装满了他那有着强烈责任感的内心。这些故事对于作者来说，无疑有着灼烫的体温，使作者感受到一种炙烤和催迫，并且，使之不能不将其作为丰满的血肉编织进理性的经纬线，以告之于世人。因此可以说，这部洋洋30余万言的作品中发散出的，是一种为我们所鲜见的生活热度，能够给人以情感与理性的多重撞击。

在作品中，作者以大量篇幅描写了为固国强军，从国家的最高领导到二炮将士，怎样胸怀天下、卧薪尝胆、倾注心血为导弹筑巢，从而竖起一柄具有极强威慑力的倚天长剑，既大气磅礴，又荡人心魄。二炮各级优秀指挥员的高素质和率先垂范，以及在遭遇挫折时所表现出的卓越智慧和过人胆魄，都如化雨的春风给施工部队以足够的信心与力量，使大山深处的二炮人在艰难卓绝中走出困境，托起辉煌，发挥出强大的战斗力，从而创造出令世人震惊的伟大奇迹。

但作品最为感人之处，我以为还是对基层官兵感情真挚的描写，作者笔下桩桩件件故事似乎都能让人掂出那种生活的质量，拧出热烫感人的泪水。排长糜永祥和韩德顺在穿越死亡地带和排险时视死如归，给父母、给妻子女友写下遗书，既表现出一种惊天地泣鬼神的大无畏气概，也洋溢着一种催人泪下的拳拳深情。志愿兵宋俊银因父母双亡而不得不含泪嫁妹，他所敞开的是一个普通士兵对于国防事业尽力尽责的深沉情怀。副营职工程师周文贵因买不起电视而给女儿吟诵古老的歌谣来弥补那颗童心的缺憾，苦涩中透出的不只是咀嚼不尽的温馨，也有军人对所献身职业的无怨无悔。工程师时传礼是一血性男儿，为扭转部队中暂时存在的不良风气，表现出了他的坚强性格和果敢作风。这样的故事可以说是不胜枚举，它们无异于纪念碑上笔力遒劲的碑文，记录下了二炮普通官兵极具穿透力的伟大情操。

不过《鸟瞰地球》不单单是一种颂歌，更以相当多的笔墨来写英雄如何"走麦城"，如何遭遇"滑铁卢"。曾血战汉江的"大功团"和喋血越南丛林的"老三团"，虽然在历史上建立过殊勋，但也并非永远能够过五关斩六将，工程上存在的严重质量问题，不仅使他们低下了"英雄之颅"，同时，失败和风险也给部队的精神状态以沉重的打击，因而，无可避免地暴露出了许多不可原谅的，又不能不加以正视的问题。性格软弱的"大功团"总工程师，不能履行自己的职责，导致了"通天"的大事故，因渎职而被送交军事法庭审判。在生与死的考验面前，也出现了有辱军人荣誉的胆怯者。始料不及的大塌方使17名年轻的士兵化为了直上九霄的忠魂。失败阴影之中的官兵们，士气低落到了令人吃惊的程度。

但失败并不能彻底击垮官兵们，因为这支军队固有的传统底蕴决定着他们不会向挫折屈服，而要痛苦地经历精神的涅槃，如不死鸟再度巍然崛起，终于高质量地完成导弹阵地的施工任务，彻底地洗刷身上的耻辱，恢复了昔日的荣光。

从作品中我们看到，对这耻辱的洗刷，官兵们付出的是难以想象的一切。团长肖秋生因之而吞咽下苦涩的离别情，副连长李保江的妻子死于难产，而使之不得不遭受或嚼碎心灵上的巨大痛楚，5岁的小殷子幼小的身躯永远地睡在了导弹阵地旁，还有多少人放弃了儿女情长和天伦之乐，多少人一再推迟婚期已如家常便饭，多少人去一趟县城只能是一个难圆的梦想。更有甚者，士兵与少女虽真心相爱，也必须遵从军规而舍弃爱情。一个士兵因公牺牲，其年轻的生命只能等同于一头牛的价钱，而其家属却怀着那样坦荡无私而又感人至深的情怀，用排列成行的钢盔去阻挡推土机的履带碾过烈士墓的场面，传达出一种难以自抑的悲怆。

我以为，这无疑是对生活的真实摹写。这种不回避、不讳言生活苦难和生活真实的态度，既表现了作者的勇气和自信，更说明作者的某种思考和追求，通过勇敢地、富于真知灼见地描写生活的悲壮，使作品产生了更强的艺术冲击力。所以，作者绝不仅仅是对所掌握的生活素材的简单堆砌和罗列，也不仅仅试图唤起读者对二炮官兵艰苦生活和奉献精神的所谓理解，更是意在通过对二炮人的全方位或散点式的透视和观照，表现二炮人这个特殊群体的生存状态和精神境界，刻画他们是怎样的一群铁骨铮铮的热血男儿，表现他们怎样在困境中实现人生境界的超越，以问鼎九天的豪情壮志，以满腔的热诚和一身的忠骨，构筑横空出世的"撒手锏"，以保卫国家和人民的安宁，让祖国的天空永远飘动的是和平的祥云，从而给人以巨大的震撼和激励。

值得指出的是，《鸟瞰地球》的写作代表了报告文学创作的一种正确方向。

作者不是将自己藏在故纸堆里，满足于寻章摘句，索隐钩沉，以敷衍成篇，而是面对现在进行时的火热生活积极地深入到生活之中去打捞和捕捉新鲜的东西，显示出强烈的责任心和对生活的超常热情。作品所体现的那种鲜明的报告性，不仅使作者所具备的特殊优势得到了充分的发挥，最主要的还在于它体现了此种文体的独特本质和功能。也就是说，它对时代生活所进行的酣畅淋漓的描写，昭示出的生活意义与价值，对于人们有着极大的启示性，其意义远远超出题材本身。

从这部作品而言，它将开山挖洞的艰难卓绝的悲壮历程放在广阔的国际大背景之下，以鸟瞰地球的恢宏视点来透视二炮官兵的牺牲与奉献，不仅达到了应有的思想深度，显示出较为宏大的艺术气象和作者对重大题材的驾驭能力，而且，还必将引发读者超越题材的思考，产生更为广泛的社会效应。

作品另一突出特点在于它具有很强的文学性。所谓文学性，既在于对主题的提炼和深化，对事件的精深透视和开掘，对人生意味的精湛体验和富于感染力的表现，也在于整部作品的语言的质量和光彩。读这部作品，会有一种余香满口的感觉。不言而喻，这与作者在语言上下的功夫密不可分。这当然得益于作者语言上的积累与修炼，因而作品显得质朴而又润泽，较之他的上一部作品《大国长剑》，其完美程度有了长足的进步，因而，可以视为一部具有较强可读性和较高文学品位的佳作。可以说，由于作品的成功创作，使我们熟悉了原本陌生的二炮官兵，感到层叠的大山并不能遮掩他们丰富情感的辐射，不能衰减他们事迹的动人，从而让远离他们的读者产生了情感上的强烈共鸣。

有鉴于此，我认为《鸟瞰地球》达到了作者的初始目的。听说徐剑又在计划创作反映二炮生活的第三部《逐鹿天疆》，我们希望有了上两部成功的经验，他能够写出具有更大思想艺术含量的佳作。

为战略导弹"筑巢"的人

——读长篇报告文学《鸟瞰地球：中国战略导弹阵地工程纪实》

作者：周政保（中国作家协会会员，曾任中国作家协会全委会委员）

原载：《解放军报》，1998年

这个世界怎样才能保持均衡，或依靠什么才能使人类在和平的环境中生活？就如我们所面对的事实：全世界都在说"公正""平等"，可一个贫弱的国家，又如何能实现自己心中的"公正""平等"？我想，徐剑的这部长篇报告文学可以使我们更多地了解这个世界，包括了解我们自己。

《鸟瞰地球》的副题是"中国战略导弹阵地工程纪实"，作品所讲述的，也就是中国军人为"鸟瞰地球"的战略导弹"筑巢"的故事。这故事是一种真实的记录，而且距离今天并不遥远。的确，"说得出来的痛苦不是痛苦"，我们从《鸟瞰地球》的"筑巢"过程中所感受到的悲壮，真难以诉说，难以概括。特别是作品所透露的悲壮——不仅仅是英雄气概或无畏精神，同时也是苦难，也是命运的挑战，可谓"风萧萧兮易水寒"，可谓"位卑未敢忘国忧"。官兵们付出的代价是沉重的，他们把青春留在了阵地，把生命与热血留在了无人知晓的深山，但也留下了永远的精神财富，留下了不屈的民族挺起脊梁时的那种辉煌姿态。

"筑巢"的道路是艰辛坎坷的。但在那样的年代，我们不得不这样做，或必须这样做。不难想象，在别人的核子笼罩下将是一种怎样的生存滋味。如今的和平是力量的和平，是均势的和平，正如邓小平同志所说，我们拥有一点核武器，"只是体现你有，我也有"，这便是保持平衡或维护和平的一种方式。作者在《题记》中说："正是为了幸福的持久，他们从幸福走进苦难；正是为了文明的永恒，他们从文明走进洪荒。"官兵们以自己的血肉之躯推动了中国军队的现代化，同时也造就了世界和平的进程。为了这一切，"筑巢"的官兵们承受了太多的痛苦，太多的考验，太多的牺牲，太多的只有中国军人才可能承受的炼狱一般的磨难……因而，我们很能理解作者在创作这部作品时的心绪，那是"一方喋血的断碣残碑"，为的是永远不忘这些默默奉献了美好年华的军人，为的是沉痛祭祀这些永远停歇在阵地旁的年轻生命，为的是让我们这些活着的人明白并铭记：我们应该怎样生活，应该在我们的血液中注入什么。

不管我们是否乐意，鲜明的对照让人意识到：精神的贫困，将是最可怕的贫困。作品的《尾声》写到，那个急于脱贫的山区小县为开发旅游而萌发了军队迁墓的动议，之后竟要用推土机铲平烈士陵园……欲哭无泪的一幕，称得上是触目惊心，耐人寻味。

在一个精神状态正常的国度里，军人是穿上了军装的优秀公民。军人受到尊重，乃是一种民族性的标志，何况是对于那些为了国家利益献出了生命的军人。《鸟瞰地球》所描写的不是在抗洪救灾或抗震抢险中的军人，而是那些普通人不可能亲见的军人——他们为战略导弹"筑巢"，建构着国家的安全，也创造着世界的均衡及和平。他们就是为共和国"铸剑"或"备剑"的军人。他们承受的艰辛磨难，是生存于正常状态下的人们所无法想象的；而他们的奉献与牺牲，也不是当下的价值观念所能衡量的。回眸"筑巢"的岁月，连身经百战的老将军也免不了潸然泪下。

读一读这部《鸟瞰地球》，大约会增添一点儿对军人职业的理解，也会对履行公民义务的军人做出自己的判断：军人的精神不仅仅属于军人，而是与国家利益，与民族尊严紧紧联系在一起的。当然，军人也是人，因而军人的精神也是人的精神的一种象征。正因了军人也是人的缘故，这部作品如实写来，不夸饰，不高调，不摆慷慨激昂之状，也没有把热血男儿都写成英雄好汉。"悲"与"壮"的结合，那种情真意切的描写，那种从真实揭示中产生的既属于军人也属于人的命运感，是作品富有震撼力的重要原因。

《鸟瞰地球》是报告文学，因而它绝不是文学想象力造就的作品。从某种意义上说，它只能是深入采访结出的果实，只能是事实的结晶。特别是，这些闻所未闻的"筑巢"军人的故事，除了一些线索，绝无可能有现成素材提供，即便想"合理想象"，也想象不出来的。从作品可以看出，作者为采访而踏遍了千山万水，从士兵到将军，从现役军人到已经回到民间的军人，甚至是阵亡者的亲属，作者在感情的交流与倾注中，既获得了素材，又获得了最宝贵的精神财富。

在如今的报告文学创作中，到处可以见到那种不该发生的粗疏或浮躁：采访的草率，分析的武断，剪贴拼接，以讹传讹，乃至合理或不合理的想象……都使得这个最讲实事求是的领域趋于虚夸而充满危机。因而，我想说，《鸟瞰地球》的创作是值得尊重的。

水患中国的焦虑与希望

——读长篇报告文学《水患中国》

作者：关小群（出版家、作家，曾任百花洲文艺出版社总编）、郑骏
（江西省作家协会会员）

原载：《解放军报》，2003年5月22日

滔滔汪洋，浩浩江水，道不尽、诉不完中华民族饱经水患的沧桑史。水对人类具有重要的象征意义，母腹怀胎十月婴孩离不开羊水，华夏一族在与水的厮杀中横空生成了世界最强大的民族之一——中华民族。从中国市井城镇发展的沿革来看，人口聚集地大多依水而建，水丰而人旺，人旺而财盛。东部水多，就比西部发达；西部有水之所，就比缺水的黄土高坡富庶得多。这是人的生物链，亦是自然界的一种定律。水又可以作为人际社会的观照物，朝纲严谨，经济文化繁荣昌盛，人民生活安居乐业时，治理程度高，水的祸害就少些；社会风纪废弛，政治败坏时，水恰如无缰的野马谁也驾驭不了。惨痛的历史教训屡见不鲜。水能使一个朝代兴旺，也可将之毁灭。

由此，如果将政治问题、经济问题、军事问题、社会文化问题融于水患这一世纪难题中加以观察、分析、解剖，找到治水与治政、治水与治吏、治水与经济发展、治水与环境保护等一系列人类生存状态下所遭遇的矛盾焦点的答卷与对

策，不仅具有人文意义，还兼备科学决策的参考价值。

长篇报告文学《水患中国》在这方面作了有益的尝试，提出了治水中许多发人深省的问题，展示了因水患而表露出来的严峻而深刻的社会自然根源及现象。此书出版后在水利界、文学界、出版界都引起巨大反响。全国水利专家、长江水委专家均称，这是中华人民共和国成立以来我国出版的治水方面的最有代表性的力作。一些文学评论家认为，《水患中国》是水患问题方面具有突破意义的报告文学，艺术水准高，创作视角独特，是当代作家充满人文关怀和社会责任感的高度体现。该书出版不久，即获华东优秀图书一等奖，在第12届中国图书奖评选活动中，力挫群雄，成为获奖的唯一一部报告文学作品。

治水的赫赫战绩无人可以抹煞，但我们走过的弯路却不少，经验和教训都是深刻的。一个"水"字如何了得，假如把它放大到泱泱古国五千年的历史背景下去加以透视，值得我们深思和警醒的地方就更多更深了。作品循着这根历史主线，思辨色彩浓厚，在不断肯定与否定的疑惑中追寻着古人的脚步，在那或杂沓或清晰的足音里获得治水真谛。治水与用水，实际上是文明史最精细最全面的写照之一。两年前，中国水利部长说，中国人如果仍按今天的生活方式用水，30年后中国将没有水可喝——这是振聋发聩的警告。

《水患中国》列举出来的触目惊心的水污染、生态环境的恶劣趋势，可以看到更多的官员的麻木与浑噩。如今对环境的不加遏止的索取，是人性贪婪的暴露，是实用主义的甚嚣尘上，是对后代生存空间的透支与占有。书中，以无可争辩的事实让我们看到了实在不能让我们轻松的更广阔的世界。

50多年来，我们在保护和治理环境中交付的学费太多太高。过去是重在利用与开发，大大忽略保护与培育，现在一下子要彻底地扭转过来，何其难也。西北的沙漠一天天逼近，草原上治沙固沙的命根子宝草——发菜，却被麻木的农民挖去换钱，还有长江中上游天然林的砍伐之声不绝如缕，那是在消灭长江最后一道水资源保护的天然屏障。经济的维持与发展不仅需要法律框架的界定，更离不开道德与良知的护驾。最可怕的是人性的麻木与泯灭，人类对环境的破坏必将遭到几倍甚至几十倍的恶果报应。天会病否？人病了，天知否？几千年的治水史鲜明地将答案告诉了我们，这也是本书反思最中心最深刻的问题之一。

《水患中国》创作的突破意义，还在于在历史时空的跨越跳动中，充满了人性主义、人文主义光辉，在反思中获得真善美的升华。水患并不足畏，一次水患让我们看到水患之外的社会动因、政治动因，看到我们的精神力量所在。作品透过人性在水患中的嬗变，通过对一个个或高大或渺小灵魂的考问，获得超越于道德意义之外的崭新思维。作品在这些方面的探索是有益的，在典型环境中对典型人物的开掘，使人对水患现象的理解具备了多元化的深层次的内容。

我的心哟在高原

——读长篇报告文学《东方哈达：中国青藏铁路全景实录》

作者：张志忠（评论家、学者，北京师范大学教授）

原载：《文艺报》，2006年10月16日

直达拉萨的第一列火车在无数目光注视下昂然开行的日子里，读着军旅作家徐剑的《东方哈达》——一部长达60万字的记述青藏铁路建设工程的长篇报告文学，我想起了英国诗人彭斯的诗句："我的心哟在高原，不管我走到哪里……"

那是一片标示着当代人精神高度的高原。在经济空前活跃、人们的世俗享受和物质占有欲望极度张扬的浮泛和喧嚣中，在光怪陆离的名利场的无度追逐和泥沙俱下中，徐剑把我们领到了现实中的另一个层面——一个庄严地工作、克己地奉献的高原。诚如作家所言，"西藏最打动我的就是它的高度，一种生命极限的高度，一个民族精神的高度，还有一种文学高度，在那块土地上，可以寻找回我们丢失已久的一种精神，一种境界，一种价值，一种信仰，一种执着，一种虔诚，一种真诚"。青藏铁路的建设，在一个世纪的梦想中几起几落，在诸多高层决策者的案头和心头浮浮沉沉，最终体现为无数人的意志和实践。在世界屋脊的冻土地带，在苍凉的戈壁荒原，在严酷的生存和劳动环境中，无数普通建设者的辛勤劳作，最终化为缭绕在东方大陆上的一条高扬的哈达，化作数十年间为了一

个伟大的理想追求不已、前赴后继的民族传奇。

那是一片凝集着豪情与柔情的高原。徐剑从事报告文学写作经年，但是，从来没有像《东方哈达》那样写得尽情尽性、淋漓酣畅。如果说，在面对艰苦条件的挑战面前，铁路建设者们和当年修筑青藏、川藏、滇藏公路的前辈们一样，是勇于战胜巨大困难的优秀儿女，那么，在强调和谐社会和以人为本的新世纪里，对科学态度的尊重，对生命的虔敬，对环境保护的高度自觉，就表现出了全新的强大的时代精神。在严重缺氧的高原筑路施工，要保证建设者的生命健康，把死亡率降到零，这体现出新的价值观，令人欣喜，令人惊叹。作品中写到的，为了让怀孕的藏羚羊群平安越过路基，不惜停工数日、蒙受巨大的经济损失的决断，又让我们体会到人与自然的和谐关系、发展与环保的相互协调正在形成。

那是一片遥远而又亲近的高原。在《东方哈达》中，徐剑以他八上青藏高原的体验和积淀，沿着一条铁路，穿越时空，自在纵横，发掘出了一片广袤而又历史悠久的神奇土地的丰厚蕴含。高原圣地浓郁的宗教氛围中，却孕育出了堪称为情歌王子的六世达赖仓央嘉措——一个不爱江山爱美人的风流教主；文成公主自大唐长安远赴拉萨的风雪征程，掩藏着多少心灵的和历史的隐秘……当然，徐剑不会忘记他的军人本色，于是，在青藏驿路上，他追怀着当年带领部队官兵修建青藏、川藏公路的慕生忠、陈明义将军，也咏赞辛亥革命时清军的最后一名驻藏将领陈渠珍与他的藏族爱妻西原和150名官兵撤出西藏返回内地的死亡之旅；他勾勒出60年代初期中印边境战争的轮廓，然而，在远去的战争烽烟中，却深深感慨战胜者与战败者在战后所取不同决策带来的胜负易位、国土丧失、麦克马洪线上留下的痛苦与遗憾。凡此种种，都极大地丰富和拓展了作品的内涵，增添了作品的历史厚度和情感含量。

还需要指出的是，徐剑在《东方哈达》中对报告文学的文学性所做出的可贵努力和可喜收获。

一方面，在视野的拓展和境界的超升中，他摆脱了这类以报道当前重大社会事件为主旨的报告文学作品中非常容易出现的"就事论事"的倾向，避免了重新闻轻文学的通病，在讴歌建设者的同时，为读者提供了关于那片神秘高原的密集的历史和文化信息，使作品具有一种内在的艺术张力；另一方面，这个目标又是通过作家的精神构思而实现的，作品采用了"上行列车""下行列车"的章节结构，以"上行列车"一个节点一个节点地描述青藏铁路建设者的精神风貌，以"下行列车"一个专题一个专题地综述青藏线上凝结的历史文化的环节，时空交错，虚实相生，堪称佳构。

史诗气象与生命写作

——读长篇报告文学《东方哈达：中国青藏铁路全景实录》

作者：雷达（1943年—2018年，评论家、作家，生前系中国小说学会副会长）

原载：中国作家网，2007年4月24日

读徐剑的《东方哈达：中国青藏铁路全景实录》，深受震撼，感到它很有可能成为一部经得起长久阅读的报告。作品采取以"站点"为章节，以"上行列车"与"下行列车"交错的叙述结构，把现实与历史——包括领导、专家、普通民工在内的筑路英豪的前赴后继、可歌可泣的故事，与包括文成西行、西原东归、仓央嘉措浪漫人生在内的历史宗教文化传说，并置在一起，扭结在一起，形成了一种纵深的时空感。

作品动情地回顾了孙中山、毛泽东、邓小平的世纪梦想，他们都想在青藏高原留下历史的大手笔，于是，这个"天字第一号工程"经历了三上三下：孙中山让位袁世凯后，屈就中国铁路总监，他心中的宏伟蓝图是将铁路从内地修到喜马拉雅山南坡的达旺；毛泽东在接见比兰德拉国王之后，更加坚定了修筑青藏铁路的决心，那时预计的工期是1974年到1984年；而邓小平以他的睿智，决定放弃康藏线而肯定了青藏线的路径。作品也没有忘记川藏公路总指挥陈明仁、青藏公路总指挥慕生忠、西藏自治区党委书记阴法唐等为青藏铁路所起的铺垫和拓荒的先驱作用。

我认为，《东方哈达》的文本有显层与深层两个方面。在显层面，作者集中笔力写创造世界铁路奇迹的人们，有像卢春房指挥长这样生气勃勃的人物，有像吴天一院士这样富于献身精神的高原病学专家，有像王福红一家这样顽强的普通民工，有像周怀珍这样忠诚的"守山郎"，他们有如中流砥柱。通过这些描写，作品令人信服地表现了青藏铁路不愧是世界上海拔最高、线路最长的高原铁路，是人类铁路修建史上的空前壮举。

同时，作品还有个深层面，或者叫潜隐层面，那就是努力挖掘汉藏文化精神和历史的精神资源。但不管是显层还是隐层，都十分注重对人的情感世界的开掘、展现、抒发，使得这部报告跳出好人好事的表层记录，达到了丰富的心理内涵。于是，一条铁路承载的不仅仅是惊世的筑路奇迹，更是贯注其间的伟大民族精神、人文情怀、生命高度以及朝圣般的虔诚信仰。

就这个意义来看，我觉得这部非虚构文本，具备了某种史诗的廓大气象。这既是描写对象的巨大所成全的，也是作者艺术概括能力所展现的。

面对《东方哈达》，我一直在思索一个问题：徐剑的这部作品，为何能超越一般报告文学的文化含量和心理深度，其成功之原因何在？我想到了以下三点：

其一，这是一部准备期、积累期、酝酿期都特别长的报告，而且是贯注了作者的生命激情和人生感悟的作品。早在青藏线动工之前，这个积累过程就开始了。作者并不是为写青藏线才做这种准备的，他一直把西藏作为心灵朝圣的对象，神往久矣。他沉迷于西藏的神秘与神奇，宗教与风情，生命的极限和信仰的坚贞。他前后八次到过西藏。作者自言，那里是他的精神故乡。每次从西藏回京，面对都市喧嚣，会更留恋那里的无比纯净，面对社会的浮躁，会更向往那里的纯洁，面对人的放情纵欲，会更感到那里神山圣湖的纯粹。看得出来，作品的厚重感、人文内涵、情感容量，关于西藏的知识面，都不是一时采访可以得到的，也不是临时抱佛脚就能奏效的。我们也可以说，他的三年创作过程，就是一次文学的朝圣。

其二，这是一部生活基础夯得特别结实的报告。毕竟，报告文学不是文化的或宗教的专著，只强调人文知识，离开了鲜活而强烈的现实性，报告文学就会失去生命。没有大量的形象资料的积累，光靠书本知识，或者玩弄新观念和新概念，向壁虚构，是断然出不了好作品的。再高明的报告文学家，也无法回避大量艰苦的第一手采访劳动。本书作者，从共和国部长到大大小小的指挥长、专家，从普通筑路工到各省高原民工，前后采访三百多人，这绝不是一个小数。有次在可可西里采访，由于海拔高、压力大，笔记本电脑不灵了，派克金笔竟也大滴"流泪"，可见作者亲历现场的情景。

其三，这是一部非常讲究文学性的报告。作者很注重语言的表现力、感情的浓度，色彩感、节奏感都比较突出。他在不得不交代过程的笔墨里，也仍然注意起伏和陌生感，在篇章结构上，"上行线"与"下行线"，既合乎铁路运行，又自然地把历史与现实、文化与政治、传说与活动着的人结合了起来。报告文学虽然不避心理描写，但有个限度，这方面，作者的实践也有创新价值。

正因为这一切，《东方哈达》面对媒体关于青藏铁路的滔滔覆盖，面对大量同类纪实性文本的涌现，仍能以其密集的信息量、独特的思想见解、情感力量、文献性、审美品格等等品质，屹立于文坛，并且跻身于近年来报告文学的力作行列。

史诗品性与非虚构叙述

——读长篇报告文学《东方哈达：中国青藏铁路全景实录》

作者：朱卫兵（评论家，东莞理工学院中文系教授）

原载：《文艺争鸣》，2008年第8期

徐剑的六十万字力作《东方哈达：中国青藏铁路全景实录》，是近年来少有的一部具备了史诗品性的长篇报告文学。如果从叙述学的角度观之，它既是对报告文学创作的一次有益拓展，同时，也可以有效地延伸我们对非虚构文体本身的思考。

首先，我们来看一看《东方哈达》对于叙述视角的选择。在叙述学里，视角指的是文本中叙述者或人物观察、讲述故事的角度，它涉及到叙述者所站位置对故事的关系。按照热奈特的说法，可以把视角分为三个基本类型。第一类是叙述者>人物，也就是所谓全知全能的角度；第二类是叙述者=人物，即叙述者只说出某个人物所知道的；第三类是叙述者<人物，就是叙述者说出来的要少于人物所知道的。如果我们把第一类称为"全知视角"，第二类和第三类则可称为"限制视角"和"客观视角"。

在20世纪80年代中到90年代初，中国的报告文学开始从过去主要采用单一视角的叙述方式，转变为各类视角交叉转换的多重视角叙述，从而大大开拓了叙述内容的广度和深度，引发了一段报告文学的创作高峰。但从90年代以来，全知视角却重新夺回了话语权力，也恰好伴随着这段时间报告文学创作质量的低迷。

而《东方哈达》则回归了多重视角的自由转换，并以限制视角作为主线贯穿，使这种多重视角的叙述呈现出新的特点。《东方哈达》以这样的叙述开始了它漫长的叙事历程——

> 我坐在中铁二十局青藏铁路指挥长的小客厅里，一任昆仑山之夜用苍凉的被单将我包裹，包裹在一种焦渴和兴奋之中。面对相向而坐的少帅况成明，我不知该说点什么。自从英雄、契机、激情这些字眼在我们的生活中被解构，渐渐从主流语境里被抹去以后，我以为自己已变得麻木，坚硬如冰，不会再被感情的湍流所裹挟，不会再有感动。可是一上到青藏铁路，情感死穴突然大风起今般地涌入一曲曲、一幕幕奇异风景和天地浩歌，卷走砾石，拂去风尘，重现感情之潭的纯清和波澜。

在《东方哈达》里，这种与作者本人合一的第一人称限制视角常常出现，并勾连作品始终，在叙述过程中把叙述者与其所叙述的事件紧密地融合在一起，一方面强化了文体的非虚构"实录"特征，为叙述内容增加了真实感，更重要的是，在叙述中融入了作者的生命激情和人生感悟。作者一直把西藏作为灵魂朝圣的对象，心往神驰，自言那里是他的精神故乡。他沉迷于西藏的神秘与神奇、宗教与风情、生命的极限和信仰的坚贞。他曾前后八次到西藏，采访三百多位青藏铁路的建设者，与他们和青藏铁路都结下了深厚的感情。西望长安的文成公主、神情魔性的情歌教皇、绝地孤旅的拉萨往事、十八军进藏的非凡历程，都让他激动不已。

每次从西藏回京，面对都市的喧嚣嘈杂，他更向往那里的安谧宁静；面对社会的浮躁，他更留恋那里神山圣湖的无比纯粹；面对都市人的放情纵欲，他更感到莽莽高原上青藏铁路建设者们的伟岸沉雄。这种迷恋沉醉和敬佩向往之情，通过第一人称限制视角酣畅淋漓地表达出来，使得非虚构叙事摆脱了通讯报道体的冰冷和僵硬，变得情真意浓鲜活生动，为作品增添了浓郁的诗意，强化了作品的文学性。

在这部长达六十万字、包含三四十个人物的"大事件"全景叙述中，如果仅仅采用一种视角那就难免过于单调和拘束。作者在描绘上至共和国主席总理，下至普通筑路工人的众多人物时，又将视角转换为了第三人称的"全知视角"。这种脱胎于新闻文体的视角被称为"上帝的眼睛"，它能在其视野范围内最大限度地旁观或俯瞰故事和人物，满足作者的叙事需要和读者对故事的好奇心。随着不同人物的共时性登场，这种视角在人物中间穿梭移位交叉反转，勾勒出青藏铁路建设者乃至与青藏历史相关者的浮雕式群像。于是，整个文本就形成了多重切换性视角——以多个人物的视角来叙述不同的故事，而多个人物的不同视角又对同一个重大事件构成不同方位、不同角度的映现和观照，从而编织成了以第一人称为经线、以第三人称为纬线，限制视角与全知视角相互交织的叙述之网。

这种"双声话语"或"多声话语"，突破了单一视角垄断的线性与平面形成多方位多层面的表达，使得报告文学对事件和人物的描绘在逼近其原生态的同时，更具艺术的生动性、视野的开阔性、巨大的信息量和个性表现的深度。这是构成《东方哈达》史诗品性的一个重要因素。

在对叙述时间和叙述结构的选择上，《东方哈达》也显示出了颇为独特的艺术匠心。托多罗夫曾经指出——

提出在叙事中时间的表达问题，是由于故事发生的时间和叙事的时间之间存在差异。从某种意义上说，叙事的时间是一种线性时间，而故事发生的时间则是立体的。在故事中，几个时间可以同时发生，但是话语则必须把它们一件一件地叙述出来，一个复杂的形象就被投射到一条直线上。正因为如此，才有必要截断这些事件的"自然"接续，即使作者想尽量遵循这种接续，但是，往往也不会试图恢复这种"自然"的接续，因为他用歪曲时间来达到某些美学的目的。

《东方哈达》尽管有着"中国青藏铁路全景实录"的副标题，却并未仅仅局限在青藏铁路的建设过程中，作者有着更加蓬勃的雄心。或者说，作者的意图并不想使这本书成为一部就事论事、写人状物的青藏铁路建设英雄谱，而是有着更高远的美学追求。青藏铁路的建设当然是这本书的主干和骨架，而莽莽青藏的宗教与历史、风土和人情，雪域高原的神性与魔性、魅力与精神，更是这本书的血肉和灵魂，于是，便形成了自大唐王朝文成公主入藏直至青藏铁路建成这个长达一千多年的大跨度时空，而叙述时间则被作者高度压缩为一次乘坐列车的青藏之旅。这使得叙述本身充满张力，叙述的力量如深山涌泉，源源不断。

为此，作者创造了"上行列车"与"下行列车"交错并行的叙述结构，把历史与现实、古代与近代、民俗与宗教等交叉串联起来。"上行列车"从作者手执一张站台票走进西藏开始，历经十一站，讲述了国家领导人在修建青藏铁路上的高瞻远瞩、决策细节，青藏铁路修筑中的难题，以及广大筑路者鲜为人知的故事；"下行列车"则用铁路道岔来结构，共分七个道岔，每个道岔讲述一段与青藏铁路相关的历史，诸如文成公主进藏的历史隐秘，清军最后一名驻藏将领陈渠珍撤出西藏返回内地的死亡之旅，情歌教皇的风流韵事，等等。两条叙事线索若即若离，交相映衬，互相搅缠、碰撞、渗透、参照，仿佛电影中的蒙太奇镜头组合，产生出1+1>2的叙述效果，把叙事升华为历史文化的探寻和精神情感的抒发与宣泄。

这种艺术结构很有创新意义：脉络分明，把历史线条梳理得清清楚楚；易于裁剪，把无关主旨的材料统统割舍，使结构更加紧凑；节奏感强，使全书的叙述过程起伏跌宕，色彩斑斓，张弛有致。这种文本结构上的突破，解决了报告文学长期存在的材料杂芜、结构混乱以及叙述平直等问题，在有效紧凑的结构下，摆脱了以重大事件为对象的报告文学易患的"就事论事""只见树木，不见森林"的通病，把青藏铁路建设的现实与神秘高原密集的历史文化信息有机地结合在一起，给人以恢宏凝重、感人至深的精神性震撼与冲击。

从叙述学上讲，这种对叙述事件和叙述结构的选择，使一维线性的时序概念被多维立体的时序所取代，它对事件、人物的再现，不再局限于历时状态，而是将其凝聚成共时状态下的多角度、全方位的事件人物集合，使得《东方哈达》成为叙述时间上的非时序叙述和叙述结构上的非线性结构相结合的集合式文本，从而显现出一种大气磅礴、波澜壮阔的史诗气象。

从叙述者对其所述故事的态度上来讲，《东方哈达》可以被称作是一种情感投入型叙事，它既不是那种"六经注我"，不断在文本中表达自我主观判断、凸显主体意识的干预型叙事，也不是以冷眼旁观态度客观陈述事件和人物，并不停地进行评议和解释的客观型叙事。实际上，这部书的采访和写作过程，同时，也是作者所经历的一次精神和灵魂的洗礼。作者并非外在于叙事，而是把自己融入事件之中努力地去亲近人物，感受人物，与人物同呼吸、共忧欢，并在此过程中追寻自我的升华和心灵的圣地，有点像是中国古典诗歌创作所追求的"情景交融""情与境谐"的境界。这就使它不同于一般的报告文学，而显示出一种独特的叙事风格。

也就是在这种情感态度的支配下，作者对他所掌握的大量素材进行了情感性过滤和精心的选择。他写青藏高原，不仅写它的雄奇壮伟，更写出它的神秘旖旎，魅力迷人；写历史，不去写血与火的杀伐、成王败寇的铁律，却写文成公主的春梦、西望长安的离愁；写近代的战争，马踏残阳，天涯孤旅，却描画出一片侠骨柔肠、英雄美人的缠绵；笔涉宗教，却勾勒出一位情歌教皇的纵情欢悦。他写青藏铁路的建设，于千难万险之间唯独聚焦三个问题：冻土、高原病防治、生态保护。冻土难题的解决，刻细了中国科研人员和铁路建设者超凡的智慧、顽强的毅力和艰辛的努力；高原病防治这一世界性难题的攻克，凸显出对生命的关爱和人道精神的觉醒，与以往"一不怕苦，二不怕死"的主流意识形态不可同日而语；而青藏高原的生态保护，则是一项令全世界关注的重大课题，当我们看到指挥长为万年草地上被轧出两道车辙而勃然大怒，中铁十二局为让美丽的藏羚羊能够安心迁徙，毅然停工七天损失八千多万，我们感受到文明的远见、现代的环保意识、人与自然和谐共存持续发展的观念，正在渐渐深入人心。

他写青藏高原上的筑路者，少见顶天立地的豪言壮语，多是普通人的内心世界和凡人情感，诸如风火山上的父子两代、香巢筑在唐古拉山的勇士的羞涩和将军的情结，使人感受到浓郁的人性、人情、仁义和仁爱，从而使《东方哈达》避免了一般主旋律作品一味歌功颂德、见物不见人、有事无情的痼疾，具有了人类精神的普遍性和现代的审美意识。

史诗是古代民间文学的一种体裁，通常指以传说或重大历史事件为题材的古代长篇民间叙事诗，主要歌颂每个民族在其形成和发展过程中战胜所经历的各种艰难险阻、克服自然灾害、抵御外侮的斗争及其英雄业绩。史诗产生于氏族社会解体时期，在内容方面同神话有紧密的联系，古代史诗便是这些神话传说与歌颂本民族在最初形成和发展过程中进行的各种斗争，以及在这些斗争中立下丰功伟绩的英雄的传说互相影响、互相结合的产物。史诗中描写的是人间事件，但人间与神界往往直接相通。

《东方哈达》尽管也描写了中国的铁路建设者们排除重重困难，在世界海拔最高的地方修筑铁路的壮举，但其中的人物和故事，既不像古代史诗中英雄人物那样具有孔武的外形、超人的能力，也不像古代史诗中的英雄事迹那样战天斗地、人定胜天，更不像古代史诗那样具有浓重的神话色彩，而是表现出一种充满传奇性和人情味的崇高。这种崇高不像前者那样高不可攀，而是可触可感，引人入胜。这种崇高，并非来源于人类与自然的决然对立和神力的无所不能，而来源于人与自然的和谐共存和人性与人道的普遍人类精神。庄严的崇高与优美的崇高，这也许正是《东方哈达》作为一部现代史诗与一般古代史诗的风格之区别所在。

热奈特曾经说过："一部非虚构性散文文本完全可以引起读者的审美反应，引起读者反应的不是形式，而是文本的内容。"其实，这句话只说对了一半，内容与形式是紧密地联系在一起的，非虚构文学叙事的形式至少与内容有着同等重要的地位。建立在田野调查与实地采访、文献资料与知识储备的基础之上，以真人真事为叙述基点、以真情真相为创作动力的报告文学，完全可以、也应当强化自己的叙述意识，探索新的叙述方式，不断开辟出自己的审美新天地。在这方面，《东方哈达》提供了许多有价值的启示。

现实表达与历史情怀

——读长篇报告文学《东方哈达：中国青藏铁路全景实录》

作者：梁鸿鹰（作家、评论家，中国报告文学学会常务副会长，《文艺报》原总编辑）

原载：《文艺报》，2009年9月11日

　　铁路修建曾是人类历史上的重大事件，世界上的大铁路对人类文明的演进均产生过重要的推动作用。青藏铁路建设，实际上也是关系到我们民族发展的大事，其漫长的决策历程以及工程本身之壮丽，堪可惊天地、泣鬼神，已构成文学创作的富矿，受众有强烈的心理预期，理应得到当代文学浓墨重彩的表达。能不能写得富于文学的光彩，作品能不能有较强的可读性，对作家是不小的考验。徐剑所著长篇报告文学《东方哈达：中国青藏铁路全景实录》之所以在同类作品中卓有特点，我认为，一个重要的原因是能够站在历史发展的高度去观察现实问题，写出现实的历史支撑点，同时，作者的文学表达融理性和激情于一体，有很强的感染力，值得推荐。

　　作品读下来，你会为一种强烈的历史感所震撼，作家善于挖掘深厚的历史富藏，表达悠远的历史情怀，因而作品的底蕴极为厚实。青藏高原的历史是中华民族发展史上极富传奇色彩的篇章之一，在写西藏历史的时候，作家着意找寻历史与现实的结合点，突出团结统一的主题、和睦相处的主题。作家以第一人称的亲切叙述，饱含深情地回顾了文成公主进藏的经历，咏颂了这个率先联结起汉藏血浓于水民族之情纽带的不平凡女性。他始终怀着莫名的感动和崇敬，触摸既往的历史，在检视唐蕃遗址和汉藏团结事件的过程中，找到了历史通往未来的道路。作家在古人那些为祖国统一和发展而奋斗的壮举中，不断领悟民族精神的伟大，不断汲取创作的动力。

作品写文成公主的段落为本书添上了极富光彩的一笔，对清末民初西藏传奇般历史进行的描写，也有很强的可读性，着力刻画的清朝最后一位管带陈渠珍与藏地头领彭错女儿西原生死相依的情愫，更是惊天动地，让人难忘。这些回溯历史的篇章，全身心关注人的命运与精神，关注人的情感世界。作品深入挖掘青藏铁路沿线的风尘风俗，把"冷冻下的史诗、宗教、风情和风光"写得气象非凡，从中，我们可以遥想民族文化传统的悠久与伟大，引发我们对民族历史的崇敬之情、对国家的热爱之情。

文学创作是激情的事业，熟悉所要进行文学处理的素材、题材，是报告文学创作成功的重要前提，同时，对所要处理的题材是否有感情，也许具有更为重要的决定性意义。这部作品有厚实的素材积累，但更有理想和激情的精神支撑，因而能写得大气雄浑。

曾长时间在西藏老书记阴法唐将军身边工作的徐剑，对青藏高原怀有一种刻骨铭心的深厚感情，他多次聆听老书记对这片神奇土地的陈述，八次踏上雪域高原，自他头一次沿着今天的青藏铁路线走进去的时候开始，就感受到了这片土地的博大精深，感觉到了它对自己写作甚至生命的意义。他"蓦然觉得自己走进了一片如意的高原，走进了命运的福地"，它的圣洁令人的一切欲念和思想杂质荡然无存，他在这里一次次地感受人性的净化，不断地坚定自己的理想信念。他采访写作的过程中，找到了"文学高度"，似乎自己二十多年的创作都是在为青藏铁路的写作而准备，更找回了"一种生命极限的高度，一个民族精神的高度"。他满怀激情，决意以自己的写作去彰显"民族的精神海拔"，这种理想与激情，这种认识的、情感的高度，决定了作品有着不同于其他同类作品的灼人温度。

如何把一条冰冷的铁路的修建写得富于意趣，需要寻找到超乎"物质之硬"的新的写作路径。从这一点上说，《东方哈达》显示了作家的睿智与悟性。在徐剑看来，青藏铁路不仅是一条地理意义上的"路"，还是人们通往西藏这个神秘地方的精神的、文化的桥梁，在处理青藏铁路这个题材的时候，他不仅把它作为推动中国进步的物质的大动脉来看待，更把它作为一条沟通之路、文明之路、发展之路来看待，从它可以在完成文化的沟通、民族的交流和融合等方面发挥独特作用的角度，认识和表现其意义。作品全面回顾了从孙中山、毛泽东，到邓小平、江泽民等决策青藏铁路的历程，把这条大动脉放在民族发展、进步的高度来认识，他揭秘青藏铁路决策的细节，叙说青藏铁路修筑中的难题，告诉大家筑路人鲜为人知的一个个故事，点染了其中的历史与现实光彩。

作家受呼啸而过的列车的启示，采取"上行列车"与"下行列车"交错并行的叙述结构，更是独具匠心。这种写法能够方便地把历史和现实贯穿联系在一起，相互补充与照应。"上行列车"历经十一站，有三个重点线索：一是从孙中山、毛泽东到邓小平、江泽民等几个国家决策者构筑青藏铁路之梦的路途；第二条线，是以中国第一位高原病院士吴天一教授、青藏铁路首席冻土专家张鲁新为代表的各位一线指挥长的业绩；第三，则是最普通的建设者的奋斗历程。他写这些普通筑路人的梦，写他们对生活的期盼，写几代人为青藏铁路前赴后继的感人事迹，我们看到夫妻咫尺天涯相望的刘正道、方文红，风火山观测站的守山人周怀珍、孙建民，等等，作家为他们树起无名的纪念碑，镌刻下他们的默默奉献，让我们铭记生活的伟大与人的伟大。"下行列车"则用铁路道岔来结构，一个道岔讲述一段跟青藏铁路有关的历史，突出这条铁路所凝聚的非凡意义，同样产生了极佳的艺术效果。

徐剑的西藏情怀

——读散文集《灵山》

作者：甘以雯（散文家、编辑，《散文·海外版》主编）

原载：《文艺争鸣》，2008年第4期

读徐剑的散文，是从十年前开始的。

他的散文创作和报告文学创作，关注的都是边缘和底层的群体，他认为微小的社会影响力和缺失的话语权力，使他们最大限度地付出了生命的代价，而且也最大限度地遮蔽了他们的困境。正是这样的原因，当下有关"边缘"和"底层"的话语写作才集中地热了起来。但是，在很多作品表达中，作家们大多是坐在城市舒适的房间里想象着那个群体的苦难并不断地重复对苦难的书写。作为知识分子的作家们，许多时候只注重了边缘和底层群体生存苦难的书写，而没有注意到，比生存苦难更严酷的是这一群体的精神缺失。因此，徐剑意识到：边缘和底层群体的处境更是这个时代的精神事件。于是，他把目光投向了——青海、西藏。

徐剑的第一本散文集《岁月之河》1998年由百花文艺出版社出版后，我就一直想着，徐剑若在散文创作这条道路上继续走下去，一定会有惊人的成绩。我这样说的缘由是，读他的散文，让我震动，因为他的西藏情怀已在他的生命中无限延伸。他写作的题材和视角非常独特，因为他把自己的生命和热情都融进了西藏的情结中。徐剑曾多次地到过西藏，那里的风土人情，那里的历史和文化，那里的变化，一幕一幕地都在他的眼中呈现，他讲起西藏的故事如数家珍。

如果说，十年前徐剑的散文集《岁月之河》，着重描述的是一位军旅作家的生命历程和精神历程，以及他对人生、对社会、对文化和历史的认知和生命体验，那么，在后来的创作中，他更多的是描写人物的内心和细致的事件，令人读后有身临其境之感。

徐剑一次次地行走于青藏高原、西部边陲，并用心用情地将其描绘出来。2008年第3期《散文·海外版》重头推出的长卷散文《灵山》，可以称作徐剑散文创作的力作。

《灵山》所写的卡瓦格博，是云南省迪庆藏族自治州境内海拔最高的雪峰群，也是云南最高最美的雪山，被称为藏地十大神山之首。她所雄踞的中国横断山脉腹地，是国家级金沙江、澜沧江、怒江"三江并流"风景名胜区的核心部分。卡瓦格博既是地球历史上板块碰撞托起的一大地质奇观，是"沧海变高山"的地史见证，又是生物南来北往的交会处，是"生物资源宝库"和"天然高山花园"，它还是中国东部藏地远近闻名的藏传佛教朝觐圣地。百年以前，西方的传教士、冒脸家、人类学家、东方学者，纷纷踏上这块神秘的土地寻找西藏宝典《甘珠尔》所记载的香巴拉的世界，寻找人类最后一块净土。东方学者、法国丽人大卫·妮尔曾化装成乞丐，穿越其中，英国作家詹姆斯·希尔顿凭着自己对这片秘境的遥望和想象，写成的书曾洛阳纸贵，而近些年，卡瓦格博正以她集自然风光和藏族文化为一体的魅力，不断吸引着海内外人士进行科学考察、登山探险和旅游观光。这种巨大的地史和历史纵深感，无疑给作者提供了一个天马行空、纵横捭阖的天地。

在《灵山》中，作者游目骋怀，以敏锐的心灵感悟世事，以开阔的视野拥抱自然，以独到的手法复活人物，将自然物象赋予了神性人情，情绪饱满，大气磅礴地描绘了"我"眼中的大千世界，并抒发着肺腑之言——

神山的雨雪浸淫了岁月，也苍凉了文字，百年一瞬，天上雪山只是一瞬，人间已是千载，曾经走过白茫雪山的生命衰败，枯萎了，化作一缕云烟，一粒风尘，而白茫雪山的灵异之气却从未委顿和衰减。

神山果然灵着！

那幻城浮现于七彩云南。我走下舷梯时，远眺昆明城郭的万家灯火，心中突然掠过一个念头，原来遥远的香巴拉离我并不遥远，它埋藏在民间闾巷里，隐没在炊烟袅袅的乡井中，走入乡关，我的步履又变得从容起来。因为在香巴拉王国，我寻找到了人类丢失已久的一种纯洁，一种纯静，一种纯粹。从此，在茫茫人海中行走，我们不会迷失……

在这里，徐剑充分发挥他一直以来形成的艺术特点，大段大段地铺陈、叙述、想象，并加以画龙点睛式的议论。在历史与现实间游走，在肉体与精神间徜徉，以深情描写了梅里雪山神奇的自然景观和万千气象，表现出对自然万物、对人生世界的崇敬，对宗教皈依的虔诚与敬畏，因此，在他的散文意境里，一些属于汉地俗世的东西寂灭了，转山大道上所惠赐的纯净、纯粹却长生了，达到了很高的精神层面。而且，在《灵山》中，他描写了动人的情节、细节和人物命运，更加生动引人，颇为耐人寻味。

徐剑是一位军人，骨子里有着军人的本色。他每当进入创作状态时，无论写战争历史，写西部边城，还是写家乡红岭，都有一种凝重和大气，并有一种厚重雄浑之感和英雄主义情怀贯穿其中。无论是他过去的《剑光，在古烽火台闪烁》《将军石雕》《茫茫荒原藏精灵》《沉默的远山》，还是近期的《灵山》《灵地》《灵湖》《城郭之轻》，在这点上都可以说是一脉相承。有才华、有独特风格的作家一出现文坛，往往就奠定了创作特点的基础，这可能也是一种较为普遍的文学现象。20世纪80年代初，贾平凹的《丑石》《月迹》《三棵小桃树》就以其自然灵动、细腻传神，一下子攫住读者的心；季羡林早年的散文集《留德十年》也显露着平朴自然、蕴涵丰厚的特点。在以后的文学生涯中，他们的创作不断深化和发展，形成了各自的风格，然而，都保留有早期创作深深的印痕。

"巍峨的山峦上，坐落着秦代的古长城，汉时的烽火台，向遥远的天涯伸去，融进青烟袅袅的暮霭中。守卫古堡的士兵，已经不知什么年代走远了，唯有石的拱形大门和箭楼静静地耸立着，犹如一个岁月的精灵在沉思中恪守……"此句话出自徐剑最初的散文《剑光，在古烽火台闪烁》，有铺陈，有叙述，也有其独特的想象，大气深沉，应该说是出手不凡。

他写家乡，也少有絮絮叨叨、家长里短、儿女情长的细腻描述，而是融入对中国历史及文化的思考。比如，写家乡的河流，他着力描述的不是儿时的嬉戏场景，而是——

> 你不是一条普通的小溪，你是盘龙江、湄公河的源头。你生命之源奔流不息地奔流着，用混浊的血液润泽着两岸的土地，润泽着生命的绿洲，润泽着人类的文明，创造出一幕幕叹为观止的世界奇观……

《岁月之河》得到了散文家刘白羽先生的高度评价，认为"他把雄健的军旅生活与民族的古代战争，经过思考，有机地结合起来，把对人生和自然奥秘的探索联系在一起"，"把一个当代军人对人生、民族、人类的思考渗透其中，既有远古的影子，又有历史的回声，既有战争的刀光剑影，又有深沉冷峻的思辨，充满了阳刚之气，开拓了散文创作的一个新的天地"。

然而，出版《岁月之河》后，几乎一夜之间，徐剑从散文创作团队视野中消失了，《散文》《散文·海外版》《美文》《随笔》《散文百家》《散文选刊》等主流大刊上，再也见不到他的名字。

原来，他猛然转向，挺进报告文学界，写了整整十年的纪实性报告文学，而且一发不可收，创作了《大国长剑》《鸟瞰地球》《水患中国》《东方哈达》等著作，拿到了几乎所有军队和国家级文学大奖，如：鲁迅文学奖、国家"五个一"工程奖、中国人民解放军文艺奖等。这些成就，缘于他勤奋地读书、思考。

徐剑是一名军人，他的"行万里路"，是他骨子里面的血性的证明。第一次进入西藏，他高烧了三天三夜都没有被吓住，躯壳下沉了，灵魂却升华了，"涅槃"了。后来，他又八次入藏，被西藏神秘的民族文化所吸引，从此再也不能割舍，西藏成为了他人生和创作的"福地"。为采访青藏铁路的建设工程，他采访了从决策者到普通工人近三百名，因为高原反应落下了病。后来，他却借此写出了六十万字的报告文学《东方哈达：中国青藏铁路全景实录》，为全世界展示了一幅人类挑战自然的宏大图景。

十年后的今天，徐剑又挟着西藏的芜野之风走来，捧着诡谲空灵、充满诗性和灵性的散文，朝我们走来，给人一种沉静的大美。

他第一次进西藏是1990年7月19日，后来，又一次一次地去昆仑山、唐古拉山、可可西里，苍茫高远的壮美给他的心灵带来了强烈的震撼，他有一种找到了精神故乡的感觉。人的一生，会经历许许多多的人和事、物和景，西藏的自然景物。促发了作家主体意识的觉醒，他用一颗敏感的心去感悟、去认知西藏，用一个陆地游子的视角去仰视西藏，发掘人生的蕴涵，赋予其新的生命，寻找精神和文学的高地。透过"我"对客观世界的感应，抒写自我的情感，展现自我的心灵和性灵——

如果你是一个忧伤的人，面对那片净洁的土地，你会一丝杂质也没有，你会觉得人生可以如此的纯净；如果你是一个傲慢的人，当你面对昆仑山的伟岸，你会觉得人是多么的渺小，生命是如此的脆弱；如果你是一个迷茫的人，你看一看在路边朝圣的信徒，他们年复一年，日复一日地三步一磕，就为了心中的一个信仰，一个理想，坚定地前行着，你也会为了自己的理想、信念走下去，找回心中的偶像和精神支柱。

是的，我每次回来以后，觉得北京这座城市陌生了，当你在西藏看万家灯火觉得很吸引你，但是在这时候看到万家灯火就会觉得很陌生，怎么好像不是你的故乡呢？好像我的精神的故乡已经留在了西藏，留在了那片非常纯净的土地上。

青藏高原、西部边陲，让徐剑刻骨铭心。凡是真正到过此地的人，都会受到深深的震撼。

　　那是2006年夏季，我从敦煌石窟出来，激情未息，乘车驰骋在大漠。行不多久，当地的司机指着不远处的一片片沙丘说：那些都是汉将士的墓地，我的心一悸；回程时，路经片片沙丘不久，前面蓦然出现了一座座楼宇，"沙市蜃楼！"我和伙伴惊呼着，下车向前奔跑；到了青海，我们久久沉浸于油菜花黄色的海洋，忘乎所以；在青海湖，我们乘船而去，徒步而归，在湖岸边整整走了一个多小时，人几乎被晒干，可精神却格外地饱满，充实……

　　纵观徐剑的散文创作，我以为，他是一位有着自己特点和风格的作家，取得了可喜的成就。当然，对于一位可能已经"读万卷书，行万里路"、经历过冶炼、对人生有着深切体验的作家，又是一位有才智，有独到、丰富的创作资源的作家，我们期盼着他潜心发掘，潜心写作，充分发挥出艺术才华，创作出上通天地、下接心源式的文学作品，创作出更加富有韵味的散文精品。

札记｜爱上青藏女人的徐剑

作者：胡殷红（作家，曾任中国作家网主编、中国作协办公厅主任）
原载：《文汇报》，2008年11月16日

　　徐剑，中国人民解放军第二炮兵政治部文艺创作室主任，却几乎没见他穿过军装。尽管便装，他也总是逮着谁向谁行军礼，从来如此。当他的手停在右眉骨边那一刻，他是严肃的、庄重的。手一放下，一股子桀骜不驯的神气就出来了，小虎牙一龇，时常说些让人瞠目结舌的话，再喝上几口酒，"指点江山"他敢，"激扬文字"就成顺嘴溜达了。

　　徐剑确实一副少年得志的面孔，不喝酒好一点，喝了酒"气壮如牛"。换了别人，我一准是"严打不贷"，对他，我还是"口下留情"。人家一个农家娃16岁就参军到中国导弹部队，他的血肉和筋骨，他的思想和信念，都是和导弹部队一起发展壮大的嘛。

　　为《东方哈达》一书采访徐剑定在下午3点，他是喝了酒来的，还是那副我见过无数次的面红耳赤。他"号啕"大叫："有什么好谈的，要谈就谈西藏的女人！"然后一脸"高龄少年"的幼稚大笑，夸张地扬起双臂："我是爱上了那里的女人！"他把"女"字读成"拟"。我愣了半晌："拟人、拟物是文学创作的基本功，难道你来是给我上文学课吗？"徐剑急了："是女人，女人！"

那次，他反复地讲述文成公主和西原这两个女人。我觉得这两个女人可能就是这部作品之魂，但几个小时里，除了这两个不断提到的名字，他还讲了许多西藏女人。直到我回家细读这部报告文学，才知道那天徐剑说的不是醉话，《东方哈达》里确实有许多像哈达一样纯洁美丽的女人。

最近，徐剑给我寄来一本他的散文集《灵山》，一周后来我这里做访谈时，又是酒气熏天。他不住强调这部写西藏的散文还是写进藏女人的，而且是一个法国女人。

越是这样，我越觉得徐剑骨子里是大男子主义。他内心深处认为，能上青藏高原的都得是响当当的汉子，所以，凡到那里的女人更是让人敬佩和感动。徐剑用发音不准的"滇普"说："我就是要把我写作的视角投向女人深邃的情感世界，我就是想从青藏高原女人的感情找切入点……"

徐剑对西藏有着浓重而强烈的情结，说到西藏女人更是"刹不住车"。我们谈创作的过程，他酒醒了，挺沉重，挺严肃。我们首先谈的是作家的文本意识。我认为，这部作品的结构，较之他以前的写法是有所突破的。这样结构长篇散文，解决了他所面临的叙述问题。

一夸他，他酒劲又上来了，竟竖起大拇指说："中国作协派作家走青藏是对的！派我是对的！唯有我徐剑能写，唯有我徐剑能写好！"

这就是徐剑，一个永远也不会把骄傲藏在心里的徐剑。应该说，徐剑从1990年第一次上青藏就与这片玄机奇妙的土地结了缘，到2002年接受中国作家协会的委派后，他不仅仅是再度攀登青藏海拔的高峰，似乎更是刻意要求自己去攀登精神和文学的高峰了。

从徐剑接受任务踏上青藏路到达第一站开始，他的血压就随着海拔高了起来，如今人回到内地，血压仍是居高不下。我说："你认了吧，这就叫提升精神高度！"

尽管我和徐剑已经熟悉到想不起啥时啥场合认识的，但每次采访他，我还总是要做案头准备。登高爬梯地从书架上找出他的《岁月之河》《大国长剑》《鸟瞰地球》《水患中国》《砺剑霸上》《导弹旅长》等作品，拂去落在书上的灰尘，相互比较、对照，再重温一下他获鲁迅文学奖、中宣部"五个一工程"奖、中国图书奖、解放军文艺奖之后我采访他的报道。多年多次的采访，又总觉着徐剑长不大，一张激情四溢的脸，一口必经反复认定才能搞明白的云南普通话，一副神气活现的派头。难怪他张狂，人家10年前的一部《大国长剑》一下子就拿到了三个国家级大奖，10年后，他的不少作品也都卖出了电视剧版权的好价钱，所以，他有点得意忘形自然都该宽容吧。

早年我俩作为共同的写作者，曾为全国发行量最大的《家庭》杂志撰稿，有时发在同一期刊物上，有时他上期我下期，一篇五六千字的文章就能赚上一两万元，还提供机会参加国内笔会或出国旅游。那几年，我俩都赚了《家庭》不少银两，陈建功曾调侃我俩是《家庭》的金童玉女。其实十几年前，我们也早都成家立业了，只是徐剑不成熟，总是做"少年得志状"；我不优雅，一副"河东狮吼样"。凡到《家庭》聚会，无论在北京还是在广州，我和徐剑常常把人家刊物的领导抛在一边，好像我俩就能当家做主似的。偶尔话不投机闹内讧顶撞起来，第二天准是抢着先打电话互赔不是。我俩有一点很像：跟耗子似的"撂爪就忘"。所以，这么多年来，你争我吵、打来闹去地保持着很好的友谊。

说句心里话，我有点佩服徐剑超乎寻常的创作激情。报告文学界里他是有名能拿"大活儿""急活儿"的主儿，和平年代的军人里他是"怕死不怕苦"的战士。说他怕死，徐剑认可。他第一次走青藏吓得一夜夜睡不着觉，在那里发高烧，他说就怕死在那里。走了八次青藏线，苦，徐剑是吃多了，心里装的关于西藏女人的故事也多了。偶尔我还会骂他是"怕死鬼"，他意气风发地说他现在是"一不怕苦，二不怕死"。

窗外是灯红酒绿的世界，我在书桌前读徐剑远离灯红酒绿时写出的散文《灵山》，想到他此时可能又在灯红酒绿中的那张醉脸，真想问问，到底哪个是徐剑。

寻找心中的精神图腾

——读长篇报告文学《浴火重生》

作者：朱竞（作家，《文艺争鸣》杂志编审）
原载：《中国作家·纪实版》，2012年第2期

　　我带着徐剑最新创作的报告文学作品《浴火重生》，踏上新疆采风之旅，打算一路上细读这部穿越六十年历史时空、再现"共和国长子"工业神话的奇迹与辉煌的大作，深刻感受徐剑笔下东北老工业基地振兴的涅槃景象。

　　这是共和国工业发展史与文明心灵史再现的鸿篇巨作。翻开《浴火重生》，首先映入眼帘的是这样一段话："传说中有一种鸟，当它翱翔的翅膀不能承载生命之重、渐入式微时，便会选择往生。经历烈火后，重新开始更绚丽的历程。东北老工业基地就是这样涅槃后浴火重生。"这是一部刻画东北老工业基地那些热血激昂、豪迈壮烈的工人群像的作品，叙述了老工业基地从辉煌到衰败的辛酸历程，再现老工业基地东山再起、再创辉煌的足迹。

　　一部文学作品的构架，是作家创作思想的精华体现。在徐剑着手创作《浴火重生》之初，他经过一年多的采访，掌握了大量的关于东北老工业基地的历史资料。这些资料从不同方面了解东北老工业基地发展情况，为创作提供了线索。徐剑每次采访回来，都会与几位文友聊起关于描写东北老工业基地的兴衰成败的历

史，用哪种形式表达更为贴切，几代工人家庭的辛酸又该如何表现等问题。

徐剑每一部作品的创作，无论什么题材，他都会带着神圣而敬仰的心情对待。这些年来，他一直在不断寻找那份心中的精神图腾。《浴火重生》又是一部厚重之作，徐剑捧着一颗赤子之心，怀着对东北大地和黎民百姓的敬畏之情，走遍城郭、海港、煤都、钢城和大型国有企业，以数十个普通工人世家与一个时代、一座城市、一座工厂的沉浮命运为纵线，他走进了大东北。最终，他以北京城里的四个坛为主体构架，以当年大清皇帝祭天祭地祭日祭月的"天地日月"四坛和社稷、人间等六章来构思这部作品。徐剑解释说："老百姓是天，老百姓是地，老百姓是天下，也是江山社稷。"他知道，只有从寻常百姓生活入手，作品才会有生命力。

徐剑的写作是诗意的写作，无论多么残酷的境遇，他在采访中，都会挖掘出人性的光辉。《浴火重生》从"东北'双红'淡出国人视线"切入，一下子把我带入了想念家乡的情结中，我直接被他的文字勾了进去。作为东北人，我对徐剑提及的"双红"不但熟悉，而且非常有感情。"双红"，就是红双喜压力锅和红梅味精，这两个东北大牌产品，一直陪伴百姓生活多年，若不看这部作品，还真不知道它们退市的原因。

再读"祭坛"篇中的"鲁尔，曾经是德国的一个制造基地"。沈阳铁西，曾是一部让许多中国人热血激荡的英雄神话和史诗。然而，"铁西是中国的鲁尔"这句让沈阳人引以为自豪的话语也已成为过去。"一门父子兵与一座铁西城"中的80多岁的尹忠福谈及父子兵与一座工厂、一家人、一个制造基地的故事时，他们对那个时代的感慨更是让人觉得这是一个时代宿命的投影。东方鲁尔——铁西，一座城与几代人的命运，令人扼腕长叹。"时空跨越了六十多载。历史画卷展现的是一个激情年代，与今日之中国、当下之铁西，是完全不同的一道风景……"

从《浴火重生》看到东北老工业基地的历史，一幕幕辉煌景象呈现在眼前。而在沈阳铁西区，光荣与梦想同在、理想与英雄共生的年代，一代代工人们曾经创造了新中国的350个"第一"，这对全世界来说，也是一个奇迹。新中国第一枚国徽，由沈阳第一机床厂铸造；新中国的第一台5吨蒸汽两用锻锤，在沈阳重型机械厂试制成功；中国第一辆18马力的蒸汽拖拉机、中国第一台3000千瓦水轮发电机、中国第一台69千伏的高压多油断路器、中国第一台100吨可以给火车称重量的轨道秤、中国最早的战斗机轮胎……诸多"第一"，都是在东北大地上诞生的。作为新中国装备总部的东北携着享誉全国的众多劳动模范、难以计数的产业工人，一同登上了荣耀的顶峰……

但是，随着时代发展，计划经济向市场经济转型，曾为中国解放和建设事业做出巨大贡献的共和国长子，迎来的却是命运中不可承受的衰败和伤痛。

读着徐剑的文字，跟随着他采访的人物，一步步地看到了沈阳这座东北老工业基地的兴衰历程。"88岁的老人李立水犹如一座石尊，坐在我的面前。他像摆龙门阵或像东北人唠嗑儿一样，给我翻开了一段伪满时代的老皇历。"李立水对铁西区的前世今生如数家珍，他给徐剑讲了伪满时代的铁西历史：东北老工业基地最早起源于绿林出身的张作霖的麾下。铁西的第一座工厂，始于上个世纪20年代。第一次直奉战争落幕，张作霖兵败如山倒，撤回沈阳，路经山海关，他回眸一看，仰天一声长啸，回到沈阳，要开矿山，建炼钢厂，造枪造炮。

而徐剑，硬是从伪满时代的一段老皇历中，寻找到了一个个贯穿全书的三四代工人家庭的感人故事。钢铁工人赵德胜祖孙三代的故事、与郝建秀同一个辈分的女劳模杨玉兰的故事，还有回顾毛刘周朱陈邓六大常委巡视沈阳大工厂的难忘情景……读这些令人感动的人和事，仿佛把我们带到了那激昂的年代。

能把一部作品写得贴近大地、贴近人们的心灵，这需要作家深入的田野调查。《浴火重生》虽然讲的是"振兴东北老工业基地"的故事，但读起来，却如神话般吸引人。徐剑时刻记着他采访过的大连港奇人、怪人刘连岗的话："你写振兴东北老工业基地，千万别往大说，应该定位为普通的老百姓过小日子的一种题材。"徐剑懂得，创作要有厚土意识，一个强大的国度，必然有一种优秀的文化厚土为支撑，要创作出精品力作，别无他途，唯有深耕。与每一位被采访者交谈，他都乐此不疲，觉得面前展开的是一卷卷大书，从每个人的讲诉中都受益匪浅。

《浴火重生》"月坛"篇"省委书记深入棚户区心酸流泪"中，有这样一段话非常感人："……冬天的阳光斜落下来，照在这片寒山疏林的山沟里，没有一点暖意。寒雪，衰草，残阳，在这里构成了死一样的寂静。低矮窝棚前，站成一排排晒太阳的老年人、中年人和青年人，一脸绝望之色。见惯了太多的领导人进莫地沟考察，老百姓心里早已经麻木。哭过，骂过，闹过，莫地沟50载依然如旧。然而，那天省委书记在连着看了两三个家庭后，一阵阵的心酸涌上心头，他特意看了看摆放在一旁的垃圾桶，连一片烂菜叶都没有，他的眼睛一次次地湿润了……"

书记视察那天是抚顺最冷的一天，气温降至零下29摄氏度。许多家庭就靠一个小炉子取暖，没有暖气，也没有煤气。好一点的家庭烧煤，条件差就烧入冬前山上撸下来的树叶子，点燃起来乌烟瘴气，室内与室外的温度相差无几。晚上睡觉时要穿着棉衣、戴着棉帽。最痛苦的是室内无厕所，一个棚户区，700人上一个旱厕，早晨就得排大队……

对棚户区的改造，"要当作省委一项重大的惠民工程来做啊！"书记的坚定决策，落在了辽河两岸的积雪大地上，响在百姓的心中。在新世纪的第一个十年间，老工业基地终于涅槃了。在这片土地上生活的几代人，在沉寂和黯然岁月里经历的生命劫难，终于找回东山再起的自信和骄傲，找回了当年工人老大哥的荣耀。

"地下的，天上的，似乎都预见到了21世纪的第一个十年，沉寂了十年的东北重工业，一如冥冥之中的符咒一样，要经历一场浴火涅槃。而它更远古的涅槃呢，却是我们不能预知和看到的。"

《浴火重生》书写东北老工业基地日新月异的变化，反映人民群众的心声，赞美普通工人的精神面貌和美好心灵。徐剑以饱满的热情，深入到广阔丰富的现实生活当中，用自己的生花妙笔，为时代和生活做充满诗情画意的记录。有评论家如是评价："以气韵沉雄、悲怆婉壮、灵魂柔美"的叙述，直抵于普通百姓的心灵和情感。他的文字融入文章血脉，对历史事件、社会问题、现实隐忧毫不避讳，秉笔直书。

我们的时代需要这样的作家，让百姓多姿多彩的生活更多地流淌在字里行间。

札记 | 我的兄弟叫徐剑

作者：萧立军（作家、编辑，《中国作家》杂志副主编）
原载：《文艺报》，2012年4月25日

读徐剑报告文学《大国长剑》和《导弹旅长》的时候，还不认识他，只知道他是军人。但从作品中，我已经看出，徐剑是一位长于处理正面题材的作家。当时，我负责第一届鲁迅文学奖报告文学奖的初评组织工作。评论家李炳银推崇《大国长剑》，我也很赞同。因为中国报告文学创作从20世纪90年代起，几乎是正面题材的天下，大量作品都是人物和行业表扬稿，已经形成了僵硬的创作模式，作品的深度不够，读者不待见，导致一部作品只有编辑和作者必看，被描述对象和他们的亲朋好友、熟人们看。报告文学作品的这种尴尬相，已然是报告文学界着力要解决的大问题。

而作为军人作家的徐剑，据我所知，20多年来已出版的报告文学作品基本上都是正面题材。以他一个军人的身份，不好去接触、反映负面题材，于是无形中给他的创作形成了压力，很难突破自己。

作家最忌讳重复自己，而面对一个一个的正面题材，究竟该怎么来突破？

我已不记得第一次和徐剑是怎么见面的，约略记得是在一个饭局上。我见他每端起酒杯就一脸苦相，喝一杯酒后还是一副苦瓜相。我这张爱说人的臭嘴，就想劝告他喝酒是享受，别作痛苦状。但是由于不熟悉，我就使劲忍住了。慢慢地，与徐剑来往多了也就熟悉起来，我就忍不住地说："徐剑啊，喝酒是个愉快的事，你老弄出一副苦瓜相，反倒把喝酒搞成了受罪的事儿了，你还喝它干啥？"于是，往后他再端酒杯时，就做出"甜瓜相"，勉强把嘴角拉成10点10分状，看上去自然还是一副受罪相。我就知道徐剑虽然有酒量，但是对酒没多大兴趣，他只是和朋友凑热闹时，不让大家扫兴罢了。

徐剑的有趣不仅在于他的随和，还在于他的拗。有次十一放假，一群朋友去山西玩，到了大寨吃晚饭时商议第二天的行程，徐剑极力主张去平遥看古城，而另有人主张去黄崖洞。两个地方都是好地方，问题是十一长假到平遥这种人满为患的地方只能参观别人的后脑勺，而在黄崖洞就可以坦然欣赏自然风光。无论大家怎么掰开饽饽说出馅儿，徐剑还是坚持要去平遥看古城，其拗于此可见。因为要去黄崖洞的人多，少数服从多数，这才把徐剑裹挟了去。及至，徐剑被黄崖洞的好风光吸引了，拎着他的大炮相机，蹲着趴着躺着一通狂拍，终于承认选择这条路线是正确的。从此，大家就把徐剑定为"错误路线头子"了。

其实，徐剑的随和与徐剑的拗，在他身上是相辅相成、相映成趣的。这在他的创作上表现得更明显。如他写青藏铁路建设的《东方哈达》，是下了很大功夫的，不仅用仓央嘉措情诗来为每节做引子，更是将铁路的上行下行及道岔作为作品的结构来叙述。我认为以这题材本身体现的形象作为作品的结构形式，是最为贴切的，不仅生动地表现了青藏铁路建设者的情怀，而且更深刻地凸显了青藏高原博大的人文精神。但是，也有朋友认为他这样太注重形式不太好。徐剑听后就拉着朋友，脸红脖子粗地阐述他的创作意图，直到把朋友说得频频点头才作罢。

再比如，他写了关于二炮的长篇报告文学《逐鹿天疆》后，给老编黄宾堂看，之后徐剑给我打电话说老黄没看好，要发个电子版给我再看看。至于老黄没看好什么，他没告诉我。待我看了他的《逐鹿天疆》时，我也觉得他写得不太好。后来我们见了面，我就说："你的这部长篇写得太求全了，凡你采访的人都不想落下，老觉得对不起人家似的。这哪能行啊！这内容一重复，就会有冗长而沉闷的感觉。这是你最熟悉的题材，你却忘记了节制，远没有你的长篇《国家负荷》写得生动水灵。《国家负荷》的视野和思想能力是你创作的延伸，标志着你在突破自己。"

徐剑听我这么一说，马上说："看来是我出了毛病了，我得推倒重来。"

这就是我的兄弟徐剑。

札记│徐剑：与电网结缘的作家

作者：朱竞（作家，《文艺争鸣》杂志编审）

原载：《国家电网报》，2012年9月28日

　　徐剑说他与国家电网结缘三四年了。这期间，他也已经和电网人结下了深厚的情谊，参与了国家电网的很多项目，有人说他已是"电专家"，徐剑却说："我虽然完成了几个任务，但自己还是没能赋予电什么样的精神，等到再写几部电网的书以后，相信一定会为电找到一个特别精准、无可替代的概念作为图腾。"

　　几年来，作家徐剑走进国家电网后，有三件事对他的触动特别大。一个是"特高压"工程，代表了世界最先进的输电技术和发展方向；另一个是"户户通电"工程，为了山里、海岛上一两户人家用上电，国家电网公司不计成本地投入，给无电群众带去光明和希望；第三，就是2008年"抗冰雪"的感人场面，让他难忘。于是，他写出了《冰冷血热》。这部作品以灾区军民和国家电网员工抗冰抢险恢复重建历程为主线，再现了电网员工与灾区人民在抗冰抢险中感天动地的英雄事迹。接下来，他又接下两部重大题材的写作任务，一部是《国家负荷：国家电网科技创新实录》，这部作品，全面展示国家电网公司的科技创新成果，讲述了从中科院院士到普通电网员工的平凡故事；另一部是《雪域飞虹：青

藏联网工程实录》，写了横跨青藏铁路之上的电力天路——±400千伏青藏联网工程。

这之后，很多人认为徐剑是"电专家"了。

我对作家徐剑印象最深的一次，是2008年5月12日在北京人民大会堂吉林厅举行的徐剑长篇报告文学《冰冷血热》发布会上。会议结束后已到中午，一同参会的赵瑜、李炳银、胡应红、萧立军、何西来等几位老友说一起吃中午饭吧，正商议找饭店时，徐剑走过来说："晚上我要设大宴请各位，六点钟，在宣武门附近那个云南菜馆。"就这样，我们几位中午就不想吃饭了，都等着晚上徐剑的大餐。

就在那天14时28分，汶川发生了大地震……

晚上，徐剑的大宴进行中，大家没有太多祝贺《冰冷血热》发布成功的话语，只是一直看着电视中一幕幕惨烈的画面。这时，徐剑接到了一个电话，只见他一脸严肃，不停地说："是！是！"

放下电话，徐剑说："我接到命令，明天一早，赶往灾区采访！"

此前，徐剑是刚刚采访创作完一部抗击冰雪的作品，他当时冲到抗冰雪战斗的第一线，采访到很多真实感人的故事，写出《冰冷血热》这样的纪实性文学作品。

徐剑到了汶川灾区后，给朋友们发来报平安的短信："我很好！到成都下车后就遇5.9级的余震。今天下午去了都江堰，气味熏天，惨不忍睹。在柴坪坝铺水库大堤采访失去父母的汶川中学中学生，一千多人啊！听一个高三女孩子代燕妮讲自己已经没有了父母时，我扭头跑开，朝着都江堰方向号啕大哭……"

徐剑16岁时就成为一名导弹筑巢的工兵战士。在那片远离人烟的绿色大莽林里，他与战友们钻山洞、放哑炮、出石碴、战塌方，长年累月与死神搏斗较量。徐剑感受最深的是，随着一座座藏雷纳电的地下长城悄然崛起，他身边患难与共的战友，却有的解甲归田，告别了属于军人的辉煌，有的落下残疾，留下难以弥合的伤痛，有的则献出了年轻的生命，永远长眠在导弹阵地旁。这给年轻的徐剑心灵带来了巨大的震撼和永恒的记忆。也正因为如此，才驱使他半夜点灯熬油，将身边发生的一件件惊魂动魄的故事和英烈的名字一个个记了下来，并决心用英雄感天动地的故事编织自己的文学梦想。

作家徐剑的创作激情是非常感染人的。他是一位高产作家，他认为"苍茫之中，仿佛隐没着一座座文学神山"在吸引着他不断地探索前行。徐剑更是得奖专业户，他曾获解放军文艺奖、中宣部"五个一工程"奖、鲁迅文学奖等。

徐剑喜欢请朋友们吃饭，他自称是有"身份"的人，不爱去小馆子，每次都讲排场到大饭店。朋友们都喜欢徐剑的"小狡猾""小聪明"。前几天徐剑请来几个大腕——军旅作家朱向前、新锐评论家李建军、编辑家萧立军、出版家黄宾堂一起雅聚。只见徐剑从书包中拿出他的两部新出的大作《国家负荷》《雪域飞虹》，他冲着萧立军说："萧哥，《国家负荷》的评论写好了吗？"然后，转头面对着朱向前和李建军两位评论家说："看看《雪域飞虹》，我这可不是鸿门宴啊，请二位大评论家好好批评一下。"明明就是"鸿门宴"，徐剑还狡辩。

萧立军这样评价："徐剑是性情中人，他喝酒也算海量，喝上个斤八的没问题。但要把他喝得挂到墙上，得有能力的人来把他的情绪调动起来。比如文联聚会时，只要我们作协系统的几位老妹中有任何一位到场，徐剑就斗志昂扬，他就拿出军人的爽劲儿，不要人夸不要人劝，端着大杯到处邀战，每聚会一次就把自己挂到墙上一次。因此，我认为徐剑是个有趣的人，个把月不见他，就很想念他。几位老友常会组织一个饭局见上一面。而徐剑只要不出差，就必定来掺和掺和。"

其实，徐剑是有大智慧的人，他对创作重大题材作品是非常有把握的。每一次，他都会先找到一个特别精准、无可替代的概念，作为这个题材的精神图腾。

复活一个时代的伤痛和荣耀

——读长篇报告文学《浴火重生》

作者：王晓燕

原载：《文艺报》，2012年6月13日

1966年，美国小说家杜鲁门·卡波特《冷血》一书出版，开创了美国"非虚构小说"之先河。这种从新闻报道式的客观视角，描写社会事件的小说形式在上世纪六七十年代的美国盛极一时。近半个世纪后，非虚构小说的文学风潮在大洋彼岸的中国悄然兴起。

2010年，《人民文学》率先高擎"非虚构"旗帜，启动了"人民·大地"非虚构写作计划，呼吁写作者走出书斋，走向现场，走向民间，以刚健行动开拓想象空间，秉笔直书为时代作传。在非虚构小说的文学样态描述中，有两个突出特点与在我国有着悠久传统的纪实文学相区别。一是作者个性化的写作方式，二是不受意识形态和主流话语影响，描写时代真实面孔的立场。从以上两点审视，徐剑的《浴火重生》确实应该划归非虚构文学的行列。

徐剑的作品最为鲜明和动人的特质，便是一种对于底层民众的"仰视的目光"。无论是抗冰保电战役中诞生的《冰冷血热》、抗震救灾中写就的《遍地英雄》，还是历经四载最终完成的《东方哈达》，我们都能从中感受到徐剑的对于民间和底层的敬畏和悲悯，看到他在对芸芸众生的描述中寻找文学内核和时代精神海拔的努力。

而今，他把目光投向了白山黑水间的广袤大地，把尊重和同情献给了生长于此的质朴刚强的东北人。或许刚开始的时候，他对东北人会有一些小小的误会和不敬，因为在作家的童年印记中，东北女人的形象一度是盘腿坐在炕上，吸着旱烟袋的原始本尊，以至多少影响了他对这块大地和群族的看法。然后，当他走遍东北的城郭，煤城、钢都和大型国企，看到一个个工人世家和一个时代、一座城市和一个大厂的沉浮毁誉，他叙述经历过辉煌和荣耀的东北工人阶级的平民生活，在透支光荣与梦想之后，便面临着宿命般的酬报和偿还。有许多母亲、女儿、姐妹，用柔弱的肩膀支撑起了一个小家庭的天空，甚至以超人的牺牲，支撑着一个家庭度过了那一段最艰难的时光。一位作家悲天悯人的情怀被无限放大了，大写意般地抒写了他们所经历的辉煌与苦难，复制了曾经的苦难与辉煌，以敬畏之情，将东北的父老乡亲和兄弟姐妹举上了作家的头顶。

然而，不管这种转型付出多大的代价，可是对于一个大东北来说，是辉煌过后的归零，是领略幸运之后一步步滑入宿命的怪圈。但是最大的幸运，在新世纪的第一个10年间，他们终于涅槃了，找回了当年工人老大哥和家庭的荣耀和灿然。

一个时代的辉煌、沉寂和复兴，一片土地的兴盛、沉沦和复苏，一群人的荣耀、失落和振奋，是一个难以把握和描述的沉重命题。徐剑在书中借被采访人刘连岗之口，表明自己的破解之策："你写的振兴东北老工业基地，千万别往大说，应该定位为普通的老百姓过小日子的一种题材。"在东北老工业基地兴衰浮沉的人的命运中，徐剑对重大题材的把握可谓举重若轻，他将纵横捭阖的宏大叙事，融入了普通平民百姓的日常生活，从底层的变化，来透视老工业振兴，显示了他驾驭国计民生大题材的老到和成熟，以及极强的叙述控制能力和结构能力。正如他在第九章《煤都之恸》中申明的那样："我一直信奉读活的大书——大写的堂堂正正的人。翻阅他们从某种意义上就是在翻阅活的历史。"只有通过这些或青春或苍老、或得意或失落、或喜悦或悲伤的面孔，才能复活一个时代的悲怆和荣耀。

荣耀易写。徐剑也是从"东北大地曾经是一次次产生光荣与梦想的天堂"处落笔。新中国第一枚国徽，由沈阳第一机床厂铸造；新中国的第一台5吨蒸汽两用锻锤，在沈阳重型机械厂试制成功；中国第一辆18马力的蒸汽拖拉机、第一台3000千瓦水轮发电机、第一台69千伏的高压多油断路器、第一台100吨可以给火车称重量的轨道秤、最早的战斗机轮胎……新中国的诸多"第一"，都是在东北大地上诞生的。作为新中国装备总部的东北，携着享誉全国的众多劳动模范、难以计数的产业工人，一同登上了荣耀的顶峰。但随着时代发展，计划经济向市场经济转型，曾为中国解放和建设事业做出巨大贡献的共和国长子，迎来了生命中的不可闪避的衰败和伤痛。

艰辛难述。曾经领跑全国、荣誉无数的大型国企资不抵债，破产倒闭；曾经被称为天堂的工人村住宅区，沦为了穷人街、闲人街；曾经"工农商学兵"以骄傲姿态立于社会顶层的产业工人，大批下岗失业，开始了艰难求生。艰辛之所以难述，是因为它不是一时一事就可以说尽、说清的。艰辛并不只是一时，它侵扰了所有辗转反侧的不眠之夜；艰辛也并非一事，它弥散于柴米油盐酱醋茶，令人捉襟见肘，困顿无言。我生于辽宁，分流、停薪留职、下岗、买断等词汇耳熟能详，亲属中也有多人下岗失业，因此，阅读到产业工人第二代讲述人情冷暖、求生艰难的片段总是难抑心中起伏。

掩卷回味，最令人动容的就是第九章《煤都之恸》中被采访人任志琴的微笑。人说"好女不嫁莫地沟"，但任志琴为了爱情毅然走进了莫地沟棚户区，并在下岗后买断工龄，经营百货，起早贪黑维持一家生计。而艰辛的生活和恶劣的居住环境并没有磨灭她的希望，敛去她脸上的笑容。还有那位与郝建秀一个辈分的全国劳模杨玉兰，曾经是新中国第一代纺织女工的荣耀之后，一位被很多志愿军官兵追求、爱慕过的年轻姑娘，她的经历，让人们回到了那个英雄美人、江山家国的光荣年代，她最终成了一位军官的太太，可是在10年沉沦的黯然岁月，也一度沦落为集贸市场里卖小人书和冰棍的老妇人。但是在她们的心中，仍有一种不泯的希望，一种奔日般的轮回往生，至今，虽然她大女儿还蜗居在街边那间当年妈妈卖冰糕和馒头的小铁皮屋，居无定所，甚至零下30℃，没有暖气和洗澡的地方，可是却以卖一包烟、一瓶酒、一根冰棍，赚来的一分一厘，供出了一个大学生。正是从这些柔弱女子的温柔笑容中，我们看到了东北人最为坚强的脊梁，他们是最朴实无华的平民百姓。

对于全国其他地区的读者，《浴火重生》是一本"了解"之书，通过阅读他们会了解到东北不只有人参貂皮鹿茸角、乡村爱情小沈阳，更有悠久的历史、独特的文化、辉煌的过去和崭新的未来。对于东北人，《浴火重生》是一本"治愈"之书，遥想旧日辉煌，可以坚强今日自信，重温伤痛记忆，才能催生明日梦想。只是，作者在书中的一丝隐忧应引起我们关注，在采访抚顺矿业集团，得知抚顺煤矿资源枯竭，抚矿集团转而研究曾经的废弃物油母页岩，从中提取油母页岩油，而抚顺的油母页岩可开采30年后，作者抛出了一个疑问：那30年以后呢？

在书中，作者没有得到答案。

这一问题，应该由抚顺、由黑吉辽、由整个大东北来作答。只有带着问题和思虑上路，才能走得更远。东北振兴，才能变为东北永兴。

从这个意义上说，非虚构作家的写作，其实是最纯正的知识分子写作，他需要作家要有新历史、哲学和文化史观，以巨大的思想穿透力，来穿越众生，来统领提挈素材，结构文本，凸显出新颖独到的创造，从这个意义上写，非虚构写作，有时往往比小说的虚构更鲜活，更有超凡的魅力。

当然，一部好的非虚构文学除了思想的深邃的锐度、文学叙述的诗意和情感，还要有文化的底蕴和沉淀。

徐剑是一位有浓郁文化品位的作家，他的这种才情和文化底蕴，在《东方哈达》中已灿然绽放，而在这部作品中，我们又再度领略了他的文化眼光和历史视点的深度扫描。他引述了清代杨宾的《柳边纪略》以及地质大师黄汲清的《中国主要地质构造单位》，来论述东北独特的文化和地理特征。他称杨著为一部很有价值的北方边疆史学著作，也赞誉黄著对东北大地地质构造的科学论述。随着《浴火重生》的完成，徐剑也从一个独特角度书写了东北老工业基地的复兴史。他于叙事复线中广涉文献典籍，主线中深入底层采访取材，小说结构、叙事皆现苦心。若论白璧微瑕，唯有用词略显繁复，有时缭乱眼目一点。

徐剑骨子里军人的刚健耿直，通过他的文字融入文章血脉，对历史事件、社会问题、现实隐忧毫不避讳，秉笔直书。而受访的东北产业工人，因天性直爽豁达，也是畅所欲言，毫无矫饰。两相碰撞，使得《浴火重生》一书呈现出一种少见的"坦诚"特质。唯有坦诚，才能真实，唯有真实，才是非虚构文学的灵魂和力量所在。

东北老工业基地如何涅槃

——读长篇报告文学《浴火重生》

作者：李炳银（作家、评论家，中国作协创作研究部研究员，中国报告文学学会原常务副会长）

原载：《中国青年报》，2012年6月19日

凤凰涅槃，这是一个美丽的传说，是人们的一个美丽善良的期冀。

纪实作品《浴火重生》所讲述的东北老工业基地经历艰难而振兴再生的情形，却是实实在在的现实。在这部贯穿着东北老工业基地前世今生状态命运曲折改变的真实纪实中，作者徐剑以东北这块土地的历史开发和文化内容作为大背景，着重在东北工业的历史作用和现实的艰难转型过程中表现基层人们的感受与命运状态，从而让人看到一个巨大的工业形体沉浮与华丽转身所衍生出的许多人生命运故事。

东北工业基地的存在，曾经是现代中国存在和稳固发展的基础，被认为是"共和国的长子"。在这个地方，先后出现了N个"中国第一"。分散在这里的很多工矿企业的广大工人，曾经以伟大无私的、坚韧不拔的忘我劳动和智慧创造，表现了崇高的精神品质与坚毅的性格。他们将自己的青春热血、将自己的全部希望和理想投注到这里，期待国家的强盛和人民基本的富足安康。可是，在徐

剑深入地采访调查之后这里却呈现出一个个触目惊心的事实：这个过去为国家建设贡献巨大的地方，伴随着资源的逐步枯竭，伴随着世界科技快速发展的脚步，伴随着社会生产营销体制的改变，这个往昔一己独大，这个逐渐显现出老态、僵化迟暮和落后的地区工业，英雄老矣！被时代迅速地推拒和放弃，导致步履沉重艰难，以至生存危机频发。一时间，企业凝滞淘汰破产，工人下岗失业，人们衣食居艰难，生活难以为继，曾经辉煌自豪的地方弥漫着无奈怨愤、消沉叹息、茫然无助，甚至危险的情绪。

这究竟是一种宿命的表现，还是一种人为的结果？

《浴火重生》从具体真实的基层对象描述入手，用很多催人动情的故事和人们的现实命运情形，使我们看到了在艰难时期许多企业、许多人、许多家庭所遭遇的困惑与悲伤，表现了人们强烈的改变欲望。所幸，共和国不会忘记东北工业区的存在，更不会忘记坚持在这个地区的几代工人群众的冷暖。2003年10月，党中央、国务院出台振兴东北的战略；国务院专门成立了振兴东北老工业基地领导小组，温家宝总理亲自担任组长，曾培炎副总理任副组长，国家发改委的领导张国宝任办公室主任，并在发改委成立了专门协调东北振兴的办事机构"东北司"。

自此，一个强力振兴东北老工业区的大戏开幕了。更新观念，调整思路，逐步建立社会保障体系，一次豁免企业历史欠税23亿元，体制创新、机制创新，重新调整产销品种方式，大力推进棚户区改造……此前一片死寂冷清的局面，开始出现生机与活力。例如，沈阳的铁西与开发区合力开发，既有利于企业更新、城市改造、家园建设，又有利于筹集资金合理利用，立见奇效；例如，获得内蒙古政府大力支持、由辽宁阜新市阜煤集团开发锡林郭勒露天煤矿，抚顺莫地沟大片破烂棚户区改造的奇迹，重展雄风的"国宝"齐齐哈尔重型机器厂；又如，创出了"中国速度"的长春客车厂等，都因为振兴东北老工业区的"新剧目演出"而精彩纷呈。人们看到"浴火重生"的工业奇迹时，重生的感觉、如释重负的欢喜感油然而生。

过去，表现工业题材的纪实作品，一直是困扰很多作者的难题，即使可以运用虚构手段的小说创作，至今也很难说有十分成功的范例。何况，要用必须真实这样极有约束力的纪实手法来表现，就更加困难重重。徐剑通过"神道"和"天坛""地坛""月坛""日坛"这些具有祭奠仪式的象征地点组成作品结构框架，在天地日月的浩大空间展开笔墨，又将"社稷""人间"这样的现实社会内容贯穿其间，从而在地域时空和高远的诉求与现实的表现上形成一个纵横驰骋的平台，为自己认识大东北的厚土与民生，检视东北的历史文化和人们敢"闯"的性格，为东北老工业区的形体和今昔表现，提供了自由选择的空间。这是一种大的视角和开阔的领地，是一种既可独立又相互构成网络的结构，足可以让他表达人与自然的关系思考，表达他对权力与国家社稷及民生关系判断的见地。

《浴火重生》在大量底层人物的生存生活及不同的活动表现情形中，全方位地反映东北老工业区的"浴火重生"现象，给人以虚实有据、言之有物、以小见大的立体印象，如实报告了东北老工业区的苏醒和现实，艺术地传扬了国家伟大战略的智慧和人们奋发作为的精神与积极努力所获的丰硕成果。大题材、大手笔、大思考，为东北工业基地的艺术呈现攀上了一个新高峰。

那一片土地上的神性

——读散文集《玛吉阿米》

作者：彭程（作家，高级编辑）

原载：《文艺报》，2014年11月7日

或许因为其报告文学创作的不俗业绩，提到军旅作家徐剑，人们首先想到的会是《大国长剑》《东方哈达》等纪实长卷。不过，倘若因此而忽略了作者在其他文体譬如散文创作上的努力，作者肯定会不情愿，因为他白纸黑字地表达过，散文才是他的"童子功"。

散文集《玛吉阿米》是徐剑在这一领域的收获结集。自上世纪70年代至今，时间跨度长达数十年。看书中每一辑的题目，"芜野尘缘""筑巢记忆""军旅抒怀""乡关乡愁""读书行走"，可以了解到题材广阔的覆盖性。

在《故乡不沉的石舫船》中，他书写对云南故乡的思念，那里的老街深巷，亲人的一颦一笑，在他心中镂刻下深深的印痕；在《少年幸自入潇湘》《芙蓉楼》中，他回忆自己小小年龄应征入伍到湖南的军营中，几年间，雨雾迷蒙的潇湘之地，见证了一位青涩少年从情感到心智的成长；在《月亮城》《将军石雕》《共和国不会忘记》中，他讴歌新中国的保卫者和建设者，为他们的奉献和牺牲感极而泣。这些篇章抒发的都是最基本的情感，所褒扬的也是价值谱系中最为核心的内容，表达质朴真挚，最能够引发读者的情感共鸣。

从发表时间看，上面提到的作品多数比较早，不妨看作是作者在这一文体领域的探索。而当跨入新世纪，一种深刻的变化陡然出现了。

收入"芜野尘缘"中的一系列作品，从内容到文体，都呈现出一种全新的面貌，标志着作者寻找到属于自己的声音调门。作者将所描绘的人和事，将所抒发的感受和思考，放置在大自然的雄浑背景下和历史文化的宏大视野中，加以观照、梳理和提炼，使其作品超越自己的昨天，获得了全新的艺术高度。眼前之景与内心之境，现实光影与历史幻象，情感的激荡与理性的沉潜，仿佛坐标系的纵横两轴，定位了这些作品的气质和格调。如读其《城郭之轻》，我们跟随他飞扬的文字，神驰锡林郭勒大草原浑善达克沙地，凭吊当年蒙古铁骑大败金国完颜主帅的古战场，又到颓圮的元上都旧址废墟，遥想曾经的金碧辉煌。善与恶、盛与衰、战争与和平……这样的命题置身于作者笔下的具体情境中，一种切肤之痛从具有质感的文字间分娩和传递出来。

那些西藏题材的作品，我有理由相信也正是作者最为着力之作。选取其中一篇的题目《玛吉阿米》作为书名，肯定也不是作者一时随兴之举。西藏，以其雄浑壮丽的自然风光，以其神秘博大的宗教文化，令世人向往不已。作者在20多年中十几次赴藏，藏地的自然风光给他带来强烈的审美震撼，而弥漫在那片土地的神性，也已经内化为作者精神魂魄的一部分。"青藏高原是我的福地"，这句话里的分量只有作者自己掂量得出。这一片土地上的大美，转化成为灵魂深处层层叠叠的情感郁积，期待着一吐为快的宣泄。

"散文一定是心灵的告白"，作者在书的序言中表达的散文观，也通过这些文章而获得了印证，藏地波诡云谲的历史、扑朔迷离的传说、浓郁的宗教文化氛围，都得到了酣畅淋漓的艺术表达。

以一个"灵"字统领的《灵山》《灵地》《灵湖》三篇，描绘的是作者游历藏地的感受和领悟，笔力纵横雄健，情感饱满激荡，香格里拉、转山的人们、灵异的记载和传说，让读者强烈感受到灵魂生活的纯净、纯洁和纯粹；而两个分属东西方的女性的传奇经历，更让人窥见了这片土地上的魔幻与灵性、残暴与温婉；《绝地孤旅》一文，写清军末代管带陈渠珍与藏族妻子西原历经千难万险从雪域逃回内地的传奇，经历过生死考验的凄美爱情，却无法斩断疾病的魔爪；与本书同名的《玛吉阿米》，则聚焦于六世达赖仓央嘉措的内心，他的风流才情、传奇身世，至今为人们谈论和缅怀，他创作的众多情诗，也已经成为代代流传的文化瑰宝，雪域政坛的争斗倾轧一样险恶，唯有红尘扰攘中的爱情能够抚慰他的生命……

题旨立意的不俗，倘缺乏出色的表达，也并不足以使一篇作品成功。徐剑却一向有着鲜明的文体意识，并将这种追求落实和体现在多种文章要素上。"讲究谋篇布局的结构之美，词格、句式变化的铿锵之音，抑扬顿挫的韵律之美。"在自序《关于散文创作的感悟与断想》中的这些话，具体而清晰地表达了徐剑对这一体裁的审美认知，这使得这部作品的文体之美体现得格外蓊郁葳蕤。摇曳多姿的语言推进了情感，又开启着思考，仿佛江河中簇拥着前行的一道道波浪。

值得特别提及的，是作者多年间浸淫于古典文学，善于将古诗文字词加以熔铸化用，极大地提升了文字的美感和表现力。一个自觉的书写者，掌握了美的表达的规律，恰好又拥有那么多得天独厚的题材，谁还能阻止他？

在神性的世界中游历

——读散文集《玛吉阿米》

作者：辛茜（中国作家协会会员，青海散文报告文学学会副会长）
原载：《光明日报》，2014年11月3日

晚秋的风已经凉了，叶子还挂在树上。猛烈的风吹来时，黄莺遍地，冷雨萧瑟，但徐剑一颗滚烫的心在一热一跳。

徐剑的散文，大气浩荡，情感恣肆。如玛瑙般串在一起的《玛吉阿米》（中国青年出版社2014年3月出版）是一曲曲美丽的长歌，在羌塘草原的风中、在红土高原的雨中吟唱。

《玛吉阿米》是徐剑散文创作的集纳，也是他心路历程的表白。作品中高原湖岸的野花轻轻摇曳，草原上的流水静谧无边。昆明的雨像泪，板桥的云像山。将军的石雕，卡尔格博雪山的晨光，香格里拉转山大道上马蹄声碎，击中他的心。如此，徐剑的心开始行走，无法停止，文字也随着他颤抖的心，在神性的世界中游历。

那是因为，一千多年的历史时空中，一个在王朝鼎盛时代从长安走到拉萨，泪别长安、殁于拉萨的帝国文成公主，一个在王朝覆灭时从拉萨走到长安，泪别拉萨、魂殇长安的西藏女儿西原，在他心中恍若沉香余音缭绕，跌宕起伏，无法

释怀。

不是雪域前尘，也非人类宿命。一条横亘在青藏高原上的漫漫古道，风雪苍茫，两个女人的寂寞芳魂、无奈命运，引出了飘荡在青藏铁路上的一条东方哈达。

从青藏之路到圣地，从川藏之路到云间，徐剑对神山圣水的痴迷向往和归家的乡情一样重、一样浓。纳帕海腹地的宁静，梅里雪山的往事，大卫·妮尔的身影，理塘仙鹤的羽毛，玻璃蓝一样透明的拉姆拉措湖，将一颗躁动的心安妥、抚慰。

徐剑被融化了，他身在充满诗性的土地上，精神已经被高地上淳朴、宽厚、仁爱的朝圣者、藏地女人、筑路人一一折服，他为他们留下的不仅仅是长卷抒写，还有发出源自灵魂深处的叹息与感慨。

呢喃中，那个留在风火山上的筑路女工、铁道兵的女儿终于目睹铁路从自己脚下穿越而过。那位仰望故乡、长眠于杜鹃丛中的筑路英雄，被载入了史册。那位唱歌的藏家女儿，一身清香。

徐剑一路行走，一路纵情，奔波在古道，穿行在世纪轮回的天路上。他看到过的一花一草，从他身边经过的羚羊大雁皆有灵性。他眼中的娇娘才俊康巴汉子情深义重。他们让他本就善良的内心变得更加宽厚仁慈，他们让他的写作视野更加宽广博大。他的文字在奔走，思绪在飞扬，精神在驰骋，他笔下的人物浸满了灵性的神采、情感的热度、命运的厚度。

徐剑的散文有光的照亮，有天地的智慧。因为他谦卑、敬畏，因为他懂得欣赏、理解，胸中有大道苍生。他体贴人与物的关系，他注视着每一个生命的诞生和消亡。他无法承受没有悲悯情怀的苍白陈述，他不想面对没有心灵尺度的构思框架。他深知，有灵魂参与的创作，才是天地之间的大场，构思奇妙的建构，才会感染读者，有意外之香。

徐剑的文字同样经受着精神的洗礼。诗性与文化的品质，洋溢在他军人的阳刚笔触与柔美的细节之中。他的语言上承古汉语天风祥雨的滋润，展露出中国叙述的气派和向度。

徐剑的内心充满了爱，所以伸展笔墨庇护人类，所以讲述故事告知人们，言语中的一蕊一瓣，都像是在向大自然献上亲密的字眼。生命是永恒的，人性是高尚的，他用陶醉其中的语言不断地在内在真实的光明中行走，即使辛酸的悲伤与快乐，憔悴的青春与苦痛，也要用极美的文字来表达。

徐剑的散文意境，实则为他雄浑气魄的报告文学创作提供了语言的滋养和心灵的智慧。流露出的生命节律，乃是升华了的艺术风格，增加的是他文章中的骨骼，拥有的是他恪守圣地惠赠的纯粹。通过散文创作，他跨越了精神的高度，有了一颗淡泊宁静的心。

秋风正紧，黄叶却从容。人有境界，自成高格。假如文字的境界能够洗练人的品质，徐剑，你何乐而不为？

札记 | 红尘有徐剑

作者：李玉梅（中国作家协会会员，山东东营市作家协会副主席）
原载：《中国作家·纪实版》，2018年第7期

采访约在北京云尊府，一个地道的云南菜馆，地点是徐剑定的。他说想让我们尝一尝他家乡的味道。

一

醇厚的普洱，氤氲飘香。服务员端上来嫣红碧绿掩映着白嫩的炒饵块。这道菜还有个名字叫"大救驾"，我喜欢吃这里做的这道菜，厨师会用时鲜的豌豆苗，我母亲炒"大救驾"也爱放豌豆苗。那豆苗还是她自己种的。

《家庭》杂志2018年4月上半月版刊发了徐剑的一篇忆母文章——《母亲那双深情的慈爱之眸》。彼时，母亲离世只有半年。徐剑低声细语，尽数舐犊情深和跪乳之恩，用文字为母亲造像。

世界上所有的好母亲都是相似的，徐剑的妈妈也不例外，她创造了他，抱着他，领着他，牵着他，目送他离开她的羽翼与视野。2017年10月，80岁的母亲在睡梦中逝去。妹妹和弟媳为母亲洗澡换寿衣，徐剑抱着她，搂着她，撑着她。

这是徐剑最后一次面对赤裸的母亲，她不再有任何女性的特征，回归到人类初始的模样。时光回溯，想必母亲也有过如花的时节，但结婚后要伺候老人，体恤丈夫，哺育儿女，日复一日年复一年，不再为自己活着，只为他人而存在。母亲用一生实践了一个字：给。给人赞叹，给人欢喜，给人希望，给人方便。给得太多了，母亲就像田野里一株熟透了的稻谷，白了头，弯了腰，失去了水分和生机，干瘪枯黄，一任秋风收割。怀里的体温一点点消散升腾，当年不敢为祖母守灵护棺的徐剑，在与母亲告别的过程中克服了对死亡的恐惧。

16岁当兵离开的那一天，母亲说："能不能答应我一个请求？"徐剑说："什么事您讲。"她说："你能不能不抽烟？"徐剑知道母亲不喜父亲抽烟，但又无能为力，她不希望自己的儿子也变成吞云吐雾的人。他说："好，我答应您。"到部队后，母亲的请求一直在耳边回响，周围抽烟的战友很多，他一支也没有抽过。这是他对母亲的承诺，他做到了。

父亲的烟瘾起自而立之年，16岁参加革命，后来成为供销社主任，但是在大饥荒的年份里，在集体与个人、大家与小家之间，父亲选择了后者，结果失业回家。心中苦闷无处遣发，遂寄情于纸烟。徐剑就成了《父亲的烟标》里那个5岁就捏着一角两分钱蹦蹦跳跳为父亲去买烟的小男孩。他会看着父亲抽烟，唇齿间的红点亮起又湮灭，烟气袅袅，余味悠长。

从家到杂货铺的路，说短也短，说长也长，一来一回间，杂货铺的铺搭渐次矮了下去。像经典武侠剧里主人公告别童年，少年初长成的转场镜头一样，腾空一跃，再一落地，俨然化身为翩翩佳公子。徐剑长高了，铺搭矮了，徐剑长大了。雏鸟离巢，一去经年，虽有候鸟般的折返，终究还是成了游离于老家水土之外的游子。

父亲偶尔来京，不消数日，就念叨着回家，老人终究不习惯都市的繁华与喧嚣，而徐剑戎装在身，亦不能常回家看看。好在父亲笃爱滇戏，时常约上老友坐车去昆明城，吃吃茶听听戏。徐剑的手机从不关机，除了工作的需要，更多的是为远方的牵挂24小时待机。

徐剑拿出手机，找出一首歌，调大音量。那是60岁的李宗盛写给父亲的《新写的旧歌》，6分18秒，歌很长。"两个男人，极有可能终其一生，只是长得像而已。有幸运的，成为知己；有不幸的，只能是甲乙……"

二

"按说正常顺序应该是为人子、为人夫、为人父，但是没有办法哟，有了她，就得把她放在第二位，谁让她是我前世的情人呢！"徐剑说着，在手机里翻找照片，一张又一张，"她叫晓倩，我女儿。1986年出生的，属虎。漂亮吧？长得漂亮像她妈妈，聪明像我。上学的时候不用功，也不刻苦，安安稳稳地读书，小学、中学、大学。我觉得女孩子有三个职业方向挺好的，老师、翻译和医生。女儿自己选的翻译，学的西班牙语，现在埃菲通讯社驻北京分社工作。小时候胖胖的，很可爱。上了大学之后，有一次我外出采风很久没回家，好久没见她，突然就发现她变了，瘦了，漂亮了，毛毛虫蝶变成一只美丽的蝴蝶。女大十八变，真的，每个周末回家都会变得又漂亮一点。晓倩从来不读我写的书，家里没名人的。她的古文功底极好，尤其对清史有研究，曾经通读过《清史稿》，算得上半个清史专家。看清宫戏的电视剧，一点毛病都瞒不过她。我写书涉及清史的时候，不用翻书查资料，直接请教女儿就可以，还给我讲得头头是道。小时候奶声奶气地叫'爸爸'，长大一点就理直气壮地叫'老爸'，现在跟她妈妈一样喊我'老徐'。我的微信名就是'老徐'，就是晓倩给我注册的，我的微信公众号也是她在打理，手机密码是她设置的。我在女儿面前就是透明的，一点秘密、一点隐私也没有。大多数时候，晓倩和我是同盟军，我们结盟一起对付她妈妈，但我们也内讧，也吵架、赌气，谁也不搭理谁，不过时间不会太久，顶多一天，第二天就和好，她就会挽着我的手陪我去散步。她妈妈不在的时候，我就让她乱买，想买什么就买什么，就想宠着她，但这孩子太懂事了，怎么鼓动也没有用，消费很理性，跟她妈妈一样是个持家的人。她会烘焙，能烤各种蛋糕和饼干，比去外面买回来的还要好吃。炒菜也是无师自通，看她妈妈做一遍，就会了。有时候我们一家人出去吃饭，觉得哪个菜好吃，她多夹两筷子，看看配料，尝尝滋味，回到家就能做得八九不离十。完全就是天赋。我夫人做菜的手艺就已经很不得了了，结果女儿青出于蓝而胜于蓝，比她妈妈做得还要好。"

徐剑指着桌子上的菜："这个，这个，晓倩做得比这里的还要好吃得多。我打过她一次，唯一的一次。我当时正在赶一部书稿，已经写了6万字。她像只精力旺盛的小鹿一样在屋里跑过来跑过去，一下子就把电脑的电源线碰掉了，稿子瞬间没了。我当时气坏了，抄起手边的近义词词典就打了她一下。太生气了！没留神打的是脸，这么长的一道印子。"徐剑用手比画着，"她很委屈，哭得上气不接下气，还不忘给自己争情理，还记得反击：你自己为什么不存盘？你不存盘，文件丢了能怪我吗？"

"那是我第一次打她，也是唯一的一次，其实就是轻轻一下，但是她记住了，到现在也记得，现在还经常拿这个要挟我。其实我夫人倒是经常动真格的管教她，跪搓衣板，拿鸡毛掸子打她屁股，她不记她妈妈的仇，只记我的。"徐剑笑得又骄傲又满足，"我们从小就带晓倩行走，游遍山河，尝遍百味。很多的场合和饭局，也会带她参加，我的很多首长、同事、朋友，她都认识。这孩子性格开朗，阳光快乐，口齿伶俐，待人接物落落大方。我们一家三口去过两次西藏，她还陪我去过一次珠峰、南迦巴瓦峰。她已经三次进藏了，是看过灵山、走过灵地、拜过灵湖的孩子，跟我一样热爱西藏。我曾经在拉姆拉措看到一头生肖牛的幻象，在雍则绿措看到奔跑的牛身后紧随着一只老虎的幻象。我夫人属牛，她属虎。如果母爱如大地，包容而厚重，那父爱就应该像天空，负责引导与飞翔。今年7月份，我还会带晓倩去西藏，带她去跪拜冈仁波齐和玛旁雍错。"

三

朋友给他送来三只宁夏盐池羊，整只的，女人只留了一只，另外的两只转送给平日对他多有照拂的首长和战友。人情往来，女人一向处理得极为熨帖。

厨房里的女人挥舞着砍刀孤军奋战，制造着"砰砰"的声响，时而清脆，时而沉闷。门口躲着一高一矮的两个人影，想进去又不敢，不看又按捺不住好奇。女人猛地转身，笑吟吟地把沾了血的手伸到丈夫和女儿眼前，妈呀！好事的两个人撒丫子跑开，逃命去了。她在他们身后笑骂，两个胆小鬼，不是那靠得住的！

剁好的全羊，大火焯水，小火慢炖。女人洗净砧板和刀，把四溅的血污一点点抹拭干净。家里没人，丈夫和女儿跑出去玩了，肚子不饿之前是不会回来的。她捶捶腰，丝毫没有停歇的意思。菜盆里还养着逍遥的鳝鱼，炒鳝鱼是她的拿手菜，杀鳝鱼更是她的独门绝技。她在搓衣板上钉了一根长长的铁钉，钉尖穿透木板，在另一侧露出凶狠的锋利。女人捞起一条鳝鱼，"啪"的一声，鱼头稳准地固定在钉子上，肚皮朝上，牛角刀一划，食指一抠，鱼腹就干干净净了，反手将鳝鱼一提，甩到备用的菜盆里，行云流水，干净利落。

热锅凉油，葱姜末爆出欢快的芬芳。她把剥好的蒜瓣倒进锅里，热油逼迫出浓郁的蒜香。蒜香要浓到一定程度腊肉才能下锅，要浓到什么程度呢，只有女人的鼻子才知道。腊肉也香，那是时间沉淀的味道。主角该入场了，逍遥的鳝鱼已经被斩成了段，配一勺昭通酱，女人觉得不够，又加了一勺。那两个不省心的家伙最喜欢滋味醇厚的菜式。锅铲翻飞中，丢一撮韭菜添香。香气弥散，飘出大门外，无须招呼那对贪玩的父女，香气自会把他们召唤回来。

女人不吃。她更喜欢看着那一大一小没心没肺地抢夺，明明盘子里有的是鳝段，四根筷子非得同时夹住一根，大的不让小的，小的不服大的。女人走过去：别抢了，没个正形！这根归我吧。刚才还乌眼鸡一样的两个人立刻同仇敌忾，四根筷子护着碗，不给她下筷的机会。一对没良心的！女儿出生后，她就明显感觉危及她在他心中的地位。她那时就骂他没良心。父女两个人合起伙来对付她，不是大的给小的打掩护睡前不刷牙，就是小的给大的找借口溜出去跟朋友喝酒吃肉聊大天。她就骂他们两个都没有良心。女儿也算是他们之间的闯入者。对待闯入者，她以静制动，气定神闲。

女人这些年胖了许多，那是被厨房的香气、日常的怨气和直面磨难的豪气撑肥的，五官轮廓依然姣好，青涩早已褪去，不再是他们初识时扎着小辫子巧笑倩兮的模样。

1980年，他当兵后第二次探家。在同学的婚礼上见到了她。彼时，她刚刚毕业参加工作，个子小小的，人水灵灵的，山清水秀。他觉得他们是一见钟情。她早就知道他，少年得志，青春飞扬，思慕他的女孩多得数不清。他来电话说想吃家乡的牛干巴，她挂了电话就去市场，千挑万选，选了她认为是她有生以来觉得最好的一块，三求四托，找到一个跑车的朋友给他带过去。她想象着他收到牛干巴的样子，想象着他大快朵颐的样子，想着想着，忽然就想哭了。当他问她愿不愿意跟他结婚的时候，她没有一丝犹豫，就跟着他走了，北上，离开家乡。

她愿意对他好，好到爱屋及乌，对与他有关的人也都好。每一次探家，远的近的，亲的疏的，每一个都照顾到。老家人进京，老的少的，认识的不认识的，只要敲开了他们家的门，她总要以礼相待，请吃饭，送礼物。没地方落脚的，他们家就成了临时的招待所。他的战友来了，无论人多人少，吃喝玩乐，一应都由她来打理。

他的工作调整了，而立之年进入一个新的领域，她陪着他，从低谷一点点回升，慢慢攀爬，直到抵达高原。于是，一家三口去西藏朝圣，在纳木措留下幸福的永恒。

他书生意气，不通人情世故，她就不时提点他这样那样，人情往来，礼貌礼节，他掉了的，她就给他捡起来。她觉得自己是他的妻子，有时候又是姐姐或者妹妹，甚至是他的妈妈。时间去哪儿了？眨眼之间，他头发白了，她腰肢硬了。她也不知道她是他的谁了。

日子过得一波三折，午夜梦回，她问自己后悔过吗？没有。那就咬紧牙，守得云开见月明，反正明天太阳还会从东边升起来。明天一定更好。反正她名字里嵌着一个"明"。

苗家阿妹打扮的服务员送上一盆竹荪土鸡汤。徐剑周到地为大家布菜盛汤，先宾后主。他端起碗，喝一口，吧唧着嘴，细品个中滋味。

"没有我夫人炖的好喝。"徐剑点评道，眼神坦坦荡荡。

四

1974年的毕业季，即将与自己教了3年的学生分别。昆明第十七中学的甘老师心有不甘，尤其是为担任班长的那个男孩惋惜，成绩好，聪明又有灵气。她指着远处低矮的校舍，语气里盛着化不开的浓浓的怅惘，对男孩说："希望你将来能成为一个小学老师，那也许是你最好的归宿。"

男孩回家了。恰逢秋收的时节，生产队成立了青年突击队，男孩被编到突击队里挑谷子，白天干活，晚上他就写简报，一笔一画，字斟句酌。他也出黑板报，又写又画，图文并茂。他必须要让自己忙起来，否则青春的朝气会让人鼓胀得不知所措。忙完所有的事情，爬上高高的谷堆，拿一本从同学家借来的明清小说，在月光下诵读。清寒的月光比家里的油灯要亮堂许多，看书累了，就抬头看月亮。何人初见月？何年初照人？代代无穷已，年年只相似。远山苍茫一片，除了虫鸣与胸腔里躁动的心，万籁俱寂。难道要一辈子被拘囿在这里吗？我的出路在哪里？

徐剑说他参军很有戏剧性。他不止一次地在各种场合讲过他的"从军记"，也曾多次在文章里复原往昔那一幕幕偶然：第一眼看到他就决定带他走的带兵排长，有惊无险的体检，查体前妈妈给他煮的糖水鸡蛋……无数个偶然成全了一个必然，那就是高中毕业回家经历了一个秋收的徐剑，告别父老乡亲，成为一名军人。

等待新兵徐剑的并不是当初被告知的"南中国海边"。当运送新兵的火车在桂林换乘的时候，徐剑就知道他们的目的地不是海边。500辆军车载着1500名新兵，在凄风冷雨中向一座大山腹地挺进。从早晨一直走到晚上11点，才到达驻地。住的是简易的营房，墙体仅仅用篱笆编一下，两边糊上泥巴再贴层报纸，屋顶用茅草或者树皮遮一下。新兵集训3个月，训练之余，还要上山砍柴。徐剑倒是觉得新兵生活好得不得了，原因很简单，可以吃到白米饭，不再是家里日常果腹的苞谷饭。

现在我们蒸米饭有时候会特意放一点杂粮进去，从健康的角度来说，我们吃得太精细了，需要一点粗纤维来调节，但在几十年前，生活完全不是这样的。我1958年出生，经历过大灾年大荒年。我记事的时候，每年春天我家都会断粮，就要陪母亲背着地里新挖的土豆或是刚摘的玉米进城，挨家挨户地敲门，换回城里人不吃的粗粮度日。

徐剑说他的人生观、价值观、世界观是到部队后形成的，部队就是他的大学，让他产生了强烈的归属感。美国心理学家亚伯拉罕·马斯洛在《人类激励理论》一书中提出了人类像阶梯一样的五种需求：生理需求、安全需求、社交需求、尊重需求和自我实现需求。跳出农门在部队找到归属感，是因为那里满足了徐剑从低到高各个层级的需求。从穿上绿军装的那一天开始，金戈铁马的坚毅与果敢就一点点成为他永恒的生命底色。

徐剑所在的部队是为导弹筑巢的工程兵部队，集训结束后他成为一名工兵战士。在远离人烟的深山密林中，一群血气方刚的男儿意气风发地凿洞、放炮、运石碴，还要时不时应对各种意外，渗水或者塌方，很多时候，他们几乎是在与死神并行抑或是同行。早晨还一起出操一起吃饭一起去工地的战友，须臾之间，也许就再也不能跟自己一起回到连队驻地。一场事故，一起意外，会带走一个甚至几个鲜活的生命。

与徐剑同年入伍提干的一个工程兵排长，新婚的妻子来基地探亲，小两口蜜里调油地缱绻了月余，刚送走妻子的他就在一场事故中出了意外。再度来到军营的妻子在丈夫的墓碑前哭得几近昏厥。一个来自贵州大山深处的士兵，是被他母亲执意送入军营的。当年轻的他被意外定格为一张黑白照片，原本反对他参军的父亲却做出了出人意料的决定，让自己的另外一个儿子也来到了部队。几年后成为汽车兵的弟弟途经哥哥沉睡的墓园，想进去看一眼，被尽职尽责的卫兵拒之门外。弟弟撕心裂肺地在大门外哭喊："哥哥，我来看你了，你听见了吗？"而他们的母亲，那位自责的妈妈，每年清明节，都会跋山涉水辗转几百公里来看望她的孩子，用无声泉涌的泪水为娇儿洒扫墓碑。

每当战友牺牲，按照部队长久以来约定俗成的不扰民的惯例，葬礼会在入夜后悄悄举行。青山处处埋忠骨，这些挥汗如雨、舍生忘死为导弹筑巢，一生从未见过导弹的导弹工程兵，从此就长眠在他们为之奋斗过的地方。徐剑从来没有这样近距离地直面死亡。一个又一个战友的离去，让他理解了牺牲，懂得了崇高。

徐剑19岁成为军官，20岁调到基地，25岁进京，26岁成为党委秘书，直接服务于二炮司令员李旭阁。李旭阁，先后于1956年、1960年两次聆听"中国导弹之父"钱学森先生讲授火箭和原子能的运用，也曾在核爆的第二天乘机前往爆心废墟，查看核爆铁塔的情况，用尽全身心的气力书写了光辉而又传奇的《原子弹日记》。这支部队，自下至上，既有默默奉献、甘愿牺牲的士兵，也有披肝沥胆、不惧生死的司令员；他们砥砺大国长剑，他们铸就大国重器；这是一支敢为人先的部队，这是一支英雄的部队。

曾经在坑道里为导弹筑巢的铜锤铁臂，后来走笔乾坤，楮英铺雪。徐剑从一名军人历练为一个军旅作家，对这支部队的深情与挚爱，在身体里一点点羽化，舒展成翱翔天际的一侧翅膀。

但，只有一翼，要如何飞翔？

五

云南有一种原生的乡土树种——滇朴。昆明第十七中学的校园里就有两棵百年以上的滇朴，确切的树龄并不可考，两个人才能合抱的树干，遮天蔽日的树冠，树荫学子，明道无声。徐剑说，百年之树必有佛道，滇朴还有一个名字——西藏朴。

在命运的低潮期，徐剑第一次跟随阴法唐将军进藏，经昆仑，过可可西里，跨越五道梁，一路西行，到日喀则时，他感冒了，高烧不退，昏睡了三天三夜。西藏有神明，驱走了死神。对西藏的初始印象是阴法唐老人给徐剑普及的，这位每临大事有静气、面对纷繁有底气、处理棘手有豪气的老人如数家珍地口述西藏的宗教、历史、地理、民俗和艺术。西藏，从这个时间点开始进入了徐剑的生命。他在一篇文章中写道："如果你是一个忧伤的人，面对那片洁净的土地，你会一丝杂质也没有，你会觉得人生可以如此纯净；如果你是一个傲慢的人，当你面对昆仑山的伟岸，你会觉得人是多么渺小，生命是如此脆弱；如果你是一个迷茫的人，你看一看在路边朝圣的信徒，他们年复一年、日复一日地三步一磕，就为了心中的一个信仰、一个理想坚定地前行，你也会为了自己的理想、信念走下去，找回心中的偶像和精神支柱。"从此，徐剑结缘西藏，一次一次去朝圣，攀登灵山，叩拜灵地，拜谒灵湖，在地球之巅，在世界的第三极，感受生命极限的高度，寻找民族精神的高度，触摸文学的高度。

2002年接受中国作家协会委派的徐剑手执一张站台票，穿梭在"上行列车"和"下行列车"之间，全景展现青藏铁路从无到有，从顶层设计到人民实践，既实录青史留名的伟人名人瞬间，也特写普通劳动者的崇高时刻。徐剑在采访现场充满了感性与激情，6次进藏，4次穿越青藏线，有两年的中秋节，他在青藏铁路的建设工地上与工友们一起赏月思乡，倾听他们的笑声，陪着他们一起哭泣；回到家中只有3平方米的"剑雨阁"，埋头书写的徐剑收起眼泪，时刻提醒自己保持科学的冷静与哲学的理性，用缜密的逻辑延展出恢宏壮美的结构。AB型血双子座的人本身就是一个矛盾综合体，所以不难理解这样的徐剑会呈现出来那样的变幻多端：在悲怆、雄浑、大气的主音后面，不时会闪现色彩斑驳、柔情绮丽的风花雪月，浓郁的抒情、离奇的故事、强烈的个性、奇伟的想象、大胆的夸张和深邃的寓意交相辉映，熠熠生辉。字里行间犹如火山喷发的岩浆，蓬勃的生命力汪洋恣肆、一泻千里。有节制的抒情才是高级的抒情模式，他也会有意识地调整自己笔力，像一条静水深流的大河，偶有旋涡，无风仍脉脉，不雨亦潇潇。一波一折，路转峰回；一落一起，山断云连。

2004年，徐剑为青藏铁路这项21世纪人类工程史上的奇迹，敬献了一条前无古人后无来者的《东方哈达》。

几天前，徐剑发了一条朋友圈："今天，2018年农历四月初四，一个天定、命定的日子。最高兴之事，莫过于写了10年，备案审查了两载半的长篇叙事散文《经幡》出版，设计、制作精美。乃今晚最好的礼物。"《经幡》包括《灵山》

《灵地》和《灵湖》三卷，是徐剑的西藏之书。责编给这本书的推介词是：前后18次进藏，感受藏地隐秘与绝美之境的震撼；20年精心准备，讲述尘封历史中不为人知的传奇。

徐剑今年的行程计划里，是有西藏的，上半年因为担任冯牧文学奖评委错失了与林芝的桃花之约，下半年的阿里行走无论如何是不能再爽约的。西藏是他的精神家园，久不归家是会想家的。对徐剑而言，去西藏就是去寻找一种气象，在内地城邦里早已荡然无存。只有在西藏，在广袤无垠的羌塘草原上，在寂寥凶险的无人区，在蓝得让人哭泣的天空下，在经幡的六字真言里，远古的正大气象才会显露端倪。在现代社会的发展水准上，重新发现和感悟辽远的过去和古老的自然，在一切物化的环境中，以一种艺术的自觉，沉寂于孤独之中，坚定地追索人类意识，悲悯苍生。

徐剑60岁了。每一个本命年都是他的创作丰年。他的《大国长剑》《鸟瞰地球》《大国重器》"导弹三部曲"中的最后一部马上要跟读者见面了。《大国长剑》是年轻的共和国导弹部队从无到有、从小到大的壮歌；《鸟瞰地球》是这支部队工程兵官兵的奉献与牺牲，是徐剑用笔为战友镌刻的文学纪念碑；《大国重器》是中国火箭军的前世今生，是为中国这支战略威慑核心力量著书立传，也是徐剑"导弹三部曲"的收官之作。书中首次披露的一些历史，很多领导也不掌握。他们追问："资料你是从哪里来的？"徐剑却很笃定，这份笃定来自厚厚的采访本，来自上百个小时的采访录音和万余幅图片资料。洋洋洒洒30多万字的大书，送审军事科学院，只有两个小细节需要更正修订。16岁走进这支部队，60岁即将脱下军装挥手告别。《大国重器》是徐剑留给它最磅礴的纪念，也是它给予徐剑最珍贵的礼物。

与徐剑对谈，写这篇文字迎接"导弹三部曲"压轴大戏《大国重器》的精彩亮相，没有费太多的笔墨去剧透这本书，给读者留足了阅读想象的余地。毕竟写书是作家的事，读书是读者的事，各司其职才能相得益彰。一部经典要靠作家与读者的双重合力才能完成。

六

菜齐了。酒喝干，复又斟满。宾主尽欢。

徐剑的手机号码最后两位是"44"。他的生日是农历的四月初四。16岁当兵，过完六十寿诞，他就面临结束44年的军旅生涯，脱下军装解甲归田。巧合焉，抑或是天意。

"少年狂，而立殇，不惑立，壮年返花间，天命有大雅春风，六十一甲子，复归童真坦荡。这就是我。一体两翼，一翼导弹，一翼西藏，虽居殿堂书写，却有红尘实相。看尽浮世万世休，粉墨登场皆是戏。我说了两个小时了，够了吧。"徐剑端着酒杯，脸颊两坨绯红，眼神明亮澄澈，竟然有几分女人的娇憨。

忽然想起柏拉图在《会饮篇》中讲过的古希腊神话故事：最初的人是球形的，一半是男一半是女，男女背靠背黏合在一起。球形人体的力和智慧超凡，因此常有非分之想，欲与诸神试比高。宙斯担心球形人会冒犯神灵，便令诸神把其劈成了两半。于是，少了一半女人滋润的男人，虽然巍峨如山，铁骨铮铮中却缺了似水柔情；而少了一半男人支撑的女人，虽然温柔袅娜，情思婉转中却缺了侠气英姿。所以，柏拉图说："人本来是雌雄同体的，终其一生，都在寻找缺失的那一半。"

徐剑应该属于极其幸运的少数人，在金戈铁马的现实生活与西藏情怀的含裹十方中，借助文学创作的中国气象，将海水与火焰无极融合，为自己贴上雌雄同体的伟大灵魂的标签。

"我马上要去云南采访，要写一本反映云南改革开放成就的书，我的选题是"一带一路"蓝图中云南走向南亚、东南亚的历史与今朝。过几天，我会吃到真正的云南味道，其实一个作家，不能太久远离自己熟悉的地理和熟悉的滋味，那些生命最初的人间烟火会融入血脉，陪伴我们一生。年龄越长，这种体会越深。我这本书叫《云门向南》。"

风吹来的方向叫风向。云门向南，想必重回高原的徐剑触摸到的第一缕风就是南风吧？南风谓之凯风。南风好。

《大国重器》的"大"与"小"

——读长篇报告文学《大国重器：中国火箭军的前世今生》

作者：丁晓原（作家、评论家，中国报告文学学会副会长）

原载：《中国作家·纪实版》，2018年第7期

　　徐剑这部《大国重器》，是他献给自己60岁生日一份厚重的大礼。我不知道"徐剑"是否是本名。这是一个好名字，和它主人的人生之间，有着一种特殊的可"互文"的机缘。2018年5月22日庆生60当天，徐剑作七律《感恩》："滇雨寒霜落板桥，戎装学子问云高。东风纵笔蘸湘水，秋月握雷听梵涛。一路贵人多友谊，独逢骚客鲜文刀。半壶浊酒宴花甲，正院门前抚夏蒿。"这里"戎装"是舞剑，"东风第一枝"，更是长剑倚空天。徐剑是资深有为的军旅作家。年少即从戎，参军的部队所属二炮，就是现在的火箭军。这是一支名副其实的"剑"军。峰回路转之中，他走上了创作之旅。作为作家，徐剑有多副笔墨，散文、小说、电视剧本、报告文学等多种文体的写作都有建树，他涉及的写作领域也比较宽阔。但是，在我看来，徐剑是属于"剑"的。《大国长剑》《鸟瞰地球》《砺剑灞上》《逐鹿天疆》《导弹旅长》等导弹系列作品，确认并确定了徐剑作为"导弹作家"的身份、地位和价值。这是醒目而又独具光彩的徐剑标识！

　　正是在这里，不同于其他作家的是，徐剑对于写作对象，不是一个外在的旁

观的完成采写后就离场的"他者",而是一个置身其间(至少是部分的经历,更多的是在心路和情感方面),与叙写对象关联融合的特殊的"我在"。写作,不只是徐剑一己的文字编码,而且也是他所心系的中国导弹事业的一部分。

一

《大国重器》自然是一部"大字头"作品,其副标题"中国火箭军的前世今生",已经明示了作品"国家叙事"的宏大构架。对于"大号"题材的报告文学写作,近年来文学界和读者表示了不同的看法。"非虚构"在新的语境中的又一次提出,一方面满足了市场和读者对于种种新名号的兴趣,特别是对舶来称名的好奇,而另一方面其根本在于文学界内一些人士和相当一批读者,对报告文学写作日益模式化、叙写空间渐趋逼仄等的不满,"非虚构"者"希望由此探索比报告文学或纪实文学更为宽阔的写作,不是虚构的,但从个人到社会,从现实到历史,从微小到宏大,我们各种各样的关切和经验能在文学的书写中得到呈现"。由此,也引发了"报告文学"与"非虚构"称名的争论。

在我看来,其实两者之间并非势不两立。其基本的逻辑前提是文本的客观真实,"非虚构"是文类,自然包括很多体类,而"报告文学"是一种具有特殊规定的文体。"非虚构"和"报告文学"是不等式关系。作为报告文学写作者,可以从"非虚构"倡导者以及一些成功的实践中,汲取有益之处,优化报告文学的叙事,以适应新时代新的书写对象、新的读者受众,对报告文学阅读的新需求。文随世移,报告文学的文体是一种开放的文体,如果只固守某种教条的框框,那么其势必然趋衰。这是问题的一个方面。

但需要指出的是,在我们的文化心理中,好走极端常常成为定式。就以纪实书写而言,现在一说"非虚构",就有人会拒绝"国家叙事"类的报告文学写作,以为只有置备了某种个人化亲验的写作,才是现在"非虚构"的正途。这是另一种值得警惕的片面。报告文学需要多样化,但毋庸置疑,对国是国运等的书写依然是它的题中应有之义。只是对于这样的大题材,我们应更加注意以非虚构文学的方式加以书写，在题材的公共性和书写的个人性之间，生成文学的、思想的、信息饱满意趣盎然的艺术文本。

二

《大国重器——中国火箭军的前世今生》是一部题材题旨分量极重的作品。全篇除引子和跋外，由上、中、下三卷组成，共19章，以叙写对象的关联术语结构篇章，以一甲子的历史纵深和云谲波诡的宏阔世界背景，具体生动地记录了中国火箭军从无到有、从仿制到自创、从低端到尖端发展壮大的辉煌历史。这是当代中国大历史的重要组成部分。

导弹诸事并不只是军事之谓，而是关乎一国政治经济外交等，从某种角度而言就是一国的政治经济外交，是现代民族国家自立于世界的支撑之盾。因此其事也大！中国发展导弹事业，正如毛主席所说，是"决定命运的呀！"面对国际上的核威胁、核讹诈、核封锁，我们只有而且必须拥有"两弹一星"。而中华民族，也如这位伟人所言："我们只要有人、有资源，什么人间奇迹都可以创造出来。"邓小平也说："如果60年代以来中国没有原子弹、氢弹，没有发射卫星，中国就不能叫有重要影响的大国，就没有现在这样的国际地位。这些东西反映一个民族的能力，也是一个民族、一个国家兴旺发达的标志。"可以说，强大的国防能力、自卫能力是与中国大国地位相适配的核心力量。以火箭军而言，即如习近平主席所指出的那样，"是我国战略威慑的核心力量，是我国大国地位的战略支撑，是维护国家安全的重要基石"。三军统帅的豪迈之语、铿锵之言回荡在《大国重器》的字里行间，成为这部大作的精神之魂。基于这样一个层面，我们可以真切地感受到火箭军历史书写所具有的特别重大的意义。

就意义论《大国重器》，另外一点也是非常重要的，这就是一部导弹事业史，其实就是一部英雄谱。作者通过作品的具体叙事，激活了一段又一段峥嵘岁月，呈现了一批又一批为国奉献的英雄。对过往的伟大历史的缅怀，于今天砥砺奋进的我们至关重要。不忘初心，方得始终。但是，有时我们不无遗憾地发现总有一些人安耽于现今的浮世，不愿意回望历史，向伟大的历史致敬。

作品中有一节叙写给我留下很深的印象："黄迪菲已经整整80岁了。近千度的高度近视，令他几近失明，如今的世界就像他面前一片景物，模糊幻化，而不可辨识。看不见亦好，落得一片清净。然而，有关导弹岁月的记忆，却像一张老唱片的纹路一样，轨道清晰可现。记忆的指针一点，就像音乐流水般地淌了出来。黄迪菲老人乐于像流水一般地给我讲故事。每次我来，对他与夫人徐阿姨都是很高兴的日子。毕竟还有一位作家记着他们，乐意听他们讲昨天的故事，毕竟导弹事业早期的故事，就像一页页老皇历一样，连他的亲人都不愿去翻动了，而我却是一个乐意倾听者，且不止一次听黄迪菲老人讲自己的故事，第一代导弹先驱的传奇。""有关导弹岁月的记忆，却像一张老唱片的纹路一样，轨道清晰可现。记忆的指针一点，就像音乐流水般地淌了出来。"老人与老唱片，似乎没有比这样形象生动的描写更贴切，更意味深长了。这里的无奈，被作者点破了："毕竟导弹事业早期的故事，就像一页页老皇历一样，连他的亲人都不愿去翻动了。"正是在这里，作者的写作有可能使读者走近那渐行渐远的历史，掸去历史的封尘，在阅览先驱的传奇时，完成一次精神的洗礼。

三

传奇总与英雄关联。在后现代文化生态中，以国家民族集体性价值为重的英雄，被以自我实现为务的个人价值所遮蔽。经济中心主义的价值观，构筑的是物质崇拜和资本英雄。《大国重器》是一部英雄礼赞，作品对导弹英雄的再现与讴歌，是对时代价值失衡的一种正当其时的纠偏。导弹英雄的叙事在《大国重器》中占有很大的篇幅，这也是作品最为感人的地方。而这样的设置在徐剑这里是高度自觉的，是有意为之的。徐剑以为，"在这个物欲横流的社会，在一个没有英雄的时代，我们的民族需要这样的英雄，我们的国家需要这样的英雄，我们的人民更需要这样的英雄！""一个没有英雄的时代，我们在苦苦寻找英雄。其实英雄也许就在我们身边。""在一个没有英雄的时代，在中国战略导弹部队的天空里，在这块烟雨江南、白墙黑瓦、马头墙高耸的地方，却英雄辈出，前赴后继。"

这里有令人心生悲壮崇敬的场景："导弹筑巢人就是这样，每一个国防工程竣工了，每一个导弹阵地建成了，就会留下一座烈士陵园。""那些日子里，有个故事的细节最打动我，就是一位为导弹筑巢人的儿子，在当年父亲建设的导弹阵地上，当了一位阵管连指导员。每到周末晚点名的时候，他们都会有一个永远不变的仪式，那就是带队进导弹阵地的烈士陵园。面对一座座烈士的水泥小屋，极目远方，看着缓缓而落的夕阳，晚霞染红墓地，犹如喋血一般，然后缓缓地举起右手，行一个最肃穆庄严的军礼。"

更多的是一个个令人唏嘘流星般逝去的生命故事。王文强是高干之子，红军后代。他"当了风钻班长。这是最危险最苦的活了，三年之间，他却撑下来了。团党委根据他的表现，遂决定将王文强提升为排长，命令已经拟好了，准备第二天就宣布。"可在组织施工之时，巨石砸下，"王文强安静地躺在了导弹阵地上，芳草萋萋，青春的年轮永远凝固在了21岁的年华之上"。连长胡定发，"我三年没回家，还不知道我儿子长得啥模样呢"。妻子和儿子到部队探望他，"妻子转身拉儿子，快叫爸爸。儿子从妻子屁股后边伸出头来，喊了一声，叔叔！"一家人难得相聚，而就在这相聚的日子里，胡定发在检查工程中突发事故而牺牲，相聚竟成永别。还有杨业功，"在'亚洲第一营'里，他从一名学兵开始了自己的导弹生涯，继而成了发控技师，发射排长，发射连长，作训参谋，作训股长，一步一步地走向了导弹司令的辉煌人生"。他重病尚未恢复，就要上班，"给我汇报打仗准备情况！""我要参加指挥所工作！""最后，再无力坐下去了，被部属架出了会议室。"

读着这样的文字，令我们无不为这些英雄而肃然起敬。他们以生命浇铸的中国导弹事业，为我们撑起了一片晴朗和平的天空。我们仰望星空，感念共和国的英雄。

四

言说了《大国重器》题材题旨的意义，我们再回到这部作品的叙事本身，来感知、读解它的特质。

报告文学文体的要义，它的称名已经昭明。"报告"是其价值之基，离开了非虚构的客观真实，就失去了言谈这一文体的前提；"文学"是其价值生成的关键。言而无文，自然行之不远。报告文学之所以称之为报告文学，而不是一般的新闻通讯，道理正在这里。没有了作品的非虚构叙事之美，离开了读者的阅读接受，报告文学的终极价值就不可能达成。现在许多名为报告文学的作品，其主要问题就是有报告而无文学，或者说是报告有余而文学不足。徐剑的这部《大国重器》，在报告的真实性这一点上，我无须赘言。这样重大而又敏感的题材，有关部门审读经年有余。但作品中所反映出的作者对有关材料所持的审慎态度，还是使我有话要说。

这些材料涉及周恩来总理。其一是周恩来的亚洲导弹第一旅的题词"东风第一枝"。"这个旅的老人，退休的、转业的、复员的，皆这么说，我们便采信了。一旅政委如是说。"但是徐剑经过考辨，认为"东风第一枝"出处无关导弹部队。"我们官兵以'东风第一枝'自誉、自傲、自豪，取其风骨、神秀，未尝不可。只是'东风第一枝'非彼即我，题词乃张冠李戴，不可安于我们头上。"

其二是周恩来为导弹第一营送行的照片。"照片的说明是1959年7月15日，导弹第一营移防大西北著名凉州武威，总理来送行"，这照片"已经上了第二炮兵军史馆的展板"。"只是7月15日这个日子，总让我有点存疑，那是北京的盛夏之时，总理却是一身中山装，李甦则是春秋常服，持枪，扎腰带，时间和节令上有些对不上号啊！"徐剑通过访谈当事人，查阅周恩来年谱等，照片的说明都没有得到印证，认为时间和事由可能不准确。这样，就没有采信这一材料，防止以讹传讹。从这里，我们可以看出作者对于报告文学写作所秉持的严谨态度。

五

徐剑是一个文学方面历练有素的作家。《大国重器》是"中国火箭军的前世今生"的历史叙事，但这并不是历史学中的历史书写，也不是火箭军军史的制式，而是一种非虚构的文学叙事。非虚构的文学方式进入真实的历史存在，其前提是非虚构，而文学则包括语言运用、结构设计、人物再现、现场实感、主体情与思等，总而言之，要以作家充分的个人化来文学地呈现对象。不同于其他类型的历史写作，文学的历史写作，往往是以小进入历史之大，以故事的讲述和人物的鲜活再现历史。徐剑当然深谙这些非虚构写作之道的。

我们看作品的结构生成。徐剑从火箭军历史的机缘巧合中，发现了结构作品的契机。"2015年12月31日时，历史子午线与现实的子午线在这一瞬间重合了。60年前，钱学森备课，次日下午提出火军概念，60年后，习近平主席授旗、训词，标志着火箭军的序幕于此刻撩开了。""一个甲子，一枕火箭军之梦。历史于冥冥之中，在辞旧迎新、一元复转的时空交接之中，预示和影响了中国火箭军的前世今生。"这种真实的历史巧合，点亮了作者结构作品的灵感，也使作品的故事性建构得以强化。作品的入题正是从钱学森的"导弹概述"开启的。纪实作品的开题至关重要，作品的进入视角、进入方式等，大致上反映了作者的文学能力和作品的艺术水准。

从实际的历史存在看，《大国重器》可直接由讲座的主人钱学森进入叙事，也可以由主持人国防部副部长兼哈尔滨军事工程学院院长陈赓大将这里落笔，等等，可以有很多种设置。但是我们读作品就知道，作者是从李旭阁这位当年总参作战部空军处参谋这里展开的。处长"扬了扬手中一张入场券，说明天下午3时新街口排练场有一场很重要的科学技术讲座，让你参加"，"听讲座的都是驻京各大单位的上将、大将，可能你是最小的官"，"年轻少校一生从此与导弹结缘，而钱学森教授也未曾料到自己的一堂讲座，会在新中国一位年轻军官的成长之旅中画下一道深深的历史之痕，会与一支战略军种的成长壮大密切相连。当时听他课的人很多，但是将来其中走出一位中国战略导弹的司令员，或许令后来的他有点始料未及"。

李旭阁由听"导弹概述"的参谋，后来成了共和国第二炮兵的司令。生活不缺乏故事，历史之中有传奇。徐剑由对写作对象的深熟中，发现了这种具有传奇色彩的故事性，并且将这种故事性有机地导入到文本，这样就使作品的叙事引力随文而出。作者以小微进入大历史，小与大、轻与重、神秘与期待等有机地融合起来，使作品的叙事有了一种特别重要的张力。

文学是人学。《大国重器》虽为叙大国大事的作品，但作品并没有见事不见人，相反，作者始终注意突出故事中的人物的再现，作品以充分的篇章为我们展示了中国导弹人为国牺牲、卫国精武的感人事迹和崇高的精神形象。对于人物的再现，不只写到高层的决策人物，火箭军的中高级指挥员，也以许多笔墨为普通的官兵立传，其中有导弹发控号手张元庆、六级军士肖长明、"金号手"军士长康平、"发射战车之王"周文芳等。人物在作品中形成了一个较为完整的谱系。

在人物叙写中，对一些高级首长的写作给我留下很深的印象，其中对向守志的叙写就是代表性的一例。"不当军长当院长，只恨手中剑不长。"当军委任命向守志担任西安高级炮兵学校校长时，他感到"很荣幸，倍感光荣"。"向守志坚定地说，以后我就叫守志吧，我要守国防现代化之志，守中国火箭事业发展壮大之志。"他"将自己档案里的名字向守芝，正式改名为向守志"。《大国重器》对这位守中国火箭事业发展壮大之志的将军，以充分的篇幅给了浓墨重彩的描写。为了不使自己成为永远的外行，向守志特别请学校的专家给自己开小灶补课，对专家校长特别尊敬，每次都要到楼下迎接。有一天席力给向守志讲课，"他入院长小楼时，发现向守志没有下来迎接，而是由公务员导引上至楼上，只见向院长坐在一个气充满的游泳圈上。他刚入屋里，向院长站了起来，说：'席力主任，请坐，我这几天痔疮犯了，老毛病了，不能下楼接你，抱歉！医生给我出了一个好主意，让我坐在游泳圈上听课'"。

再有一次，苏晨给向守志上导弹发动机课。"已经讲了一周时间了，讲到最关键的发动机液体燃烧时的流量推力比时，门诊部主任突然闯了进来，在向守志跟前耳语了几句。只听向守志惊叹了一句：啊，怎么会这样？"苏晨知道可能出了大事情，建议课延期再讲。向守志没有答应，"日暮时分，因为课堂你提我问，拖堂了，过了开饭时间才最终下课"。原来是医院查出向守志爱人患了癌症，需要手术。这里所呈现的场景和细节都非常真实，朴素的文字，刻画出人物感人至深的形象和令人崇敬的品格。读这样的文字，即刻就会转换出如在目前的画面，所写人物在读者这里就挥之不去。

由这两个场景和细节的表现可知，报告文学的写作，它的表现力的达成，它的文学性的获得，除了作家需要具有良好的文学修养、语言功底外，很大程度上取决于采访的到位了。"功夫在诗外"，报告文学的功夫在采访，在体验，在感知、感受，在采访内化对象。采访之力要用于对写作对象的全面整体的认知，更要用于对具有特质性的现场、情节、细节等的挖掘和发现。一个核心细节远胜于泛泛无物的唠叨。这是徐剑《大国重器》给我们的一个有益启示。

书写英雄群像的道德力量

——读长篇报告文学《大国重器：中国火箭军的前世今生》

作者：张陵（作家、评论家，作家出版社原总编辑）

原载：《光明日报》，2018年9月25日

作家徐剑的长篇报告文学《大国重器：中国火箭军的前世今生》（刊于《中国作家》杂志2018年第7期，作家出版社2018年7月出版），站在时代精神的高度，以史诗般的恢宏气势，全面展现了人民解放军战略导弹部队光荣而悲壮的历史，生动讲述了一个个献身国防事业、献身中华民族伟大复兴事业的中国军人的英雄主义故事，热情讴歌了伟大的爱国主义精神和民族精神，从而凝聚成一个深刻的时代主题，立起一座时代英雄的丰碑。

战略威慑力量是一个大国立于世界之林的重器。中国是一个世界大国，没有战略武器、战略重器，就强大不起来。经过几十年的艰苦奋斗，中国导弹部队背负着国家和民族的希望，在国际风云变幻、世界格局动荡调整中，从无到有，从小到大，从弱到强，发展成为一支忠于党、忠于人民，有能力保卫国家安全的战略武装力量。报告文学《大国重器》真实反映了这支英雄部队艰苦卓绝、波澜壮阔的历史，写出了中国军人的忠诚和热情，写出了中国军人的牺牲和奉献，写出了中国军人的精气神，写出了中国军人的时代风貌，写出了人民军队之魂，由此

提炼出厚重的思想主题，让读者感受到这支部队的英雄气概，也深刻认识到国家战略重器的力量。

中国战略导弹部队又是一支在老百姓看来非常神秘的部队。基于国家安全的原因，这支部队的发展建设长期处于保密状态，社会上知之甚少。我们除了知道它的名字之前叫"第二炮兵"，后来叫"火箭军"以外，更多的真实细节无从了解。表现这个题材的文学作品就更少。可以说报告文学《大国重器》第一次全景式、多层面地揭开历史神秘的面纱，激活尘封多年的历史细节，让我们看到了这支部队生动感人的真实风貌。作者一直在"二炮"工作，是军旅作家，也是从"二炮"走出来的具有全国影响的报告文学大家。长期深入生活，培养了深厚的情感，也积累了大量独家素材。对"二炮"的历史和故事，他非常熟悉，如数家珍。因此，这部作品的故事和人物，许多都是我们首次接触到的第一手材料，颇有"解密"意味和独家价值。这就增加了《大国重器》的传奇性。例如，从苏联运来的导弹静悄悄开过天安门的情节，在北京长辛店秘密培训第一批中国导弹部队组成人员的情节，还有中国常规导弹部队赴台湾海峡警告"台独"势力的情节等，都是第一次如此翔实生动地展现在读者面前。这样的故事和情节在作品中还非常多，形成了作品一个独有的"解密""解惑"特色，新鲜可读，引人入胜。

实际上，《大国重器》并非重在解密，也不刻意突出传奇性，过多满足读者猎奇心理，而是重在写人的精神，写那些在无人知道的导弹基地默默无闻奉献的军人们崇高的精神和美好的道德品质，要通过他们的故事为他们立传，建起一座时代英雄的丰碑。这样的思想主题走向，决定了作品会挺立起一大批英雄人物形象，这才是作品的真正价值所在。《大国重器》写历史，除了运用军史材料外，更多的是通过采访当事人，听他们讲故事，从他们的叙述中还原真实悲壮的历史，找到英雄的足迹。而这些当事人，就是这支部队的英雄。

他们的故事，就是英雄的故事。例如，李旭阁这位战争年代走过来的军人，一个总参作战部的参谋，参与了中国战略导弹部队的组建，和这支部队一起经历了艰难岁月，慢慢成长为这支部队的司令员。他见证了中国导弹部队的光荣与梦想，而我们看到了一个军人、一个英雄的生命历程。向守志司令员的经历特别富有传奇色彩。20世纪50年代，这位身经百战的军长，本来要去担任大军区参谋长，大显战将身手，但上级部门一声令下，他出任战略导弹部队学校校长，负责培养导弹部队的指挥人才。"文革"期间，他被任命为"二炮"司令员，却一直无法上任。粉碎"四人帮"后，他以一种大无畏的军人勇气，接管了被严重破坏的部队，恢复了这支部队往日的雄风。在这些英雄将领当中，特别应该提到的是杨业功将军。这位导弹司令的一生，都和这支光荣部队的命运联系在一起。他把自己的生命都献给了中国战略导弹部队，最后牺牲在指挥岗位上。他的事迹，不仅感动着全军，而且作为感动中国的英模人物，在全国人民当中传扬。这是我们民族的英雄。

《大国重器》描写的英雄，还有那些长期在一线导弹营、导弹旅里默默工作的普通基层官兵。作品特别注重塑造他们的形象，体现出英雄群像的道德力量，让我们看到这支部队英雄品质的血脉如何流淌，如何传承。战略导弹部队不仅是强有力的战略打击力量，更是强有力的遏制战争的和平力量。有了这支力量，我们不怕战争，可以让战争远离。这支力量越强大，战争可能性就越小。这种特殊的关系，注定了战略导弹部队在和平时期的作用和使命，也注定了这支部队的英雄品质与道德，是在大漠深山中默默铸就的。他们在等待着战争的到来，也在等待中让战争远去。从这个意义上说，我们读黄迪菲、李甦、葛东升、高津、王晓予、董景辉、夏小平、高卫明、施湘阳等许多人的故事，能感悟到更多的意味，能获得更丰富的信息。战士王文强的故事给人印象深刻。他是一个干部子弟，但还是被分配到最艰苦的导弹工程团，不久就在一次施工事故中牺牲了。他可能是在这支部队服役时间最短的士兵，却同样把自己最美好的青春献给了这支部队。他也应该是一个英雄。正是因为他们的牺牲，这座英雄的丰碑才能立在中华民族伟大复兴的历史进程中。

作品格局宏大，视野开阔，有一种明快、简洁的节奏感，在对参与者的细致采访中展开一个完整的故事结构。故事的节奏与速度是由历史参与者和作家共同实现的。这反映出作家在熟知素材的基础上具备高超的控制力和裁剪功力，具备把一堆杂乱的材料有条不紊地组合起来的功力。在一部五十万字的长篇里，作家心中如有雄兵百万，排兵布阵，从容不迫，有序展开，一点一滴地激活历史素材，着力塑造英雄人物，突出有血有肉的细节，从而完美实现了艺术的理想。可以说，这是一部与中国战略导弹部队光荣历史相称的大作品。

改革开放以来，中国当代军事文学繁荣发展，好作品不断涌现。进入新时代，创作思想更为明确，方向更为坚定，那就是坚持以人民为中心，弘扬爱国主义和英雄主义，积极反映现实生活，努力塑造中国当代军人的形象，塑造时代英雄的形象，讲好中国故事。《大国重器》的创作，正是这种时代创作思想的体现。这部作品在报告文学如何讲好英雄故事方面进行了坚实的探索，为更好地塑造英雄人物、突出思想主题提供了一个教科书式的范本。

一剑曾当百万师

——读长篇报告文学《大国重器：中国火箭军的前世今生》

作者：李炳银（作家、评论家，中国作家协会创作研究部研究员，中国报告文学学会原常务副会长）

原载：《文艺报》，2018年12月21日

报告文学在切近现实社会生活、伴随并促进社会变革、记述社会生活等过程中都有出色表现。《大国重器》这样的创作，就是在为中国火箭军写史立传，是在社会历史的建设中增添新篇章。

在如今这个人们迫切期望和平的环境中，世界却总是不安宁，各种手段表现的讹诈、威胁、制裁或直接的战争霸凌现象随时在发生。在这样的国际环境下，没有强大的经济、科技和军事实力，国家的主权、尊严、利益等都是很难得到真正保障的。

邓小平曾说，要没有导弹、原子弹、卫星，我们就进不了国际大三角，就不会有今天这样的国际地位。1988年10月，邓小平在视察中国科学院物理研究所正负电子对撞机工程时再次强调说："如果60年代以来中国没有原子弹、氢弹、没有发射卫星，中国就不能叫有重要影响的大国，就没有现在这样的国际地位。这些东西反映一个民族的能力，也是一个民族、一个国家兴旺发达的标志。"这

样的深刻理解和认识判断，对新中国开国领袖毛泽东、周恩来等以及后来者的明智果断决策，对钱学森、邓稼先等许多科学家经历艰辛的智慧创新，以及各种行业、各个岗位上的千万人们的奉献牺牲，做出了准确而充分的总结。被认为是"大国重器"的中国火箭军从无到有，不断发展壮大到如今成军，成为一支保卫国家安稳、具有国际战略威慑的强大力量，正是这一切前因继续延伸发展的自然结果。

这支带有神秘色彩的军种，既受到人们的关注，但又知之甚少，始终让人有好奇和探究的兴趣。如今，徐剑用几十年时间将自己的青春和生命融入到这支军队，用自己的缜密采访、直接访问和现场观察，真实地书写记录"中国火箭军的前世今生"。长篇纪实文学《大国重器》由作家出版社公开出版面世，为人们走近这个特殊的军种提供了非常珍贵的阅读样本。徐剑又一次为报告文学承担重大社会题材表达树起了新标杆，探索了个性的叙述描绘方式。相信这样具有很多内情解析、现场还原、曲折经历的史志性文学书写，将是文学融入国家、科技、军队、文化建设等重要历史的很好实践和成果。

徐剑在中国报告文学作家队伍中的地位和个性存在，表现在其正确的使命追求、职责担当、庄严态度等。此前，他的报告文学注重结构、用心叙述的特点，很为人所欣赏，这次，在《大国重器》中依然有很好的表现。对中国火箭军从导弹仿制起步，继之历程曲折的发展过程这样的宏大题材对象，此前也有作品涉及，但直接写决策、讲过程、记资料的现象较多。徐剑这次走进这里，举重若轻，独辟蹊径，没有机械地按时间大事记式地平铺展开，而是真实巧妙地利用了自己同李旭阁将军多年密切的特殊接触关系。李旭阁曾经长久深入地亲身参与了中国原子弹、氢弹、导弹研制试验，后来还担任司令，参与发展成军的整个进程。徐剑以人物的真实经历、观察、发现、作为、记忆为基础，在人与事的密切结合互动中，将人的表现和事的开展描绘得形象生动，脉络清晰。这种看似单线延伸，但却是多面展开的纲目设计，很自然地处理好了事与人的关系。

作品中，毛泽东、周恩来等人的决策情形，张爱萍、陈锡联、陈士榘、李觉等的科学执行能力，钱学森、王淦昌、邓稼先等科学家的忠诚智慧付出，黄迪菲、李甦、葛东升、向守志、李旭阁、杨国梁、隋永举、杨业功及高津、王晓予、董景辉、夏小平、高卫明、施湘阳等官兵的形象，在作家笔下，都有了真实具体的立体表现。人物在故事中存在，故事在人的活动下推进展开，相互依存，相互成长。这种建立在对人物表现聚焦基础上的叙述描写，明显区别于那种大事记式的铺排记录，富有阅读的诱惑与故事情节的记忆。作品中的张爱萍、李旭阁、向守志等人物，其精神、性格、作风、情感等几乎如在眼前，活灵活现，颇富感染力。

《大国重器》里密集的历史信息展示富有传奇色彩，意味浓厚。比如，中国军人因为没有导弹实物进行教学训练，别出心裁地用大萝卜刻制成导弹的形状来模拟训练；因为加强保密管理性，总参谋部的一位部长没有证件而被哨兵拦阻在门外，哨兵这一行为还受到聂荣臻元帅的表扬；原子弹试验前夕，张爱萍将军不顾再三阻拦，坚决爬上100多米高的铁塔顶上感受检查；李旭阁一人携带机密文件，被两架专机护送往返新疆、北京；李旭阁在原子弹试验次日不顾被辐射的危险，飞越爆心上空采样；向守志为了尽快掌握导弹知识，不顾痔疮病发，坐在游泳圈上听人讲授……发生在此后很多训练和执行任务中的许多个性故事，以及士官肖长明、吉自国身上的传奇技能和杰出表现等，都诱发了人们的阅读兴趣。但是，在这所有的信息故事记录之中，作家不是为了猎奇，而是用独特的情景传递出火箭军官兵一贯的使命担当、浓厚的家国情怀、坚韧勇敢的意志、智慧创新的能力、无私奉献的精神等道德品格力量。中国火箭军从无到有，从小到大，从弱到强，正是这些力量不断被培育滋养，被发扬推广并努力实践开拓的结果。

军之壮在于器之精，器之精在于人之强。火箭军如今被认为是大国重器，根源正在于器精人强，在于其具有极大的力量和能够精准把控能力的人。《大国重器》中，徐剑真实描绘了火箭军此前各个阶段的历程，有研制开发，有储藏备战，有多种环境下的试验训练等，不管什么场合，这支壮伟的军队都表现出不同凡响的影响。长街现形、台海实射、南国冬藏、北方昂首、戈壁喷火、高原砺剑这些威武雄壮的场景，真可谓"弹飞四方惊，威震海内外"。在这所有的过程中，作家都有对指挥员运筹谋划和各级官兵过硬作风技术的描绘，都有很好的人与器美妙精彩互动结果的情形记述。精简美妙，蕴含传神。作家的欣喜之情和感动之心时常流于笔端，在激情和准确的把握中，书写人弹同构的表现。这种人弹一体的卓越表现，是火箭军不断成长壮大的生命唱响，是国家威望力量的不断增强。在这样唱响的历程中，当然也会有像王文强、胡定发、周文贵的生命付出，甚至那位已同未婚妻定好旅行结婚的行程，却突然不幸牺牲的年轻排长，他们悲壮动人的故事成为国家重大事件的陪衬。

作品围绕武器的开发创新、试验装备，书写中国军人的进取精神情感和严格自觉的奋发锤炼行动，很好地表现了火箭军雄壮的军事待战形象，描绘了这支军队从司令员到各级官兵的优良思想作风和技战术能力，使大家对这支军队有了进一步的认识，并充满信心。

注重写实性，以真实的事件人物和精神情感作为作品的内在灵魂，一直是中国文学的优良传统。报告文学延续和强化了中国文学纪实的功能，使这种文体在近几十年的文学创作中表现强悍。报告文学在切近现实社会生活、伴随并促进社会变革、记述社会生活等过程中都有出色表现。徐剑是报告文学队列中的骨干作家，能够速成精简的短篇，也擅长建构宏大厚重的长篇，《大国长剑》《东方哈达》，曾经很好地显示了他这样的能力，新作《大国重器》更是对这种品质的再次强调。报告文学一旦与重大真实的社会事件和人物行动结合，其意义就同社会历史实现了密切联系。所以，《大国重器》这样的创作，就是在为中国火箭军写史立传，是在社会历史的建设中增添新篇章。

书写至高的忠诚

——读长篇报告文学《大国重器：中国火箭军的前世今生》

作者：李玉梅（中国作家协会会员，山东东营市作家协会副主席）

原载：《解放军报》，2018年9月25日

　　徐剑的新作《大国重器》（作家出版社）的封面上有两句话：沐东风而知春浓，观长剑而知器重。这是徐剑从刘勰《文心雕龙》中"操千曲而后晓声，观千剑而后识器"得来的。这里面有两个关键词：一曰东风，一曰长剑。徐剑的"东风"不是"东风夜放花千树"，不是"小楼昨夜又东风"，更不是"东风无力百花残"，而是上世纪五六十年代遍及全国的一个词语，一个可以为当时的大国重器命名的符号。东风汽车、东风火车头乃至最初的东风导弹系列，很有可能取意浩荡"东风"所代表的那一种一往无前的精神。是故，徐剑笔端的"东风"是"东风第一枝"，是"东风万里远"，是"马踏酒泉问东风"，这阵"东风"扑面而来的是中国人的万丈豪情与凌云壮志。至于"长剑"，则是另一个系列导弹的型号。谈及"长剑"的出处时，徐剑自豪地说，这个名称与他"导弹三部曲"的第一部《大国长剑》"不谋而合"。他觉得自己从军44载，从文近30年，写了600多万字、27本书，作为一个军旅作家，能够为"东风""长剑"作传扬名，无上荣光。

徐剑16岁穿上军装，坐着闷罐车从云贵高原走来，走进大山，蛰伏铸剑，从《大国长剑》《鸟瞰地球》《砺剑灞上》到《原子弹日记》《逐鹿天疆》《麦克马洪线》，再到如今这部《大国重器》，跨过了一座又一座山，蹚过了一条又一条河，以脚为笔，以笔为剑，在人生的年轮上刻下一道又一道深深浅浅的印记。

1994年，首次核试验30年的时候，从原第二炮兵司令员李旭阁写的一篇《首次核试验前后》文章中，徐剑知道李旭阁是中国首次核试验办公室主任，绝对是了不起的组织者、具体的操作者，是两架专机接力送往北京的密使，是不畏生死，在核试验次日飞越核爆中心上空查看塔架倒塌、毁伤情况的天地英雄。徐剑说，透过李旭阁这扇窗，他得以接近那段历史，那些人不是没有文化，那些人不是文盲，那些人都是高级知识分子，有着高智商，他们不是不知道核辐射有多严重，但他们就能够穿着防护服，手挽手往核爆过后的圆心步行而去，目光坦然，背影坚定。他们是纯粹的理想主义者，是当之无愧的时代英雄。

书中记载的这些细节令人感动：1979年，在一次航投试验时出现降落伞事故，原子弹坠地被摔裂。两弹元勋邓稼先深知危险，却一个人抢上前去，把摔破的原子弹碎片拿到手里仔细检查。身为医学教授的妻子许鹿希知道他直接接触了摔裂的原子弹后，在邓稼先回北京时强制带他去检查，结果发现在小便中带有放射性物质，肝脏破损，骨髓里也侵入了放射物。随后，邓稼先仍坚持回核试验基地。步履艰难，他仍坚持要自己去装雷管，并以院长的权威向周围的人下命令：你们还年轻，你们不能去！在生命的最后时刻，在夫人许鹿希的陪同下，邓稼先第一次也是最后一次乘坐了给他配的红旗车，他最后的心愿是看一眼天安门，看一看人民英雄纪念碑。在人民英雄纪念碑前，他问夫人许鹿希：再过10年、20年，还会有人记得我们吗？

邓稼先患癌症去世后，身为医生的许鹿希一直追踪当年在核试验场功勋之臣的健康状态，他们大多殁于癌症。李旭阁司令员也未能幸免，2001年，李旭阁中将罹患肺癌，切除了一叶肺。

徐剑的《大国重器》是从1956年元旦李旭阁踏雪去听钱学森的《导弹概述》课开始写起的。徐剑军事题材报告文学中，"导弹三部曲"（《大国长剑》《鸟瞰地球》《大国重器》）并非孤立存在，乃是一脉相承。《大国长剑》是年轻的共和国导弹部队从无到有、从小到大的壮歌；《鸟瞰地球》是导弹工程官兵为导弹筑巢的奉献与牺牲；《大国重器》是中国火箭军的前世今生。在"导弹三部曲"里，有伟人，有名人，更多的是普通人，徐剑笔下的伟人会带有平民色彩，平民往往有伟人气节，而名人则多了几分传奇意味。从《大国长剑》伊始，徐剑就是在为国家而歌，为军队而歌，为平凡的英雄而歌。从第一本书开始，他始终围绕着平平凡凡的人在写，围绕着大写的人在写。

一位从抗美援朝战场回来的广西籍年轻排长和桂林的女友相恋5年，导弹阵地与人间闾巷百里之遥，犹如一道天河阻隔了牛郎织女相会。原本定好了十一国庆节结婚，却突然遇到大塌方，年轻排长长眠在了烈士陵园。他的未婚妻一直申请去看他，终因没有履行结婚手续而无缘得见。多年以后，烈士陵园向公众开放，曾经的未婚妻终于有机会来看望昔日的恋人。此时的她早已结婚成家，有了孩子。她对自己的丈夫和孩子说，我们去看一位解放军叔叔吧，那是个非常帅气的年轻人，他为了我们，永远和那片青山埋在一起，我们应该记住他。

一个叫周文贵的云南籍工程师，妻子没工作，带着一双儿女随军后在营部开个小卖部。一日三餐粗茶淡饭，一家人在一起的日子其乐融融。一个星期天，周文贵的妻子建议到县城去拍张全家福。周文贵说，我到阵地上去转一转，看一眼再走。结果周文贵被导弹竖井里一颗鸡蛋大的石块击中了头部，安全帽被砸得粉碎。救护车把他送到县城，却没有抢救过来。妻子带着孩子回了云南老家通海县城。徐剑曾经带着摄制组去采访周文贵的家人，周文贵的妻子带着一双儿女艰难生活。临别时，周文贵的妻子说："我太喜欢你们的迷彩服了。"徐剑他们立刻把迷彩服脱下来，给她留作纪念。回到北京，徐剑邀请周文贵的家人到青岛的原第二炮兵疗养院。夏日的海滨海天一色，空旷辽远，第一次见到大海的小女孩对着蔚蓝的大海大声呼唤："爸爸！爸爸！爸爸！"

老营长李甦，是导弹部队的先驱之一，徐剑曾经采访过他两次，一次是上世纪90年代初写《大国长剑》时，一次是新世纪之初，都是在西安城北灞桥洪庆干休所里。两次采访，徐剑总能见到老营长的女儿二丫。二丫小时候，李甦忙于工作，半年没有回家。一次，二丫生病发高烧，脑细胞受损，留下了残疾。女儿成了老营长挥之不去的伤痛。

徐剑说，火箭军的人与故事三天三夜说不完。这些故事是平凡人的故事，但这些平凡人的故事是真挚的、伟大的，这些平凡人的故事一点一滴春雨似的滋润着他。他要感谢他写过的每一个人，真实地再现他们的无私无畏。

2015年12月31日，习近平主席向火箭军授予军旗并致训词，火箭军从此开启了新的征程。

徐剑的这本《大国重器》写的并非是导弹、核武器等镇国之器。其实，真正的"大国重器"是人，是火箭军自上而下的高级将领与普通士兵，是他们的精气神，是他们的风骨、风度、风采、风范。这些官兵，有着对党的绝对忠诚，这种忠诚是唯一的、彻底的、无条件的、不掺任何杂质的、没有任何水分的忠诚。有了这种精神，无论他们手中持的是轻剑、重剑、宝剑甚至是木剑，每一把剑都是利剑，哪怕手里没有剑，他们依然是至高忠诚的大国重器。

穿越时空的精神探寻

——读散文集《祁连如梦》

作者：辛茜（中国作家协会会员，青海散文报告文学学会副会长）

原载：《解放军报》，2017年11月25日

写下《鸟瞰地球》《东方哈达》《大国长剑》《冰冷血热》《水患中国》《江南草药王》《麦克马洪线》等著作后，最近，徐剑的另一本散文集《祁连如梦》又摆在了读者面前。从书中方知，这些年，徐剑不仅几度奔赴河西走廊，对李广、李陵兵陷大漠，卫青、霍去病马踏酒泉，匈奴兵败胭脂山发出感慨，还深入西藏、新疆腹地，留下了无尽感受。在这部散文集中，祁连山恍若视野中的主峰，频频跃然于纸上，似一阕悲歌动地哀，抒发着徐剑为世人留下千古绝唱的壮志豪情。

《凝固的史记》是作者与著名作家朱秀海、周大新、邱华桦、柳建伟、徐可、梁鸿一起赴南阳采风后写下的散文佳作，构思新奇，文风儒雅流畅，兼有晚明小品的知性，把离我们甚远的南阳汉画栩栩如生地置于现代人面前。而追忆鲁迅先生痴迷于南阳汉画，为版画谋寻出路，吴冠中南阳之行，神游于汉画天人合一、人生交融、中西合璧的艺术天国，是试图从南阳汉画大拙之美的哲学意境、中国意境，以及奇崛粗犷、野性灵动的上古气象中，寻找到重返中华民族精神源

头的力量。

作为军人，徐剑的英雄情结始终盈怀。他敬重护送细君公主翻越冰达坂、出使西域的张骞；他敬佩自长安出发，穿着草鞋走过夏塔古道、穿过塔克拉玛干沙漠的东晋苦行僧法显；他怀念并尊敬欣赏他、培养他、教诲他的老领导李旭阁将军不惧核辐射，飞越罗布泊观看第一颗原子弹试爆的英雄壮举。

最喜欢《爷爷的抗战》中云南大板桥的抗战英雄——爷爷徐金牛。在作品中，徐剑用寥寥数篇文字，便将云南都督唐继尧麾下的一位滇兵——徐金牛骁勇善战与爱恨情仇的一生描绘得酣畅淋漓，读后令人感动，泪洒衣襟。

滇军出滇，四万滇军子弟出云南，父老乡亲皆来壮行……

滇军出云南，至禹王山，打退了日军的一次次冲击。

何为英雄本色？何为君子之度？这就是英雄本色，这就是君子之度。英雄乃爱之深，恨之切，气吞山河。君子乃胸怀宽广，情若游丝引。徐剑笔下行行字字都充溢着英雄的强悍魂魄和君子如泰山般重的情义。

读徐剑美文，除却英雄、壮美，还有一缕缕藏在心底的浓浓乡愁流于笔端。

血浓于水。唯有回到故乡，才能沸腾。没了乡愁，便没了在祖屋阁楼上听雨的屋檐；没了乡场上望月的谷堆、麦秸，自然就没了草丛树林里捉萤火虫的暮色苍茫，更没了诗意和浪漫。

乡愁是什么？徐剑以归乡的坐标《父亲的烟标》及母亲的嘱咐《记忆中的年事》《一块老墙土的寓意》《乡村的眼睛》道出了真情。乡愁是飞扬的童年，乡愁是人生如梦，乡愁是对天地、对传统文化的敬畏，是对民族、对故国、对家园的热爱。乡愁是少年漂泊、游子归乡的心，是千古如斯、不绝如缕的不断情。乡愁是命，是先辈之教，温暖光辉，是中华民族得以繁衍生息的生命。

中国文化的主流走的是人与自然亲和的方向，通过文学创作寻找人生的根源、艺术的根源，是文学艺术的自觉，有关道德与修养，有关对自然的敬畏。徐剑追求的魏晋之风，是庄子追求人生解放的延续，作品直接由其人格中流出，并借以陶冶其人性，为人生而艺术。故，是不是可以说，为人生而艺术，才是中国艺术的精神？

军人的气节容纳百川。作家的风范是超越现实，见真情，见力度，见中国气概。对于徐剑这样一位艺术心灵清泉般明澈、涌动的作家来说，一位战士、一棵草木、一垒土墙、一片苍茫大地，都是令他感慨不尽、歌咏不尽，蓬勃而出的万千景象、华美篇章，也是他进入形象世界，进入情感世界，对文学艺术本质，对生命、生命价值的欣赏。

我有长剑堪截云

——读长卷散文《经幡》

作者：苏雪依（中国作家协会会员）
原载：《文艺报》，2018年7月23日

到2018年，徐剑已经去过西藏18次。18次入藏，18次贴身贴骨地感受这片神奇的雪域之地。西藏给了徐剑非同一般的观感，徐剑也因了西藏灵魂得到淬华。等他将西藏的土地一寸寸地走完，将五千年蕴含的故事一个一个地听完，将一段一段沉厚的历史串接完，西藏，已成为徐剑心中一个不可磨去的烙印，成为他此生此世无比珍惜的一个地域标记。于是，就有了手中这部长卷散文《经幡》。

这是一部皇皇之作。西藏历史上不乏《康藏轺征》《艽野尘梦》《喇嘛王国的覆灭》《西藏政治史》等著作，可它们或是官员踏足藏地而作，或是藏学家所作，以文学家的笔触来描写西藏，为例并不很多。正是因为有了之前写作《东方哈达》《雪域飞虹》等书的前鉴，徐剑才在紫玉兰含苞的早春，在京师，将手中的笔再次指向了西藏。不过这次，他要彻底打开自己的心灵，用一种更贴近的方式，与西藏对话。他要将自己的前尘付与西藏，倾听它对自己的呢喃，也将自己的未来从容地交予它，让它在人生之途抛露洒雨。他把西藏当成一个朋友，一位爱人，一位老师。总之这次，他要和它有贴贴实实的关系，而不是像以前的报告文学，走马摩花地顺带几笔。

此书分为三卷，分别是灵山、灵地、灵湖。之所以用这个"灵"字，我想是徐剑内心自然的发生，也是他对西藏沉浸而仰望的结果。谁说西藏不是性灵的呢？在作家的眼中，西藏的每一朵花、每一株草都因了海拔的居高、雪风的抚拂而不同。这块亿年前由沧海而隆起的土地，本身就是一种生命的传奇。人们生活在这片土地上，呼吸着它的空气，仰望着它的星空，成了有别于内陆的一方之人。徐剑自从跟随阴法唐第一次踏上这块土地起，一种特殊的情结便悄然在胸中产生了。那时，他刚经历了人生的一次滑铁卢，心情极度低郁，对未来的路有些迷茫。可是他一来到高原，炽热的阳光烤炙了那些疼痛的回忆，清朗的雪风拂去了身上的尘埃，而神圣的湖水更让他看清了今生的所求——不是一时成败，而是要确保灵魂的淬净与从容，如此，在漫长的旅程里必会收割一份厚重的果实。在西藏的不多天，给了他希望的花火，他的脚步因之而淡定，脸上挂上了自信的微笑。事实证明，西藏，是他的福地，也是他此生的眷念之地。

山是有灵的。因为它无时无刻不以一种神秘的方式提醒着人们要有所畏敬。日本登山队的覆灭以血的教训传递着它的圣洁，飘浮的云翳从不轻易向人展现它的玉容，而凄婉的爱情更是赋予它一种忧伤和唯美。徐剑用心观照大卫·妮尔和詹姆斯·希尔顿梦中的香格里拉，用崇敬的眼神瞻望洁白的山巅，也用一缕男人的心绪记下它身边发生的故事。大地是有灵的。在这雪域之地，不知飘浮过多少的刀光剑影，有过怎样惨烈而血腥的权谋争战。每一滴血都沉入浑厚的泥土，每一滴汗都落入格桑花的馨香，每一滴泪都诉说着娇娘的坎坷与无奈。在这块有灵的土地上，男子汉成为英雄，而女儿则如一抹红云，俯瞰着偌大的雪域。湖是有灵的，因为可以照见前世今生。班禅和达赖不例外，作者和你我亦不例外。湖的上空，缭绕过多少的生灭幻影。

西藏的灵气给了徐剑无休无止的灵感。他以笔为剑，驰骋在这片高原，身心都有了灵韵。他穿越历史与现实，在时空中如入无人之境。他剥开宗教神圣背后人性的一面，加以提写，衍发，让人看清自己的欲念，凤凰涅槃前的苦痛与挣扎。他轻轻挑开一朵花的前世今生，深入脚下的土地，窥探其根系。他又用现实揉入历史烟云，展示岁月的一脉相承。他分身有术，时常以当事人的口吻描绘事件，撩拨起人们紧张的心跳和纠结，又倏忽跳出历史，回到自我，一身轻松。在文字里，他是王，是帝，从不囿于框络，相反，他是一切规则的制定者。

徐剑笔下的人物皆有情有义，因他就是一个有情有义的人。他有自己文学的追求，从不以高大上的笔触来磨损读者的热情。他是激情的，又是理智的；是大器的，又是精细的；是善于遗忘的，又是精于获取的。在《经幡》中，他耐心梳理着雪域发生的沧桑往事，让那些人物揭开历史的帷幔，一一走出来，演绎他们的爱恨情仇、喜怒哀乐。他用文字赋予他们血肉，让读者感受到他们生而为人在特定的时空和环境里的所作所为，让人们自行判断。每一片檐瓦都是一个故事，每一块方砖都曾踏过履痕，西藏看似清平的宗教夜幕下掩盖着多少的阴谋与喋血。瞧，仓央嘉措走出来了。这位偶然被选中的六世达赖，生性是一位诗人。果然，教义的严苛并没有限制住他的天性，他一次次往八廓街的黄房子走去，直到雪后的脚印将他暴露。徐剑并不简单地描写这位情歌王子，而是将笔触深入到那个时代，将他"终负如来又负卿"的悲凉命运抛给人们。他是政治的牺牲品，也是特殊年代烙写的凄苦宿命。邦达仓走来了，这位商界奇才，因为勇敢地救助土登嘉措而发迹，而他的主子土登嘉措无疑也是权谋的幸存者。这位前期亲英后期向华的达赖喇嘛，内心不知经历过怎样的曲折。徐剑通过他与民国女特使刘曼卿的交际，给予了丰满而完整的呈现。摄政王热振也走来了，这位迷失于权力与女色的活佛，徐剑用了相当的篇幅来展示他的辉煌与败落，更在这过程中抛出了那个亘古久存的命题——道德与人伦。一个人若听凭自己的欲望，迟早会有后悔的一天。活佛也不例外。瞧，达桑占堆也走来了，这个重振擦绒家族的奴隶娃子在飞黄腾达后刚愎自满，最终，落得个出走国外的结局……或啸笑，或哀号，或无奈地呻吟，这些人物在徐剑的笔下一一复活，款款走动。

读完这本书，便是等于对西藏有了一个详尽的了解。徐剑的性情在豪雅之外也有温柔的一面，所以，他把笔触同样投注在了两个女性身上。一个是巴黎丽人大卫·妮尔。徐剑跟着她东渡英印省，到日喀则，转道大西北，入拉卜楞寺，曲折西南，越二郎山，渡泸水，抵打箭炉，上折多山，过雅江，而后，又从大理、丽江溯金沙江而上，转山梅里雪山，穿行于三江并流之地，最终，到达梦中的香巴拉王国。他写着她的艰苦，感受着她对藏地的热爱，感慨着一个外国女人对梦想的执着追求。还有刘曼卿，那么让徐剑魂牵梦萦。这个因了情殇请命辔征西藏的年轻女子，是如此美丽勇敢。徐剑用深情的眼眸望着她走向漫长的羁旅，心惊胆战地看她一次次化险为夷，最终与十三世达赖喇嘛三次会见。徐剑说："她的百媚千娇惊艳了雪域，她的豪迈壮烈叹服了土司。"

"命中注定，两位中外女性从不同的时域，共同演绎了一个香巴拉的神话世界，而我旨在复活她们的传奇。"他做到了。而普通人的情爱纠葛亦叫徐剑心生感慨。忘不了蓝月亮山谷里凄婉的爱情故事，忘不了纳木措湖旁牵系的电话……徐剑笔下的女性，都有一种如水的温润，因为徐剑的心中，亦流淌着一条潮润的河流。

语言是作家的看家本领，是文章的DNA。多年来徐剑一直自觉地追求古汉语的道统，寻求被遗失了的中国气派。他在文章中谋篇布局，一一调动文字的走卒马炮，纵横捭阖，写出一个个既有现代精神，又不乏古典气息的故事。他的文字自然而然产生了一股剑气，高古典雅，洗练准确，才子气十足。这样的文字，往往让人眼前一亮，记忆深刻。

随意捡拾几个例子："灵者，灵山也，诡谲秘境的背后暗藏着巫符罩门，罩在与灵山有缘无缘之人的命运头颅上，神性魔性，福兮祸兮，皆在一步一念之间。""江水有声，断崖千尺。云海茫茫无归处，谁听灰头雁啼鸣？谁听蒿草遍地、断垣废壁里的晨钟暮鼓……""一切都沉寂下来了。以后的日子，万物皆空，苦厄去，观自在，大道空花，莽莽苍苍一片芜野，掳走了我的魂魄。"除此之外，徐剑显见也是一个对色彩极为敏感的人，能调动起所有的感官为之服务，使文字活色生香，触手可摸。你看："白云垂得很低，挂在老街的屋檐上。""西天变幻着色彩，空中好像一个番茄酱瓶打翻了，从中淌出殷红的汁液，洇红海水般的天幕。""毛垭坝大草原边缘天如穹盖，星星从夜的腹地里钻了出来，有点像岭·格萨尔王金鞍上镶的宝石，熠熠发光。""晨曦如一个柿树上的柿子，在水雾和光晕中，渐次放大，从东边的旷野地平线上浮冉而起。"鲜活灵动，如在眼前。

刘勰曾说过，"心与理合，弥缝莫见其隙，辞共心密"，散文有别于小说和报告文学等文体的特点，便在于它是作家主体精神的实现形式，是个体生命经验最直接、自如、自由的表达，有着作者内心的独特的体相。《经幡》一书，莫不如可以看成是徐剑对自我生命体验的另一种阐释，一边写，一边荡涤前尘，寻求灵魂的安宁与皈依，最终，他在那片宗教蓝里觅得了人生的真谛——"一幕幕爱情、神话、传奇，绝唱雪域，凄怆羁旅，歌声不断人犹在，可寒山路转不见君，雪上唯留马蹄行。爱恨情仇，喋血杀戮，然，佛是放下屠刀的人，人是走下莲花的佛。贪嗔痴放下，业障皆解，一切舍得，便可入空空之境。"

作为一位智慧之人和知道之人，徐剑的文字体现出了一种宗教式的悲悯和辽阔。菩萨低眉，以见众生；因为懂得，所以慈悲。他用笔如椽，挥洒深剖人性，由浮世的烟火氤氲，乃至弥漫的灵云。透过一篇篇文章的肌理，我们看到了之后的温情、温和与温善。从这种意义上来说，这部书稿有了另一种体贴和超拔。

"多少年过去了，灵魂仍然像雪风一样掠过藏地，朝圣于青藏苍茫。轮回的异象令我错愕，转世的咒语叫我骇然，魂灵的超度使我战栗，杀戮的救赎让我喟叹，自然的法力让我畏惧，祈祷的经幡却让我宁静下来……"仿佛一个朝圣者，一步步地走来，路过千辛万苦，经过百转千回，终于在大昭寺前，拂去一身尘埃，用清澈的双眸，看到了人生的救赎之道。经幡，不如说提供了一种象征，一种信念，一种精神和一种信仰。

"每一次最后的藏地行旅，都成了一次新的起点，每一次转山、转湖，都以为是告别之旅，皆成了新的征程。"虽然已有过18次入藏的丰富经历，但我想，徐剑是永远不会跟西藏说再见的。也许在某个秋高气爽的清晨，抑或某个绮霞漫天的傍晚，你又会看到他打点行囊，再次出发。

一部有关西藏的精神史诗

——读长卷散文《经幡》

作者：张鹰（中国作家协会会员）

原载：《文艺报》，2019年5月7日

去过西藏的人都知道，"经幡"是进藏路上（从折多山到拉萨）所插的风马旗，凡飘"经幡"处，必有神山或圣湖。由此可以想见，军旅作家徐剑新出版的这部以"经幡"命名的长篇散文必是一部写西藏的书。事实上，徐剑与西藏的关系并非始于这部书，早在上世纪80年代中期，他就开始了对其一生创作至关重要的"西藏之旅"，这既是时空意义上的"西藏之旅"，也是精神层面上的"西藏之旅"，《麦克马洪线》《东方哈达》《雪域飞虹》《坛城》等作品就是西藏馈赠给他，或者他奉献给西藏的丰厚创作实绩。

《经幡》（重庆出版社，2019年）在徐剑西藏题材的创作中，具有非同寻常的意义：一方面，这是徐剑对30多年18次进藏经历的具有总结意义的沉淀之作，其厚重的文化底蕴是不言而喻的；另一方面，在这部作品中，他由地理意义上的西藏走入文化和历史意义上的西藏，呈现出较少为人探及的隐藏在雪域圣山之后的刀光剑影的历史，表现出了"史"的西藏。应该说，将"诗"与"史"有机地融合，呈现出深层意义上的西藏的精神魂魄，是《经幡》一书重要的美学特征，同时，也是这部书对徐剑以往的创作以及此前作家们"西藏叙事"的一次具有里程碑意义的超越。

作品结构是考验作家艺术功力，也是其是否能够有效地传达作家意识到的思想内容的关键之所在。《经幡》一书，仅在结构方面就呈现出徐剑驾轻就熟的写作功力。跟着作家具有传达力与穿透力的叙述语言，读者进入的是地理意义上的雪山圣域，是旅行者们心向往之一尘不染的美山美地。但如果仅仅是这样，《经幡》也就和已然浩如烟海的西藏纪行一类的出版物没什么区别，在阅读体验中，令人眼前一亮的恰恰是作家独一无二的艺术个性呈现之处。《经幡》的独特之处也正在于，它是以空间的移动作为切入点，采用时空交错的方式，将"我"对西藏的游历与法国藏学家大卫·妮尔、民国特使刘曼卿的游历交织起来，并采用第一人称叙事的方式，将不同时期西藏发生的历史以及其中所蕴含的地域文化意蕴多角度、多层面地加以展现。

更为难能可贵的是，随着叙述视角的不同，作者的叙述语言也呈现出不同的风格。在现实的时空，亦即"我"的视角中，作者的叙述语言是感性的、灵动的，仿佛有一种浓浓的诗情，裹挟着哲理的光芒，迎面向读者扑来，有一种目不暇接之感。西藏神奇瑰丽的灵山圣湖、与之相关的风物传说以及历史的变迁，皆娓娓道来，让人有身临其境之感，极大地拓展了读者的艺术想象力。作者作为一个进藏18次的"老西藏"独一无二的叙述视角与贴近当代中国人语言习惯的叙述语言，构筑起《经幡》一书的主要结构框架；而辅助的结构框架便是上世纪初与二三十年代走进西藏的大卫·妮尔和刘曼卿不同的叙述视角而呈现的或客观冷静，或沉郁柔曼的语言风格。

作为一个研究西藏并走进西藏的西方人，大卫·妮尔面临的一个首要问题便是"隔"——文化传统与自然风貌，几乎无处不"隔"——正是这种"隔"，让她从另一个角度对于自己的所见发出所感与所思，有一种不可替代的力量，这类似于布莱希特所追求的"陌生化"的戏剧效果。大卫·妮尔的叙述语言既有一种不急不缓的沉着，同时，也不乏外来者对异域文化的新奇、欣悦，以及冷静与沉思。

具有传奇色彩的民国女特使刘曼卿，因情殇带着难以排遣的孤寂与内心深处的挫败感踏上高原之路，其眼中所见必然也是凄然萧索，这样的情感体验必然反映在她独特的观察视角上。同时，具有藏、汉两个民族血统的出身以及幼时的经历使她对藏族文化有深入的了解，青年时期的西方留学经历又能让她站在一个新的高度看待她熟悉的一切。此外，民国女特使的身份赋予了她强烈的责任感与使命感——这一切投射到"她"的文字中，形成凄绝、柔曼的语言风格，其语言体系，在现代文的基础上加以文言文的某些表达，颇为贴合她所处时代的语言形态，对读者有一种很强烈的代入感。

事实上，不管是"我"，还是大卫·妮尔、刘曼卿的叙述语言，都是徐剑本人的。不断变换叙述视角的同时变换叙述语言，显示了作者纵横捭阖的结构能力和对不同语言风格的高超驾驭能力，也使得这部作品呈现出美学意义上的立体感。

徐剑对艺术形象塑造的独特功力，也在《经幡》一书中得以充分体现。如果说，雪山圣域是《经幡》中的"大舞台"，那么，在这个舞台上则活跃着百余年来与西藏有关的各色人物，仓央嘉措、热振活佛，以及大卫·妮尔、刘曼卿等，每个人都带着他们的内心追求与时代使命踏上这个舞台，演出他们人生的悲喜剧；更为重要的是，他们的命运起伏所折射的，恰恰是掩藏在雪山圣地之后的时代风云与刀光剑影。大卫·妮尔几次从不同的方向入藏，几次遭到藏军的阻拦，虽然屡战屡败，却愈挫弥坚，最终化装成藏族老妪和乞丐，与义子庸登转山转水，终于闯进了香巴拉王国，并最终完成《一个巴黎女子的拉萨历险记》，显示了其倔强的个性以及对事业坚韧顽强的追求。这位终生投身于她所钟爱的事业，连其母语都不太熟悉了的女性最终却未能实现葬于西藏的夙愿，这样的命运归宿，让人扼腕叹息。刘曼卿深深的内心创伤，她柔弱外表掩藏着的强烈的责任感与使命感，显示了她强大的内心力量，也使她成为《经幡》一书中让人过目难忘的艺术形象。

热振活佛也是作者着墨较多的一个人物，作者在肯定其对西藏历史发展所做出贡献的同时，也写了其性格弱点对其命运所造成的不可逆转的影响；唯其如此，其命运才更加具有震撼人心的悲剧力量。在徐剑的作品中，由不同人物命运构成的刀光剑影、血雨腥风的历史就像一面镜子，形成与现实时空的比照。

《经幡》中还有一个着墨不多却至关重要的人物，那就是阴法唐将军。在徐剑此前与西藏有关的报告文学作品中，阴法唐将军的身影屡屡出现，而在这部作品中，阴将军的身影差不多是一闪而过，却具有重要意义。在旅途中，作者一家人参观西藏农奴博物馆，女儿夸赞"阴爷爷"有"远见"的细节，意味深长，这更像是一种点题。事实上，在《经幡》一书中，作者始终在将新西藏与旧西藏置于对比中加以观照，在作者精心构筑的现实时空与过去时空的交错中，读者所感受到的是一个多世纪以来的沧海桑田、风云变幻，是诗中的史，是史中的诗。

徐剑的藏地心灵史

——读长卷散文《经幡》

作者：张荣（中国作家协会会员）

原载：《边疆文学·文艺评论》，2019年第6期

圣洁的高原、猎猎的经幡、明丽的阳光……在人们的心目中，西藏一定是有神的居住，才美得如此不可方物。这块数千年来被神秘所笼罩的雪域，像是一座架在人世与宇宙不可言说的秘密之间的桥梁。西藏，于每个人而言都是一个异域的空灵之梦。

记得冯友兰先生曾说：对于自然，总要有所理解；对于自然，总要持一种态度。西藏是什么？于我而言，大概是想象中险峻的大峡谷里飞驰而过的骏马，是坚信灵魂会通过阶梯似的山到达天上的年轻僧人，是小小一方里的豪雨，是漫天眼泪般的星光。

我常想，月巴墨佛的出世究竟是为了解决世间的问题，还是为了建立西藏这样一个观念中的净土供人们避居呢？宗教是唯心的吗？如何理解西藏这块净土上既古老又崭新的智慧？如何看待活佛朱古的色戒与权谋？带着对于藏地生活的诸多好奇，带着尘世间的些许困惑，我在军旅作家徐剑新出版的这部以"经幡"命名的长篇散文里，找到了答案。

一书一世界，哲学与理性的精神史诗

市面上写西藏的书很多，而这部由汉族军旅作家写西藏的书，却非同一般所见，字里行间体现着政治家的智慧、哲学家的思维、文学家的笔调、历史学家的考据，兼而有之，恰到好处。我在很多年前曾读过马原的《冈底斯的诱惑》，而《经幡》又一次让我体味到了那种久违的颠覆感。不一样的是它不是小说，而是一部恢宏丰富，将西藏纪行、历史、文学、哲学、宗教与作者徐剑本人的情感和意志熔为一炉，神形兼备的"书中之书"。

作者徐剑因阴法唐将军之故与西藏结下不解之缘，先后18次切身入藏的经历让他几乎走遍了西藏的每一寸土地，听完了每一个西藏风中飘散的千年故事，看完了每一卷西藏厚重悠久的历史传奇，刻肌刻骨地感受了这片神秘奇妙的雪域之地。他笔下的神秘西藏不仅有着隐秘传奇的一面，更有着一种呼之不出的神性力量。

《经幡》的字里行间充满了徐剑对于这块土地无与伦比的热爱、虔诚与信仰，是他从另一个思维国度传来的心语。风动如念，对坐千年，不在菩提下，也能参透真言。我仿佛看到在风动的经幡下，白塔衬托蓝天，与五彩祥云构图于天地，徐剑身背硕大的行囊，如古时仗剑走天涯的侠客一般行走在苍茫的雪域大地上。他与众多穿越千古的目光和心灵相遇，接受着高僧庄严的加持和藏族群众真诚的祝福，在高原的空气和阳光中，享受着从未有过的快乐与自由。

在徐剑笔下，西藏是大气磅礴的画卷，在这幅深深吸引着世人探寻目光的画卷里：灵魂在日月中聚集，殿宇在蓝天下生辉，千年故事在风中飘散，天地间溢满欢笑与泪水。我难以忘却书中人类学家大卫·妮尔"不入藏地誓不归"的坚毅，詹姆斯·希尔顿对于梦中香格里拉的执着，民国特使刘曼卿飘落在藏地的情魂，摄政王五世热振的色戒与权谋。徐剑对艺术形象塑造的独特功力在《经幡》一书中体现得淋漓尽致，他以一个先后入藏18次、对西藏有着浓厚情感的汉族军旅作家的独特视角，通过上世纪初及上世纪二三十年代走进西藏的法国藏学家大卫·妮尔和民国特使刘曼卿等多个人物的不同的叙述视角，冷静客观地呈现出了百余年来，每个历史人物的命运起伏和雪山圣域的时代风云与刀光剑影。徐剑根据不同的人物视角不断变换叙述语言，在丰盈了《经幡》美学上的立体感的同时，也充分体现了他笔走龙蛇、捭阖纵横的结构能力和对纷繁语言风格的卓越驾驭能力。"大卫·妮尔已远，我穿行于历史与现实之间，游走于过去与未来之途。蓦然回首间，居然有一个惊人的发现，东西方两位女性虽素昧平生，却多次在藏地大香巴拉之域产生交集。大卫·妮尔过后，刘曼卿履行了民国特使之职，又辗转重庆、昆明，由大理、丽江进至中甸，对大香格里拉藏地进行考察，其行进路线与大卫·妮尔完全重合。命中注定，两位中外女性在不同的时域，共同演绎了一个香巴拉的神话，而我旨在复活她们的传奇。"

一部称得上品质优秀、笔法真诚的作品一定蕴含着作者最真挚的情感。对于徐剑来说，西藏的灵性和精神的磨砺安顿了他的灵魂，这部宏阔细腻的哲学巨著使徐剑在思辨中逐步丰富自己的思想。空灵的山水、纯净的大地、朴实的藏族群众，每个生命都在被信仰中规训，在神灵的庇护下笃定地生活。纯与灵是属于他的西藏印象，西藏遍地都是诗，俯拾即是大美，我想也是这个原因他把这部沉博绝丽的西藏精神史诗分为灵山、灵地、灵湖三卷。他曾说："一部作品真实的情感基础往往是建立在作者对世界潜在的感觉上，这种感觉在我多次进藏后才逐渐被挖掘了出来。我心中常想，如果有一个孤寂的地方，可以让我把自己的一生托付给它，在纷扰中寻找到一份宁静，那就是西藏。"

《华严经》有言："一切众生，皆具如来智慧德相，但因妄想执着，而不证得。"这部《经幡》一方面唤醒了无数众生的灵智，另一方面也证实了徐剑是集藏文化智慧的大成就者。我常常想，徐剑身上超出常人的灵性智慧与素雅的剑客之气，是不是也缘由于他早年在经历"艰难苦恨繁霜鬓"的人生低谷时毅然去了西藏？这片几乎每座高山、每条河流都被赋予了神性的土地，荡涤了徐剑在凡尘中的痛苦与迷茫。徐剑在只属于他的高原上，没有限制没有规则，他可以获得灵魂上真正的自由。令人敬畏的神圣雪域激活了他深层的心理诉求，他找到了诉说的空间。

高原乌托邦之梦，自赎与自愈

我们都知道，从事物质产品的生产，首先需要具备相应的材料。作家从事文学创作也是一样。艺术积累的重要内容就是对社会生活进行深入细致的观察和了解，从而掌握丰富的创作材料，这是文学创作的第一步，也是艺术构思和艺术表现的不可或缺的基础。并且，作为一种精神产品，文学作品不像物质产品那样可以批量生产。优秀的文学作品好似一面魔镜，它映照出人类社会的历史与现实，勾勒出未来的图景，捕捉住人们心灵深处最细微的感受，描绘出人们所能想象到的种种画面。它吸引着人们沉浸在其中，体验品味，流连忘返。很多文人墨客从西藏归来后都会把这段雪域旅程以游记或散文的方式记录下来，其中不乏图书市场的畅销作品。不过这些书从不吸引我，因为这类读物大多流俗于肤浅的风物书写，或凝眸圣水神山，或放眼高原民俗，或流连信仰传统，大多数作者较为缺乏关于西藏的直接记忆和艺术处理经验。作为读者，这些我也能理解，毕竟仅仅通过一次短暂的旅程，再优秀的作者都无法领会西藏那博大的文化底蕴和深厚的宗教历史内涵，更不可能深入地接触那些淳朴的藏族群众的日常生活。在西藏这块原始、遥远、艰险的异域，他们只能是一个饱经风霜的陌路人，一个高原的匆匆过客，面对那些手持经筒、口诵六字真言的藏族群众，过客是无法了解他们真实的内心世界的，更无法写出青藏高原这片人类和自然界最后的净土最动人的美丽。

而徐剑不同，身为军旅作家的他，有着军人正直真挚的秉性，18次亲身入藏的经历，确确实实已经成为了他人生旅程中一笔无法用金钱来比拟的财富。西藏给了他一种信念，一种对精神对理想孜孜不倦的追求。恰是这种正信，使得在徐剑的作品中，物欲永远让位于精神，信仰不再是寄托，而是一项虔诚的事业。西藏，已经成了徐剑灵魂的寄存地，是属于他一个人的高原乌托邦之梦。

"30年间，我的生命之旅，无不投影喜马拉雅、莽昆仑、念青唐古拉、冈底斯山和横断山的雪风山骨。来来往往，我竟然走了20趟青藏大地，多则三两个月，少则亦半月20天。读书行走，循大卫·妮尔、刘曼卿留在青藏的万里之痕，沿西藏摄政王热振寻找达赖转世灵童的观圣湖之旅，一步一步走过空花大道，雪尘掩没，历史界碑何处？我爬上一座座神山垭口，漠风正烈，灰头雁掠过天空，经幡随风飘荡。冥冥之中，那些传奇的、壮美的、凄美的神话故事，神性般的藏地，诗意般的雪域，裹挟一股历史文化和风俗宗教之风，形成一个强大的道场、气场，感应、感染、震撼着我。于是，拉萨城、江孜城贵族之家的每片瓦砾、每块铺石，门前每对雪狮的纹理，一一清晰凸显出来。30载西藏高原的阅读、行走与研究，《经幡》藤上之果，瓜熟蒂落了。"

数年间18次入藏的经历，夯实的写作积累，使得徐剑的文字真正凸显了西藏的血肉和骨骼，触摸到了西藏的灵魂，既切入了整个人类生命的多元底色和深层旋律，也使得《经幡》与市场上诸多普泛化的西藏读物拉开了本质上的距离。在《经幡》的写作过程中，为了不放过西藏数千年流传下来的每一段历史与每一个传说，为了重新追溯他笔下众多人物的生活轨迹，也为了接近更为真实和自然的藏地人民，徐剑不时地会跟当地的牧民生活在一起，跟他们一起经历四季的变化，与他们畅谈雪域街头巷尾的民间传奇。所以，徐剑透过《经幡》，更多想表达的不是雪域的壮丽与辽阔，而是在大自然面前，作为人的孤独和渺小、单薄和无奈，以及徐剑对人类宗教信仰的内外观照和认知。

屈原在《离骚》中有云，"纷吾既有此内美兮，又重之以修能"，翻译成白话的意思是：上天给予了我优秀的血统和品质，但我仍然不断加强自己的修养和素质。作为一位休休有容、有着百龙之智的杰出作家，徐剑行不扬，谦为人，从不矜智负能，他一直保持着"虚心竹有低头叶，傲骨梅无仰面花"的君子品格，就像他在书中写道："尽管写作给我带来了无尽的浮名与好事，然，值得庆幸的莫过于文心归于寂然，一切都沉寂下来了，以后的日子万物皆空，苦厄去，观自在，大道空花，苍苍莽莽一片芫野，掳走了我的魂魄，茫然四顾，相处十五载的三尺书房，不过是一个阳台而已，然，伏案一个书桌，就可极目远方，身后四尺墙壁，逼仄仅容一小排暖气片，却是无边的空阔。心中唯有圣湖之清，波澜不惊，犹如平镜，头顶，祥云悠悠，耳边，漠风掠过，经幡浮动，谁诉天祈直达天庭，终于有了一片安放灵魂的原乡。我驻足于此，蓦然觉得，文学需要这种至尊之境，艺术需要这般寂寥，如此清冷，寂寞，于作家最好，其修为可入不浮、不燥、不名、不利、不他之境，只为自己内心真实而作，方可成经国文章，其肉身寂灭之后，唯有所写的方块字活着。"

在《经幡》里，徐剑的文字是充满了各式各样的"念"的，这种念不是执念或欲求，而是一种为了摆脱人世间的无知、执着和恶欲的镇定自若，一种一直潜藏在本真里的自我，一种对美好事物的追求，一种对世界伟大且充满力量的热爱。这些念是有温度的，是情感上有时漾开柔波、有时惊起阵痛的一脉活水，使心灵懂得体恤，而不会物化成无动于衷的石头。人的生命是浩瀚而妙不可言的，人是神奇的大脑、灵魂、智慧的完美结合，是区别于动植物的高级生命体，正是因为这些"念"的存在，人在辽阔的大自然面前才变得与众不同，变得智慧非凡。

《法华经·譬喻品》一卷曾有云："大慈大悲，常无懈倦，恒求善事，利益一切。"如今图书市场浮华满天，故事、小说、散文，以及所能见到众多文字，都生生充满浮华。一味讨好市场"心灵鸡汤"式的各式读物，使得读者们不能正确地汲取精神营养，内心世界日益贫瘠，但也同时彰显了徐剑文字的恳切热诚与难能可贵。他是一个有慧根和睿睿之人，他用笔如椽，字字珠玉，大哉博学称夫子，无论是写人间浮世的芜野尘梦，还是西方极乐的水月灵云，徐剑一直都在探寻人生的救赎之道，觅求一种"入世""出世"的精神信仰。

就像他在《经幡》中写的："多少年过去了，灵魂仍然像雪风一样掠过藏地，朝圣于青藏苍茫。轮回的异象令我错愕，转世的咒语叫我骇然，魂灵的超度使我战栗，杀戮的救赎让我喟叹，自然的法力让我畏惧，祈祷的经幡却让我宁静下来……"

《经幡》全书没有一字直谈宗教，却处处充满了一股宗教般的慈悲与恢宏，一种透彻的大悲之悟，字里行间散发着世间最温柔也最具震撼力的能量，让人的俗气、惰性甚至贪念瞬间消失。在我看来，《经幡》的故事是那么的旷世，仿佛来自天上的水；它又是那么的尘世，伴着人间血脉川流不息；它好像是上天在人的灵魂中植下的一方净土，培育纯净而慈悲的花朵。"忆昔彤庭望日华，匆匆枯笔梦生花。"我不知该怎么形容徐剑笔下的藏地人物所带给我心灵上的巨大震撼，只能浅薄地说：近世文章，如徐剑所作，行云流水，亦自可采。

周国平先生说：一个现代人负责任有意义的生活，应该是始终处于思考状态的。古人也说："自诚明，谓之性，自明诚，谓之教。诚则明矣，明则诚矣。"透过一篇篇文章的纹理，我们看到了徐剑以"出世之心行入世之世"的温情良善，《经幡》更像是徐剑为沉溺在冗杂尘梦中的世人所准备的心灵朝圣之旅，帮助读者们洗净自己的身心，探索、发掘、修正人身的觉性，从而真正享受心灵上的自由。人如其名，徐剑的文字就像一把剑气冲天的利刃，望之俨然，即之也温，使浊者清，贪顽者廉，使懦者立，怯者勇强。

离天空最近的精神漫游，三分魂魄满天星

在这个喧嚣浮躁、竞争激烈的社会，科技的发展让人们的视野更开阔，然而内心的宁静和幸福感似乎反而变得遥不可及，人们渴望从阅读中获得生活的力量。与市面上众多的西藏感悟随笔作品相比，徐剑的《经幡》是最真挚最善意的，他从不用故作怀瑾握瑜的文笔、晦涩难懂的词藻来磨损读者的热情，抑或为了讨好读者的阅读情绪而编造一个"心灵鸡汤式"不切实际的西藏异域幻梦。一部伟大的作品就像一个梦，一目了然，不做解释，甚至相当暧昧。《经幡》是徐剑编织的一场异域的空灵之梦，在梦里他从不说"这就是真理""你应该到西藏去"，他的文字告诉我们他真正关心的是灵魂的事，简单，深邃，神秘，余味无穷。徐剑笔下的每一个字像自然里的一棵植物，自生自长，坦坦荡荡，他把关于西藏的所有奥秘留给读者去琢磨探究，去尽情想象。

作为徐剑作品的忠实读者，深刻地感知到他的写作风格婉约与放达同在，柔情与豪气共生，字里行间那种纵横开合、棱角分明的冲天剑气足可震醒一切昏睡者。最难得的是，徐剑身上有着军旅作家特有的诚实与正直的秉性，他将自己深厚的灵性智慧注入到文字中，25.8万字处处是犹如明珠一般通透的正见正觉，

他最终是要带领他的读者完成一场跨越西藏古今的庄严的心灵朝圣之旅。在《经幡》中，他以现代人的思维和表达方式，将西藏的灵性智慧与心灵世界应有的美好境界娓娓道来。徐剑睿智柔和的文字和朴实生动的语言，帮助读者们理智地了解真实的西藏，坦然地面对心的本性。他希望读者们能通过这本书，从大卫·妮尔、刘曼卿、仓央嘉措、热振活佛等与西藏有关的各色人物身上，一方面了解这块雪域圣地的千古历史与传说，另一方面，知道该如何对待宝贵而短暂的生命，并从生活的各种困惑中解脱出来，获得重塑心灵世界的力量。

在《经幡》中，徐剑让一个个经历了西藏沧桑往事的历史人物揭开了这块雪域的神秘帷幔，讲述属于他们的爱恨情仇与色戒权谋。在徐剑笔下，六世达赖仓央嘉措既是才华横溢的情歌王子、雪域诗人，也是黄房子里"终负如来终负卿"的政治牺牲品；摄政王热振呼图克图也曾有过宏图抱负，却最终在权力与女色中迷失自我；擦绒·达桑占堆这个原本拉萨东北澎波地方一个制箭工匠的儿子，重振擦绒家族后蛟龙得水青云直上，却刚愎自用，最终落得布达拉宫作俘，不久即死于狱中的悲惨下场。

他没有开启"事后诸葛亮"的上帝视角，而是赋予了这些褒贬不一的历史人物温情与真实，把他们都当作活生生、像普通人一样有着七情六欲的真实存在过的人，对他们在特定时空特定环境下的所作所为给予了历史的宽容。徐剑做的只是把他们一个个地带到读者们面前，让读者自行评判，从而帮助读者树立起像西藏古往今来的诸多智者一样觉醒和证悟的信心。

每个人身上都存在光明和晦暗，如日如月，执障与觉悟，一体同源，它终将被人证得。透过本书，透过徐剑笔下在西藏这块热忱的土地上古往今来众多历史人物波澜起伏的人生悲喜，他最想告诉世人的是：生活是一场没有彩排的现场直播，演成什么样都是自己担当，生命这出戏，短暂而无法重来。人间确实存在一条能够超脱轮回、去除所有污染的道路，这条道路就在西藏，但对于迷失自我的人，西藏给予的只是逃开旋涡的暂时平静和更多的思考时间，并不是解决根本问题的方式。一个人遗失了灵魂的时候，需要的是信仰本身，而不是西藏这块单纯的土地。

在历史的进程中，人的一生只是一个瞬间。广阔浩瀚的世界里，每个人都是渺小的个体，被卷入时代巨流的我们不停地向前，却很少探寻自己向前的本意，思索生命的价值。当我们走进城市里钢筋森林深处，被周围昊天罔极的黑暗吞噬时，我们会回想起，疲惫倦怠的肉体里也曾有着一个自由不羁的灵魂，循规蹈矩的自己好像也曾有过仗剑雪域的逸想，也有对诗和远方的渴望。

每当雾障云屏、夜阑人静之时，我们卸下了白天的疲惫，却仍旧找不到生活的方向，不妨看看徐剑的《经幡》，他充满哲思的文字一如既往地力量满盈。这块真正意义上的西藏精神魂魄，一定能让你获得源自过去的生命动力，从而在与世界相处时保持平衡，放下一切羁绊，在当下的现实中更自由地存在。希望所有读者都能从《经幡》中探寻到一种冥冥之中注定的、神秘且坚定的力量，让焦灼无依的心得到安顿。

时空交织的咏叹

——读长卷散文《经幡》

作者：刘大先（评论家，中国社科院文学研究所研究员、中国现代文学馆客座研究员）

原载：《解放军报》，2019年7月10日

徐剑的报告文学"导弹三部曲"（《大国长剑》《鸟瞰地球》《大国重器》）以翔实的资料和阳刚的风格书写了火箭军部队的前世今生。他同时也是一位笔致多变的散文作家——他的作品一方面有着金戈铁马的军人精神，另一方面也有着空灵润泽的文人气质，后者在《祁连如梦》中可见一斑。

尤为值得一提的是，徐剑还是一位藏地文化研究者，从20世纪80年代开始，三十多年间先后十八次进藏。履痕所及之处，他写下了《东方哈达》《雪域飞虹》《玛吉阿米》《坛城》等作品，而《经幡》（重庆出版社，2019年4月）则是最新的一部。

《经幡》由三卷构成，都是作者在身履藏地过程中回顾过往的叙事。现实与历史相互交织，鲜活的人物与故事凝成了时间的塑像，并以恒久的信仰映照、启示、抚慰着当下的人们。

立足于实地考察和历史资料的书写，使得《经幡》具有坚实的质地；作为文

学作品，它又有着强烈的抒情性，这来自于徐剑对藏地文化及其所传递的精神与理念的尊重。面对支离漫漶的史料和传说，徐剑催动合理的想象，报以同情的理解，通过扎实生动的细节让干枯的历史丰厚润泽起来。这种笔法一直贯穿全书的始终。

试读一段。"我"与同行者从纳帕海乘车去往尼西，日色将暮，徐剑写道："走过寒山万里的游子，策马走下白茫雪山，俯瞰奔子栏河谷几许炊烟直飘云天。牦牛还在山坡上吃草，田野里的青稞熟了，溢着成熟的麦香。无边的乡愁泛成一汪金汤，朝东，向着汉地呼啸而去。下榻旅舍，夜幕便垂下来了，一轮冰月挂在山冈上。于是羁旅之人，挖来寒冰，融化成水，研墨临池，挥毫记下一站又一站驿道纪程和沿途观感。"先着墨于当下，然后掉转时空，将此时此刻推向更为久远而辽阔的过去。而在不同时空中共有的景物又被统合叠加在一起，虚实相生，使得古今联通对接。这类似于古诗中的悬想的手法，诗从对岸飞来，气象与意境也就随之宏大且开阔起来。

这样的文字在《经幡》中比比皆是，可以说徐剑是在用诗的笔触写散文，化用古典，如盐入水，融合无迹，形成了一种独特的雅正之美。全书始终能够如此气息贯通，殊为不易。更为突出的还在于叙述结构上的创造。徐剑采取的是双重叙述者并置的书写方式，主叙述者"我"行走于藏地的现实之中，为山水景物、宗教信仰、人文传说触动，将当下的体验直呈出来，文字洗练而有情致；次叙述者则是每一卷中涉及到的人物，"灵山"和"灵地"分别以大卫·妮尔和刘曼卿的第一人称展开叙事，"灵湖"则以超然的第三人称讲述热振的遭际。在双重叙述中，也不时掺入主叙述者的议论和抒情。这是行旅与历史题材融合的创新形式，在过去与现在两重维度上言志达意。

徐剑所行经的路途是远方，所采撷的史料是边地，天然地具有陌生化的效果。而这种文化与美学的陌生感经由作家主体的心灵锻造后，成为一种带有普遍意义的心灵咏叹。情景交融，历史与当下际会，人生感悟随之上升到超越性的境界。从这个意义上来说，《经幡》不仅在形式上也在观念上丰富了游记与散文的样态，是当下非虚构类写作的重要收获。

对藏地澄明与开阔的深度诠解

——读长卷散文《经幡》

作者：李兴（中国作家协会会员）

原载：《中国艺术报》，2019年7月19日

作为第一届鲁迅文学奖的云南首位获得者，徐剑还曾三获中宣部"五个一工程"奖和"中国图书奖"。除出版了《大国长剑》《鸟瞰地球》《逐鹿天疆》《水患中国》《大国重器》等重磅题材的长篇小说和长篇报告文学作品，还相继推出过《玛吉阿米》《岁月之河》《祁连如梦》等脍炙人口的长篇散文作品，功力和影响无须置评。特别是新书《经幡》，我深刻感受到了作家是在以身心彰显情怀，用魂魄诠解闻见。作为一名身居京城的军旅作家，徐剑先后十八次进藏，而《经幡》又零零碎碎耗去了他八年时间。

藏地让人神往，膜拜情绪始终长久地生长于我的血脉和魂魄。十多年来，我几乎跑遍了川滇青藏地。几年前，经拉萨、纳木措到日喀则后，严重缺氧便阻断了我前行的路，再次走进西藏的奢望，便搁浅在身体机能的缺陷里。之后，通过别人的文字和叙述了解和认知西藏，便成为我逼仄的信息来源。首读《经幡》，让我如饥似渴欲罢不能。再读，则感经幡猎猎，心如潮涌。

有关藏地的文献和著述我看过不少，按照长期以来形成的习惯，在看完作者

书尾的《跋》之后，选择性地从自己感兴趣的篇目着眼，这使我吃尽了苦头。独立成篇的目录误导了我，一遍看完，我处于理解和思维的空白状态。于是，便有了第二次按顺序阅读始于痛苦、止于欢愉的过程。藏地之灵，在于山、地、湖。整书分为《灵山》《灵地》《灵湖》三卷，卷与卷之间和篇目与篇目之间，都具有很强的脉络逻辑和承接关系。独立成篇的五十五篇文章，缀连得严丝合缝，选择性阅读和抛弃都会让你陷入断篇的境地和徒劳。作者在无形中暗示，要严格地跟着他的步履和意念往前走。如卷一《灵山》中的开篇文章《幻城浮现》，在香格里拉的幻象中，作者冥冥中随法国藏学家大卫·妮尔和民国女特使刘曼卿驰马走向幻城的路上，而这条路没有捷径，也少有驻留，读者也一直跟随作者在字里行间走到书尾，以至于看完卷三《灵湖》中《轮回，所有结束都是开始》的最后一个字还意犹未尽浮想联翩。当然，这也是作者累计数百天藏地之行心路历程的引领。碎片式的章节，凝成了高度融合的长篇散文，体现了作者缀连琐碎的功力。

在记忆中，我至少读过徐剑五部有关藏地雪域的作品。著作等身且已年届花甲之年还要耗时八年精雕细琢推出《经幡》一书，需要何等的定力和韧劲？既不重复诸多藏地题材的风格，还要求新求美，着力诠解藏地的澄明、开阔与深邃，又是多么不易。除了多次深入藏地的艰辛和加班加点撰写文稿，还要花费更多时间收集整理和阅读资料。无疑，丰富的史料和典籍，为本书的成功打下了坚实的基础。短短几年间，徐剑相继阅读了大卫·妮尔的《一个巴黎女子的拉萨历险记》、刘曼卿的《康藏轺征》、梅·戈尔斯坦的《喇嘛王国的覆灭》、于道泉的藏学著作，以及《西藏文史资料》《西藏政治史》，厚积薄发促成了《经幡》的丰满和厚实。

《经幡》清晰的脉络也凸显了徐剑超强的悟性和架构能力。从滇藏之地结合部的香格里拉切入，将创作出《消失的地平线》的詹姆斯·希尔顿作为文章的引子，循着历尽千辛万苦的巴黎丽人大卫·妮尔和民国美女特使刘曼卿的足迹由滇入藏便成为必然。其间，既分享了沿途壮美的自然风光和风土人情，渗入了自己多次深入藏地的经历和感悟，又嵌入了两位丽人的艰难历程和凄美故事，同时，巧妙地置放了一些重要人物和重大事件，重现了藏地的古往今来，使《经幡》更加熠熠生辉。如《喇嘛王朝死了，理塘却活着》《进藏大臣之死》《仓央嘉措圆寂于青海湖边》《热振的选择》《寻找转世灵童之旅》，这些篇目是大多数读者想知未知、闻所未闻的。

徐剑对藏地的一切都饱含虔诚，始终以一个行者的姿态，中立地环视和书写。人之描述，不作褒贬。景之书写，不作煽情。对于宗教和人文，也只有敬畏而不作评价。对于西藏近代史上的风云人物摄政王热振，我能从文中窥见徐剑对他的认可和喜爱，当然这主要源于热振是一位心向汉地、向中央政府靠拢的爱国者。在文中，徐剑溯热振的来路与归路，徘徊于曲水古渡，伫立于林周县恰拉山口，盘坐在拉姆拉措的垭口，非常客观地还原和复活了这段历史。

书中最为出彩的地方在于作者将自己幻化为远去的历史人物，诗性浪漫地还原故事的来龙去脉，读来鲜活撩人，难以释怀。在《消失的地平线》中，作者通篇都采用第一人称的手法，隐身于大卫·妮尔的灵魂深处。"就在教区的大门口挥手告别时，神父的眼眶里漂浮着一片忧心忡忡的云翳，我不知那是一种感伤的微笑、担忧的微笑，唯一可以安慰的是其中闪耀着悲悯和仁慈。请为我祈祷吧，让我穿越藏区，不再被藏军挡回来。"这是一种忘我的心理状态。在《横断山，路难行》中同样以第一人称对民国特使刘曼卿艰难入藏经历的描述，可谓惟妙惟肖引人入胜。"我撩起营官夫人头侧长垂之假发，问这些青丝从何而来，答曰川地旧时有人贩卖而来，如今则越来越少了，这都是内地女子盛行短发所致。"疑心刘曼卿已穿越时空，正轻启粉腮，娓娓道来。

《经幡》猎猎。藏山之灵，藏地之灵，藏湖之灵，浮现于书页的字里行间，回味悠长。

谱写独龙江脱贫攻坚之歌

——读长篇报告文学《怒放》

作者：张陵（作家、评论家，作家出版社原总编辑）

原载：《人民日报》，2020年12月18日

　　国务院扶贫办确定的832个贫困县全部脱贫摘帽之际，作家徐剑、李玉梅共同创作的长篇报告文学《怒放》与读者见面了。这部作品表现云南边远贫困地区独龙族人民经过不懈奋斗，最终实现整族脱贫的生动故事。

　　独龙江两岸是独龙人世世代代居住的地方。这里山高路险，生存条件艰难。独龙族人口很少，一直是党和国家领导人心中的牵挂。这种牵挂在一代代共产党人中传递。许多党的基层干部从年轻时就扎根独龙江，一直工作到退休仍然发挥余热。备受当地群众称颂的老县长高德荣就是其中一位。当年他带领大家开辟荒山种的草果，如今成了独龙族特产，是当地百姓重要的经济收入来源。更多的年轻共产党员在精准扶贫、精准脱贫政策的指引下，走进独龙族村庄担任驻村第一书记，和群众共同想办法，不断提升群众的获得感。如作品用心塑造的人物——马库村驻村第一书记龚婵娟，为了接应村里急需的救灾物资，差点被突如其来的泥石流卷走。为了群众的福祉，龚婵娟奔波操劳，被当地人亲切地称为"独龙族的女儿"。《怒放》讲了许多这样的动人故事。

《怒放》凸显了脱贫攻坚啃硬骨头的精神，展现独龙族人民改变命运的艰巨性、复杂性和特殊性。独龙族生产力水平较低，经济发展落后。在这样的条件下开展扶贫脱贫工作就是在啃硬骨头。独龙族人民自觉践行"滴水穿石""久久为功"的精神，以不畏艰难的坚强意志，一点一滴地把硬骨头啃了下来。

《怒放》以翔实的细节再现整族脱贫的经验。比如，扶贫先修路。老交通局长罗文举的故事就是生动说明。罗文举年轻时参与"人马驿道"修建，结束当地人千年藤桥过江的历史；改革开放之后，他主持独龙江公路修建；现在，又为脱贫事业继续开拓道路。可以说，他一生最好的时光都在为独龙族开山筑路。再比如，通过小学校长李学梅的故事展现教育扶贫的意义和作用。今天，独龙族的孩子都能享受义务教育，不少学生考上了大学，有的还考上了研究生。这一成果来之不易，应该给教育扶贫记一大功。大批来自各地高校的支教志愿者是教育扶贫的生力军。对这些城里来的大学生来说，扶贫经历是一次心灵的震撼和精神的成长。文化扶贫的故事也很精彩。"独龙毯"传人普秀香用一双巧手编织出独龙人生活的美、风土的美和人情的美，带动当地的文化旅游。

许多年轻人在扶贫路上得到了成长。独龙族青年熊文林的故事就很感人。因为参与脱贫事业，他的生活闪耀出不平凡的人生光彩。他到巴坡村担任驻村第一书记，正赶上大丰收的草果面临销路困难。他人聪明，头脑活，立刻带着大家赶修了一条路，命名为"草果驿道"，大批草果顺利销售到各个地方。从小事做起，为乡村振兴贡献出自己的力量，熊文林身上折射出年轻人紧跟时代步伐、不断成长的精神面貌。

除了内容的扎实丰富以外，《怒放》在文本形式上也匠心独运。全书以独龙族特有的七彩独龙毯为意象，以"赤橙黄绿青蓝紫"为各章节命名，作品具有浓郁的民族文化色彩。

脱贫攻坚的时代之歌

——读长篇报告文学《怒放》

作者：李炳银（作家、评论家，中国作家协会创作研究部研究员，曾任中国报告文学学会常务副会长）

原载：《解放军报》，2020年12月26日

徐剑、李玉梅的长篇报告文学《怒放》（云南教育出版社）是对独龙族"整乡、整族脱贫"历程的文学追踪和叙述，具有很好的文学史志价值。

徐剑、李玉梅二位作家采取经纬交织的结构方式，执"梭"在手，真实而又灵动地穿梭于独龙族的历史传承和现实发展中，编织出一条"七彩独龙毯"的典型意象，分别呈现出"赤橙黄绿青蓝紫"的生活形象色彩。作品内容集中，古今互见，重点突出，特色鲜明，故事精彩。《怒放》在一众脱贫攻坚的常规书写中显露出极具个性的文学姿态和面貌。

《怒放》用真实形象的文字描绘了独龙族人民身居深山的封闭状态和他们千年以来刀耕火种、接近原始生活的状态。"散落在江边、山脚、半山腰，抑或是山高密林深处，破败的茅草房风雨飘摇。黑黢黢的木楞房烟熏火燎，漏雨透风且不保暖，总是围着火塘取暖度日。"书中描绘了他们在旧社会时缺少文化的熏陶与启蒙，每遇祸福时信奉巫师的习惯，描绘了他们居住分散，耕地缺少又不长

于种植，依赖山珍野果生活的情景，描绘了他们独特的女性文面习俗，以及剽牛舞、织麻毯等独特的文化活动，描绘了他们勇敢威猛的山林越涧行为，等等。

在对独龙族历史文化的追寻与探源中，二位作家细致梳理、生动再现了这个民族的历史演进和发展脉络，题材本身十分新奇和珍贵。同时，二位作家又在独龙族人民现实生活的横向断面展开中，深情而生动地书写了党和国家领导人以及各级政府部门对独龙族人民生活命运的关怀和重视。情系故土、投身家乡进步事业的老县长高德荣，致力于当地教育事业的高德生，将独龙江视为福地的赵福元，交通功臣李文星，云南大学支教团的杨创、赵雪菲，扶贫驻村第一书记杨文彬、龚婵娟等人物，为改变当地人民的居住条件、发展生产力、提高生活水平的用心和努力令人动容。还有将自己的人生和事业奉献给独龙江的植物学家李恒、"背篓医生"管延萍、开办民宿的白忠平等，这些人物和故事如同结满繁盛果实的大树，成为一道道亮丽的风景。《怒放》开篇便描绘了龚婵娟、余金成经历的凶险震撼的出行情景，描绘了老县长高德荣多年来持续努力、推动草果种植的动人故事，以及"独龙玫瑰"董寸莲的曲折命运经历，等等，一幕幕场景均带给人新鲜的阅读体验和生命重量的思考。

《怒放》是以独龙族整体脱贫为背景的文学叙事，但作者在展现脱贫过程的内容之外，还有自己额外的目标追求。这个目标，在我看来是为独龙族的千年历史写一部紧凑浓缩的文学史传。所以，作品在记叙脱贫人物的故事时，总是十分自然地将当地独龙族的古老传说、史志记载等内容延伸包含进来。诸如独龙族"创世纪"的传唱、老乡长孔志清的记录、作家冯牧的记述、李金明的文学简史整理、独龙族"日旺文"的记载、马帮的记载、巫师李子才的唱诵等内容，都成为了作品的有机组成部分。作家将这些内容组织起来，使它们与作品浑融为一体，有效增强了作品的历史文化底蕴。

《怒放》的创作再次启示我们，生活本真的存在具有非常丰富的内容，完全不缺少精彩的人物故事和文化命运价值的存在，只要认真深入地走向社会历史和现实生活，就会有大收获，就能挖掘到文学的宝藏。

扶贫文学的一个精致样本

——读长篇报告文学《怒放》

作者：冉隆中（评论家、作家，中国作家协会会员、昆明市文艺评论家协会主席）

原载：《文艺报》，2021年1月22日

　　地处祖国西部的云南，作为中国消除贫困的主战场之一，历时数年、绵延千里，兴师动众，同心协力，上演了一出出可圈可点、可歌可泣的告别贫困的雄壮大戏。至2020年末，脱贫攻坚大获全胜，其中涌现了很多感人事迹，可谓一部长歌，至今让人壮怀激烈，感叹不已。

　　地处云南西部的怒江州，是"直过"少数民族最多、边境连线最长、集中连片的深度贫困区域，因之，脱贫之战在这里上演得更加峰回路转、惊心动魄，记录和书写该区域跌宕起伏的脱贫过程，其书写难度就更具有挑战性，文本意义非同小可。

　　正是基于上述原因，怒江扶贫最具华彩的一段秘史——独龙江扶贫史，选择了国内最具实力的纪实文学作家徐剑及李玉梅秉笔书写。徐剑和弟子也不负众望，在国务院扶贫办确定的832个贫困县全部脱贫摘帽之际，奉献出了中国扶贫文学的一个精致样本——《怒放》。

我是在病痛住院的年末时间里一气呵成读完《怒放》的。"一梭织千年，一条鱼儿活千年，一个民族彩虹千年，一个弱小民族走向小康生活，感动中国的故事，浩歌一曲花《怒放》，独龙江怒放，怒江惊涛……大美斯地，大美斯景，大美斯人，各美其美，美美与共，天下大同……"当我读到全书这个结尾，也忍不住与作者同歌共吟："渔歌一曲独龙舟，杜鹃花王水自流。日暮经声伊人远，漫天风雪下茅楼……"富于抒情也让人同情共振的《怒放》，让我一时忘了病痛，沉浸在作者逸兴遄飞、文思泉涌所激情描绘的独龙族历史和现实画图中，心绪联翩，思接千里，掩卷遐思。

《怒放》具有举重若轻、从微知著的艺术魅力。往细里写、往深处写，是《怒放》的一个显著特点。细到哪里？可以细到鸡毛蒜皮的生活细节。在独龙江畔，草果、重楼、花椒这些经济作物是如何生根开花结果的？农家乐、民宿、便利店这些草根经济形态是如何发育成长起来的？在大山之外可谓见惯不惊的商业形态，在21世纪的今天、在独龙江峡谷地区，却是以新事物的面目出现的，而且出现的过程还是拉锯式反复，有时甚至是惊心动魄的。长期习惯于在封闭中年复一年安贫乐道的大山子民，对商业有着天生的抗拒和不适。要唤醒他们走出惰性、告别贫困，帮扶者往往要从生活细节的小处入手，对他们固化的"常识"进行一番置换，才可能在观念和精神上实现可持续性的脱贫。徐剑、李玉梅往细处着墨，写"老县长"高德荣是如何办种植园、手把手教同胞种草果重楼，从而让大山子民告别传统的刀耕火种广种薄收的贫瘠生活的；写"要想富先修路"，独龙族是如何在国家全方位帮扶政策倾斜下，打通高黎贡山隧道，迅速实现整族脱贫的。深到何处？《怒放》洋洋洒洒的行文，写静水流深，写深山峡谷的沧海桑田，从独龙族命名的得来、大雪封山中断交通大半年的过往，抚今追昔，酣畅淋漓地书写出太古民族的蛮荒史、直过史、脱贫史，让人深深震撼于70年间独龙族的两度跨越与当下巨变。

《怒放》具有平中见奇、精于编织的结构布局。错落地写，往宽处写，是《怒放》的另一个特点。作者敏锐地捕捉到独龙族特有的独龙毯是以"赤橙黄绿青蓝紫"编织而成的。《怒放》以此巧妙结构，为各章节命名，用以书写独龙族脱贫的现实生活，又以"经线：刀耕火种""木梭：三江并流""纬线：彩练当空"穿插其间，将笔力往历史的经纬线深处探寻，书写独龙族的来历、往昔贫困的日常等历史纵深画面，交织错落的书写方式，"嘈嘈切切错杂弹，大珠小珠落玉盘"，使全书产生移步换景、切换自如的阅读体验，呈现出近景生动突出、远景浑朴厚重、民族地域文化色彩浓郁、时代特色气息鲜明强烈的整体特征。独龙江流表面的波澜不惊，却暗伏着时代变化的静水深流；《怒放》写一条独龙毯的七彩花色，却写出了新时代下七彩云南的瑰丽多姿和历史进步。

《怒放》具有唯真求是、抱朴守拙的底线坚守。搜尽奇峰打草稿、脚步丈量寻素材，是《怒放》的又一个特点。从云南走出去的军旅作家徐剑，对故乡故土可谓原本熟悉。但是为写《怒放》，他和弟子李玉梅浸淫独龙山水旷日持久，从江之头到江之尾，从孔当、献九当、雄当、迪政当到马库，徐剑和他的弟子都坚持用脚步丈量，对每一个扶贫安置新村都实地踏访，其中的艰辛难以为外人道。《怒放》需要一个一个故事讲述出来，一个一个人物刻画出来，要讲好这些故事，写活这些人物，没有捷径可走，必须到生活现场去，到扶贫一线去，去聆听，去搜寻，去发现。徐剑近年来多次书写这类纪实文字，但人们往往只看到他高产的一面，却没有看到他为了写作这些很有难度的作品的巨大付出，比如《怒放》那些毛茸茸的细节、那些藏在大山险谷中的故事，非亲历亲至者，是不具备讲述资格的。

徐剑深谙文学"真善美"的辩证关系，其文本总是置"真"于显著位置并以此统领"善"和"美"。因为就词性而言，"真"接近于一个名词，是中性的，而"善""美"带有强烈的形容词性和赞颂调子。纪实文学强调其纪实性，它更强调于文本穷尽事实、指认真相，因此也要求书写者创作态度更甚于真诚，"修辞立其诚"。一个"真"字，包含了"真善美"的全部写作伦理，理应最受纪实文学书写者重视。即便是主题写作类别的"遵命文学"，也必须在真的旗帜下，坚持赞美而不虚美，遵命而不违心。徐剑曾经为自己设定过纪实文学的创作底线：不写流水账，不做表扬稿，不当传声筒。《怒放》可以看作两位作者对自己设定底线的又一次卓有成效的坚守和践行。

"行走"中的深情记录

——读长篇报告文学《金青稞：西藏精准扶贫纪实》

作者：张陵（作家、出版家，作家出版社原总编辑）

原载：《解放军报》，2021年2月6日

军旅作家徐剑一个时期以来创作的报告文学作品很有"行走"特色，新作《金青稞——西藏精准扶贫纪实》（北京联合出版公司）就是一部典型的"行走"文学。作家东入昌都，北行那曲，西去阿里，在雪域高原西藏"行走"52天，行程10000多公里。之前，作家已经有20次进藏考察历史文化、风土人情的经历，写下了一批优秀的作品。这第21次的西藏"行走"，对作家来说则是一次全新的、独特的、深刻的感受。

一般描写西藏的文学多重在寄情山水、探秘猎奇。徐剑的这次"行走"则是深入到西藏决胜脱贫攻坚的第一线，深入到藏地的城镇乡村，深入到普通的老百姓家中，聚集家长里短，掌握第一手材料，专题考察和记录"精准扶贫"给西藏人民带来的获得感、幸福感、安全感，在摘掉贫困帽子、正在告别贫困的这片土地上激活创作灵感，提炼作品主题。这样的"行走"真实可信，鲜活生动，有着浓烈的生活气息，更带有强烈的时代精神和精准的问题导向。

读《金青稞》，看到作家从东到西走了19个脱贫县，更看到他围绕建档立卡的贫困户脱贫问题采访大批藏地的干部群众。在贡觉县城边上幸福村听到贫困户然奇与安措的故事后，他第二天便冒着落石与滑坡危险，往返300多公里到然奇老家——父系社会最后的遗存上罗娘村采访。这个村35户人家，建档立卡户就有26户。政府安排整村搬迁，实现"两不愁，三保障"；在阿旺乡，采访建档立卡户多贡，听他讲牧养阿旺绵羊脱贫致富的故事；在巴青乡八村，看到嘎马次娃斯塔夫妇住进政府为建档立卡户易地搬迁建造的藏式小院时的喜悦。还有那个带着五个孩子的单身妇女扎西罗措，不仅得到政府安置的藏房小院，还得到了低保补助和生态岗位补助，生活一天天好起来；在罗玛镇，采访牧场阿古家合作社，听到大学生总裁助理的故事；在拉西镇十三村，采访了单亲妈妈次仁琼宗，听她讲述用自己的劳动培养出三个大学生孩子的故事……

这些故事看似平实无奇，信息量却很大，真实生动地反映了党和政府实施精准扶贫、精准脱贫基本方略以来西藏人民决胜脱贫攻坚的时代现实。作家每次走进建档立卡户家庭，都特别用心了解每一个家庭的收入变化，和他们一起算收入账。

实际上，西藏从农奴制直接进入社会主义制度以后，党和政府就不断加大投入，推动经济社会的发展，不断提高西藏人民的生活水平。改革开放后，经济社会发展更是大大提速。在精准扶贫、精准脱贫基本方略的指导下，按照西藏民族地区脱贫攻坚的特点和规律，有关部门探索形成了政府兜底的长效机制和一系列政策，为每一个贫困户建档立卡，精准帮扶，精准脱贫。事实上，作家徐剑所到的19个县脱贫攻坚都已取得了较好成绩，老百姓的经济收入都有了很大提高。建档立卡是一个实办法，也是一个好经验。作家由此感受到了脱贫地区广大干部为了这个目标的实现所做出的巨大努力与牺牲，感受到西藏整个社会以及全国人民积极参与支援的那种不竭的动力。

作品的第八章"指挥部内外"，重点描述了参与脱贫攻坚的干部们。阿里地区扶贫办主任达娃平措的事迹非常感人。一有时间，达娃平措就往乡下跑，帮助贫困户解决问题。盘山路奇险无比，拐弯都是直角，一侧则是万丈深渊。多年来，他就是在这样的旅途中奔波着。他也许没有做出惊天动地的大事，但他一句

"天下阿妈皆我母"的话道出了他的思想境界；曾经在部队里担任少校军官的强巴欧珠担任了吉卡村的驻村工作队副队长，主要任务就是保障脱贫的建档立卡户不返贫。在西藏，这是一项非常艰巨的任务。因为有政策兜底，村里一些年轻人一度不思进取，无所事事。强巴欧珠就把工作重心放在教育励志上，鼓励村里的青年外出打工创业；北京市建委干部刘文举参加工作十几年，有八九年在扶贫一线工作。刚从玉树扶贫归来的他又被派往西藏工作。他得到妻子的支持后马上前去报到，一头扎进北京援藏的项目里……

因为真实，所以感人。也因为真实，才给人以思考。《金青稞》讴歌决胜脱贫攻坚实践，也敢于直面存在的问题，表达作家的深层思考。比如，作品真实揭示了农村男女地位和权益的落差失衡问题等。所有的思考都表明，摘掉贫困的帽子不等于脱贫攻坚任务完成，不等于"三农"问题全部解决，脱贫攻坚还在路上。国家"乡村振兴"战略的实施正是脱贫攻坚战的继续推进，继续深化。

《金青稞》从一个牧民寻找"白马鉴"幸福仙境的传说开头。随着作家向着乡村牧区的"行走"，作品的深刻思想主题渐渐浮现出来。幸福的白马鉴不是什么仙境，而是西藏人民用勤劳双手不断创造的现实生活。世上本没有"白马鉴"，是中国人民"摆脱贫困"的伟大斗争，创造了属于人民自己的"白马鉴"。

雪域高原谱新曲

——读长篇报告文学《金青稞：西藏精准扶贫纪实》

作者：张鹰（中国作家协会会员）

原载：《文艺报》，2021年3月1日

在中国当代报告文学中，毫无疑问，徐剑的名字与西藏密不可分。他进藏21次，把自己的生命激情融汇为文字，倾洒在这片神秘的土地上，从《东方哈达》到《经幡》，再到最近出版的《金青稞》，可以看出他对这片土地的挚爱以及由表及里、由远到近的创作轨迹。《金青稞》在徐剑的创作中具有标志性的意义，其艺术视角由历史的西藏转向当下的西藏，由文化的西藏转向现实的西藏，所表现的，也是我们这个时代最重要的命题——精准扶贫。这也是徐剑对于火热的时代交出的完美答卷。

徐剑是一个在艺术上勇于探索的作家，既不重复别人，也不重复自己，是他顽强坚持的艺术信条。在《金青稞》中，他在叙述方式上做了全新的尝试。一般来说，报告文学作家经常采用的不外乎两种叙述方式：或以第一人称叙事，以"我"的所见所思贯穿全篇；或以全知全能的视角，描述并评判其所表现的事件和人物。《金青稞》从表层看，采用的正是全知全能的叙述方式，但与此前这类叙述方式不同的是，作品中有一个贯穿始终的人物——"他"，随着书页的翻动，这个"他"的形象渐渐清晰：他是一个不厌其烦的采访者，他常常打破事先拟好的采访计划，兴之所至地走向火热的生活中任何一个足以点燃他创作激情的采访对象——建档立卡贫困户、牧羊人、藏医、村干部、单亲妈妈、摊贩等，他的足迹，东入昌都，北行那曲，西去阿里，行程万余公里，走遍西藏……事实上，他就是作者本人。全书的结构就建立在"他"视角的转换中。

如果仅此而已，"他"的出现和第一人称叙事与全知全能的视角并无二致，作者的本意亦不在此。如果说西藏是一个舞台，那么，作为作者的"他"，更希望自己是这个舞台上的演员，和那些他用无形的聚光灯照射着的演员们一起，共同演绎西藏精准扶贫这场精妙绝伦的时代大剧。唯有与自己所表现的人物站在同一个舞台上，也才能更加细致入微地体察并表现人物丰富幽微的内心世界。

第一个走出上罗娘村的然奇、牧羊人多贡、义无反顾摆脱传统羁绊的罗布、大学生总裁助理德吉、且把藏乡当故乡的大学生杨明军……在作者笔下，每一个人物都是那么栩栩如生，富有生活的血与肉，这正得益于作者"置身其中"的、对采访对象的平视，他以艺术家的敏锐窥测到了采访对象丰富的心灵世界，再以小说家的笔法展现。

再则，作品中的"他"还起着将过去的时空与现在的时空相交织的作用。"他"的视角转换呈现的是空间的西藏，而"他"思绪的延宕，展现的则是时间长河中的西藏，是历史的与文化的西藏，正是这种时间与空间的交错，拓展了读者的阅读视阈，并在一个更深的层面了解党领导西藏人民精准脱贫这一划时代意义的创举。

叙述视角和叙述语言是相辅相成、互为表里的。徐剑的叙述语言总是充满了灵动之气，就像"他"和他的人物置身其中的雪山圣域一般。这在一定程度上取决于他对这片土地的痴迷与热爱，同时也是这片土地给予他的丰厚的馈赠。因为痴迷，也因为热爱，他总是能够捕捉到这片土地上的人们心灵深处的脉动，以及时代对人物命运的触动，并加以细致入微的呈现。而这种呈现，又像他笔下人物的命运一样，跌宕起伏又摇曳多姿，具有很强的审美凝聚力，同时，也凸显了很强的艺术个性，这在报告文学这种文学体式中并不常见。

因此，从一定意义上来说，《金青稞》这部作品，应该称之为诗化或散文化的报告文学。

一个作家和他的第二十一次进藏

——读长篇报告文学《金青稞：西藏精准扶贫纪实》

作者：何向阳（作家、评论家，中国作家协会创作研究部主任）
原载：《中国青年报》，2021年3月5日

缘 起

2021年2月25日，习近平总书记在全国脱贫攻坚总结表彰大会上庄严宣告我国脱贫攻坚战取得了全面胜利。回首2012年年底，党中央承诺"决不能落下一个贫困地区、一个贫困群众"，拉开新时代脱贫攻坚的序幕；2013年提出精准扶贫理念；2015年发出打赢脱贫攻坚战的总攻令；2017年将精准脱贫列为三大攻坚战之一；2020年做好"加试题"，打好收官战，党中央造福人民的决心、摆脱贫困的举措历历在目。

为中华民族伟大复兴书写"信史"，为新时代中国留下"小康印记"，是历史赋予中国作家的重要机遇，也是中国文学义不容辞的时代担当。在这场声势浩大的脱贫攻坚的伟大实践中，中国作家没有缺席。党的十八大以来，涌现出了一大批以小康进程里的关键节点、典型人物、重要事件为书写对象的现实题材的文

学作品及被改编成的影视剧，在读者观众中深具影响。

决胜全面小康、决战脱贫攻坚，不断激发着作家编撰"地方志"式的创作热情。2019年9月，在国务院扶贫办的支持下，中国作家协会启动"脱贫攻坚题材报告文学创作工程"，中国作协创作研究部作为这一创作工程的实施部门，遴选全国20余位优秀作家，沿着习近平总书记扶贫的足迹，奔赴全国重点扶贫地区，采访遍及吉林延边、河北阜平、陕西周至、甘肃定西、宁夏永宁、新疆伊犁、湖南湘西、贵州贵阳、四川昭觉、江西井冈山、安徽金寨、福建宁德、云南鲁甸、内蒙古赤峰、山西岢岚、山东章丘、江西赣州、河南兰考、河北张北、西藏等地，这一工程拟以一年为期，于2020年年底整体推出20多部"来自脱贫攻坚第一现场"的优秀报告文学。

在中国作协"脱贫攻坚题材报告文学创作工程"的参与者中，徐剑是最后一个出发的，他刚刚完成一部庆祝建党一百周年的长篇作品，就又背起行囊奔赴西藏精准脱贫的现场。

说实话，纵然有他20次进藏的经验在先，但作为"脱贫攻坚题材报告文学创作工程"具体实施部门的我们，刚开始也不能不为他要去的地方之广袤、所深入的19个脱贫县的走访任务之繁重捏一把汗，曾几次与他电话微信，问询采访日期和写作计划，出发的日子就这样越来越近了。

我还记得，2019年年底，我们举办以"历史视野下的脱贫攻坚与新乡村书写"为主题的第四届中国文学博鳌论坛，他满载着从深入生活中带来的收获出现在我们面前，做了激情洋溢的大会发言。

2020年年初，突如其来的新冠疫情使他本来计划出行的采访日期再度延后，这期间的5个多月，他在河北写完了《天晓：1921》一书。10天之后，5月24日，在偶发的疫情还没全然解除情况下，他背起行囊毅然进藏。作为这一创作工程的20多位采访者的最后一位出发者，虽然距工程最终要求完成书稿并出版的时间只差不到7个月，但他的目的地仍然没有丝毫缩减，"从藏东重镇昌都入，沿317国道，入藏北，环大北线，再从羌塘无人区挺进阿里，转入后藏重地日喀则，最后止于拉萨、山南、林芝。走完西藏最后一批脱贫县，等于环西藏行走了一个圆弧。"

当然，这意味着，他要在一步步高升的海拔下完成采访，意味着，他要在农区、牧区、无人区间不断穿越，他要挑战刚刚"攻"下了一个历史的高峰之后再去攀登另一座现实的高峰，这场攀登，同时也包括对他自己生命高峰的攀援考验。本着一个作家对于时代的责任和文化的使命，他没有任何想删减自己目的地的念头，相反却是从容而肃穆地走上征程，他要从对生命禁区的数度穿越中，取回他珍贵的"金青稞"。

千　山

"他"就这样出发了。

作家化身于"他"的这个第三人称的人物，在我们的目光下变成了一个行动的人，一个寻找的人，一个跋山涉水的人。

然而，"他"的出发，遇到的是邦达下雪，航班取消，转飞香格里拉的设想也因那里下雪航班取消，他果断迅速改签，飞玉树巴塘机场。到了去意已定之时，任谁也改变不了他的行程了，由昌都入，由林芝出，最大限度地走。谁都知道，昌都险，那曲苦，阿里远。但那正是他要抵达并用脚步丈量的一个个地方。

在微信中我不间断地关注徐剑每天的行程，一个时期，几乎每晚看完他的微信朋友圈发的现场采访照片，才能安眠。他在蓝天之下，高原之上，裹着厚实的衣服，他的脸因为在高原的缺氧反应而稍稍有些浮肿，然而，他在手机照片中的形象，他和那些藏族群众在一起时的形象，却永远是情绪高昂的。他的脸晒红晒黑了。他的身体经由高原阳光的沐浴反而更结实强壮了，他的脸上毫无疑问带上了千山的纹理馈赠。

他能取回"金青稞"吗？他好像从不怀疑。那行字是："他一点也不犹豫。"他的底气是什么？什么是他一直走下去的支撑？

他的底气是：35年间，20次入藏。这是第21次。他的底气是：20次入藏带回的《麦克马洪线》《东方哈达》《雪域飞虹》《坛城》《玛吉阿米》《灵山》《经幡》7部书。第8部书应该是呼之欲出的。他的底气是：以第21次入藏的书写，完成自己文学创作的盛年变法；以一种地理海拔的高度，完成一次精神意义上的文学海拔的高度攀越。这与其说是他的底气，不如说是他的目的，而以他对西藏的接近与了解，他的更大的目的在于，西藏，从象雄古国、吐蕃先普，一直梦想着一个农耕文明的香巴拉、弄哇庆，一个不愁吃、不愁穿、样样有的神仙世界，在现实当中有了实现的可能和实现的结果。他的任务是一个记录时代的作家最普通不过的任务，忠实于发生在雪域高原的人们的生活与精神的双重变化，是他此行的使命。

归来之后的《金青稞》一书，题记中徐剑引用了松赞干布的遗训——"我想要普天之下的老者，老有所养，不再冻死风雪；我想要苍穹之下的幼者，幼有所托，不再流落街头；我想要尤野之远的弱者，弱有所扶，安得广厦千万。"那是他要去求证的现实。

而他最大的底气就是：古今中外，没有哪一个国家能在短时期内实现这么大规模人口的脱贫，中国共产党带领中国人民在新时代做到了历朝历代都未曾做到的。倾一国之力，动员政府公务员和大型企业管理层驻村、帮扶，实现中国人的千年梦想，中国共产党做到了。这是一个党员作家行走高原、书写人民的最大底气，是他对自己能够从生活中带回"金青稞"的最大的文化自信。

有意味的是，徐剑这一次选择了"他"作为叙事者，这个第三人称的"他"的设计是有深意的，"他"的设计，使全书有了一个更客观的"观察者"，而与作为书写者的"我"拉开了一定距离。这是一个公共的视角，这个"他"同时也是一个行动者，一个实践者，一个以一种"采访者"的视角，深入到一个个地点，而与一个个地点中的一个个人发生联系，并成为一个个事件的感知者。这种叙事风格的建立，让我想到中国当代文学史上的许多以乡村为书写对象的作品，这是一个"外来者"的更客观更冷静的眼光。这种设计，使得整体叙述建立在一个更加客观公允的基础上，使得所看所察所观基础上的所得所感所记更加真实、清晰、有力。

于是，千山画卷向他展开了。52天的行走，5000米以上的海拔，白天密集的采访与夜间补充能量的吸氧，急病的来去，一路的咳嗽，天地的苍茫，内心的充实，人情的炽热，那万里寒山之中所有的奔赴与行走的繁难与艰苦，因有那样强大的底气与自信，而变成了可以对话可以交谈的心灵坦途。

青　稞

千山暮雪，只影为谁去？这个"谁"在作家心中的分量是贵比千金的。他的所有书写，他跋涉的出发地，他书写的对象，他文字的最终归宿，在"为了谁"的问题上必须心如明镜，毫不含糊。如此，那千山的秘密，那青稞的收成才可能向他摊开与吐露。

从结构上讲，全书虽在大的架构上是"千山"图谱，"藏东卷""藏北卷""阿里卷"依次展开，是以一个作家行走的地理为框架而搭建的，一眼看去是地理的构成。但仔细研读，它的内里结构却是"青稞式"集成，是一个个摆脱了贫困、过上了新生活、在小康路上行进着的人，像一粒粒青稞抱团而组成的。从另一个角度看，那"青稞"的意味还包括有一个个文字的由来。它们，在内里的意义上是一致的。

于是，我们读到了然奇的故事。然奇腿有残疾，但49岁那年这位康巴汉子要出去看看，告别了妻子和族长，成为守着碉楼过日子的帕措人家第一个走出上罗娘村的人。幸福村、水电站、135平方米的二层藏式房子、工资、补助、脱贫，他的朗声作答中毫不掩饰现在生活给他带来的幸福。

于是，我们读到了班登的故事。这个对亲人们许下诺言——"等我挣了钱之后，我会回来将你们一个个接出去上学和享福"的芒康人，他的梦想与创业同时也是在大的政策推动下用自己的勤劳换来的。酥油、砖茶的路途，8年的坚持，8万元买下的房子，最终，他一一兑现了对亲人们的诺言，在八廓古城安家后，7个孩子都被接到拉萨，受到很好的教育。

于是，我们读到了多贡的故事。这个以自家100多头牦牛换了别人家800多只阿旺羊的地地道道的羊倌，不仅自己一年实现了20万元收入，还以技术扶贫的方式赞助散户，让同村建档立卡户的脱贫羊的存栏数保持在50只以确保繁殖。这是一个已经迈进小康的人家热诚待人帮扶他人的好故事。

这些原生态的故事，如一片在高原土地上长出的青稞，它们是那么的丰硕，以至于奔走中的作家都来不及全部记下它们，它们拔节、抽穗的过程是那么动人，从高原上下来的作家放下了行囊就迫不及待地书写这些曾深深地拨动着他心弦、让他流下热泪的一切。

金　子

中国作协"脱贫攻坚题材报告文学创作工程"，目前已陆续出版20部作品，其中，9部列入中宣部主题出版重点出版物，8部与英国、德国等海外出版社签约英文版。这些作品引发了社会和读者的广泛关注，也必将在中国文学发展史上产生深远的影响。我们自豪，在决胜全面小康、决战脱贫攻坚的伟大实践中，中国作家交上了一份合格的答卷。

在已经出版的20部徐剑作品中，《金青稞》是第20部，但也是非常重要的一部，对于徐剑个人而言，这是他21次入藏的一个特别的生活体验的总结，同时，也是他以前7部西藏题材作品创作艺术上向往"豹变"的自我期许之作。无论如何，这是一部一个"他"奔向高原而以群体"我们"的和声，来共同完成的交响。

从数量上讲，2020年脱贫攻坚题材的创作达到了以往的最高点，当然，艺术上堪称精品的力作仍需时间的打磨和岁月的认定。如何从火热的生活现场取回真正属于这个时代的文学的"金子"，所需的仍然是对于写作者本人的考验，那是艺术的收获，也同时是人格的冶炼。就是说，你若要炼出金子，你必须是一个有着高超炼金术的炼金师，或者这么说，你得是一块"金子"，你才能炼成"金子"。

这些方面，《金青稞》的书写，为脱贫攻坚题材报告文学创作如何出精品，提供了可资借鉴的启示。这里，我们不妨用几个关键词予以梳理。

首先，初心。任何一个时代的经典文艺作品，都是那个时代社会生活的精神的写照，都具有那个时代的烙印和特征。身为一个对自己有要求的当代作家，他必须是所处时代变革的最有力的在场者、见证者和记录者。徐剑的西藏精准扶贫纪实列入创作工程，虽是"受命"之作，但从该书后记中看，他的立意，在于对乡村题材写作中一度出现的与时代变革相脱节的一味写愚昧或兀自唱挽歌的不实叙事存在不满，这些叙事在他看来不仅与生活的真实相脱离，而且在哲学、美学上也没有找到新的视角，乡村的书写仍不能不承认还存在着观念滞后的现象。他的初心是向往将一个真实的西藏城乡的新貌，通过真实的书写展现出来。作为一个20次入藏的作家，他是真心为第21次入藏看到的高原人民生活的变化而高兴。出发点与落脚点，真就决定着文学的样貌。

第二，田野。我们在他的书写中与那广袤的"田野"迎面相逢。田野，对于脱贫攻坚题材报告文学精品的产生十分关键。田野的投入，决定你的视野。心入、情入的第一步，就是身入。检验一部报告文学作品的质量首先看的是脚力与眼力。脚力、眼力也才能带动脑力、笔力。深入之心，真诚之为，是成就一部好作品的关键。在这一点，徐剑非常明确，他有著名的"三不写"理论："走不到的地方不写，看不到的地方不写，听不到的地方不写。"这决定了他的书写必须是第一手材料，书写者也必须是"在场者"。这就是我们看到的他的第一个故事，写然奇，而由然奇的讲述，又奔赴110多公里去找然奇的第二个妻子安措。那一路的颠簸与惊险，在泥石落下的悬崖边行走，他都没有放弃。到了然奇原来的村子却正是挖虫草季节，没有见到安措。但是他抵达了那里，他心安了，千辛万苦也是值得的。有了这种劲头，又有什么样的青稞取不到呢？

第三，新人。故事中最打动人心的还是人物，人物不是概念，不是符号，是一个个生动鲜活、血肉丰满的人，他们有向往，有梦想，有烦恼。这一个个实实在在的活生生的人，是徐剑的《金青稞》要写的，他要通过这片高原上的最小的"细胞"，从一个人到一个家庭，再到一个村庄，直至19个脱贫县，反映精准扶贫的国家行为与国家战略，反映整个时代大的变化，反映人的崭新生活与精神面貌。

对于脱贫攻坚题材报告文学创作而言，也有一个"精准"问题。是否将这一个"精准"落实到了要写的每一个人,是与"在场"同样重要的,同时,也是决定作品能否将思想性与艺术性有机结合起来,而切实解决把政治概念简单化转换为艺术口号的问题的关键。从人民出发,与人民对话,只有功课做得足,作品才能真实反映这个时代并受到人民的真心喜爱。徐剑关注新人尤其是那些学成归来创业的大学生,他的笔墨精准地找到了他们,书写了他们,这些雪域高原上的未来建设者们,使他的文字散发出了不一样的韵致和光芒。

第四,神韵。现实书写中尽显雪域高原和高原人的文化之美、传统之美,是这部书给予我们的另一启示。《金青稞》的书写是有细节、有温度的。之所以能够做到如此,原因在它不仅写出了时代巨变的"骨骼框架",现实生活丰富的"毛细血管",它还写出了西藏在文化传承方面的气质神韵。无论是《格萨尔王传》的传唱人,还是唐卡的传承画师,我们都能从中感受到西藏文化作为中华文化的重要组成部分的特质与美感。

好故事必须有好的讲法与之匹配,好的讲法才能传达出好故事的精髓。如何讲好发生在今天中国的乡村巨变故事,是对当代作家的一个巨大考验。在记录小康的创作中,优秀作品不仅能让读者了解中国社会的发展进步,更能让读者领略到中国文化的魅力与精髓。

时代的火热生活、人民的不懈奋斗、社会的全面进步,中国共产党领导中国人民向着实现第二个一百年奋斗目标奋勇前进的新征程,都在呼唤着当代作家以如椽巨笔去描绘去创造出与伟大时代相匹配的新的史诗作品。中国作家在中国坚实的大地上书写的文学,不仅正为实现中华民族伟大复兴的中国梦提供着强有力的精神支撑,而且,也必将成为一代作家在新时代文学史上留下的一道美妙而壮丽的风景。

在高原现场触摸人间变迁

——读长篇报告文学《金青稞：西藏精准扶贫纪实》

作者：胡平（评论家、作家，中国作协小说委员会副主任）

原载：《光明日报》，2021年5月19日

　　具有特殊地域情怀的作家大都是有气象的，正若王蒙与新疆的血脉相连使其创作进入开阔深邃的境界，徐剑对西藏的一往情深也使他在作品中开辟出一片令人称羡的精神高地。他曾20次入藏，出版7部有关西藏的作品，去年于疫情中再次进藏，写出《金青稞：西藏精准扶贫纪实》，带来新的边地体验。

　　徐剑对西藏最后一批退出贫困县地区的关注不仅限于具体的事实和背景，他意识到一个雪山环绕的莲花圣地的发现，藏族人民千百年来梦想世界的临近，使他19个县的采访之途同时成为香巴拉和弄哇庆的追寻之旅。这位被称为"老西藏"的军旅作家熟悉这片信仰的土地，了解这片土地上的人们关于幸福和新生的真实感受。《金青稞》题记为松赞干布留下的遗训，他希望普天之下老有所养，幼有所托，弱有所扶，"安得广厦千万间"。而他的期许今日正在新时代精准脱贫工程的收官阶段基本变为现实。这是一部作家自己也期待已久的作品，感情上的酝酿远在多年以前，所思所想更超越寻常采访者的理念。

　　与有些近乎新闻体的报告文学作品不同，此书里引用的数字与汇报材料较

少，场面描写很多，内容皆为作者万里之途中目击与亲身体验的表达，又有由亲历产生的亲切叙事，富有亲和力。作者具体书写了藏族同胞成批从高海拔地带搬迁下来的情形，几乎完全由国家提供的新型住宅区，新居的环境、建筑、设施，政府主动投资为贫困户开辟经营产业，干部们为每一位劳动者设法安排就业岗位，以及建档立卡户们转变观念自强自立走上阳光大道的景象等。作者依靠采访到的许多生动的事迹去触动人、感染人，使人领略到西藏发生的翻天覆地的变化。

《金青稞》讲述着扶贫故事，却始终不局限于扶贫叙事，这是徐剑高于一些作者之处。脱贫是贫困人口人生中发生的重大转折，却还不是全部人生，他们还有着自己的过去和未来。并且，文学是人学，唯有写活人物，才能激活读者的阅读。徐剑是深谙此道的。他笔下的每个重要人物，几乎都呈现出完整的命运轨迹，这也是他从采访起便力求做到的。人物不同，故事也不同。读者很容易忘怀其他，深深沉浸在作者的讲述之中，这是由于读者喜欢把自己投射到人物身上，而作品中人物的不同个性和际遇也不断启发着他们对人生的认知。当然，他们也通过人物感知了时代。

徐剑眼中的现实，也是历史、文化、传统甚至哲学的投射。他走过三十九族部落，巡弋于上象雄、中象雄和下象雄旧址，还有城堡和藏北羌塘无人区，行至极边之地，探寻西藏的人文历史。抵达班公湖北岸，游走于中印、中尼边境，探究古老的象雄文明、古格文明如何在一夜间消失。他并非意在广泛涉猎，而是在"寻找历史的注脚和文化密码，以期从一个更高的历史、文学和文明的视角，来思考诠释这场堪称人类奇迹的精准扶贫行动"。这就是作家与题材的关系，他养成的胸襟为当下扶贫题材创作带来新的可能性。

令人感动的是，作者是在不顾个人安危和承受很大身体压力的情况下实践这次精神之旅的。5000米以上的海拔和不断遭遇的生命禁区已使他难堪重负，开口说话需要很大意志力的支撑，又必须持续长时间的采访。后期，莫名的咳嗽声不断，抗菌素无效，也使他的随行者们担心不已。但他坚持下来了，就像当初一定要来西藏一样，心中动力来自他对这片神奇土地的挚爱，也来自他对信仰世界的寻找。

作者对报告文学艺术品位的追求是执着的，不断在探索中。《金青稞》最先出现的人物是"他"："成都飞往西藏邦达机场的航班一直没有信息。他一次次仰望天穹，窗外，仍不见航班起降。"此后，这个"他"贯穿全篇，始终不知姓名。当然，"他"就是徐剑。而这个"他"产生了特殊的修辞效果，显得陌生又平易，洒脱又凝重。由于"他"的引领，读者轻易随之起飞降落，深入藏地，走进村庄，待人接物，欢谈笑语，颔首深思，浮想联翩，终感全篇一气呵成。其中功力在焉。

读《金青稞》有一点读小说的味道。作品虽然是在"报告"，讲求精练与清晰，但总体上氛围是温馨浸润的。作者不愿使读者一目十行地了解大意，更愿读者能随他一起来到北纬二三十度现场，感受到雪域的严寒、天空的晴朗、居民的纯朴、神采的飞扬。他常运用色彩鲜明、形象细腻的语言状物叙事，烘托起情绪的感染，使读者不觉沉浸其中。自然，作者也一点不放弃发挥报告文学的优长，作品中不时出现思绪的萦绕、旁征博引的表达，又常使读者豁然开朗。特别是作者善于在章节结束时画龙点睛地点染一两笔，其中情思交加，给人留下浮想。作者是在对创新报告文学文体进行新的尝试。毋庸置疑，其功力在焉。

徐剑毕竟是徐剑。

札记｜跟着徐剑走西藏

——报告文学家的执着、冒险和行走

作者：李玉梅（中国作家协会会员，山东东营市作家协会副主席）

原载：《广播电视大学学报》，2021年第1期

从1990年至今，报告文学家徐剑21次进入西藏，他的作品都是用脚"行走"出来的。在他的笔下，展现了神秘的雪域高原的自然风光、历史变革、民风民俗、风土人情，因而丰姿多彩，引人入胜。这第21次进入西藏，是为了采访贡觉县幸福村的脱贫变化。他的采访没有预设，全凭当时的见闻及感受，到采访目的地要翻越海拔4500米的雪线高山，道路崎岖，时有泥石流或塌方，险象环生。但徐剑决心一往直前，对雪域高原的藏族群众一往情深，他克服了疲劳、缺氧诸多困难，不仅采访到了西藏幸福村人民的脱贫故事，还了解到许多不为人知的传奇，所以，他的《金青稞》不仅内容丰富，而且写得离奇曲折，引人入胜，也体现了作家的执着和冒险精神，以及为报告文学献身的热情。

这几年，我一直在给徐剑做助手，与他合作了几部写云南的长篇报告文学，从《云门向南》到《怒放》，还有手头正在进行时的这部《安得广厦》。徐剑是云南人，他的口头禅经常是"我是云南人民的儿子"。16岁当兵离开云南几十年，却乡音无改，把一句原本特别庄重的话说得让人忍俊不禁。因为工作的缘

故，屡次跟随徐剑在他的故乡行走。其实徐剑有两个故乡，一个是他的出生地，云南昆明官渡区大板桥；还有一个是他的精神高原西藏。

2020年12月，徐剑新书《金青稞》出版，这是中国作协"脱贫攻坚题材报告文学创作工程"中的一本。我是《金青稞》的第一个读者，徐剑一边写的时候，我就开始帮他校对。在阅读的过程中，借由文字，跟随徐剑去他的精神高原走了一遭。

西藏的海拔会让大多数人望而生畏，望而却步，但这是徐剑的第21次进藏。有着丰富进藏经验的徐剑知道，只要增加抗缺氧能力，就能在藏地畅行无阻。虽然多次进藏，但是徐剑对酥油茶仍旧爱不起来，酥油与茶的结合，在徐剑看来宛若黑暗料理。1990年，徐剑跟随老首长阴法唐第一次进藏，在格尔木道班的工人家第一次喝酥油茶。可巧当时的酥油不新鲜，徐剑喝的时候没有吹开油，一口气喝下去，差点当场吐出来，从此对酥油茶再无好感。但那片雪域高原的人们千百年来青睐酥油茶却不无道理，能够从心理上、生理上同时接受、接纳酥油茶，在一定程度上就意味着拿到了藏地的通行密码。每天早餐，徐剑都会逼着自己喝下两大碗酥油茶，满满的酥油茶。

徐剑是从藏东的昌都开始采访的，第一站是昌都贡觉县。原本徐剑是从北京飞成都再转机飞往昌都邦达机场，然而邦达机场在下雪，跑道结冰，连续六天飞机都未曾落地。无奈之下，只得从成都改飞青海玉树的巴塘机场，再从玉树乘车前往昌都的贡觉县。八百公里的路程，徐剑从早上八点一直走到了下午的四点半，才到贡觉县。

与等候多时的贡觉县工作人员接洽完毕已是下午五点多。徐剑没有休息，立刻就进入了工作状态。参观完贡觉县阿旺羊催肥基地，徐剑听说羊场之上有一个幸福村，是2000年国家开始实施天然林资源保护工程后，从三岩地区搬迁出来的一个村庄。

西藏昌都三岩"帕措"是当前世界范围内的父系氏族的残留，至今仍比较完整地保留着原始父系氏族部落群的一些基本特征。在藏语中"帕"指父亲一方，"措"指聚落之意，"帕措"指"一个以父系血缘为纽带组成的部落群"，也就是藏人传统观念中的骨系。帕措既有氏族的特征，又有部落的职能，基本上是一个父系社会。三岩的帕措组织称为"父系原始文化的活化石"。

徐剑当即提出要去幸福村采访，陪同采访的贡觉县扶贫办主任和畜牧局副局长却面面相觑，推辞说这个季节村里人都上山挖虫草去了，是空村，去了也采访不到人。幸福村原本就不在贡觉县为徐剑安排的采访点之列，但徐剑坚决要去。他一意孤行，一个人大踏步向着幸福村的方向前进。皇天不负有心人，徐剑在幸福村挖到了《金青稞》的第一个故事——"第一次走下上罗娘村的人"然奇的故事。21年前，然奇原本与第二任妻子安措以及兄弟阿南一起生活，后来他带着大女儿搬出了上罗娘村。

第二天，徐剑决定去三岩木协乡，去找至今依旧让然奇心心念念难以忘怀的安措。吃罢早饭，徐剑向贡觉县主管扶贫的副县长李天国说了自己的计划。李天国告诉徐剑，三岩这几天刚下过雨雪，沿途极有可能出现落石、塌方，出于安全的考虑，李副县长希望徐剑去阿旺镇，继续采访阿旺羊饲养大户。徐剑一听急了，起高了声音再三声明必须要去。见徐剑的态度如此坚决，李副县长不再说什么。他们从贡觉县城出发，先到阿旺镇，再继续往前。翻过巴依雪山时，刚落了一场大雪，车盘旋而上，翻过海拔4500米的雪线后往金沙江方向，海拔开始下降。一进入金沙江两岸的三岩地段，路上全是落石，左一堆右一堆的大圆石，大小不一，横亘在道上。司机像一条游龙一样左避右让。那天开车的司机名叫龙珠，龙珠师傅对徐剑说："徐老师，我们今天的运气太好了！这几天一直都是在下雪，如果是下雨，刚才高海拔的落石地段一定会有泥石流、塌方和碎石落下。您刚才也看到了，那么多的石头，遇上一块就会车毁人亡。"真正从险境中穿过之后，徐剑才理解了李天国副县长的担忧与良苦用心。

到了木协乡，乡政协主席和纪委书记告诉徐剑，此地距离上罗娘村还有十一公里，路更加难走，关键是上罗娘村的人都上山挖虫草去了，一个人都没有。徐剑犹豫片刻，决定继续前往，他的理由也很朴素：既然已经来了，一百多公里都走了，还差这十一公里吗！半途而废不是徐剑风格。

这最后十一公里的路，第一次让徐剑觉得心惊胆战。山崖边的盘山路，一边是山岩壁立，一边是万丈深渊，不但路险还有落石。木协乡派了一辆皮卡车在前面带路，边走边停，之所以停车是因为要把路上挡路的石头一一搬开。徐剑坐在副驾驶座上，俯瞰绝壁之下几千米深的大峡谷，背脊阵阵发凉，车若被落石砸中或者司机稍有不慎，车滑下去后果不堪设想。龙珠师傅说得对，他们那天非常幸运。

徐剑的第21次进藏，整整待了五十二天，他的西藏采访行程没有被陪同人员牵着走，没有被安排，他用一个作家的直觉与敏感去发现、去寻找。

《金青稞》开篇故事，上罗娘村然奇的命运故事，一波三折，跌宕起伏，一直勾着读者的心。《中国作家》纪实版的编辑汪雪涛编发《金青稞》时，被这个故事吊足了胃口。他见到徐剑，第一句话就问：你在上罗娘村见到安措了吗？她长得什么样子？

其实徐剑并没有找到安措，上罗娘村全村出动，都去挖虫草了，空村无人。全村的钥匙都在保安手中。徐剑拜托他打开了安措家的门，屋里收拾得清清爽爽，东西摆放得井然有序。这是徐剑整个藏地之行见到的为数不多的干净整洁的藏族人家。能让一个男人魂牵梦萦的安措，除了美丽之外应该还有更多的美德吧。

藏东的采访总体来说比较顺利，有惊无险，下一站是藏北。采访的过程中，徐剑的朋友圈每天都在更新。他说那是他西藏采访笔记的索引目录。

2020年6月5日。十日纪行，别昌都市辖地，进入三十九族、二十六族腹心，触摸到外象雄古国历史之壳。以后的日子，海拔高度均在四千至五千米之间，行程会越来越苦。此前，每日的采访皆在途中，行二三个小时，谈四五个小时。万里藏地行，在狂雪、暴雨、落石道上安然无恙。黑帐篷，红藏房。巴青乡霍尔杰布帐篷里的采访，持续一个下午，踏暮色，满载而归。

在那曲市巴青县采访时，徐剑在路上整整走了三个小时，他很想找到三十九族霍尔家族的黑帐篷，看一看当年黑帐篷霍尔王的古镇旧址。那个地方的老百姓的日子怎么样？建档立卡户、搬迁户住上新房了吗？徐剑想把藏族群众今天的新居与七百年前霍尔王的黑帐篷王宫作一番古今对照。这就是"霍尔杰布与黑帐篷"的故事。几经周折，徐剑找到了霍尔家族的后裔多确旺旦。在多确旺旦放牧的河边，他的五六百头牦牛在悠然吃着草。多确旺旦日子过得不错，算得上富裕，有一辆七十多万的吉普车。那天下午，多确旺旦在自家的帐篷里给徐剑唱起了霍尔家族的古歌。多确旺旦的次旺巴姆把牛粪烧得旺旺的，殷勤地为远道而来的客人一次又一次添满碗中的酥油茶。帐篷里温度很高，再喝着热热的酥油茶，加上徐剑本身穿的衣服太厚，他的背上一直在出汗。

晚上八点才结束采访，回到巴青县城已经是夜里十一点钟。已经十多天没有洗澡的徐剑洗了进藏后的第一个澡，水温不高，洗到最后，徐剑开始冷得发抖。第二天早晨，徐剑就开始咳嗽。但他自恃身体不错，当时并未多加在意。

翻越海拔5300米的康庆拉大雪山时，徐剑并没有什么异样的反应，既不头痛，也不胸闷，徐剑认为自己的适应期已经过去了。意外发生在聂荣县，采访路上，车陷入了羌塘草原的泥坑里，荒原大风，徐剑在风中站了一个多小时，咳嗽逐渐加重。当天晚上，入住聂荣县城后，徐剑开始出现高原反应，幸好酒店有氧气供应，一夜吸氧，第二天满血复活。徐剑从那曲开始服用抗生素，三盒吃罢，仍然咳嗽不断，索性不去管它。从那时起，咳嗽的症状就如影随形一直跟着徐剑，直到他采访结束返回云南，飞机落地昆明长水机场，咳嗽戛然而止。

那段时间，徐剑几乎夜夜睡不好，好在几乎每家宾馆都有氧气供应，有的吸氧装置安装在床头，有的则是空间弥散式。白天采访，见过的人、听说的事都会在夜晚幻化成冗长、沉闷的梦境。有时候徐剑会短暂醒来，再次睡着之后，梦境会与电视剧一样，两个梦之间的情节竟然能接续起来。徐剑说他把觉睡碎了，其实睡眠障碍的状况已经持续好几年。虽然睡眠时好时坏，但丝毫不影响徐剑第二天的工作状态。无论是在申扎县、双湖县，还是环"鬼湖"色林措而行，除了间歇性的咳嗽，徐剑再也没有强烈的身体不适。彼时，徐剑内心甚至有几分小得意，他知道自己虽然咳嗽，但他的肺是真的完全适应了藏地，用他自己的话说就是"野牦牛般的身体再次适应了藏地的高寒缺氧与高海拔"。

在无人区，徐剑并没有挖到他认为精彩的故事。在大多数人看来的传奇之处，在徐剑眼中反而平凡；别人眼中的神秘之域，徐剑早已一览无余。采访伊始，徐剑就在寻找西藏古老传说中像香巴拉一样的白马鉴，"东有香巴拉，西有白马鉴"。采访开始前，徐剑会习惯性地先问一句：您知道白马鉴的传说吗？如果采访直切正题，待到采访结束之后，他也会再次补上内心的疑问：你们的祖辈曾经赶着牦牛去寻找过白马鉴吗？遗憾的是，没有一个人知道白马鉴在何处，甚至有的人压根不知何为白马鉴。

那曲采访的最后一站尼玛县。徐剑环苯教圣湖当惹雍措而行，寻找上象雄古国的遗址。那天，在海拔5000米的山巅，徐剑一行遇到了一头棕熊，离他们只有五百米。人熊对峙，十分钟后，棕熊转身离开了众人的视线。

古象雄以及后来古格王国为何一夜之间谜一样地全部消失？还有白马鉴到底在哪里？徐剑觉得自己有责任去寻找答案。一如大卫·妮尔执着地寻找香格里拉。从采访开始，一直到《金青稞》书稿杀青，徐剑都在试图从文学的角度对它们做出历史性的诠释。

陪同徐剑在尼玛县采访的那曲民政局副局长巴桑罗布说，多年前认识牧场的一个老人，他印象中似乎听老人说起过年少时曾随父母赶着牛羊，走进羌塘无人区，寻找不用干活却有吃有喝有穿的白马鉴。对白马鉴的寻找，终于在徐剑采访行将结束时拨云见日。在山南的森布日，雅江边上，从双湖搬来的白玛老人和一个叫琼达的男人，徐剑在他们的讲述中找到了"白马鉴——弄翁帕龙——弄哇庆"之间的缘由与往事。这就是神秘的西藏，总会让人在不经意间的某一个时空点上，遇到奇遇、奇迹和圣迹。

第21次进藏的徐剑，哭了两次。人生已然走过一甲子，该经历的经历了，该感受的也已经感受，虽然依然保持着作者的直觉与敏感，但徐剑明显地觉得自己这几年泪点高了许多。

第一次流泪是在阿里。那天，徐剑从阿里首府狮泉河镇出发时是上午九点，行程三百五十多公里抵达底雅乡时，已经下午六点。底雅乡离札达县城还有一百七十公里。那天傍晚，吃过晚饭，天色尚早，徐剑沿象泉河而下，穿过最后一个边防连队，到了中印边境最后一个村庄——西让村。新型冠状病毒肺炎疫情之前，中印两国边境的一个集散地，离上脊之上的印军哨卡，不过五百米。那一刻，徐剑忽然想起来自己22年前曾经去过中印边境东段的克节朗河谷。这一次是徐剑抵达的离印度军队哨所最近的地方，山那边便是印度的所谓的喜马偕鲁邦。夕阳静静地照在象泉河上，这条发源于冈仁波齐峰的中国与尼泊尔的界河，正缓缓流向印度。

回到底雅乡的古让村，徐剑在这里意外地遇见了一个"嫁"到此处的男版文成公主——江苏徐州睢县人杨桂房。青春年少时，杨桂房与高中女同学曾有过一场刻骨铭心之恋。后来，女同学得了白血病，丽人之殇让杨桂房发誓终身不娶，守洁至老。岂料33岁那年，杨桂房跟着建筑公司到西藏边防连队建营房，与一个带着10岁女儿和8岁儿子的藏族妇女相识了。一眼万年，突然就又起了成家之念，遂与这个藏族女人结婚，帮她养大了两个孩子，还又生了一个藏汉结合的团结族。杨桂房的亲生儿子，现在北京中央民族大学读书。

自从来了西藏，杨桂房已经有28年没有回过老家江苏，父母去世时未回，哥哥姐姐走时亦未回。长期的边地生活，汉话都不怎么会说了。有时杨桂房实在想家，就去跟边防连队的士兵聊上几句，虽然听不到正宗的江苏话，但只要是汉语就能抚慰他的思乡之情。喝着杨桂房藏族老婆自己酿的杏花酒，听着杨桂房的故事，与他举杯相碰的一瞬间，徐剑的眼泪"唰"地就流了下来。

杨桂房被国务院授予全国民族团结先进个人荣誉称号，但他不是建档立卡户。《金青稞》里没有可以安放他故事的地方。徐剑离开底雅乡时，郑重其事地向底雅乡党委书记反映了这个情况，杨桂房之所以回不了家，是因为没有钱，负担不起来回的路费。他追问：在合情合理合规的范围内，是否能够成全杨桂房一次回汉地的省亲梦？

第二次流泪依然是在阿里。在阿里的措勤县，地区扶贫办书记达平告诉徐剑，有一个老人在武汉发生新型冠状病毒肺炎疫情后主动交了一万元党费。徐剑一听，当下判定为好人好事的表扬稿，不怎么感兴趣。在达平书记的一再坚持下，徐剑见到了"楚天雪域一梦牵"故事的主人公坚参老人。到了坚参家以后，随着采访的深入与展开，徐剑庆幸自己没有错过。

60年前，人民解放军在西藏阿里一带平叛，坚参赶着牦牛给解放军驮运给养，一共工作了20多天。结束时，一位解放军军官给了他六百元钱，告诉他将来可以到供销社去变换东西。60年后，善因结出了一枚沉甸甸的善果。2020年1月25日，在新闻里看到武汉疫情肆虐时习近平总书记亲自动员指挥救灾，坚参感动地说："当年解放军对我们这样好，现在汉族老大哥正受难，我得交一万元的党费支援武汉。"第二天，他就给达雄乡党委副书记塔杰打电话表达了心意。塔杰请示县委组织部，答复说可以满足老人心愿。于是，坚参叫上儿子开着农用车带他去到乡里，郑重地交了一万元的特殊党费。

徐剑一边听坚参老人讲故事，一边在采访本上奋笔疾书，豆大的泪珠将字迹洇染成模糊一片。这个故事是善因落果，更是普通人的家国情怀。采访结束，坚参送徐剑出门，他们站在老人的黄泥小牧屋前合影留念，房顶上插着五星红旗，迎风飘扬。远处是蓝天、碧水和雪山。照相机快门按下的瞬间，徐剑的泪水再次涌了出来。他庆幸自己没有错过这位慈祥的老人，这个有着江山家国情怀的老共产党员，这个与自己的父亲差不多年纪的藏族老人。

坐在返程的汽车里，徐剑在心底告诫自己：不要武断预判，不要想当然地认为，不要主观预设揣度任何事、任何人，否则就有可能与线索、与精彩擦肩而过，失之交臂；采访路上，不要轻易放过一条线索，拒绝一个线索，就可能错失一个传奇；不要轻易拒绝一个人，拒绝与抗拒有时只是自己内心的轻慢与浅薄在作祟；不要轻易拒绝一件事，它的背后也许恰好藏着一个故事，一段隐秘的西藏往事，感动中国的故事。

"最后的驮队，最后的羊倌"就是徐剑采撷到的一段西藏往事与传奇。驮盐羊队曾经是西藏文化的特殊风貌，随着公路网的贯通，羊驮队成了历史的绝响。徐剑希望能在革吉县盐湖乡找到一位最后的驮队老羊倌，听他讲讲那段像雪风一样远去的传奇和风情。工作人员找来了好几个人，都是年轻的，对往昔的历史不甚了解，只会说现在生产盐的故事。后来，徐剑在一张巨幅照片里发现了一个背羊驮袋的老人，一问才知那是布玛老人，是羌麦村赶羊驮盐的老羊倌，也是藏地为数不多还健在的老羊倌。

去拜访布玛老人的路比想象中难走数倍，风一程，沙一程，羊一程。湖边有盐湖羊，一片一片的，像一朵朵巨大雪莲花。越野车在旷野狂飙，卷起一道道黄龙。在颠簸了将近两个小时后，就在徐剑觉得自己的一身骨头在颠散架的临界点之际，布玛老人工作的盐场到了。烧着羊粪，听布玛老人回忆当年如何赶着羊驮队到印度、尼泊尔去卖盐，健硕的羊群驮队，天下最好的一点杂质都没有的盐，以及血气方刚的年轻羊倌们。

其实，徐剑也有遗憾。结束底雅乡的采访，在返回札达县的路上，徐剑跟达平书记聊天，说这条路真是太远太险。达平说，相比底雅乡的路，札达县的萨让乡更是天路。徐剑一听来了精神，尝试着说服达平书记带他去探索，却被达平书记毫无转圜余地地拒绝了。达平书记说，每次下乡，根本不敢看窗外的路，都用一杯青稞酒把自己灌醉了，上车就睡觉，把自己的身家性命全部托付给司机达娃师傅。每去一次萨让乡都是与山神赌命。无论徐剑怎么请求，达平书记就是不松口。没能去成萨让乡，让徐剑的第21次进藏多多少少存了一点遗憾。

《中国作家》纪实版2020年第12期，全本刊发了《金青稞》。《新华文摘》2021年第4期载四万字，占了整个文学版块。著名评论家丁晓原为《金青稞》撰写了推荐语：

> 青稞之"金"，是吉祥之光在神奇神秘壮美的西藏高原的映照，更是脱贫攻坚创造出的一片辉煌。徐剑以"金青稞"这一富有诗意大美的物事为题，激情真切地叙写西藏精准扶贫艰难而伟大的事业，在现实和历史的辉映中，描绘出这里历史性新变的风景和光彩。西藏攻坚脱贫的故事，是中华民族告别贫困实现全面小康、开启现代化建设新征程这一宏大史诗中不可或缺的段落，也是其中最为精彩吸引我们的篇章。《金青稞》中不仅有全面全景的摄照，更多的是"独特的、传奇的、鲜活的，抑或感动的故事"，"而那些平民的故事，更像是四处弥漫着牛粪

的青烟，充满了人间的真切感"。

报告文学是行走者的文学。在读到这部作品之前，我们借助作者的微信朋友圈，已收看到他"东北西南中，等于环西藏高原行走了一个圆弧"，历时50多天深入采访西藏最后一批19个脱贫县的"现场直播"。那是一种怎样的艰难险阻！旅痕深远，写满了一位真正的报告文学作家的初心与使命。《金青稞》是一位勇敢者的生命写作，也是一位老西藏抒写的深情诗篇。

2020年是我国全面脱贫的收官之年，《金青稞》则是徐剑为此敬献的一份大礼。我们致敬徐剑！

新华网、《中国青年报》、澎湃新闻、人民论坛、《广州日报》、未来网、中国小康网等数十家媒体纷纷关注、报道《金青稞》。用评论家丁晓原的话说就是"全网种满金青稞"。

《金青稞》之热并非无缘无故，而是事出有因。这是62岁的徐剑的"衰年变法"的成熟之作。徐剑的衰年变法始于《天风海雨》，成于《天晓：1921》，成熟于《金青稞》。阅读《金青稞》，字里行间跳动着徐剑的文学风格与精神气质，可以具体概括为：好奇、冒险与执着。

一个优秀的作家要始终保持好奇之心，好奇心是寻找文学陌生感的钥匙。虽然徐剑已是第21次走进西藏，但依然对西藏的一切充满了好奇心，尤其是那些未去过的牧民之家、农耕之家的风情、风物、风俗，没有走过的村庄，对他而言就是一块强大的磁场。冒险精神是军旅生涯给予徐剑的人生馈赠，16岁当兵，军旅生活铸就了徐剑的敢打、敢拼、敢冒险，甚至，冒险是一个优秀的报告文学作家的标配属性。执着就是不达目的决不罢休，就是不到黄河心不死，就是不撞南墙不回头。在西藏采访的52天里，徐剑翻越了横断山、昆仑山、冈底斯山和喜马拉雅山，将格萨尔王的岭国、三十九族霍尔王领地、上下象雄、古格王国，都走了一个遍。大浪淘沙般精心淘洗、过滤，将最精彩的故事摆在《金青稞》最熨帖的位置上。

　　徐剑跟我说，他在那曲时，曾经在比如县达摩天葬院骷髅墙前静默了许久。那是一个正午时分，他站在那个小院里，心静如止水，既无恐惧，亦无惊慌。既有生，便有死，方生方死，方死方生，轮回往复。精神的酥油灯一旦点亮了便不会熄灭，就如同文学能够点亮生活一样。

从黑暗走向黎明

——读长篇报告文学《天晓：1921》

作者：李炳银（作家、评论家，中国作协创研部研究员，中国报告文学学会原常务副会长）

原载：《中国艺术报》，2021年12月24日

当今中国，因为悠久的历史与灿烂的文化，加之现实的出色表现，正在成为世界瞩目的焦点。虽然人们会关注大秦王朝统一中国的伟大功绩、汉唐时期的辉煌、宋明时期的创造与患难、大清朝的崛起与衰落，但人们或许更加关注现实中国的新生与发展，关心中国共产党的领导与现实中国的关系。在现实中国的书写过程中，已经有过大量、各类的著作表达。可是，历史是一个能够从不同角度进入和表达的客观存在对象。"横看成岭侧成峰，远近高低各不同。"由辽宁出版集团旗下万卷出版公司出版，徐剑的这部《天晓：1921》，就巧妙地聚焦中国共产党建立的1921年，围绕当年建党人物的人生处境、国运思索、方向寻找、顿然醒悟、参与行动、权衡牺牲、追求成功等复杂丰富的经历，真实地再现了中国从黑暗走向黎明的伟大历史转变，焦点精准，思索深刻，内容丰富，叙述生动，是富有个性的现代中国历史纪年书写。

中国共产党的诞生，是开天辟地的大事变。《天晓：1921》是徐剑在中国共

产党建党百年后的今天，聚焦黑暗与黎明交替的历史时间节点，在历史和社会、事件和人物的交叉点上，展开的一次非常庄严的追溯、探寻与书写。作品很巧妙地通过中国共产党成立，以对第一次党代表大会的现场当事人——王会悟老人的采访记录为纲目线索，分别调查追寻当年在上海参加中国共产党第一次代表大会的十三位参会者，对他们的思想、选择、表现、改变、结局进行查证，将中国共产党建立、黑暗即将退去、黎明的曙光已经显现给予了在场、全景和分镜头式交叉描写。作品以显影解析的表述，对诸如建党的发起者陈独秀、李大钊为什么没有参加第一次代表大会，开会的确切地点最后是如何确定的，会议的代表到底是十二人还是十三人，最后为何确定为十二人，山东的王尽美、邓恩铭是否到会，湖南的毛泽东与何叔衡出湘赴会后者是否中途返回等许多存在疑惑甚至争议的问题进行了认真的查证辨识并做出结论。这些结论有论证支持，但是否完全确准，仍需要时间和权威回答。徐剑在作品中的倾向、态度和认识是自有例证和逻辑的。书中表达虽然带有较为明显的学术事件考证特点，但因其对象庄严，无疑具有很珍贵的价值。

然而，徐剑的作品与纯粹的党史档案整理研究文章不同，它是一种真实的面对，同时又是一种文学角度的表现。所以，《天晓：1921》这个书名是富有诗意的，作品中写到人物时，都十分注意对人物思想言行及性格形象进行文学描述。正是在这种文学描述中，呈现了不同人物面对国家衰败时自觉承担起自身使命的责任担当，在探索救国救民的道路上对马克思主义的热情接受和坚定追求，当然也有不同人物因为各种复杂原因而或掉队背叛、或甘愿牺牲、或坚持到底等不同人生结局。人物的经历表现、性格命运是支撑和丰富这个事件的骨架血肉和精神情感元素。作品在描写陈独秀开始时的洞明勇猛和后来的衰退凄凉，李大钊思想坚定、视死如归的从容表现，李汉俊兄弟的仗义、李达与王会悟的感情、董必武的命运转变、周佛海的背叛、张国焘的逃离、毛泽东的矢志追求等内容时，呈现出列传描述记录的特点；描写陈望道翻译《共产党宣言》时的投入、陈潭秋"托孤"等内容时，着重表现了人物思想精神和情感性格，富有文学呈现意味。这些内容，或许很多人非常熟悉，然而这部作品仍然会为读者带来回到现场、深入再现的新感受，这是徐剑成功的个性表达所带来的。

在庆祝中国共产党成立100周年之际，面对中国生机勃发、国势日隆，徐剑创作推出《天晓：1921》这样真实的、文学的追寻记述作品，是对照亮中国建党百年历史的那束光源的有益追溯，也是继续点亮这束强光的有效行动。

日出东方的壮美初心

——读长篇报告文学《天晓：1921》

作者：丁晓原（作家、评论家，中国报告文学学会副会长）

原载：《光明日报》，2021年12月29日

徐剑的长篇新作《天晓：1921》，是一部致敬党的百年华诞的报告文学作品。作者对日出东方大历史进行钩沉与探微，彰显中国共产党人的初心使命，再现风雨如磐的艰难岁月，谱写出一曲崇高、壮美的信仰之歌。

这部作品聚焦1921年建党初期筚路蓝缕的历史实景和艰苦卓绝的斗争历程，通过主要建党者和参加党的一大代表的命运轨迹，以翔实之笔和深刻之思，确证了我们党的宗旨和使命、初心和信仰。"十月革命一声炮响，给中国送来了马克思主义"，国际革命的大势加快党诞生的历史进程。通过特写镜头，我们跟随作者走进上海渔阳里2号，看到这个陈独秀曾经的住所，一个新思想发生地的模样。在"望志路106号"中，你可以感受到"石库门里共产党'产床'"流溢的气息。人事渐远，但光影长留。《天晓：1921》将建党史上一个个颇具特殊意义的时空，以有意味的镜头形式推至读者眼前。阅读作品犹如收看一部开天辟地、晨曦初露大叙事的历史连续剧，在回到百年前历史现场中，唤起内心的庄严感和感奋前行的磅礴力量。

《天晓：1921》最具价值的是作者将抖落在历史皱褶中闪光的细粒拣拾出来，在对建党大业参与者人生命运和现代中国演进历史交织流转的观照透视中，诠释共产党人的初心使命和信仰信念。1920年，毛泽东从北京到上海为赴法勤工俭学的游子送行，同时拜见他心中崇敬的陈独秀，"和陈独秀讨论我读过的马克思主义书籍，陈独秀谈他自己信仰的那些话"。信仰与信仰的知心，铸就恒久坚定的信念。何叔衡是党的一大代表中最为年长的，这位"前清老秀才，一生都在赶考"，最终为革命而献身。作者寻访先烈的故居，"惊诧于眼前一片百年豪宅，一片大院子"。作者明确告知读者，这些革命先烈的伟大之处就在于一切行动不是为了个人私利，而是为了民族的救亡图强，为了人民大众的安康幸福。

最是坚定信仰动人心。相约建党的"南陈北李"以自己的生命矗立起共产党人的信念丰碑。《天晓：1921》在书写革命者初心与人生时，没有隐去历史真实的另一面，在"背叛者，失败者"这一章中，以"金陵，绝笔天叹欲无泪""断崖千尺，沅江无声""孤鸿楚天难归"等数节笔墨，叙写革命红船前行大浪淘沙中陈公博、周佛海、张国焘、刘仁静等另类的人生和失色的命运。历史是权威的证人，验证了不忘初心、方得始终的真理。作者在蕴含深意的对比中，大写中国共产党人的初心及其重大意义，深切新时代党的建设主题。因此，在某种意义上说，《天晓：1921》是一部进行初心信仰教育的生动而有说服力的历史教科书。

报告文学的历史叙事自然不同于历史学中的叙事，但是，报告文学的写作者也应当恪守历史真实的内在逻辑，秉持实录历史的写作伦理。在这一点上，徐剑的意识是自觉的。建党初期的史料，当时的文字记录不多，留存下来的更少。其后当事人的回忆和研究者的著述由于种种原因，有不少疏漏和不实。对此，作者注重从大量阅读中进行梳理，根据历史语境的可能进行辩证。不少存在争议的细节和环节，作者花力气爬梳史料加以考订，基于考订再采信接近史实的观点。党史上有些特殊人物，不少现有记述语焉不详，作者想方设法进行史料的搜集，吹去历史的尘埃，使读者能够了然曾经谜一样的历史人物的具体情况。这样的努力使作品的叙事变得丰富而饱满。对一些存疑的历史细节，作者尽力求证以还原真实，如1920年陈独秀离沪赴粤的具体时间，有说11月，有说12月，行程有说3

天，也有12天。作者查阅《民国日报》《申报》当时的报道，确定陈独秀是12月17日离沪，26日抵粤。凡此种种，显示着《天晓：1921》对历史本体的尊重。因此作品的叙事更显严谨而可信，具备了相应的历史品格和价值。

当然，《天晓：1921》是一部基于历史而又不只是历史的文学作品，体现了作者文字表达上的能动性和诗性。作品的题目就是一个巨大的意象，既给出了题材所蕴含的宏大历史气场，又打开作品文本建构的诗性场域。莫道君行早，东方欲晓。1921年的建党伟业谱写的正是一个古老民族长夜将尽、旭日东升的新篇章。标题的诗性设置为作品的诗意叙事提供了可能与必要。在客观对象与主体介入的互文建构中，徐剑形成了他鲜明的写作风格。其实因客体激发而生成的主体反应及其表达，也是报告文学真实性的重要组成部分，而且是报告文学之为报告文学的要素。

在《天晓：1921》作品中，作者面对一些历史情境和人物情形，常常情不能自已，激扬文字，或景中寓情，或精警论议，或赋诗填词。这种主体性语言的有机生成，对客观叙事是一种调节，也是一种滋润，有效地增强了文本的感染力。此外，作品的结构处理也自出机杼。作者善于从散落的书写材料中发现具有结构价值的人物或事件，将其设置为叙事的视角、视点。作为党的一大会议的在场者，王会悟就是这样的结构人物，"她觉得自己就像一架老唱机，回忆的撞针一放，嵌入一圈又一圈的轨道，最后的落点仍旧是中共一大召开那前后的十天"。以此展开叙事，作品就获得了一种自适于书写对象的述史模式。在这样的结构基线中，材料的调度安置开合有序，信息丰沛而浑然一体。

遍访天涯觅党魂

——读长篇报告文学《天晓：1921》

作者：孟繁华（评论家，中国当代文学研究会副会长、中国文艺评论家协会顾问）

原载：《中华读书报》，2022年2月23日

徐剑是重要的报告文学作家。他创作的《大国长剑》《大国重器》《鸟瞰地球》《东方哈达》等多部报告文学作品给我们留下了深刻的印象，也是这个时代报告文学的精品力作，他也因此获得了无数的荣誉。现在我们讨论的《天晓：1921》，是写"寻觅党的一大代表生命遗迹"的作品，也是一部视角独特、发现边缘、饱含深情，为重大主题写作提供了新的思路、新的可能性的作品，是一部遍访天涯觅党魂的寻访史、口述史和讲述史。在传统的重大主题写作题材中，中国共产党的一大会址、参加者等，已经被书写了无数遍。这个题材如何能够写出新意，道人所未道，是首先面临的挑战。

报告文学与其说是写出来的，毋宁说是"走出来"的。在党史、革命史的写作和出版大繁荣的时代，"1921"这个年份究竟还能写出怎样的新意？还有哪些角度没有被发掘？百年前的人物和场景，他们的生前身后还有什么未被讲述或提炼？归根结底一句话：究竟写什么？这是对作家最大的挑战。

徐剑知难而上，遍访了"十三位会议出席者的诞生地、求学地、战斗地、壮烈地，乃至叛徒的死无葬身之地，看见别人未曾看到的地方，发觉他人未曾发现的东西，激活未曾觉悟的迷障"。这既是徐剑的雄心壮志，也是对自己下的一道战书。徐剑给自己定下的写作信条是："走不到的地方不写，看不见的东西不写，听不到的故事不写。"只有亲力亲为才会发现有价值的人与事，才会发现大历史中有价值、有意义的细节。比如徐剑写到了王会悟，王会悟讲到了维经斯基（吴廷康）的来路以及他漂亮的教俄语的太太库兹涅佐娃。通过维经斯基我们知道，他是俄共中央政治局外交人民委员部远东事务全权代表维连斯基·西比利亚科夫指派的。维连斯基·西比利亚科夫说："格里戈里同志，派您去中国，以远东共和国达尔塔通讯社记者身份做掩护，要在那里长住一段日子，把组织搞起来。"这个历史细节对我们来说非常重要：中国无产阶级革命的兴起，不仅受到了俄国十月革命的感召，不仅受到了马克思列宁主义的指导，同时也受到了俄共直接具体的指导和帮助。王会悟之所以对维经斯基如数家珍，是因为他们曾经在一起生活过。但是，如果没有别的佐证材料，只是一个孤证，那是有问题的。徐剑也意识到了这一点。就在山重水复疑无路时，那部被徐剑一直带在身边的张国焘的《我的回忆》又一次帮助了他，书中记载：

> 不久我到达上海……立即去访问那时迁住在法租界霞飞路渔阳里二号的陈独秀先生……他热诚地要我搬到他家里住，以便从长计议。他说楼上有三间屋子，他和他的家人用了两间，另一间住着一位女青年王会悟。楼下三间，一间是客厅，一间由青年作家李达住，还有一间空房正好给我住。

或者说，这个王会悟并非天外来客，她是一个真实的存在。这个细节从一个方面表达了徐剑写作的严谨。实事求是地说，找到王会悟的材料已实属不易，把它记述下来是完全可以的，因为没有任何材料可以质疑或否定它。但徐剑为了免于孤证带来的问题，还是努力寻找到了新的材料作为补充，使这样的讲述无懈可击。

对我来说，书中另一处让我深感兴趣的，是毛泽东与陈独秀的相见——《上海，润之深唔仲甫公》：

　　陈独秀与毛泽东，年龄相差十四岁。一个是日本留学生，一个是湖南师范生；一个是北大文科学长，一个是乡村老师。当年毛泽东在北大红楼当图书馆助理员时，一个月八块大洋。而陈独秀是三百元，是当时众星捧月的人物。……读他主编的《新青年》，他掀起狂飙般的新文化运动，听他那激荡人心的演讲，在毛泽东心中激荡起来的何止是"湘江北去""浪遏飞舟"，何止是沧浪入夔门、瞿塘，出巫峡，出西陵，入城陵矶的乱石穿空，卷起千堆雪。可是当时他够不着他，润之与仲甫，韶山与独秀山，仅两山之间的简单的交谈，一种远距离的眺望，一个北大图书馆助理员对文科学长的高山仰止。仲甫在青年毛泽东心中的位置，在陈独秀入狱后，从毛泽东发表在《湘江评论》创刊号《陈独秀之被捕及营救》的文章中可以看出他对这位思想界巨星与"五四运动的总司令"的崇敬。陈独秀当时坐牢，或许看不到毛泽东的文章，但在他出狱之后，就能看到一个从湖南乡村走出来，与他一样特立独行的毛泽东，是如何对他推崇备至，甚至喊出来"我祝陈君万岁，我祝陈君至坚至高的精神万岁！"

还值得称道的，是徐剑对报告文学写法的创新。比如《共产党宣言》油印本刚刚出来时，写维经斯基和译者陈望道的兴奋，然后写陈望道翻译这部经典著作时的情景：

　　一盏油灯昏黄，将陈望道的影子投到了墙壁上，长长的，变形般地拉长，几乎覆盖了一堵墙壁。他才翻译完第一段话，便被这篇雄文点燃了，这是多么激情澎湃的句子啊，作为政治宣言书，竟然可以这样去写。他沉醉在如此优美的文字中，心中有一种莫名的暖意，尽管窗外仍是寒冬腊月，他却仿佛已经听到了春天的脚步，时代的脚步。

文字的现场感极具感染力。非虚构也是可以虚构的。从本质上说，任何历史事件一旦进入叙事，即是虚构的一部分。对历史而言，人是创造历史的主体，对历史讲述而言，语言是历史讲述的载体。语言是由历史讲述者掌控的，不同的讲述者使用不同的语言，历史便一定具有了虚构性——因为历史讲述有了不确定性。徐剑的这一讲述，与被述主体翻译《共产党宣言》当时的心情极为恰切，因为那是一部关乎人类未来的经典著述。

采访中也有让我们惊讶不已的事情发生，比如他第一站——应城市刘仁静的老家，下榻的国家电网培训中心旁边就是应城市革命纪念馆。放下行囊便与馆长相谈，馆长竟不知刘仁静为何人，而是拣他熟悉的给作者讲抗日年代董必武、陈赓在此培训进步青年，进行游击战，末了，推荐了姓朱的政协副主席。耄耋老人见到他时，惊叹：四十年了，你是采访刘仁静的第二人。

还有，"在潜江市李汉俊、李书城故里，老屋早已坍塌，青蒿掩墙，野草寂寂，只有一碣碑文勒石：李汉俊、李书城出生地。问为何不建故居，党史办有关人员告诉我，邻居家为钉子户，不愿让出菜地，征作停车场。我颇为不解，李家大哥书城在上海法租界望志路106号房子，可是中国共产党的产床啊。家乡父老乡亲今天能过上好日子，李家兄弟功不可没啊，李汉俊甚至献出了生命"。究竟是什么原因，致使修李汉俊、李书城故居的一块菜地居然也征不下来？仅凭徐剑记述的这些场景，《天晓：1921》就功莫大焉。

另一方面，抒情笔调的运用，是本书的一大特点。比如：

1920年2月，海参崴（俄文名符拉迪沃斯托克，后略）仍旧蛰伏在漫长的冬天里，海山天地白，积雪掩埋了白桦树落叶，褪尽盛装的亭亭白桦，像藏在雪国中的女神，裸着臂膀，将手指伸向了天空，在湛蓝色的天幕上留下一道道抓痕。夕阳一照，仿佛整个苍穹都在流血。

海参崴城通往港口的路上积雪被雪橇碾轧过后，化作一道道坚硬的

冰辙，阳光洒下来，红红的，闪闪发光，犹如大地上有一条条脉管，青
筋毕露，通向海参崴港，通向远东，也通向世界。

这是闲笔，但在这抒情的笔调中，隐含了作者的情感取向，所谓借景抒情就
是这个意思。

总体而言，《天晓：1921》，是一部发现边缘，通过边缘性材料构建强大
的叙事动力，不重复过去曾经讲述的材料，而是进一步发掘出新材料的作品，这
是徐剑的一大贡献。发现问题，敢于揭示问题，在作品中也构成了强烈的今昔
对比，这是需要勇气的。徐剑为重大题材创作提供了新的思路，新的可能性。
同时，徐剑也坚持了一些不变的策略，这就是坚持行走，坚持采访，坚持眼到笔
到，坚持内心充满激情，心怀国家民族大业，在细微处做宏大叙事，这就是遍访
天涯觅党魂。

建党历史的生动呈现

——读长篇报告文学《天晓：1921》

作者：李舫（散文家，中国散文学会副会长，《人民日报》海外版副总编辑）

原载：《中国国防报》，2022年2月28日

作为报告文学作家，徐剑同他笔下的事件和人物一样丰富多彩。他写过早已远逝的战争，写过穿越世界屋脊的青藏铁路，写过"像雷霆一样沉默"的"天之骄子"战略导弹部队，也写过洪水、冰冻灾害之下个体的渺小和顽强。如今，他又完成长篇报告文学《天晓：1921》的采写，寻觅中共"一大"代表的生命轨迹。

欲知大道，必先为史。每到重要历史时刻和重大历史关头，中国共产党都注重回顾历史、总结经验，从历史中汲取继续前进的智慧和力量。中国共产党的诞生是中国历史上开天辟地的大事件，深刻改变了中国人民和中华民族的前途和命运。

"天晓"一词，出于《庄子·天地》："冥冥之中，独见晓焉。"从1840年鸦片战争至1921年7月中国共产党成立的81年，堪称中国历史至暗时刻。那时，中国积贫积弱，屡战屡败，帝国主义列强将诸多不平等的屈辱条约强加给中华民

族。山河破碎，饿殍千里。一批政治精英前仆后继，企望救亡图存、富国图强，均告失败。当历史和时代坐标旋转至1921年时，中华民族迎来黎明的曙光——13位党代表陆续赶到上海租界参加中国共产党第一次全国代表大会，后转至嘉兴南湖，在一条游船上宣告中国共产党的成立。

徐剑游历中共一大13位代表的家乡、纪念馆、故居，钩沉史料，古今对照，还原中国共产党创建过程，全景式描写了13位会议参加者和李大钊、陈独秀的思想、精神和活动，以及各自不同的生命历程。徐剑感叹道："寒夜苍茫，五更寒尽，红船由此启程。一簇星光闪烁天际，东方天幕上北斗星渐次清晰起来，为茫然长夜中前行的中华民族定位、导航，百年历史天空，冥冥之中，独见天晓。一大的召开，毋庸置疑，给探索民族独立、自由解放古老中国带来黎明和希望。"

《天晓：1921》以五四运动式微之时陈独秀南下、南陈北李相约建党、《共产党宣言》出版等关键事件，展现马克思主义在中国的传播情况；聚焦王尽美、邓恩铭、陈潭秋、何叔衡、李汉俊、李大钊为党和革命事业壮烈牺牲的英勇事迹，记叙了陈独秀在中共一大后至晚年的思想分歧、路径抉择等复杂心路历程，深刻剖析了张国焘、陈公博、周佛海背叛党、背叛革命的过程；从毛泽东人生最后19小时的档案记录，追溯中共一大后毛泽东在党的建设发展中历经坎坷、初心不变的心路历程，同时选取毛泽东的旧睡衣、珍藏毛岸英的遗物等片段，展现毛泽东"莫道英雄不怜情"的丰富情感。终章《归程·红船驶向百年》记述新中国成立前夕毛泽东和李达的长谈，将此书的高潮定格于开国大典。在这里，共和国的时间开始了。

在这部分，尤其寄托着徐剑的激情。

　　明天就是开国大典了，那一夜一如从西柏坡进京前的晚上，毛泽东又失眠了。李银桥说，就像半年前从西柏坡来北平城"赶考"一样。那天晚上，毛泽东参加完人民英雄纪念碑奠基仪式回来，吃了点儿辣椒拌豆腐乳，然后叫李银桥给他梳头。李银桥认为主席该睡觉了，结果梳完头后，他对卫士说："你这帮我一梳，足以坚持七八个小时。"后来周恩来的电话打来了，问："主席睡了吗？"李银桥说："报告周副主席，主席怎么劝也不睡。""这怎么行，明天下午是开国大典，主席不睡觉，身体挺不住啊。""周副主席，主席听您的，您来劝他吧。"周恩来果真来了，劝说了五六分钟，也没有用。等他走时，已经是清晨五点了。又过了一个小时，天空发白了，李银桥进屋看，毛泽东才搁下笔，又是一个不眠之夜……

为了写作这本书，徐剑读万卷书，行万里路，看见别人未曾看到的地方，发觉他人未曾发现的东西："这样的故事，俯拾皆是，其实考古般的田野行走，印证了我的一个创作信条：走不到的地方不写，看不见的东西不写，听不到的故事不写。"随着他的娓娓道来，一部通俗易懂、生动好看、激情澎湃的建党史跃然纸上。

一部优秀作品，关键在于思想的力量。胸怀救国救民的崇高理想，中国共产党高擎马克思主义真理的火炬，照亮黑暗的旧中国，点燃新中国黎明的曙光，指引中华民族走向伟大复兴。为人民谋幸福、为民族谋复兴，这是跨越百年的初心传承。《天晓：1921》将抖落在历史皱褶中闪光的细粒拣拾出来，真实再现中国共产党人初心的艰难孕育过程，这是富有力量的倾情抒写。

书写中共一大历史

——读长篇报告文学《天晓：1921》

作者：黄如军（学者，中共党史学会常务理事）

原载：《中国新闻出版广电报》，2022年4月29日

　　文学要书写民族最闪光的精神，伟大建党精神便是其中之一。伟大建党精神是中国共产党人早期在探索救亡图存之道、把马列主义与中国革命实践相结合、在筹建与创建中国共产党的过程中迸发出来的"精气神"。徐剑所著的《天晓：1921》（万卷出版公司），聚焦建党前后筚路蓝缕的艰苦历程，客观准确地对中共一大的筹备召开以及13位会议参加者的人生命运进行了全景式的文学再现，为建党百年献上了一份厚礼。这本书特点鲜明，价值显著。

　　一是主题宏大，主体呈现。《天晓：1921》站在历史的高原和时代视窗，回到中国共产党成立的原点，讲述中国共产党人"初心"的孕育过程，深入思考为什么要"不忘初心"、怎样才能"不忘初心"这个贯穿百年的时代课题。这样宏大的主题，这样独特的角度，是十分难能可贵的。这部作品提出的问题，既是国家叙述、时代需要，也是每一个人所关心的，会触发人们的共情与共鸣。

　　二是史实准确，立场客观。《天晓：1921》的创作，坚持以历史事实为依据，所有内容和表述都严格核查原始资料，并集最新中共党史研究成果于一体，

突出文本和叙事创新，客观生动地展现了13位会议参加者的传奇经历和故事，揭示了作为党的先驱，他们虽然只是几点星火，却最终燎原中华，成就一番伟业的必然性，是一部文丰质优、思想品位高、文学品相好的优秀作品。作者徐剑为了讲好建党故事，不仅阅读了大量历史著作，还循着历史人物当年走过的路去摸索探寻。他将出席中共一大的13位成员的故乡一一踏访，仔细地寻觅，耐心地查找，细致地采访。他在湖南、湖北的行走与田野调查，从韶山到独秀峰，从湘江到长江，处处留下他的身影。

三是资料翔实，考证精当。《天晓：1921》以大量的历史资料为依据，不仅参考重要文献，还查阅了各地党史资料、回忆录、旧刊物、老报纸等珍贵材料。因年代久远，许多文献资料都是零星分散的。作者费力搜寻，细致考察，然后反复推敲文字表述，形成准确有力的呈现。对于史料，作者不是简单地复制、征用，而是经过高度个人化的文学处理，具有强烈的平衡感和分寸感。

四是重点突出，系统完整。全书将建党前后的重大事件、重要人物写得系统全面，且层次分明，轻重有度。作品将"南陈北李"加13位会议参加者作为绝对的主角加以真正的文学性的描画，人物形象非常鲜明。此外，《天晓：1921》对党史材料进行了严谨充分的发掘和丰富，在建党内容方面讲述得详略得当、粗中有细。如对共产国际代表的情况进行了较为详细的描写：马林怎样历经千辛万苦来到中国，维经斯基跟王会悟究竟有没有见过面等，在本书中都得到了充分的表现。

五是结构巧妙，细致生动。《天晓：1921》以一大会议联络人王会悟为第一叙事视角，以作家的现场观察、考证、思索为第二视角，运用党的一大权威研究成果，将共产党建党百年历史和13位一大参会者的人生命运浓缩在10天的会期里。这种结构的叙述方式在党史书写中是十分独特的。作品围绕一大波澜壮阔的时代背景和13位参会者跌宕沉浮的人生命运，精心铺陈，娓娓道来，创设一个跨越时空的叙事时间轴，以独特的思考视角，进行一场生动、精彩、传奇但忠实于权威党史的文学书写实践，敬献给读者一部经得起历史检验的作品，一部独特的、生动的大众读本。

建党历程的虔诚书写

——读长篇报告文学《天晓：1921》

作者：李兴（中国作家协会会员）

原载：《云南日报》，2023年5月6日

读了徐剑的长篇报告文学《天晓：1921》，深切感受了他虔诚书写的赤子情怀。作为出生于昆明的军旅作家，徐剑呈现出了对党的初心的致敬和文学初心的信仰。他的写作蕴含着对党的炽热深情，感情也自然而然地留在了这书中的字里行间。

另辟蹊径的开篇，让读者眼前为之一亮。史料的海洋波澜壮阔，都有导入的初源，一部好的作品，关键在于找到一把打开故事之门的钥匙。看了王会悟的口述资料，徐剑顿悟，这就是他要找的那把钥匙。李达作为中国共产党发起组的代表，负责全力筹办中国共产党第一次全国代表大会宣传工作的重任，而妻子王会悟则担负着大会召开的食宿、守卫工作。王会悟作为中共一大的亲历者，她的叙述带着真实的个人生活色彩，也彰显了年代风貌。她回忆了与董必武、毛泽东等人见面的细节以及为一大当"哨兵"，后又安排转移到南湖游船继续开会的各种险情。作为"场内"和"场外"的见证者，王会悟掌握的信息远比任何参会者多，而且真实可靠、客观可信。王会悟的口述无异于雪中送炭，使徐剑能够将历史的碎片一点一滴拼接起来，更好地展现了建党的辉煌历史。

科学的细节缀连，让历史活色生香。本书洋洋洒洒31万字，关于毛泽东的篇幅就达3万多字。徐剑对伟人心怀敬仰又目光平视，毛泽东既是一个伟人，更是一个活生生的人，他既把毛泽东当伟人看，更把毛泽东当成一个鲜活的人来写。他曾4次去韶山，每一次都从不同视角有新的思考。其中，馆藏的4件旧物最为打动人：一个毛泽东生命最后19个小时的医疗记录单、一件打了73个补丁的睡衣、一双棕色的两接头皮鞋，还有一件毛岸英穿过的衬衣。这些朴素的物件，触发了徐剑的情感，使他深切地感受了革命前辈的精神力量。

好的细节描写，可以使人物熠熠生辉。徐剑从毛泽东人生最后的档案记录，追溯中共一大后毛泽东在党的建设发展中历经坎坷、初心不变的心路历程，同时选取毛泽东的旧睡衣、珍藏毛岸英的遗物等片段，展现毛泽东"莫道英雄不怜情"的丰富情感。终章《归程·红船驶向百年》记述新中国成立前夕毛泽东和李达的长谈，将此书的高潮定格于开国大典。细节描写是：

> 明天就是开国大典了，那一夜一如从西柏坡进京前的晚上，毛泽东又失眠了。那天晚上，毛泽东参加完人民英雄纪念碑奠基仪式回来，吃了点儿辣椒拌豆腐乳，然后叫李银桥给他梳头。李银桥认为主席该睡觉了，结果梳完头后，他对卫士说："你这帮我一梳，足以坚持七八个小时。"后来周恩来的电话打来了，问："主席睡了吗？"李银桥说："报告周副主席，主席怎么劝也不睡。""这怎么行，明天下午是开国大典，主席不睡觉，身体挺不住啊。""周副主席，主席听您的，您来劝他吧。"周恩来果真来了，劝说了五六分钟，也没有用。等他走时，已经是清晨五点了。又过了一个小时，天空发白了，李银桥进屋看，毛泽东才搁下笔，又是一个不眠之夜……

独到的个性描写，让人物异彩纷呈。历史题材要想写出新意，既要沿着历史的时间隧道前行，又要力戒按照单一的线索直陈故事。把人物写活，才能使历史散发出应有的魅力。比如，陈独秀和马林两人个性几乎在他们初次相遇时便暴露无遗。作为中共中央局书记的陈独秀，特立独行，才情狂放，作为共产国际代表的马林却盛气凌人，对将成立的中共态度倨傲。马林提出的包括由共产国际为中共工作人员发放薪金等几项条件使陈独秀怒不可遏，断然拒绝，与马林不欢而散。但陈独秀被捕后，马林又全力进行营救，花重金聘请律师出庭辩护，找铺保保释，打通会审各种关节，协助孙中山终使陈独秀出狱。此后，两人捐弃前嫌，虽在政见上仍有冲突，却保持了通力合作。又比如，李大钊上绞刑架时，目光坚定，神色从容，身旁是两个一起赴刑的北大学生，徐剑虽然也交代了长达40分钟的三次行刑过程，但他却以抒情的手法和欢快的笔法，契合了李大钊慷慨赴死的决心。

在中共一大13名出席者中，王尽美、李汉俊、邓恩铭、何叔衡、陈潭秋5人英年早逝或壮烈牺牲，徐剑挖掘了大量史料。作为报告文学作家，徐剑致敬他们的最好方式，就是让他们回到历史中的位置。在何叔衡老家，面对着那座大宅院，徐剑看到他一度也在体制的那条船上，考秀才，考功名，可是当他意识到跟着当时的体制走，中国已无希望和前途时，毅然与旧世界决裂，此后一生都在赶考。当教书先生时，他是开明绅士，号称宁乡四杰；后又上新学，考入湖南第一师范，与毛润之是同学，一起出湘，参加一大。何叔衡参加一大时44岁，为参加会议13人中年龄最大。20世纪30年代初，何叔衡又远赴莫斯科留学，归国后担任法院院长、内务部部长，握着党的"刀把子"。但当他一次次"刀下留人"后返回上海时，得知其养子、大女婿、中共湘东南特委书记夏尺冰被害，头悬长沙城门。他安慰大女儿实山，革命不是请客吃饭，是会有牺牲的。撤往苏区后，他出任中华苏维埃共和国工农监察部部长。长征前，他被留下来打游击。江西梅坑，他与老友林伯渠道别，将毛衣脱下来，赠给林伯渠，说山高路远水寒，请君保重。从此，壮士无归路。他的夫人袁少娥在老家守望了一辈子，直到新中国成立，该回来的都回来了，为何丈夫不归？妻子弥留之际的唯一愿望便是生不能同日，死可以同穴。可是何叔衡早在10多年前与瞿秋白一起突围时，被白军枪杀于山野。

在描写陈潭秋时，徐剑面对展陈的一封托孤家书，文辞悲壮，句句直抵人心。因为参加革命，陈潭秋夫妇无法将两个年幼的孩子带在身边，就给老家的哥哥姐姐写了信，亲人对他们很不理解。但是，在艰难的选择中，他们义无反顾地选择为中国探索一条新的道路。通过这样的走访、参观、阅读，徐剑将这些鲜为人知的细节呈现给了读者。

对退出者和叛变者的客观对待，让史实不失公正。当然，还有像刘仁静、张国焘、陈公博、周佛海等，尽管他们有的后来迷途知返，有的被永久地钉上了历史的耻辱柱，但徐剑没有放过那些蛛丝马迹，通过不懈地追踪和翻刨，让那些鲜为人知的故事回到了历史。历史就是历史，每个人都有自己的历史。对他们的历史，在评价上可以褒贬，在定位上却不应该偏颇。对于这几位，徐剑没有让他们成为历史的残缺。挖掘这些历史，是一个报告文学作家的使命。在书写革命者初心与人生时，不能隐去历史真实的一面，在"背叛者，失败者"这一章中，徐剑以"金陵，绝笔天叹欲无泪""断崖千尺，沅江无声""孤鸿楚天难归"等数节笔墨，叙写革命红船前行大浪淘沙中陈公博、周佛海、张国焘、刘仁静等人的另类人生和失色命运。

到湖北应城刘仁静老家采访时，当地革命历史博物馆馆长竟然不知道刘仁静为何人。如果不通过挖掘和存留，这些人的历史将会被漫流的时光和斑驳的岁月尘封。刘仁静在参加党的一大中年龄最小，当时只有18岁，是大家公认的青年才俊。刘仁静在会上兼任俄语翻译，他曾在五四运动中表现突出，后为党做了许多工作，又因赞成托派观点与党各奔东西。刘仁静是最后一位离世的一大代表。1987年初被落实政策任国务院参事后不久，在街上被一辆公交车偶然撞倒离世，卒年85岁。在徐剑笔下，分明体现了历史的迷雾与个人命运间的悲剧性冲突，为人们完整理解一部百年党史提供了另一种参照。

徐剑在找寻大汉奸陈公博的遗痕方面也费了很大周折。他以陈公博被处决前的最后时光逆向书写，还原了他的惨淡人生。陈公博书法好，抗战结束后，被押解回国关进南京老虎桥监狱，后转至苏州监狱，面临死刑之际，典狱长和狱警还不时向他索要"墨宝"。而陈公博在南京坐牢时面前的条案，竟是陈独秀当年坐牢时伏案留下过字迹的，陈公博曾来此看望过陈独秀。陈公博闻知后仰天一笑，深叹命运对自己的捉弄。通过回溯陈公博的一生，尤其是脱党和追随汪精卫投日的经过，最后仍回到条案前，落墨写完最后一个条幅后走向了人生的终点。

新时代西藏爱与美的赞歌

——读长篇报告文学《西藏妈妈》

作者：吴义勤（中国作家协会党组成员、副主席、书记处书记，中国作家出版集团党委书记、管委会主任，鲁迅文学院院长）

原载：《人民政协报》，2024年2月5日

在徐剑的创作谱系中，西藏是具有特别意义的重要文学地标。他钟情西藏，曾经多次进藏，以脚步丈量大地，行走在这片充满神性与大爱的土地上；以浓墨重彩的笔墨持续书写西藏故事，建立了完全属于他个人的西藏文学世界：他的反映西藏地区精准脱贫历史进程的《金青稞》、全景记录青藏铁路建设历程的《东方哈达》、书写西藏历史文化故事的《经幡》，都是在雪域高原上开出的文学花朵。纪实文学新作《西藏妈妈》是他的"西藏系列"结出的又一枚沉甸甸的硕果。

《西藏妈妈》讲述的是西藏地区新时代通过福利制度建设集中收养孤儿的感人故事。作家不辞辛劳，奔波西藏多地，亲身走访了多个儿童福利院，采访了数百位在儿童福利院工作的爱心妈妈，在直观而深入地探访西藏地区的福利制度建设及其实践过程的基础上创作出了这样一部带着时代温度、人性温度、情感浓度和地域特色的优秀作品。作为一部反映西藏地区慈善公益事业的主旋律作

品，《西藏妈妈》不满足于对制度建设和社会实践形态的呈现，而是倾情发掘其中蕴含的人性之美和精神之光，通过满含深情的抒情性笔致，细腻书写了不同民族、不同地区、不同成长背景的爱心妈妈从四面八方汇聚起来的感人故事。她们克服重重困难，成为了孩子们的守护者，她们有一个共同的名字：西藏妈妈。可以说，这是一部充分展现女性精神之美的作品，也是一部具有浓郁大爱力量的作品。

女性是《西藏妈妈》闪闪发光的文学主体。长期以来，中国文学中关于少数民族地区女性的书写并不充分，女性形象大多是偏简单化和扁平化的，因为文化差异以及民族风俗的不同，少数民族女性在文学作品中往往缺乏充分的主体性、独立性和自主性，更多是作为一种民族文化的象征符号而存在。而在《西藏妈妈》中，作家将女性放置于叙述的中心位置，女性作为叙事的主体得到了充分的呈现。作家深入挖掘女主人公们的生命故事和精神追求，塑造了一个个鲜活的女性形象。在结构上，作品共分为十卷，其中，有四卷专门讲述西藏妈妈们各自的生命故事，这也由此可见女性在这部作品中的分量和重量。"未生娘""阿佳""妈给"三卷分别讲述了不同年龄段的来自西藏各地的爱心妈妈们的故事。比如，为了给患癌的四岁孤儿罗松卓嘎治病，未生娘门拉勇敢地只身走出西藏，到成都华西医院去，成功地照顾罗松卓嘎完成了手术，罗松卓嘎在土登卓嘎和米玛两位爱心妈妈的接力守护下，顺利康复。她们的爱心接力，是西藏妈妈们勇于牺牲奉献和无私大爱精神的典型缩影。西藏妈妈并非全部来自于西藏地区，也有跨越民族差异而来的"汉家女"，他们从祖国各地来到西藏，成为爱心妈妈的一员，共同守护这群失去父母庇护的孤儿。比如，来自于东北的周雪，主动远赴西藏，并冲破层层障碍，与藏地青年噶顿结为了夫妻，成为了西藏这片土地上的一员。人性之爱超越地域、超越民族、超越文化，来自不同地域的西藏妈妈们共同谱写了一曲爱的赞歌。因此，在《西藏妈妈》中，女性不再处于从属位置或者成为象征符号，而是被塑造成了血肉丰满的有着巨大精神感召力和情感感染力的存在，成为慈善公益舞台的主角。她们以自己的奉献和付出护佑了西藏地区成百上千的少年孤儿，也护佑了西藏这片神奇土地的未来。

《西藏妈妈》是一部人性的大美之书，也是一部民族的大爱之书，对爱的书写与呈现构成了作品最重要的情感基调。在任何国家和地区，孤儿问题都是非常重要的社会问题，它关乎社会的稳定，也关乎民族的未来。在西藏这样经济相对落后地区，如何处理这一问题更具难度。通过这部作品，我们可以看到，从地方政府到民间各方，都对孤儿群体充满关爱之心，合力编织了一张大爱之网，为孤儿群体搭建了特殊的成长之家，为解决这一重要社会问题提供了与众不同的西藏方案。从代表政府力量的布措局长，到来自民间的数量众多的爱心妈妈，大家都在竭尽所能地奉献爱、传递爱，用爱心给予这片土地以温暖，用爱心照亮雪山大地。更令人欣慰的是，作品同时呈现了爱的传承与接力，一个个少年在西藏妈妈们的护佑下成长成才，他们也在传承和回馈这份爱心，很多人在学有所成后又回到这片土地工作，完成了爱的接力与传承，让更多的爱浸润这片土地。

《西藏妈妈》也是一部呈现新时代西藏新风貌的时代之书。以儿童福利院为中心展开的采访，使作家的足迹遍布了西藏地区的许多角落。跟随作家的叙述视角，新时代西藏的文化风情、民俗风貌以及生活变化也如一幅幅画卷徐徐展开。在许多章节的开头，作家都以对西藏不同地区人文风景的描述开头，西藏的自然地理融化在一个个故事里，这让每个故事都有了自己的坐标，而充满抒情性的语言中更是满溢着对这片土地的深情和热爱。与此同时，我们也可以看到，尽管孤儿们各自的家庭都遭遇了不同的困难，但新时代的西藏已经摆脱了过去那种落后的状况，经济发展、文化建设、基础设施、民生保障等社会各个层面都展露出新的时代容颜，西藏地区的人民生活发生了天翻地覆的历史性巨变。某种意义上，这也使得《西藏妈妈》成为了一部从独特的视角为新时代西藏赋形立传的作品，在作家深情的笔墨里，在爱的合唱中，新时代西藏正在大步向前。

总之，报告文学是一种行走的文学、求真的文学，也是徐剑一直身体力行、认真践行的文学理念。《西藏妈妈》就是贯彻践行这种理念的又一部优秀作品。作家深入生活的大量采访和考察，为作品积累了丰富的细节和具有典型性的故事和人物，作家用功、用心、用情的讲述与塑造，在抒写新时代西藏的大爱与大美、展现新时代西藏的崭新形象方面呈现了全新的审美品质。

人间第一情

——读长篇报告文学《西藏妈妈》

作者：潘凯雄（作家、出版家，中国出版集团原董事长）
原载：《中国艺术报》，2024年1月12日

　　"2019年3月，作家刚解甲归田，人有点迷惘。恰好林芝山寺桃花三月开，进藏二十次了，从未见过此盛景，于是婉辞了央视采访，去看西藏雪岭古桃树。"不承想这一去，"真正的感动是在林芝儿童福利院，那是嘎拉村桃花节开幕前的一场采访，居室家中，四个孩子一个妈妈，最大的十一岁，最小的三岁，有男有女，四室一厅的套房，宽敞明亮，而她们这些爱心妈妈，有未婚女，有未生娘，也有阿妈拉，更有终生未嫁的……"这些文字是我们在《西藏妈妈》的"后记"《千年一梦桃花落》中看到的，也恰是这个场景触发了徐剑这个"老西藏"由本来只是想"去看西藏雪岭古桃树"到再次走进高原，先后采访百余位爱心妈妈，遂有了这部近30万字的长篇报告文学。

　　由于历史与现实、经济与文化等多种复杂因素的交织，西藏一些地区的孤儿、孤寡与病残的老人的确为数不少，仅《西藏妈妈》中所写到的昌都第二儿童福利院这一家就收养了1000多名孤儿，而且这个市的民政局局长布措还有一项工作，便是开车到各个乡村"拾孩子"带回福利院。正因此，从2013年起，西

藏自治区便开始实施"双集中"供养的政策，县级社会福利院集中供养孤寡病残的居民，地市一级的儿童福利院则集中供养"失怙失恃"的孤儿弃儿，以保障他们生活和受教育的权益。这些孤儿弃儿一旦集中起来供养，就必然需要相应数量的"爱心妈妈"与之相配套。徐剑这部长篇报告文学便是集中表现这些"爱心妈妈"的感人事迹，并形象地赋予了她们一个标志性的特别名称：西藏妈妈。

在《西藏妈妈》中，稍做一点功课便可勾绘出徐剑西藏此行的路线图：从昌都市儿童福利院开始，溯澜沧江源杂曲而上，掠过横断山，横穿万里羌塘，抵达藏北重镇那曲市的儿童福利院；再环大北线，进无人区，抵达海拔最高的双湖县；西行到西藏自治区"双集中"试点的阿里儿童福利院，直抵象泉河；再沿冈底斯、喜马拉雅而行，直抵后藏日喀则，回到拉萨，转道山南，返至林芝。7个地市儿童福利院的100多位爱心妈妈中，除两位汉家妈妈，绝大多数是藏家阿妈拉；最小的19岁，最大的50岁，三分之一者未婚，她们平静地向徐剑诉说着自己与那些孤儿们的故事，就像讲自己的儿女。数据本身显然已经直观地呈现出徐剑为创作这部非虚构之作已然做足了"脚力"与"眼力"的功课，这些固然都是创作一部成功的非虚构文学作品的必要条件，但却不是全部。

在我看来，这部名为《西藏妈妈》报告文学的写作其指向看似单一，但也恰是这种看上去的单一决定了完成易，完成好难。此话怎讲？

所谓"完成易"，指的是它所要面对的对象无非就是两类：一类是孤儿，另一类就是"爱心妈妈"。正是这样一种看上去的单一决定了完成它易，毕竟只要写出了这样两类人就是完成。所谓"完成好难"，说的是这两类人中无论哪一类的构成都不简单。论孤儿，真孤还是假孤？因何而孤？什么时候开始孤？论妈妈，已婚还是未婚？有家还是无家？有过生育史还是一片空白？类似这样的问号其实还可以继续罗列下去，而每一个问号答案的不同以及不同答案间的不同组合，"母"与"子"相处时的状态一定不完全一样。如何写出不同状态下爱的本质的同一性，以及呈现形式或表现方式的丰富性与多样性就是对作家观察力与表现力的一种考验。正是在这种种细腻差异的表现上，徐剑交出了一份出色的答卷。

比如在开篇不久的"三位未生娘与患癌症的小女孩"这一小节中，年仅4岁的孤女罗松卓嘎不幸被确诊为淋巴癌，福利院决定送她去位于成都的华西医院治疗。而第一位护送并陪伴卓嘎去华西医院治疗的则是仅读过小学的门拉，这位自己都从没去过成都且新婚伊始的护理员带着小卓嘎到成都后，连续十五天一天起得比一天早才终于挂上了专家号。而在接下来的从手术到一个又一个疗程的化疗总共半年多的治疗过程中，先后又有土登卓嘎和米玛两位护理员赶来支援。正是有这三位"未生娘"爱的接力，小卓嘎的生命才得以顽强地延伸。在这个过程中，"未生娘"从一位到三位，尽管她们有共同的职业道德与爱心奉献，但由于其自身的经历与性格各不相同，因此在面对小卓嘎这一个共同孩子时爱的方式、爱的特点又不尽相同。这些大同中的小异、小异中的趋同写好了，作品也就立体与饱满而非单调与同质。

《西藏妈妈》这样的题材很自然地容易被处理成养育员们对孤儿的关心与照顾这样的单向行为。孤儿孤儿，一为孤二为幼，需要被关爱被照料，再正常不过，徐剑在这部作品中也不例外地为读者呈现了大量这一视角的场景与画面。但我同时也注意到，在他的笔下，同样还有许多"妈妈"们在护理这些孤儿们的过程中心灵得以净化、境界得以升华、行为得以纯净的演变过程。比如19岁的拥中卓玛在林芝本有份稳定的好工作，只不过有一天舅舅说："林芝儿童福利院正在扩招，我们家有慈善积德的传统，你应该去报名。"听从了舅舅的建议，也得到了单位领导的支持，拥中卓玛应聘当上了"爱心妈妈"，和四个孤儿组成家庭。孤儿拉错刚来时才两岁，"眼神惊慌，像一只小猫，头发缠成一团"，身上到处是虱子，也不跟人说话，拥中卓玛抱她睡了两个月，终于听到孤儿轻声叫"阿妈拉"。比如，大曲宗32岁才应招进了山南儿童福利院，尽管此时她依然还是孤身一人，却在这里找到了当妈妈的感觉，爱上了"爱心妈妈"这份职业。孩子们在学校受人歧视，说他们在福利院长大，没有妈妈，大曲宗就冲到学校对老师们说："我就是他们的妈妈，不能让他们受其他孩子欺负……"

在谈到这部报告文学的写作时，徐剑还有过如下的夫子自道："这是一种春天的写作，放松式的写作，青春式的写作，或者是宗教式的写作，把博爱上升到了我们头颅之上，是一种仰望式的写作。"作家们好用排比句式铺陈渲染，虽然"宗教式"这样的顶格都用上了，无非也就是存敬畏之心，秉真实之笔。在《西藏妈妈》中我的确感受到了敬畏与真实这两个要素，为此也要向徐剑致敬。

深情的土地　善良的人们

——读长篇报告文学《西藏妈妈》

作者：张陵（作家、出版家，作家出版社原总编辑）
原载：《文艺报》，2023年10月23日

西藏是作家徐剑的精神故乡，《西藏妈妈》是作家徐剑献给精神故乡的深情之作。30年前，作为军人的他第一次进藏，就深深地爱上这片土地。30年后的2022年，作为知名的报告文学作家，徐剑已经第21次进入西藏。这片他所熟悉的广袤土地，已深深融进他的心灵，化为他文学创作的不竭资源。他一边行走，一边写作，展现着西藏丰厚的历史现实画卷。他笔下有英勇戍边的军人、忠于职守的警察、彪悍驰骋的牧人、辛勤劳作的农民、翻身解放的农奴后代、脱贫攻坚的乡村第一书记、援藏的青年干部、执着的科学家、治病救人的医生，还有神秘的僧侣、虔诚的朝圣者、猎奇的旅行者……而这次入藏，徐剑把目光聚焦在一群特殊职业的西藏女性身上，赋予她们一个温情的名字：西藏妈妈。

2013年，西藏自治区实施了"双集中"供养的政策：县级社会福利院集中供养孤寡、病残的居民；地市一级的儿童福利院集中供养"失怙失恃"的孤儿弃儿，保障他们的生活，保证他们受教育的权益。从作品反映出来的现实看，西藏一些地区，弃婴、孤儿现象比较突出。作家重点采访的昌都第二儿童福利院，

就收养了1500多名孤儿，需要配套相当数量的"爱心妈妈"。拉萨市儿童福利院，本身收养的孤儿就不少，又接收了好几家解散的私人孤儿院的孩子，也要扩招"爱心妈妈"。那曲、林芝、阿里、日喀则、山南等地儿童福利院都需要增加"爱心妈妈"人数。昌都市民政局局长布措的一项工作，就是开车到各个乡村，寻找孤儿，"拾孩子"，带回福利院，为孩子们寻找"爱心妈妈"。政府采取集中供养是精准实施符合西藏实际情况的脱贫攻坚和乡村振兴的举措，更与西藏社会稳定、长治久安的战略紧密相连，意义不同一般。报告文学《西藏妈妈》站在国家社会和谐稳定的思想高度上，讲述"爱心妈妈"们动人的故事。

开篇不久，作品就细腻地描写了一个令人动容的场面。哥哥希热尼玛和妹妹次旺拉错的单亲妈妈被狗熊撕去了半张脸，必须长期进行康复，无法抚养他们。兄妹成了孤儿被送到昌都第二儿童福利院，将由"爱心妈妈"们通过抓阄来获得抚养权。21号的"爱心妈妈"叫卡诺拉姆，她生了两个孩子交给奶奶带，自己到福利院带了7个孩子。她特别喜欢哥哥希热尼玛，抓到的字条果然写着那个男孩的名字，激动得把孩子抱得紧紧的。23号"爱心妈妈"次仁拉姆是全福利院最漂亮的妈妈，才21岁，就能带9个孩子。她领养了妹妹，高兴得不行。作品写出了这两位"爱心妈妈"领到孩子时的喜悦心情，也写出了藏族妇女那种纯朴天然的爱心。在两位妈妈的抚养下，兄妹俩的心情慢慢平复。一年以后，他们的母亲戴着面具来看望，发现孩子们把两位妈妈当作自己的母亲，幸福生活着。亲生妈妈内心特别痛苦，但也很放心。

格桑阿珍的27号家庭故事也很感人。格桑阿珍有当母亲的经验，她的家庭有10个孤儿。阿雄喇嘛也收养了4个孩子。但寺院长大的孩子上不了学，只有政府集中供养才能提供良好的教育条件。因此，布措局长动员阿雄喇嘛把孩子们送到福利院。格桑阿珍领养了断了一条腿的3岁大的才旺尼布，还有一个叫才旺卓玛的女孩。阿雄喇嘛开始很不放心，但看到格桑阿珍与孩子们的关系那样好，终于明白了，孩子们到福利院是来对了。

"爱心妈妈"当中，有很多"未生娘"，即没有生过孩子的姑娘。她们考上福利院之前，都没有带小儿的经验，靠着"爱心"，克服了许多困难，很快就成了合格的护理员、合格的妈妈。未生娘门拉,才到福利院半年,结婚不久刚怀上孕,就承担了把患淋巴癌的孤儿小卓嘎送到成都华西医院的任务。从来没到过成都,人生地不熟,她租了个小屋子,每天背着病孩去挂号,排了半个月的队,才挂上了一个专家号。把孩子送进医院以后,她每天都要去照顾小卓嘎,干了几个月后,福利院领导才派另外一个未生娘前来替换,后来又换了一个新的未生娘。三个未生娘没日没夜轮流护理,终于等来了奇迹——小卓嘎的病治好了。

福利院最难的工作是救护弃婴。孩子刚出生,如果没能及时发现,一个刚到世界的小生命,还没睁开眼就结束了。一旦发现弃婴,福利院就得紧急动员,用最快的速度施救,找最好的护理员照顾。拉萨儿童福利院六号家庭的丹增拉巴就是这样一个被抢救的弃婴,而且是一个盲童。他比别的儿童活得更艰难,也因此得到"爱心妈妈"卓嘎更细心的照料。妈妈比谁都着急,带着他到处求医,还得到慈善机构的赞助,把丹增拉巴送到北京同仁医院。医生诊断,盲童的眼疾目前不能医治,但可以通过手术恢复一些视力,只是现在年纪太小了,还无法手术。卓嘎妈妈说等他再长大一点,一定要让他去手术,相信会有重见光明的一天。回到拉萨,妈妈每天都抱着他,给他唱歌,直到他睡去。有一天,她突然看见,"丹增拉巴的眼睛里突然有一泓清泉流了出来",那是孩子的泪水。

"爱心妈妈"被孩子们称为"度母",就是天上的观音。她们当中许多人都有一些坎坷的人生经历,日子也过得不容易。然而,她们都不会因为个人困难放弃自己的责任,放弃自己的爱心。大曲宗以前在农村老家种青稞,供养四个侄儿侄女,直到成人。自己32岁了,还没谈上对象。她应招进了山南儿童福利院,找到了当妈妈的感觉,爱上了"爱心妈妈"这份职业。孩子们在学校受人歧视,说他们在福利院长大,没有妈妈,大曲宗就冲到学校对老师们说:"我就是他们的妈妈,不能让他们受其他孩子欺负。"她总是替孩子们挡风遮雨,排忧解难。19岁的拥中卓玛在林芝有份稳定的好工作,有"一颗牧场上卓玛花一样纯洁的心"。一天,舅舅说,林芝儿童福利院正在扩招,我们家有慈善积德的传统,你应该去报名。拥中卓玛听从了舅舅的建议,也得到了单位领导的支持,应聘当了"爱心妈妈",和四个孤儿组成家庭。孤儿拉错刚来时才两岁,"眼神惊慌，像一只小猫，头发缠成一团"，身上到处是虱子，也不跟人说话，拥中卓玛抱她睡了两个月，终于听到孤儿轻声叫："阿妈拉。"嘎斯原是个草原放牧女，后到城市一边打工一边读书，几年后好不容易拿到了大专文凭，报考了昌都儿童福利院，成了福利院为数不多受教育程度高的"爱心妈妈"。她开始不习惯孩子叫她"妈给"，要孩子们叫阿姨或阿佳。她带的孩子年纪跨度较大，有的叫"妈给"，有的叫"阿佳"。她和孩子们建立感情后，也就不纠结了，一心要当好"爱心妈妈"。西藏"爱"的故事太多，每一个福利院都有讲不完的"爱"的故事。

《西藏妈妈》一书由此升华了鲜明的思想主题：无论这些妈妈从哪里来，无论自己有什么人生，无论未来她们会怎样，现在集合在一起，用"爱"的力量托起了西藏儿童福利事业，也托出了西藏精神，无愧于"西藏妈妈"的称号。作家徐剑讲述西藏故事，总是带着一种感情，带着一种乡愁。在这部报告文学里，他突破原有理性表达的方式，有意使叙述更接近散文，更具抒情性，更具诗的意境。作者细腻地描写西藏高原特殊而又迷人的自然地理、长河大川、草原山地、村庄牧场、宗教文化，把风光风情风俗融进一个个女主人公形象的塑造过程里，不猎奇，不传奇，只写真实，只写普通人。天地相映，情景交融。我们感受到这是一片深情的土地，这里生活着善良的人民，西藏大爱精神源于这片土地和人民。

书写温柔而博大的精神世界

——读长篇报告文学《西藏妈妈》

作者：王晖（南京大学文学院教授）

原载：《光明日报》，2023年11月22日

作为进藏20余次的作家，徐剑与西藏这片神奇土地有着不解之缘。对于他来说，西藏不是单纯的地域版图或旅游目的地，而是他生命历程的一个重要组成部分，也是他创作的一个重要源泉。他的《东方哈达》《经幡》《金青稞》《雪域飞虹》等作品，倾心书写青藏铁路、青藏联网工程、藏地精准扶贫、西藏历史与文化等内容，共同构成镌刻着作家灵魂、情感与心血的"西藏叙事"。

报告文学《西藏妈妈》（入选中国图书评论学会发布的"中国好书"2023年9月推荐书目），是徐剑"西藏叙事"的最新篇章。在作品里，徐剑既坚守他一系列西藏题材报告文学的基本风格，也呈现出新的气象，追求新的表达。这部"为新时代新西藏的慈善公益而歌"的作品，不乏徐剑报告文学一以贯之的瑰丽绚烂、高歌深情，以及"千年一梦桃花落"的诗意流淌与诗情绽放。从立意、结构再到语言，这些特质浸润其间。与《东方哈达》《雪域飞虹》等书写重大工程壮阔、恢宏主旨有所不同的是，《西藏妈妈》是再现普通人日常生活与家庭气息的"西藏叙事"，充溢着朴实、温馨、舒朗和慰藉的治愈系风格。作品形象地表

达出新时代西藏坚持以人民为中心的发展思想，为民办实事、办好事，彰显中国特色社会主义制度优势。如作者所言："一代赞普的梦想，经过了一千三百年的历史时空，唯有在新中国，在一代共产党人的手中，才变成现实。"

2013年，西藏自治区人民政府颁发《关于全面推进五保集中供养和孤儿集中收养工作的意见》，提出3年内在全区实现有意愿集中供养的五保对象在县以上供养机构100%集中供养、孤儿在政府主办的地（市）以上儿童福利院100%集中收养的民生保障模式。也就是说，孤儿被集中收养在地市级儿童福利院，五保户则被集中供养在县级福利院，简称"双集中"，实现少有所托、老有所养。其中，在儿童福利院，负责管理教育这些孩子的工作人员大多是女性，一个"妈妈"照顾4个至10个孩子，共同居家生活。作者在一个偶然的时机获知这个群体的动人事迹，决定要像这些爱心妈妈全心爱护孩子的执念一样，为西藏写一部新作品。他秉持报告文学的行走方式，由昌都儿童福利院开始，足迹遍布西藏大部分地区，倾情描述拉萨、日喀则、昌都、林芝、那曲等地市的儿童福利院里上百名爱心妈妈的感人故事。作品以儿童福利院空间为聚焦点，以"妈妈"为人物再现的核心点，以"妈妈"对福利院孩子的用心关爱为共情点，讲述"爱心妈妈"们的身世、言行、作为和境界。她们或为未婚女、未生娘，或为终身未嫁女，但大都集温暖、乐观、责任和大爱于一身。作品对这些各具特点的人物形象进行了精彩描述，她们有着"拉萨河一道浪花"似的清纯微笑，有着像天上月亮一样的美丽容颜，有着像太阳一样博大的胸襟和热忱，有着良善的品格、悲悯的情怀和高贵的风采，有着丰盈而圆满、温柔而博大的精神世界。大量来自生活原态的对话、细节和场面描述的文字，简洁而深情，使得全书举重若轻、神采飘逸。在专注于爱心妈妈与孩子之间故事的同时，《西藏妈妈》还具有阔大的叙事开合度，通过对福利院这一特定空间与"西藏妈妈"这一特定人物群体的叙写，拓展至当下社会普遍面临的婚姻与家庭、就业与扶贫、青少年家庭教育与学校教育等广阔领域，进一步强化了作品内蕴的深度和广度，从而让作品所带来的治愈性效应超越了单一的情感慰藉，抵达具有现实意义和哲理意味的思想高度。

好的题材与深刻的思想，需要有好的形式来呈现，所谓"艺术的文告"大抵如此。在当代报告文学作家行列里,徐剑有着突出的才情和清晰的文体意识。他倾心或醉心于报告文学的艺术营构,并勇于超越自我。因此,他的每一部作品都有鲜明个性和"徽章",令人印象深刻。譬如,叙写青藏铁路的《东方哈达》以上行与下行列车式交错叙述结构,链接历史与现实;《金青稞》以"他"视角的转换与交错,展现时空交织中的西藏今昔;《雪域飞虹》以"正负极篇"折射青藏电力联网的壮举等。在《西藏妈妈》中,作者精于艺术营构的用心亦是随处可见。作品以第三人称叙述孩子与爱心妈妈及相关人物的故事。在大多数章节里穿插作者的田野调查、采访纪实,以第一人称"我"呈现非叙事话语,作用在于抒发情感、表明态度等。两者的相互交融,既是推进故事、速写人物的需要,也强化了报告文学作为非虚构文体的鲜明印记,还使得结构更加自由、灵动,语言也更富于艺术之美。作者努力将对"西藏妈妈"的叙述与自身的西藏情结贯通起来,形成不同于一般旁观者式的采访与书写。通过类似"有我之境"式的共情倾诉,作品内容的真实感、切近感得以凸显。无论话语还是结构,《西藏妈妈》都倾向于将舒缓、动情的治愈性元素植入其间,以此强化艺术探索的独特性。

　　《西藏妈妈》就如一个象征,有力拓展了作者"西藏叙事"的思想内蕴和情感边界。徐剑在青年时期就与西藏结缘,并在后来岁月里以20余次的频率与西藏亲密接触,西藏成为他的第二故乡,也是精神原乡。因此,"西藏妈妈"也许正是作者深藏内心的真情呼唤,是他个人与西藏之间的一次心灵交流。另外,对于当下西藏题材的报告文学书写而言,这部作品可以提供新的理念和新的启示。推而广之,对于报告文学创作如何突破既有模式、开辟新的发展空间这个关键问题而言,《西藏妈妈》是一次贴地的实践,也是一份重要的参考,更是一张用心的答卷。

中编

徐剑论剑

呼唤战争文学的英雄魂魄

作者：徐剑

原载：《解放军报》，2015年6月11日

一部战争文学经典，一个书中的英雄人物，对于一位士兵的影响可能会远及一生。

我们这代中国军人，少年长成之际，枕边之书，可能多是脍炙人口的《水浒传》《三国演义》《林海雪原》之类的战争名著。

我们这批军旅作家，步入中国作家方阵之时，桌边之书可能多为古今中外的战争文学经典，诸如《战争与和平》《静静的顿河》《第二十二条军规》《战争风云》等。

战争文学对于一个民族英雄史观的形成与引领，有着别的文艺门类无法比拟的优势。它对于一个军人的灵魂、节操、血性、担当的培育和建构，无疑有着润物无声之效；而对于一位军旅作家有关正义、和平、生死等主题的书写与考问，也有着一种潜移默化之功。

重温习主席关于打造强军文化的战略思想，特别是"培养有灵魂、有本事、有血性、有品德的新一代革命军人"的论述，我们不能不认真思考中国战争文学的曾经辉煌、现实问题与未来前景，重新呼唤战争文学的英雄魂魄，以期通过战

争文学的扛鼎之作、传世之作，铸造军人的血性和担当，培育军人的英勇与顽强，重振中国战争文学的光荣与梦想。

优秀的战争文学作品是一个民族心灵的史诗记忆

战争文学是人类文明进程中的一朵奇葩。优秀的战争文学作品必然是一个民族、一个国家，乃至一个时代的主流文化和民族精神的英雄叙事，堪称民族传奇和英雄史诗的壮烈画卷。

中国是一个战争文学的大国。《诗经》中《国风》《大雅》《周颂》《鲁颂》，就有开疆辟土的出征颂词与战争祭祀。到了春秋战国，七雄争霸，纵横捭阖，逐鹿中原，争当霸主谁为义战，彼施仁政，只是为了一个师出有名。于是，正义之师、王者之师、大国之师、胜利之师这些今天我们耳熟能详的名词，最早都出现于此。这些战争文学的历史人物与传奇，还有关于侠义忠勇的精神与战争文化品质，都记载于《春秋》《战国策》之类的史官竹简之中。那个时代铸就了中国百家争鸣、百花齐放的思想文化巅峰时代，在地球的漫漫长夜之中，这是照亮人类星空的文明曙光。那些惜墨如金、栩栩如生的战争名篇，是记录上古年代忠勇侠义、骑士之风、侠士世风的战争记忆，是我们远眺那个时代了解世相真实、生命真实、灵魂真实的民族传奇，至今读来仍让人惊叹不已，震撼心灵。

遥想当年，大秦崛起，有席卷天下、包举宇内、囊括四海之意，一支虎狼之师先后对齐、楚、韩、魏、赵、燕等六国开战。仅一场长平之战，秦将白起坑杀40万赵军于省冤谷。还有后来的楚汉之争，不仅定格了千古一帝的丰功伟业，也成就了一代大文学家司马迁的史家绝唱。我们今天能对荆轲"风萧萧兮易水寒，壮士一去兮不复还"心怀敬意，对楚霸王慷慨赴死扼腕长叹，对飞将军李广神武英勇无比敬仰，对卫青、霍去病西征广漠的少年壮志凌云感怀不已，皆因这些千古不朽的战争名篇给了我们关于壮士、英雄、血性以及侠义忠勇的最初的文学益养。

到了大唐帝国，文学上虽然以诗歌立国，可是大唐学子们以"宁为百夫长，不做一书生"的尚武之风，纷纷投身军旅，建功立业。或远赴轮台守望天山之巍，或蛰伏东西居延海梳裹漠北之风，或远征葱岭盘马弯弓踏冰立雪，从军阅历洗练了战争文学的边塞诗心与豪情。因此，唐代战争文学不仅有"但使龙城飞将在，不教胡马度阴山"的仰天之吟，更有"可怜无定河边骨，犹是春闺梦里人"的凄婉爱情，既有"忽如一夜春风来，千树万树梨花开"的边关风情，更有"大漠孤烟直，长河落日圆"的宏阔气象。毫无疑问，唐代的战争文学，以短取胜，以诗魂、诗眼惊世，是以一句诗词辉耀千古、灿烂千年的大唐气象，到今天仍然滋养着边防官兵的心灵故乡。

宋朝实行的是弱兵之策，文官当道，文艺立国，于织锦宣纸狼毫之间，皇帝丹青留迹。但是富国并不等于兵强，花好月圆并非太平盛世。几曾识干戈，最终二帝被掳，王朝南渡，偏安江南，给后世留下了多少"王师北望，收复中原"的椎心泣血战争之诵。因此，我们今天能看到"把吴钩看了，栏杆拍遍"的英雄无用武之地的悲愤之吟，读到了"遗民泪尽胡尘里，南望王师又一年"的遗恨之歌，更理解了精忠报国的岳穆王为何"怒发冲冠，凭栏处，潇潇雨歇"。以悲歌一曲发声的宋词里的战争文学，依然给今天处在和平年代、歌舞升平中的人们以警醒。

明清以降，民间以小说传世，而影响至今的四大名著中有两部便是战争文学。《三国演义》中的过五关斩六将，是何等英勇？草船借箭、空城计，又是何等淡定从容？而《水浒传》108将风风火火闯九州的侠肝义胆，仍然让人景仰。

优秀的战争文学作品往往成为一个民族心灵的史诗记忆，不仅承载了人们对和平、正义、光明、安定的追求，还用碑碣般的文字勒石了人们对生死存亡、爱恨情仇的具有哲学意味的诠释，成为一个国家、一个民族在一定历史阶段的精神风向标。

战争文学从不放弃对江山家国的忧患

纵览历史，往往在一场战争过后，悲欢离合的乱世已经远去，民族走向复兴崛起之时，人们总会吹奏出黄钟大吕般的英雄交响，创造出代表着这个国家、民族和军队精神品质的战争文学巨著。

在中外文学的谱系之中，每个民族的优秀史诗，都与战争文学相联系。藏族有《格萨尔王传》，蒙古族有《江格尔》，古希腊有著名的荷马史诗《伊利亚特》。拿破仑远征俄罗斯，让俄罗斯诞生了《战争与和平》这样的扛鼎之作。第一次世界大战落幕，立国不久的苏维埃就喜获《静静的顿河》。此外，《青年近卫军》《铁流》《夏伯阳》《钢铁是怎样炼成的》《这里的黎明静悄悄》等战争文学作品，其所蕴藏的英雄主义和理想主义情结，曾经影响了几代中国人。

新中国成立后17年，我们迎来红色战争文学的第一个高峰期，一批从土地革命战争、抗日战争和解放战争走来的军旅作家，来不及掸掉身上烟尘，凭借对战争中生死存亡的真实体验与刻骨感受，留下《红日》《林海雪原》《红旗谱》《红岩》《保卫延安》等一大批优秀作品。一篇《谁是最可爱的人》，从文学的体量上，不过是一篇战地速写，几行白描之笔，却让人们深深地触摸到了志愿军战士保家卫国的精神品质、英雄气概与血性担当。一场松骨峰血战，将一支穿着草鞋与单衣的人民军队如何能够战胜武装到牙齿的强大敌人的英雄本色展现在人们面前，每个人读到它，心灵都会受到极大的震撼。特别是后来经历过长征的将帅们所写的《星火燎原》《红旗飘飘》等红色经典，今天读来，仍旧让我们血脉偾张。

20世纪80年代，以一场边境作战发轫，由刘白羽带队，百名军旅作家踏着硝烟上前线，形成一次中国当代军旅作家的集体冲锋，也引发了20世纪80年代中国当代军事文学的一次新高潮。《高山下的花环》《西线轶事》《凯旋在子夜》《亚细亚瀑布》《穿越死亡》令人记忆犹新，尤其是梁三喜、刘毛妹的形象，让全国读者深深震撼，一时洛阳纸贵，家喻户晓。许多战士背着《高山下的花环》走上战场，在老山、法卡山之巅喊出了一代中国军人心声：祖国在我心中！

文学功能就是这样，当一个国家民族面临着生死存亡、一支军队面临着战局胜负之时，它总是以其对军人的精神、心灵、情感乃至最深层的人性之光的深入发掘，以最酣畅淋漓的独特扫描与灵魂独白，以强烈的情感大潮撞击读者，引起心灵的共鸣，并深深地触及人们的灵魂。由此，作品中的一个人，一个情节，一个细节，都可能影响人一生的思考。可见，战争文学从来都以对人类的和平与安定、光明与文明为诉求，从不放弃对江山家国的忧患，从来都追求情感激烈、高潮迭起的史诗交响，以期完成英雄人格的建构和重塑。

战争文学承载着强烈的育人功能

文以载道一直是战争文学的道统和法度。因此，战争文学从来不是个人狭隘的情感宣泄和呻吟，也不仅仅是所谓反战和悲悯的哲学同义词，更不是"只为自己的心灵写作、为艺术而艺术"的伪命题，它肩负着滋养人类心灵和托举民族精神与血性的神圣使命。古往今来，那些被长久流传和成为经典的战争文学作品，多是作家先苍生之忧而忧、后家国之安而安的家国情怀所致。它承载的育人功能，非其他类型的文学作品所能替代、所能媲美。

文有锦绣，则胸有襟怀。习主席早在担任正定县委书记时，就与作家贾大山交朋友。在俄罗斯索契接受俄罗斯电视台专访时，习主席又谈到曾经读到过很多俄罗斯作家的作品。在习主席列举的一长串著名作家的名单当中，就有不少是以战争文学著称于世的。习主席表示，这些"书中许多精彩章节和情节我都记得很清楚"。

今天，尽管人们的文化选择多元多样，但我们绝不可小觑了战争文学对于官兵人格建构和价值观形成的影响，对于革命英雄主义精神具有独特的培育功能，对于红色基因具有最生动最见效的传承功能。赵一曼、刘胡兰、江姐、董存瑞、黄继光、邱少云，这些英雄像一粒粒种子一样，撒进战士的心田，终成一棵棵英雄的大树。他们像一座座丰碑一样，耸立于中华民族的历史，成为一代代官兵人格建构的参照坐标。在战争史上，舍身堵枪眼的英雄，黄继光并不是第一人，还有苏联卫国战争英雄马特洛索夫。他的英雄事迹，通过战争文学传遍世界。有资料显示，黄继光之所以能够成为英雄，正是在这些战争文学的熏陶之下，练就了钢铁般的意志和不畏牺牲的英雄主义气概。

站在新的历史起点上，我们越发感觉到，战争文学对于一个战士英雄人格的构建至关重要。越是在实现中国梦强军梦的伟大时代，越要用战争文学来彰显中国精神，讲好中国故事，展示中国当代军人的光辉形象；越是面对文化多元多样多变的考验，越要用战争文学来抵御敌对势力的"政治转基因"和"文化冷战"，铸牢我们坚如磐石的信念；越是强调军队能打仗、打胜仗，越要重振战争文学凝神聚气的战斗功能，提高为战斗力服务的贡献率；越是在社会非主流文化"三俗"频现之时，越要恪守战争文学的一以贯之的革命英雄主义情结，使之成为引领社会风尚的重要载体。

曾记否，当年许多社会女青年正是通过军事文学的阅读，认识了军人的光辉形象，以嫁军人为荣，以成为军嫂为时尚。坊间曾传这样一件事，有一位女士提了一个大包上了长途班车，车内乘客稀少，寥寥无几。她放眼看去，眼睛突然一亮，见一位军人坐在那里，便来到他身旁坐下。有军人的地方，就有安全，这是文学作品告诉她的。

当代中国战争文学的影响力，需跟上强军兴军的时代步伐

一如当代中国文学所取得的成就，还不足以适应中国在世界文化舞台上应有的地位；当代中国战争文学的影响力，需要跟上强军兴军的时代步伐，需要满足官兵对于优秀战争文学作品的热切期待。

2003年之夏，我随中国作家代表团出访俄罗斯，在中国驻俄大使馆作文学交流和讲座之时，我曾谈及当代军旅文学之势、之病、之望。兴起于20世纪80年代的战争文学的浪潮并未持续久远。随后，由寻根文学引领，暂短出现的"农家军歌"的书写与叙事，也只是惊鸿一瞥，很快沉寂于中国文学天空里。此后多年间，尽管也出现了《突出重围》《亮剑》《历史的天空》《士兵突击》等作品，但多由影视为拉动，并不能从根本上改变战争文学的阅读现状。

中国的战争文学仍在路上。当下战争文学的困境，或者说当代军旅文学之病症表现在哪里，原因何在？

远离战争场景。战争文学最大的魅力在于金戈铁马的战争书写。今天，冷兵器时代的战争早已经成了一抹遥远的记忆，以坦克为陆战之王的机械化战争也在我们的身后渐行渐远，以二百米距离步兵分队的战术攻势，以体魄意志勇气毅力为支撑的短兵相接、刺刀见红，将来会越来越少。未来战争所呈现的信息体系之战，云谲波诡，不同于过去的刀光剑影；远程精确制导打击，变幻莫测，不同于旧时的炮火硝烟。然而，战争所带给文学的精神之核却是亘古不变的。生与死、爱与恨、光荣与毁灭、失败与胜利、战争与和平等，都是战争文学永远无法回避的主题。唯其描写它，战争文学才会有魅力；唯其表现战争之中人性的光辉，战争文学最大亮点才能够得到张扬。然而，近几代军旅作家中有过战争体验的作家凤毛麟角，对战争知识的缺乏使许多作家对战争题材望而却步。因此，当下中国战争文学的叙事，少了战争的描写，多了和平年代军营故事，少了金戈铁马的喋血沙场，多了平淡无奇的和平树下的低吟浅唱，读者自然不买账，当代军事文学自然就失去了很大的读者市场。

规避现实矛盾。当下的军营并不是封闭的，它依旧是一个时代一个社会的缩影。因此，社会上的各种弊端、矛盾和负面现象，无一不投影到军营之中来。我们在高歌主旋律时，也应该关注到军营文化的多元选择，从军旅文学叙事的角度，对崇高与卑微、忠诚与背叛、善良与丑恶进行深层的发掘，对人性、人情复杂与简单、邪恶与高洁、欲望与慎独、理想与拜物、风险与挑战、思想与交锋、阳光与阴影，进行精神层面上的书写。这些仍旧是战争文学最能展开之处，仍然是战争文学最能驰骋之地。这样的描写，丝毫不会削弱作为民族精神和国家担当的人民解放军的伟大形象，丝毫不会减少三军将士正能量的光大弘扬。因为军旅作家在对现实生活的洞照之中，会以其深邃的思想和见地，以理想的燧火，于长路茫茫之中照亮前行的路标，于历史时空的长夜之中点燃文明的篝火，在一片迷失的荒野寻找到指向的北斗。然而，纵观当下军旅作家的创作，描写和平年代的军营故事居多，少有矛盾，少有交锋，少有斗争，少有对和平年代军营积弊的剥裂，少有对军事斗争准备盲区的扫描，更少有对人性灰暗和复杂的展现，只有许多类似表扬稿的歌唱，提供给读者的作品显得琐碎而乏味、苍白而无力，自然也就降低了军事文学的精神品质与文学品相。

此外，军事学学养的缺失、叙事手法陈旧的问题也比较突出。不少军旅作家在知识背景上涉及现代高科技战争的学养严重缺失，对于高科技战争、军事战略学、军事谋划学、军事技术学等知识兴趣不大。不少作品缺乏对世界一流文学作品叙事手法的借鉴和参考，特别是对于主旋律之下的宏大叙事不注重重与轻、大与小、刚与柔、崇高与平凡、伟大与渺小、雄壮与温婉的关系，一味地高，一味地刚，一味地雄壮，甚至不留空白和闲笔，也让人觉得离文学和艺术远之又远。

军旅作家应对人民军队的光荣历史与英雄人物心生敬畏

毫无疑问，在考问当代战争文学的困境与问题之际，确实有必要弄清：在世界文学格局之中，当代中国文学处于什么方位；在当代中国文学叙事的天空下，我们军队的战争文学处于什么样的地位和水平。在全球化的大背景下，知识信息爆炸，文学碎片化，阅读碎片化，纸质阅读急遽萎缩，数字化这个"魔掌"将众多文化形态网于一掌之中，战争文学的中兴与辉煌、战争文学的普及与流行，还得靠文学作品本身，靠作家自救图存。因为这些，我以为须在以下方面努力。

对人民军队的光荣历史与英雄人物心生敬畏。人类的历史何其漫长，个人的生命何其短暂。不是每个人都能以短暂的生命辉映历史，唯以生命洞照历史长河的，那就是我们这支曾经穿着草鞋从井冈山、从长征、从太行走来的人民军队所创造的英雄传奇。那些倒在革命道路上的先烈，用短暂的生命丰富了历史的内涵和人民军队的精神史、心灵史。法国著名的年鉴派历史学家吕西安·费弗尔说过一句话："在动荡不安的当今世界，唯有历史让我们面对生活而不感到胆战心惊。"一支军队的辉煌历史，是一个民族精神谱系中的黄钟大吕，而英雄则是这个精神谱系中的坐标。抗日战争、抗美援朝战争和几次边境作战中创造的战争传奇，仍旧是军事文学淘不尽的文学富矿和精神深井。我们应该敬畏它、走近它，去汲取历史营养，挖掘战争文学的富矿。

调整战争文学的叙事视角，精神姿势要上扬，自我姿态要落地。中国的军旅作家缺的并不是技巧，也不是技术，甚至不缺想象，最缺的却是精神品相、站位和姿势。面对光怪离奇的未来战争，面对变幻莫测的战场势态，面对人类的战争与和平，一个真正的军旅文学作家必须具有丰沛的精神素养、丰沛的情感素养、丰沛的军事学术素养。面对一个重大历史事件，能不能选择一个更高、更巧妙的视角，能不能以一种历史、哲学和美学的眼光进行精神高远的穿越和创造，这都在考验着军旅作家的能力。

军旅作家应该有写战争文学鸿篇巨制的历史担当。对于军旅作家的写作而言，一生都要直面这几个词：战争、和平、正义、文明、精神、命运等。古今中外的精品之作、扛鼎之作、传世之作，无一不是在这些文学元素上有独到的发现与深邃挖掘。它一定是精神品质高拔地站在民族的人类的书面高峰之上，有独怆然而涕下的对时代、民族、个人和历史的命运感，直面死亡的残酷与冰冷，抒写人类情感的美丽与凄怆，直通读者的心灵，为广大读者再造一个灵魂与精神的天堂。可以说穷尽一生，军旅作家的困惑于此，我们的突破也在于此，而别无他法。这就是战争文学最大的魅力所在。

将战争文学的落点，对准为打赢战争做准备的小人物。历史是人民群众创造的，而创造战争奇迹和神话的，仍然是那些普通的士兵。《士兵突击》的成功，就在于作者将军事文学的落点对准了小人物，在中国军事文学的长廊里，塑造成了许三多这样一个普通士兵的形象。不抛弃，不放弃，一个情感单纯、有些木讷的青年人，经过军队这座大熔炉的千锤百炼，在残酷的竞争与淘汰之中，取得了成功，他的文学范例和模板冲出军营，在地方成功复制，影响了一代中国青年人。它说明，战争文学塑造新一代的士兵形象只要触摸到时代的律动，与读者关心之事同频共振，仍然有魅力有市场。文学是人学，战争文学最打动人的地方，乃是普通人人性深处、灵魂深处最软柔、最脆弱、最温婉、最感动也最善良的情感世界。书写中国梦强军梦我的梦，塑造新时代的士兵形象，把笔触对准那些名不见经传却矢志强军、一心谋打赢的小人物，并有意识地从他们的身上挖掘出这个时代的精神事件，将成为当代战争文学的重要突破口。

报告文学的文学性与真实性

作者：徐剑

原载：《文艺报》，2017年1月13日

　　报告文学有报告和文学两种功能，堪称"双面佳人"，集新闻、文学为一体。报告是前提，是对即时或已经发生过的新闻、历史事件进行新闻性、传奇性、轰动性的再现或复活。然而它又必须是文学性的叙事。文学落点必须对准人，即大写的人，写人的命运、情感、爱情、生存、死亡、尊严、荣誉，甚至诸如使命和奉献、牺牲这些内容。真实的，却又是文学的，构成了巨大的挑战性与创新性，甚至连一个微小的细节和场面都不能虚构。报告文学文本的真实与文学的真实、想象的真实、艺术的真实是完全不同的两个概念。报告文学的力量、价值、轰动性、震撼和生命力，皆因一个非虚构。

　　这种非虚构是全程的，全方位的。题材、事件、人物、情节、场面、细节都是不能虚构的。这既是社会价值确立的需要，也是读者受众阅读的需要，既是一种成熟社会的需要，也是传世之作的需要。因为真实，所以感动，因为真实，所以震撼。但它又是文学的：写人，写人性之黯，写命运之怆，写人情之悯，写人心之善。"真实"提到一定文学的高度，就会有难度：难度太大，犹如刀尖上跳舞，浮冰上跳舞，戴着镣铐跳舞，甚至悬崖边跳舞。需要的是胆识：应有文胆、史胆、史家的敬畏、文学家的担当。

奥地利作家茨威格说过："我丝毫不想通过自己的虚构来增加或者冲淡所发生的一切的内外真实性，因为在那些非常时刻，历史本身已经表现得十分完全、无需任何帮手，历史是真正的诗人和戏剧家，任何一个作家都甭想去超过它。"请记住这句话。我们每天直面的是一个光怪离奇、五彩缤纷的世界，呈现于作家面前的真实被无限放大，乃至扭曲变形。纵使作家再飞扬文学想象，都无法抵达彼岸。现实生活比作家更富有想象力。这需要作家以行走之姿，走到，听到，看到，从大量的真实事件和人物去发现独特生动的细节和文学风采。

报告文学的文学性问题，是一个最容易引起争论的问题，大量小说家转场于报告文学，无疑改善了报告文学队伍的基因和结构，但是当下小说化想象和描写大行于道。故材料虽多，占用资料虽丰富，但是纸质的旧闻毕竟是二手的，没有表情，没有温度，更没有人性的温度、感情的温度，缺乏精彩生动之叙事。

报告文学是一种行走的文学，好的报告文学是行走出来的，好的报告文学作家要经过大量的田野调查、实地勘察、现场采访。我给自己定下一个写作之旨：读书行走。我有几个不敢写：凡自己未见过的，不敢写；凡自己未到过的，不敢写；凡自己未听过的，不敢写。从这个意义上说，报告文学就是行走的文学。

在遵从真实的前提下，报告文学的文学性还是完全可以大有作为的，那就是必须调整报告文学叙事的姿势，处理好真实与文学的关系。报告文学的文本、叙述姿势和经典细节的挖掘则是文学性创意标高所在。其包含了三个要素：文本即结构，叙述即语言，细节即故事。唯有这三个因素的推动，才是真正意义上的文学。

文本意识，即结构。小说，一个是故事，一个是结构，一个是叙述。报告文学也如此，长期以来，结构问题一直没有得到很好的解决。在这方面，我做过一些非常有益的探索和尝试，在写作中我吸收了小说关于时空的处理方式，小说的意象、寓言，甚至隐喻之类的东西。

文学叙述。并不是所有报告文学作家的叙述都是过关的。细节尤为重要，《史记》千百年来被一代代文人墨客奉为民族的信史与文学圭臬，就在于那些珍珠般的经典细节，令人过目不忘，千古咏叹。而报告文学的写作中很多作家不讲细节，更奢谈精彩的细节。报告文学的细节化、经典化，其实就是文学化。报告文学当下最受人诟病的就是文学的缺失。究其原因还是人物，人的命运、人性和情感的缺失，只有事件过程，现在报告文学写作普遍存在一个问题，就是太多的事件过程，太长的过场，只见楼梯响，不见故人来。叙事过程冗长、拖沓，而不见精彩的情节、细节连缀，更没有那种让人阅读之后过目不忘的场面、故事和情景，原因就是采访功夫下得不够，事先的案头准备不充分。

中国故事的叙述姿势应该得益于文学姿势的改变，文本为经，人物为纬，人性情感应能沉底。2004年到鲁院学习，我最大的收获就是结构上的突破。当然也更明了了文学姿势的改变，那就是瞄准人物、人情、人性和命运的落点，把文学的视角支点聚集到人生、命运、人的处境和人类的前途之上。写人情之美，写人性之怆，写命运之舛。大时代的变迁，必然折射到个人命运之上。没有了人的活动，这个舞台便不精彩。人的命运和情感寥寥无几，且一笔掠过，没有他们真正的故事、情节、细节的叙事，更遑论命运沉浮，鲜见在时代大变局之中的惊涛骇浪，使命担当。人隐于事后，物突于人前，没有了舞台，便没有精彩的中国故事。

《大国重器》创作谈：我有重器堪干城

作者：徐剑

原载：《散文·海外版》，2020年第1期

缘起，为十六岁的导弹工程兵而作

我在军旅生涯封刀之作《大国重器》的封面上，写下一联题记"沐东风而后知春浓，观长剑而后识器重"，这是从《文心雕龙》化来。句中的"东风""长剑"其实是两种导弹武器的型号，前者为二十世纪五六十年代红遍中国的热词，不是东风压倒西风，就是西风压倒东风。毛体所书，东风汽车、东风机车，直至东风导弹，后者出自我的《大国长剑》。作为一个军队作家，这些年写了二十六部书，计七百多万字，我的文字能否成为经典，要看是否经得起五十年、一百年、五百年、一千年的时间淘洗。即便成为文学经典，在我心中也抵不过为国家民族贡献一个词语，一个武器型号。

我为什么要写作，为火箭军啸吟，为普通官兵歌咏，一切皆缘起十六岁当导弹工程兵的经历。彼时，遇人生第一位贵人——接兵排长王爱东。"文革"末期的那个年代，高中毕业就是失业，当兵不啻读一所没有围墙的社会大学，尤其当

时是特种兵部队来接兵，政治要求严格，五百人去验兵，仅录取三十一人，我有幸位列其中。这支队伍当时有老红军、老八路等领导在岗，故我的躯壳、铠甲和血脉，深深嵌了像李旭阁、阴法唐这样封疆大吏的风骨，以及接兵排长王爱东、老连长张英、政治处主任王家惠等人的气度与风范。生命中的贵人不绝于行，照拂护佑我一生。

我随兵车去的方向，开始说是南中国海边，然，风雨桂林转兵，入山，非蓝海，乃林海，茅屋为兵营，为导弹筑巢很苦，但我觉得好极了。

为何当作家，缘起十九岁那年，我提干了，任团政治处书记。我所在的是一个为导弹筑巢的工兵团。一个营，一个连常常十载掏空一座山，筑起一座城，一座地下长城。原始机械，风钻、轨道轱辘、翻斗车，靠最原始的体力相拼，大塌方不时发生，总有死伤，一个班甚至一个排被捂进去的事故时有发生。隔三岔五烈士陵园就在埋人，且多为晚上安葬。傍晚时分，组织股老吴干事带警卫排扛着铁镐铁锹出门。一去挖墓穴，我就知道晚上十一二点要埋葬战友，其中就有与我一列闷罐车同时入伍的同乡，他们悄然而去天国，青春寂灭，野草荒冢，魂守大山。我与老团长争辩，为何不让他们热闹上路，吹着唢呐，放着鞭炮，赤条默默来，轰轰壮烈走，结果挨了一顿叱责。老吴干事说，咱们当兵的守护和平，更要守护小城的安宁，频繁行葬礼，会惊扰了周遭的百姓。

彼时起，我便萌生了一个念头：要写一部书，写我十六岁导弹筑巢的岁月，写那些永远沉睡在导弹阵地旁的战友。一个导弹阵地的建设，山这边，就会留下一座烈士陵园。

我忘不了到战略导弹第一旅某阵管连，正逢周日晚点名，除全连的官兵外，连长、指导员还会喊不在册的，永远也不会答"到"的官兵名字，那些静静地躺在导弹阵地旁的烈士。指导员一喊，全连官兵都在齐声高喊：到！"到"声响彻云霄，他们到了，他们从未离开，一直在，永远在。

云南蒙古族工程师周文贵就是其中一员。他死于周日，因为妻子刚随军，也没有工作，在临时营盘里开了一个小卖部，那天他要带妻子一双儿女去县城照相，寄回老家。临行前，他对妻女说，我再到施工的导弹竖井工地看看，结果几百米高的伪装网上一个鸡蛋大的落石被山风吹落，击中了他的安全帽，他陡然倒下，再不能最后一瞥妻儿。善后事落，妻子被安排到老家的县委招待所工作，携儿带女回到老家后无住房，母子三人只好栖身在一座古庙里，妈妈值夜班，八岁姐姐抱着五岁的弟弟，经历了一个电闪雷鸣、暴雨倾盆之夜。我去采访，小女孩怯生生地望着我的军装，一句话也不说。其实自从爸爸走了之后，跟着妈妈撕心裂肺哭过之后，她再也不多说一句话，默默地去上学，又默默地回到古庙的家。我采访离开时，那位曾经的军嫂说喜欢我们穿的迷彩服，看到就有安全感。我让摄像脱下来送给她，三位男人噙泪而归。

回来，将此事报告了领导，大伙都沉默了。那个夏天，火箭军夏令营在青岛举行，周文贵的女儿也去了，伫立青岛海滩，波涛拍岸，浪舌吻沙滩，她远眺海天，仿佛看见爸爸从云中而来，大声朝着大海喊道："爸爸，爸爸……"

还有一位贵州母亲，儿子刚长至十六岁，她就要送独子去当兵。征兵时，丈夫舍不得儿子走，她说一个好男儿，要先去当兵，补上军营这一课。结果，刚下连队不久，遇上施工阵地大塌方，少年壮烈牺牲。丈夫痛不欲生，处理完儿子的善后，坚决离婚。从此，她孤独一人，以度残年。唯一的寄托就是来看儿子，年年清明雨纷纷，岁岁清明离泪人，她抱着墓碑长哭不歇，泪水把石碑都浸湿了。但怎么焐得暖墓碑，又怎能唤得醒儿子与她同归。

我要写他们的故事，起笔创作了《大国长剑》，一剑挑三奖，获得首届鲁迅文学奖、中国人民解放军文艺奖和中宣部"五个一工程"奖；再写《鸟瞰地球》，烈士的名字从墓地抄下来，一百多位烈士名录，将近一个连，最大的五十一岁，最小的十六岁。

《大国长剑》《鸟瞰地球》出版后，我来到那座含裹昔日战友的烈士陵园，于墓前烧书，敬献给他们。刚开始天空晴亮，却遽然阴风四起，一片乌云吹来，黑云推城，天降滂沱雨。天泣哭英雄泪，寂寞壮士路。天有灵应，山有灵应，人有灵应，鬼雄亦有感应啊！

两弹一星，中国大决策

朝鲜战争爆发，毛泽东经过三天三夜思考，决定出兵朝鲜，抗美援朝。于是，一支穿草鞋、单衣的农民军队，一支打了二十三年战争的人民子弟兵，将军都是从战争大学里毕业的，却敢与一支武装到了牙齿的美国大兵大战雪原。结果，麦帅饮马鸭绿江，感恩节回美国本土吃火鸡的梦想化为泡影，一次战役，二次战役，三次，四次，五次，战线推至临津江、汉江，直抵汉城。后来，战争在三八线上固化了，双方都攻不动，也打不动。

对于麦克·阿瑟而言，这是奇耻大辱，扬言要对中国人民志愿军扔原子弹。杜鲁门此时冷静了，广岛、长崎的十余万众之死，令他有些犹豫后怕。后来，艾森豪威尔上台了，副总统尼克松、国务卿杜勒斯都到台湾站台，甚至将原子弹运到台南，叫嚣要对中国人民志愿军扔原子弹，方案都做出来了，最终被美国参联会主席否决。

立国之初，百废待兴，可是毛泽东、周恩来这代人雄才大略，深具远见卓识。新中国大决策有三——出兵朝鲜、两弹一星、改革开放，荫泽后代，影响久远，让共和国的和平红利持续七十年。

要搞"两弹一星"，起初考虑引进导弹和原子弹。毛泽东曾与赫鲁晓夫商谈，苏联人不给，说社会主义大家庭有核保护伞，但是这伞如果遇狂风暴雨，遮不住六亿中国人。朝鲜战争落幕后，中国一代元戎极度渴望国防现代化，其中最令人难忘的两个细节犹在昨天。炮兵展览馆，导弹先驱黄迪菲以假示真，做了一个不会飞的导弹模型，在炮兵展览馆展出，表演给彭大将军看，《人民日报》一发此图，世界惊呼，中华人民共和国造出了导弹。

苏联人赠了彭德怀一把核钥匙，却不提供原子弹图纸和资料，中国人跨不过核大门，进不了世界核乐部。中华人民共和国第一代领导人以敢驱熊黑的英雄气概，决定拥核。毛泽东看铀矿，用盖革笔试石头，吱吱作响，兴奋之情溢于言表，感叹地说：这是决定命运的东西啊！

这时候，他们在等一个人，等一群人，等中华人民共和国第一批大海归，朝着东方归来。

大师的背影

第一位大师是钱学森，他先考入美国麻省理工，后投身到加州理工大学冯·卡门教授门下。德国投降后，参与美国科学家赴德调查团，主撰了一个科技报告，促成二战后美国科技和军事的崛起。美国海军部长贝尔金说："一个钱等于五个美国陆战师，我宁愿枪毙他，也不能放他回红色中国。"钱学森被拘孤岛五年，经过中国政府交涉，方获自由，踏上了归国之旅。

1956年元旦的那场雪，那一堂高科技讲座，钱学森讲关于导弹武器的概述，他第一个提出建立一支"火军"的概念。彼时，我的老首长李旭阁是在场听课的军衔最小的军官，他是总参作战部空军技术处的一位少校参谋，与军方中将、上将和大将同堂听课，记下了那激动人心的一幕。钱学森是一位撬动地球的人物，影响了当时的中国大决策，让毛泽东和周恩来有信心上马中国的"两弹一星"工程。

第二位大师是钱三强，他是中国核物理学界旗手般的人物，登坛一呼，响应者众，他请出来的人物，一个个都是响当当的，可震烁中国百年，甚至千年。

王淦昌，两次与诺贝尔物理学奖擦肩而过，曾就读德国柏林大学，在迈特纳教授门下，寻找电子、质子，想借师兄云室一用，被导师否决了，结果英国学者按他的思路找到质子，获得了诺贝尔物理学奖。抗战时，在战乱中浙江大学的迁徙路上，他又一次与诺贝尔物理奖擦肩而过，他关于质子、粒子，又称金色小子的论文，被外国学者实验印证了，再次饮憾诺贝尔物理学奖。中华人民共和国成立后，他在苏联杜布纳联合核子研究所任副所长。祖国一声令下，奉召回国，改名王京，任原子弹实验部主任。

彭桓武，爱丁堡大学薛定谔的门生，《薛定谔传》中透露，他在与爱因斯坦通信时提到彭桓武，称中国来的彭聪明极了，数学尤其好。他的英国式的贵族爱情故事令人唏嘘不已，令人难以望其项背。他被钱三强请来做理论部主任。

郭永怀，美国加州理工毕业，与钱学森同出一个师门，1954年归国后，参与导弹原子弹试验，二十世纪六十年代末的一次飞机失事，与警卫员抱在一起，中间揣着原子弹的绝密文件，身体烧焦了，遗体扯也扯不开。他的夫人李佩，中年丧夫，带着女儿，任职中国科学院大学的英语教师，晚年办学，九十九岁仙逝，被称为中国科学院最美的玫瑰。

还有邓稼先，杨振宁的发小。著名的核物理学家，九院院长，美国普渡大学毕业，归国后，参加"两弹一星"试验，身体直接抱过未爆的核弹，后来得了直肠癌，做手术时，国防部部长张爱萍上将拄着拐杖，坐在手术室门口等候消息，最后力主对他开禁，曝光核物理学家身份，向中国乃至世界宣传。中央军委邓小平主席发布命令，将邓稼先升为国防科技委副主任。

他第一次，也是最后一次坐上红旗专车，来到人民英雄纪念碑前，感叹地说："再过十年，二十年，还会有人记得我们吗？"

天地英雄就在身边

英雄未名，英雄无语，真正的英雄可能就在你身边。

我的老司令员李旭阁就是这样一位天地英雄。我二十六岁时，在他麾下当党委秘书，只知道他是一代封疆大吏，中将衔。然，他退休后，1994年之夏，忽然写了一篇《首次核试验前后》的纪念文章，经张爱萍副总理审定后，让我拿去《人民日报》发表。我读后骇然，老司令员原来是中国首次核试验办公室主任啊！这个秘密经历，他守口如瓶，保密一生，妻子不知道，原单位总参作战部不知道，他个人的档案里也未填半个字，一段辉煌的历史就这样被格式化掉了，不事宣扬，几乎隐匿一生。

1956年元旦，天降大雪，钱学森在新街口总政话剧团操场给全军高级将领上第一堂课，讲导弹武器概述时，李旭阁在场，时战将云集，都是总部和驻京大单位的领导，他是军衔最小的。岂料这一堂课，竟使他与导弹核武器结缘，最终走上第二炮兵司令员的位置（中国火箭军前身）。

此后，李旭阁参加了中国首次核试验的许多高层决策会议，起草重要的绝密文件，甚至总参谋长罗瑞卿大将直陈，毛泽东的信也是他起草的。毛泽东如椽大笔一挥：原子弹既是吓人的，就早响！于是全程启动，他奉命与几个秘书一起编核试验密码，"邱小姐梳辫子，邱小姐上梳妆台"等，意指第一颗原子弹插火供器、上空爆铁塔等语。

1964年10月10日，两架专机接力，送一个密使归京，这个密使就是李旭阁。他的公文包里装着中国首次核试验总指挥张爱萍呈送周恩来、毛泽东批准的绝密报告，他从核试验场出发，穿越罗布泊，前往马兰机场。途中，司机将一个嘎斯69吉普车的轮胎跑飞了，居然没有翻车。到了机场，天色将晚，空军值班飞机飞不了夜航，只好中途转至包头，再转乘另一架专机，连夜飞回北京，报告毛主席。

1964年10月16日惊天第一爆，第一朵蘑菇云冉冉升起。首次核试验次日，李旭阁与一位摄影师飞临核试验场爆心上空，观看铁塔的扭曲变形。天上地上，皆是核沾染和辐射，可壮士不惧死，英雄不眨眼。一周后，他又陪张爱萍等高级将领和科学家徒步穿越爆心。那是一代中国军人生不惧死、死亦坦然的至高忠诚，他将一个大写的天地英雄壮举留在了西部天空。

将军暮年，战争年代的耳疾发作，几近失聪。我与他，一块小黑板，一支笔，将他在核试验场的两本工作日记，还原为一部《原子弹日记》。

邓稼先罹患直肠癌去世之后，其夫人医生许鹿希此后一直追踪记录核试验场功勋之臣的健康状况，发现他们大多患癌症而殁。唯剩一条漏网之鱼就是李旭阁，可2001年，李旭阁在301医院查出肺癌，切除了一叶肺。许鹿希感叹，最后一条漏网之鱼也未能幸免。

2012年"八一"在北戴河海滨，最后一次采访结束，我请李旭阁题一首诗，他欣然答应，写在小黑板上的居然是大清顺治皇帝题在北京西慈善寺白墙上的七绝："来时糊涂去时悲，空在人间走一回，不如不来亦不去，亦无欢喜亦无悲。"一个老八路，一位高级将领，如此看淡生死荣衰。

谁道英雄不怜情？！英雄已随烟云远去，成为激荡人心的理想主义与英雄主义的时代余韵。

文学的落点对准小人物

文学的落点须对准小人物。唯有小人物，才是文学书写的永恒坐标。我有一个写作宝典：伟人平民化、平民伟人化、名人传奇化。

感谢我提笔开始写作的二十世纪七八十年代，作家圆梦是一条通天大路，而当下的书写，因为有网络，作家梦的入口宽了，门槛低了，各种粗制滥造，文学泛娱乐化严重。这样的文学当下，感动我们的依然是小人物的故事。

小人物的故事就是中国故事，凡人的梦就是中国梦里最壮美的华章。我们时代和社会，正朝着"两个一百年"的历史时刻前行。然，伟大的复兴之梦，是由普通百姓的人生梦想连缀、叠加而成的。小人物之梦，构成了中华民族伟大复兴之梦的青史断章；普通人圆梦的故事，沉淀为中国故事的精神底色。唯有小人物的圆梦之旅一帆风顺，中华民族的伟大复兴之梦才会出彩。唯有基层官兵圆梦之旅精彩生动，军旅题材的书写才有持久的文学魅力。

因此，我在《大国重器》中，尽管也不乏为至尊之人青史留名，但却将激荡人心的笔触对准小人物。心怀敬畏，将凡人举过头顶，淘一口深深的军事文学之井、世相之井、人性之井、情感之井、文学之井，蘸着这些淘出来的清澈之水，或泼墨大写意，或工笔细绘，或白描勾勒，写出普通百姓在圆人生梦过程中的艰辛、温馨和感动。最大限度地展示他们的生存、尊严、牺牲、荣誉以及生命的代价与崇高。苦辣酸甜里有民族的正气歌，欢乐忧伤中有国家的无韵离骚。

某新型号导弹旅三营副营长沈卫明和四营长吉自国的故事，就是小人物的追求。发射场比武，只选一个导弹营发射。结果四营操作时，漠风四起，一个插头盖被风吹远了，忘了捡，被军代表捡走了，以0.44分之差惜败。

两个营长都背负着家庭的重负。沈卫明父亲癌症，老家在江苏，结了婚，生了女，妻子和孩子在大同生活，因为部队战事忙，一家三口难归，父亲连小孙女都未过见。入发射场后，弟弟打电话来，说："爸爸时日无多，念叨你呢，快回来吧。"最后在发射归零的间隙，还是领导硬逼着他回家探望病重卧床的老父亲。

吉自国的儿子得了感应性神经耳聋，八个月大时就对人间声音没有反应，需要戴耳蜗校正，辗转了多家医院，卖房看病，甚至想转业回家。最后是部队官兵捐款二十多万，让他得以带孩子去湘雅医院治疗，然后到北京进行康复训练，终于赢得了一线希望。营里还有三十名老兵与他一样，已经宣布退伍却依然战斗到最后一刻。

沈卫明刚指挥完导弹飞天，导弹发射成功之时，弟弟电话也到了，父亲走了。而那三十名老兵，登车返乡，在火车站台上，脱下军装，摘下领章帽徽，叠好，悲壮归去。

五期士兵康平，人称"金手指"，一指按下去的火箭以数亿元计。这个湖南娄底小伙子工作精益求精、兢兢业业，如今他是"兵王"，高级士官，妻子和孩子随军，享受团职待遇。因为小人物的梦圆，使得中国梦有了温暖的亮色。

历史的宿命

"宿命"一词，语出北周无名氏《步虚辞》："宿命积福应，闻经若玉亲。"本义星宿运行各有命令。地球在宇宙中的综合运动，以天体为坐标，归类民情，验其祸福。因决定果，前生决定后世，前因决定后果，福祸之因，皆自圆成。《大国重器》一书的副题是"中国火箭军的前世今生"，前世的命运，对来世是一个预兆和暗示，于今天是一种历史的大宿命。

钱学森"火箭军"之说，始于1956年元旦。一个甲子，2015年12月31日习主席授旗，训词，火箭军次日成立，昂然雄姿迈向世界。

历史大命运，仿佛有上苍之手在操盘。

旭阁将军，听课之少校，最终成为第二炮兵（火箭军前身）司令员。

前世亚洲第一个导弹营，今生第一个常规导弹营。

我，1958年4月4日出身，44年军龄，手机尾号的最后两个数字亦是44。

冥冥之中，皆付与苍烟落照，付与时代之大宿命。然，我还想说一句：剑非剑，器非器。铁剑，木剑，龙泉宝剑，大国长剑；导弹，火箭，中国核力量，镇国重器。重器也，但非器也，大国国器是人，大写的中国人，中国士兵，中国火箭官兵，这才是真正的大国重器。

我有重器堪干城。

报告文学、非虚构的理性辨识与文学分合

作者：徐剑

原载：《中国作家·纪实版》，2022年第1期

源流——两个舶来品的前世今生

在《中国作家·纪实版》开设"报告文学十二讲"的想法，由来已久。做了三十年专业报告文学创作，直至鬓发染霜解甲归乡时，蓦然回首间，发现中国报告文学界迄今为止未见一本可称得上报告文学写作入门指南的书，给初学者以导引。坦率地说，这样的书，不该由我来写，应由研究报告文学的专家来做。因了对这个文体浸染太多，觉得自己肚子里还有货，口袋里也装了不少"真金白银"，可以抖一抖，并无填补空白之自诩。

入道报告文学写作门槛者，碰到最大的一个问题，就是进门后，前边有两条路可走，一条指向报告文学，一条指向非虚构，不分左右，无谓东西，该去哪里呢？让人有迷惑之眩，尤其是当下，报告文学大道沧桑，非虚构熙熙攘攘，颇有席卷天下之势，究竟是入报告文学之域呢，还是选非虚构之领地？因此，有必要对两个文体作一辨识，从源流与嬗变上梳理一下。

报告文学，在中国语境里或者汉语词库里，找不到相对应的词源，它在中国出现得比较晚，是一个地道的舶来品，与后来的非虚构一样，先后进入中国，相隔一百年的历史时空。前者是20世纪的20年代，后者则是本世纪的10年代。

俄国十月革命一声炮响，激荡了世界。美国记者约翰·里德描绘十月革命的长篇报告文学《震撼世界的十天》，就是当时的报告文学名著，还有俄国作家高尔基创作的《列宁》亦可归于报告文学作品，曾一度饮誉俄罗斯大地。而与激荡的伏尔加河相呼应的，是法国作家罗曼·罗兰的《贝多芬传》《托尔斯泰传》《米开朗琪罗传》，奥地利作家茨威格的《人类群星闪耀时》《三大师传》以及捷克作家伏契克的《绞刑架下的报告》等，它们构成了一道世界报告文学的风景线。

但是，"报告文学"一词进入中国，是在1930年随同一些列宁主义作品从日本传到中国，是德语Reportague的译名。报告文学在中国见于文献，可推至1930年8月4日左联执委会通过的决议中，但是文学实践领域则早了十年。

20世纪20年代初，瞿秋白到十月革命的故乡俄罗斯游历，写了两部颇有影响的书《饿乡纪程》《赤都心史》，发表于中国共产党成立的第二年。"南陈北李"相约建党前后，瞿秋白以《晨报》记者身份赴苏，从哈尔滨到莫斯科行程中的所见所闻，兼备了报告与文学的特色，这可以说是中国第一部报告文学之书，与后来夏衍的《包身工》，形成了中国现代报告文学的双子星。

1932年，阿英选编的《上海事变与报告文学》是第一部以"报告文学"命名的作品集。随后，夏衍的《包身工》、萧乾的《流民图》、宋之的的《1936年春在太原》、胡愈之的《莫斯科印象记》、林克多的《苏联见闻录》、戈公振的《从东北到庶联》、邹韬奋的《萍踪寄语》《萍踪忆语》、范长江的《中国的西北角》等，与读者一一见面。

1936年，邹韬奋、茅盾先生搞"中国一日"征文，诞生了一部大型报告文学集《中国的一日》，这是中国最早的一次报告文学的集体出征。而红军长征抵达延安后，曾号召将士写长征故事，由徐梦秋、丁宁和成仿吾编撰的《红军长征记》是最早的报告文学军事题材作品，形成了20世纪上半叶报告文学最早的源流。

中华人民共和国成立后，中国报告文学的每一轮勃兴，都伴随着重大历史事件的发生。抗美援朝战争，诞生了《谁是最可爱的人》《志愿军司令》；改革开放的科学春天，呼唤出来了《哥德巴赫猜想》。

"非虚构"这个词，究竟是一个文学门类还是一种创作的方法，可谓众说纷纭，仁者见仁，智者见智，各执一词。经过多年书写沉淀，业已成军。但是最早将"非虚构"一词引入中国文坛的，是我的老师周政保先生。20世纪90年代后期，周政保先生出版了一部学术大作《非虚构叙述形态》，第一次对非虚构的文学叙事方式进行理论性的阐述。

从源流上，"非虚构"一词源自西方，与新闻主义小说有关。美国作家杜鲁门·卡波特的《冷血》，可谓石破天惊，以1959年堪萨斯城发生的一个灭门谋杀案为背景，花了五六年才完成。他以新闻主义写作手法，用独特的写作视角、全新的文学叙事、高度的社会良知，将一起真实的灭门血案细致展开，探究真相。一经发表，便引起巨大的社会反响，跃居当年美国畅销书第一位，发行300多万册，并先后被译成25种文字，在美国乃至世界文坛上引起一场"艺术上的骚动"。新闻主义的大纛由此高高立起。

另一则是二十年后，联邦德国纪实作家冈特·瓦尔拉夫的《最底层》。瓦尔拉夫用惯用的乔装调查方式，化名土耳其阿里，混迹于外籍工人之中，下矿井，做药品实验，体验他们被一些大的国际煤矿和制药公司盘剥的惨状。1985年，书一出版即引起极大轰动。有的工人宁愿省下买热狗的钱，也要买他的书。为此，他也被一些大托拉斯公司诉上法庭。德国几位诺贝尔文学奖得主站出来挺他，惊叹自己的书仅能销几百、几千册，而瓦尔拉夫的书第一版就售出了六十万册。这是文学不泯的影响力，可直抵人心。

周政保老师借非虚构在西方的成功，将报告文学的全方位真实提到一个前所未有的高度，并视之为报告文学作家安身立命的护身符。所谓全方位的真实，即一点虚构都不可以，所写的故事、情节、细节，须精确到纵使上了法庭，也能够成为陈词证据，可立于不败之地。周政保先生指出，报告文学是一种前沿文体，构成了对作家的最大挑战，无限风光在险峰，难处见高低。周政保先生还对非虚构中的"小说化"提出了警告，并预言般地预见，这是将非虚构挑一个人仰马翻的致命利器。

那么，如何界定报告文学和非虚构呢？我以为茅盾先生提出的概念仍不过时，他指出：报告文学是散文的一种，介乎于新闻报道和小说之间，也就是兼有新闻和文学特点的散文，要求真实，运用文学语言和多种艺术手法，通过生动的情节和典型的细节，迅速地、及时地"报告"现实生活中具有典型意义的真人真事，往往像新闻通讯一样，善于以最快的速度，把生活中刚发生的事件及时地传达给读者大众。题材即是发生的某一件事，所以"报告"有浓厚的新闻性；但它跟报章新闻不同，因为它必须充分地形象化，必须将"事件"发生的环境和人物活生生地描写出来，读者便如同亲身经验，而且从这具体的生活图画中明白了作者所要表达的思想（茅盾《关于报告文学》）。

"报告文学"在中国文学词库里面，不能仅仅理解为一个偏正结构。报告与文学之间，两相结合，其实是一个联合结构，报告的内涵应该怎么阐述，就是内容、事件和人物的新闻性、传奇性、爆炸性和轰动性，它一定是在历史的某一时刻，在一个时代、一个国家、一个民族和一个社会中发生的历史性事件和新闻人物，由此改变了人的命运，而参与事件中的角色，本身就具有典型性、传奇性和文学性，是大时代在一个人身上的投影。表面上看，是一个新闻题材、新闻事件和新闻人物，可是它的内涵却体现了人类的情感和命运、荣誉和尊严、牺牲和奉献、死亡和重生，具备了前沿精神。爆炸性新闻背后，一定站着一个个生动传奇的人物。从这个意义上说，它又是文学的，需要通过艺术的手法，将这个人写活了，将其个性、命运、情感、性格和人性的多面性跃然纸上，新闻性事件与人物和社会现象有赖于文学的书写与表达。

因此，报告文学的落点是人，是大写的人。既写撬动了地球旋转的大人物，也写那些参与时代与社会变革的小人物；也许是一场战争的硝烟散尽，也许是一次社会变革的悲壮落幕；或者是国家工程，或者是底层挣扎；选题可以是一场战争、一个重大工程，也可以是一场灾难危机处置、一个负面性社会事件，但最终，报告文学都要落笔在人物上，通过栩栩如生的人物，加以文学性的表现与记录，这就是报告文学。

当然，这些文学的内涵与延伸，同样适用于非虚构的写作。

异同——各领风骚后的优长劣短

报告文学、非虚构在中国的登陆与中兴，相隔了一百年的时空，从20世纪的20年代，到新世纪的10年代。百年之间，先是报告文学逆风而起，一批写实性书写的大将横刀立马，掀起了中国报告文学界的一次次风起云涌。

时光荏苒，整个20世纪80年代，可以说是中国的报告文学年代，一大批报告文学横空出世，参与了中国思想解放和启蒙运动，构成了最纯正的知识分子写作，其影响甚至盖过了小说与新诗的势头。然而，十年后，报告文学式微，从此告别轻骑兵时代，转而向长篇转身，并以坦克集群正面强攻方式重新聚集，成为宏大叙事的主体方阵，涌现了一部接一部的长篇报告文学。

这种转场，由于远离了前沿精神，对现实生活干预的锐度大大减弱，不少报告文学家徘徊犹豫之后，转场去写国史大事，或写涉及国计民生的重大工程事件，或为企业家作传，再无洛阳纸贵的名篇、名作出现。读者也觉得曾经他们喜欢的报告文学已经蓬头垢面，其思想锐度、哲学深度、文学纬度与情感温度，都今非昔比。尤其是随着文化的多元，再不是一部精品风靡全国的时代了，新世纪之后，报告文学越发受人诟病，渐次走向沉寂。

在这种大背景下，《人民文学》成为非虚构的大纛，以两位河南女作家梁鸿、乔叶打头阵，闪亮登场。一副青衣扮相，水袖掩面，抛出来梁庄众生相，拆楼记忆，莲步款款，引喉如鹂，很快形成了与报告文学分庭抗礼之势。

毫不讳言地说，非虚构的出现，是对报告文学及其致命弱点的一次拯救。《人民文学》当时推出的时尚作家当数梁鸿女士，她的《中国在梁庄》《出梁庄记》，是一个村庄、几户人家、一群打工者的世相，是一种小切面的切片写法，写出了人性的复杂与命运多舛。如今，梁鸿已经实现了从非虚构作家到小说家的华丽转身。《人民文学》将非虚构从民间和底层的书写，提高到了殿堂的高度，有第一国刊的导引，非虚构从一株小苗，迅速长成了一棵参天大树，与风靡80年代的中国报告文学抗衡，形成了两座山峰。

两者到底有什么区别？简单地说，就是高与低、大与小、重与轻、宽与窄的关系。一个是殿堂性的书写，一个是处江湖之远；一个是国史叙事，一个是私人档案；一个是宏大题材，一个是苍生世相；一个侧重于时代之声，一个注重百姓之情；一个写江山家国，一个观人生宿命。前者是对时代精神的宏大叙事，后者则是对老百姓内心世界的细微观摩。报告文学担纲的是对一个时代重大事件的记录，像古代史官一样去记录，而非虚构就是一个家庭、一座村庄、一个群体命运的短歌散曲。它们之间的关系就是重与轻、大与小的关系，前者因为高大上，在文学叙述上，往往会滑入假大空，后者更多生动灵活，但又会因为小而碎，导致坐井观天。但无论写什么、怎么写，真实性都是报告文学与非虚构共同安身立命的底线，亦是高压线，偏离或者背离了真实的基石，报告文学与非虚构书写都将被钉在文学史的耻辱架上。

与20世纪80年代属于报告文学相比，今天的非虚构远未达到报告文学的顶峰状态。其实，任何一件事物，一旦达到顶峰状态，就意味着跌落，走向式微。从这个意义上说，非虚构既是对报告文学作家书写的拯救，也是对报告文学体裁的弥补。

真实——文学之树常青三魂六魄

报告文学有报告和文学两种功能，集新闻、文学为一体，堪称一个"双面佳人"。报告是前提，是对即时或已经发生过的新闻、历史事件进行新闻性、传奇性、轰动性地再现或复活。然，它又必须是文学性的叙事。文学落点必须对准人，即大写的人，写人的命运、情感、爱情、生存、死亡、尊严、荣誉，甚至诸如使命和奉献、牺牲这些内容。离此，便不是报告文学，或者说是不好的报告文学。然而，时下一些非虚构当红作家，既要享受非虚构赐予的红利，却又不愿承担由此带来的风险，他们甚至连地理真实和物理真实的概念都模糊化了，让读者对其的文学信誉度大打折扣，甚至产生质疑。这是非常危险的，对于非虚构这个走势尚好的文体，是一种伤害，甚至是颠覆。

报告文学真实性，注定了写作必须是全程的真实，不允许有任何的虚构。真实的，却又是文学的，构成了巨大的挑战性与创新性，甚至连一个微小的细节和场面都不能虚构。特别涉及了一些负面事件写作、历史情景和场面的再现，倒逼报告文学作家必须像考古文本和田野调查一样细致、认真和精确。否则，惹了官司，站在法庭上诉讼，便可能全盘皆输，置作家于不利之地。即使是写表扬稿的著述，传主也会因为作者的胡编乱造、阿谀奉承、肉麻吹捧而大汗淋漓，极不舒服。因此，报告文学文本的真实与文学的真实、想象的真实、艺术的真实是完全不同的概念，给报告文学又一个更准确的定义：非虚构。报告文学的力量、价值、轰动性、震撼性和生命力，皆因了一个非虚构。我觉得这个概括非常到位和准确。

这种非虚构是全程的、全方位的。题材、事件、人物、情节、场面、细节都是不能虚构的。为什么要强调真实是报告文学安身立命的边界和底线？这既是社会价值确立的需要，也是读者受众阅读的需要，既是一种成熟社会的需要，也是传世之作的需要。既然是真实的，那就必须全真、唯真，应该具有千秋信史的标准。因为真实，所以感动；因为真实，所以震撼。但它又是文学的：写人，写人性之暗，写命运之怆，写人情之悯，写人心之善。把真实提升到文学的高度，就有了难度：难度大得犹如在刀尖上跳舞、浮冰上跳舞、戴着镣铐跳舞，甚至在悬崖边跳舞。这就需要报告文学作家的胆识，文胆、史胆。《史记》之后无文章，文学家的担当，就是笔下有乾坤。

报告文学的真实性注定了这是一个极具挑战性的文体，也是最富于创新性的文体，一个难度系数最大的文体，也是创新指数最高的文体。从事这样高难度的创意写作，更要求报告文学作家必须恪守真实的底线和边界，依靠真实的文学力量。

奥地利作家茨威格说过："我丝毫不想通过自己的虚构来增加或者冲淡所发生的一切的内外真实性，因为在那些非常时刻，历史本身已经表现得十分完全、无须任何帮手。历史是真正的诗人和戏剧家，任何一个作家都甭想去超过它。"

请记住茨威格的这句话吧！我们所处的这个世界，这个社会，创造与欲望全面失控，诉求多元，道德底线不断被突破，最让人忧心的是人们精神世界的溃败和溃烂。挥霍无度，是因为没有信仰。我们不能不正视一个残酷的事实，那就是精神世界的坍塌。于是，我们每天直面一个光怪离奇、五彩缤纷的世界，呈现于作家面前的真实被无限放大，乃至扭曲变形。现实生活的复杂多元远超作家的想象，这就需要作家以行走之姿，走到，听到，看到，从大量的真实事件和人物入手，去发现独特生动的细节和文学精彩。

一段时间以来，报告文学文学性的问题，成为一个容易引发争论的问题。大量的小说家转场于报告文学写作，无疑改善了报告文学队伍的基因和结构，但当下报告文学写作中"小说化"想象与描写大行其道，有的作家身处玻璃暖房，置身象牙塔，在故纸堆和材料里巡弋、寻找，那并不是报告文学作家自己的发现。材料多、资料丰富，但纸质的旧闻，毕竟是二手的，没有表情、没有温度，更没有人性的温度、感情的温度，更乏精彩生动之叙事。

可以说，报告文学是行走的文学。我认为好的报告文学是行走出来的，好的报告文学作家，犹如考古学家、人类学家、旅行冒险家一样，要经过大量的田野调查、实地勘察、现场采访。从这个意义上说不是用笔，而是用脚在写作。我给自己定下一个写作之旨：读书行走。行走，作家要走出玻璃房，走出象牙塔，到民间去，到基层去，到现场去，到火热的生活之中去。我有几个不敢写：凡自己未见过的，不敢写；凡自己未到过的，不敢写；凡自己未听过的，不敢写。从这个意义上说，报告文学就是行走的文学。

在遵从真实的前提下，报告文学文学性完全可以大有作为，那就必须调整报告文学叙事的姿势，处理好真实与文学的关系。我以为，报告文学的文本、叙述姿势和经典细节的挖掘则是文学性创意标高所在。其包含了三个要素：文本即结构，叙述即语言，细节即故事。唯有这三个因素的推动，才是真正意义上的文学。

文本意识，即结构。小说，一个是故事，一个是结构，一个是叙述，报告文学也如此。长期以来，报告文学叙事结构问题没有得到很好的解决。在这方面，我作了一些探索和尝试，受到了业界专家的肯定。我吸收了小说关于时空的处理方式。（例如，采用第一人称的叙述结构，深度开掘弦外之音、言外之意，巧妙设计意象，用活寓言与隐喻。）

文学叙事。并不是所有报告文学作家的叙述都是过关的，大多数作家采用无所不在的视角，即全知全能，但这并非报告文学特有的叙述视角。如果采用了大板块的结构，当中却没有人和时代的命运伏线，这些都不是好的报告文学叙事。

细节尤为重要。《史记》千百年来被一代又一代文人墨客奉为民族的信史与文学圭臬，就在于那些珍珠般的经典细节，令人过目不忘，千古咏叹。在报告文学写作中，很多作家不讲究细节，更别奢谈精彩的细节。报告文学的细节化、经典化，其实就是文学化。报告文学当下最受人诟病的就是文学的缺失。究其原因还是人物、人的命运、人性和情感的缺失，只有事件过程、过场。现在报告文学写作普遍存在一个问题，就是太多的事件过程，太长的过场，"只见楼梯响，不见故人来"。叙事过程冗长、拖沓，而不见精彩的情节、细节连缀，更没有那种让人阅读之后过目不忘的场面、故事和情景，原因就是采访功夫下得不够，事先的案头准备不充分，采访时没有挖掘到精彩、经典的细节。

我以为，中国故事的姿势，应该得益于文学姿势的改变。我上过鲁3高研班之后，最大改变便是文本为经，人物为纬，人性情感沉底。鲁3班最大的收获，那就是结构上的突破。当然更得益于文学姿势的改变，那就是瞄准人物、人情、人性和命运的落点，把文学的视角支点聚集到人生、命运、人的处境和人类的前途之上，甚至是死亡。我写人情之美，写人性之怆，写命运之舛。大时代的变迁，必然折射到个人命运之上。我看过不少报告文学作品，厚厚一大本，汪洋一片，事物苍苍，云山泱泱，见事不见人，见景不见人，或者见人不见神。阅读代入感很差，甚至不堪卒读。因了没有了人的活动，这个舞台便不精彩。人的命运和情感寥寥无几，且一笔掠过，没有他们真正的故事、情节、细节的叙事，更遑论命运沉浮，鲜见在时代大变局之中的惊涛骇浪、使命担当。人隐于事后，物突于人前，没有精彩的中国故事。云山雾雨，世事展开，人的精彩故事消失得无影无踪。务请记住，疏于写人，重于写事。

文学就是人学，报告文学概莫能外，其文学的落点，必须对准人，对准那些创造了历史的底层小人物，对准那些改变了历史的大人物，但绝不等于是表扬稿，小人物自有小人物挣扎的尊严，也有友情、爱情的温馨和人性的悲悯与感动。大人物自有大人物长袖广舞的从容、自信，以及时代旋涡之中的艰辛、艰难和悲哀、悲恸，甚至难言之隐。一句话，报告文学的写人处理：小人物伟人化，名人传奇化，大人物平民化。这是我多年报告文学写作的"葵花宝典"，屡试不爽。

坐标——史家绝唱的至高绝境

关于报告文学，我们究竟需要什么样的文学样式？它与非虚构，其实是一个生命，两面佳人。不管长于高墙大院，还是生于民间闾巷，不管写宏大叙事，还是私人叙事，只有一个标准，一个文学的坐标。这个坐标其实是所有文学书写的黄金律，即大写的人。落点人的命运，人性深处的皱褶，透视人性世界里光辉暖意的一面，或者是阴暗复杂的一面，写尽光荣与梦想，牺牲与生死，爱恨与情仇，生存与尊严，展现人性维度，这种文学一定涵盖人性之光与人性之暗，抑或是人类和国家及民族命运的一个诠释，是从人的角度来反映一个时代，一个国家、一个社会和民族的命运。

在讲第一个问题时，我讲了报告文学与非虚构的流变，说明它是一个舶来品，在中国语言体系中，仅有百年，但是古老的华夏却有五千年的史传传统，从夏商周至春秋战国，以至千年帝国，我们一直有史官制度，在竹简上刻下每个王朝国之大事，记下了庙堂祭祀、出征、战争、饥荒、洪水、地震、瘟疫等，甚至是王国的覆灭，这些是中国最早的史撰文学，也可以说最早的史传报告文学。回溯历史时，我们会发现，最早记事体是风、雅、颂，《诗三百》，经过孔子编撰，用最短的语言记录，即四字句，将战争、祭祀、礼议、耕种、爱情，付诸最铿锵、最简洁的富于韵律感的文字，记录了上古时代中华民族的心灵史。彼时，诗比史更真实，各国的史官都在用龟片、钟鼎和竹简记录，于是就有了编年体的《左传》、国别体的《战国策》，集大成者自然是太史公的《史记》，这是中国史传文学或者是中国报告文学的珠穆朗玛，迄今无人可以超越。大风起兮文飞扬，司马公甫一出手，就使中国古典报告文学达到一个顶峰的时代。倘若站在大汉王朝宫阙前回望中国历史时，那洋洋洒洒五十多万字，足以雄睨整个中国文坛乃至世界文坛的非虚构。太史公以古老方块字的刀刻隶篆，真实生动地记下了一幕幕国之大事，帝王将相、商贾侠客、说客纵横家，跃然纸上，是那个时代鲜活的报告文学。如果从尊重历史、尊重文学的角度看，这就是真正意义上的报告文学的史家绝唱。

因此，我始终认为，中国报告文学源流，应可以上抵上古时代，中国的史传文学与中国的古典文学一起成长，一样勃兴，它与我们民族的神智、心智、精神文脉一起成长，一经登场，就达到一个巅峰。

最近一段时间，我又重读《史记》，从第一篇开始。我发现司马迁真是一个写人的高手，真正的文学大师。有不少散文、小说家待在书斋里，美其名曰守望自己的内心真实，却不屑于深入生活，做田野调查，更不做考古般的笔记，认为自己的想象远大于时代生活，自己心灵的真实大于苍生的内心的真实，将青年司马迁壮游天下忽略不计，将他坐在国家档案馆翻阅历代竹简忽略不计，甚至妄断《史记》是想象出来的，是编撰出来的，完全忽略了他大江南北的行走，他在一座座历史遗址上的考证。《项羽本纪》《高祖本纪》，还有那些列传，包括不时被当代作家诟病的鸿门宴座位，向北向南的位置，垓下之战过程，其实都是有历史资料可查的。这些资料都是一代代史官用"不虚美，不隐恶"的命换来的，包括司马迁也是啼血而书、含辱而作，在竹简上写了皇皇青史与文学叙事。司马迁在竹简上刻下的汉隶，就是中国报告文学最早最高的坐标。在记事记言记人中，他的记言记事本，从帝王将相到贩夫走卒，从殿堂大臣到纵横策士，寥寥几笔，却栩栩如生，呼之欲出。

其实，司马迁的写实史传体绝不是孤立的，是《诗三百》，是《左传》，是《国语》和《战国策》的集大成者。他在写人物时，有很强的画面感，有很真的细节感，有很奇的文学感，又有很雅的书卷味。本纪之中的王者，并非高大完美，更像泼皮无赖；列传中的英雄，倒有侠骨柔情，义薄云天。他将中国人的至仁、至信、至义、至情，写得荡气回肠，扼腕长叹，长歌当哭。这样的故事、情节、细节，这样的人物、神态、言语，这样的场面、豪情、性格，将那群雄四起、百家争鸣、壮士赴难时的一骑绝尘，豪族捐躯时挥剑自刎的上古时代和正大气象一展无余。

报告文学还有红色坐标、东方的坐标，以及人类坐标，但在我的心中，《史记》是最重要的古典坐标，太史公是中国报告文学和非虚构的鼻祖、开山之人。

毫不夸张地说，司马迁的写实审美，至今仍不过时。太史公的本纪和列传之文，篇篇都可以作为中国报告文学的写作范本。他对人物的刻画颇具匠心，对场景描述非常具有电影画面感，对人物心灵的传神白描更是神来之笔，他的国史叙事，宏大叙事的介入，有着非同凡响的思想照亮，他对仁人志士塑造有着平民英雄的史观。信达雅中有红尘烟火，风雅颂中虽颂犹刺，他高度完善地解决了史传文体中文学含金量问题，是中国报告文学的写作坐标。

写报告文学都会面临一个难题，文学性的问题。说难，其实也不难，只要心中有人类文学的坐标，有中国古典文心，那么所有文学门类的文学坐标也就一致了。这些东西从哪里来？从生活中来，从采访中来，从田野考察中来。用考古学家的精神，从一个生活的夯土层下挖、深究，真正从历史的断层中挖掘出至宝，把历史的故事和细节找出来。

我退休前后的五年间，启动了衰年变法三部曲，写南海填岛之《天风海雨》，写中共一大之《天晓：1921》，写西藏精准扶贫之《金青稞》，想实现一次写作的文学涅槃。

第一本南海填岛花了两年半，采访了十一个月，写作半年，写了四个船长，其中三个是失败男人，有被踹了还深深爱着出轨的前妻的，有说真话被从船上政委调整为加油工的，还有翻船之后，从舰长一撸到底的。他们一进南海，展现出来的竟然是硬汉风格，在天风海雨中，铮铮铁骨英雄男儿力挽狂澜。《天晓：1921》虽是一些历史人物，有的甚至子孙都早已经故去，但我还是认真采访了半年，边读书边行走，在读书中考证历史，将碎片般的以讹传讹的东西去掉，还历史以真相，找出屏蔽的东西；在行走和采访中，从风物景观、历史旧址、荒冢遗迹中发现别人没有看到的东西。《天晓：1921》两进中央党史研究院，可以说是一部真正意义上的党史国民文学读本。第三部是《金青稞》，深入西藏十九个贫困县进行采访。北京疫情刚有所好转，我便飞往西藏，从藏东、藏北，西去阿里，擦冈底斯山、喜马拉雅山而过，入后藏，沿雅鲁藏布至拉萨、山南，收官于藏南林芝，东西南北中，等于环绕西藏走了一大圈。有时一天跑四五百公里，采访三四个点。在双湖无人区，海拔皆在五千二百多米，我待了三天，晚上就要一瓶氧，第二天又满血复活，进行采访，心中的坐标就是司马迁，将真实的细节采访出来。对准大写的人，那些改变历史的大人物和创造历史的小人物的命运，写他们丰富的情感，写他们的牺牲，写他们的生存，写他们做人的尊严和苦熬的不容易，还原他们的无奈与惆怅，只有这样的文学才是有温度的文学，才能上接天心、下接地气。

多年来，我的书写词典里，采访是第一位的，挖细节是天经地义的。我的报告文学标准就是司马迁的标准——写人为王，人性最重。因为，任何一个人的书写，都是构成一部书的最重要的元素。人物活了，书则不朽了。无论是国家的国计民生的重大题材，比如青藏铁路、东北老工业基地、西电东送还是南海填岛等，这些国家工程舞台，也是我心中的文学舞台，一定有人在活动，这些小人物的命运，这些像我父母兄弟一样的人，以他们的命运和情感来作为主角，就可以写得风生水起，八面来风，游刃有余。每次采访，我都会对对方说，"用你的故事，把我的眼泪拽下来，我就能用文学语言把读者的眼泪写出来！"这是一种天地人之间的心心相印，一种采访对象与作者之间的心灵共鸣，就是用文学再造天堂，使读者的心灵与书中的灵魂找到共鸣之地，共情，共舞。

合流——双面佳人的千手之舞

灵魂雌雄同体的说辞出自英国女作家伍尔芙，她说的是一种作家现象，其实打开了一道文学的玄妙之门。好的文学作品，也应该是雌雄同体，像四面观音一样，一面金刚怒目，一面慈航佛面，一面慧眼众觉，一面拈花一笑。

报告文学与非虚构，我愿将之称为一个金刚身，却长了一个双面观音相，一生二，二生三，三生万物。四面观音，摇身一变，窑变，蝶变，幻变，最终变成千面千手观音。好作家，好文章，当如是。扩及报告文学与非虚构之间，就应该取长补短，你中有我，我中有你，作为宏大叙事的报告文学，需有非虚构柔情似水的一面，以小见大，以轻示重，以弱胜强，以深深的世相之井，淘出千家万户与城郭之万象世相。同样，作为非虚构，也得从一庭一院一村一井中走出来，有报告文学的雄心万丈，有睥睨天下的高远视界，有包容四海的博大情怀，还要有昆仑泰山压顶一般的英雄气概，挽狂澜于既倒，绝非虚空无当，猝然临之而不惊，但绝非故作深沉，青海长云暗雪山，绝非自吹自擂，山雨欲来风满楼，绝非虚张声势。因此，报告文学与非虚构之间，不该是一种互相瞧不起，而应该是一种合流，互知对方底数，取之补短。所谓的合流，就是将报告文学所固有的宏大气势、正大气象、殿堂之高，那种直面重大国计民生和国际工程、国史记录的风格，在细部上更多地融入一些小桥流水、温婉灵动的叙事。同样，将非虚构私人的、家族的、个体碎片化的东西，用热血烈焰的激情煅烧，化作一股滚滚的洪流，以小搏大，举重若轻。报告文学是以大写大，就不会是大而无当；非虚构的以小示小，就不再是小零碎、小碎片、小家子气，而是大中有小，小中见大，一粒粒珍珠，连接成价值连城的珍珠唐卡。

但是要做到真正的合流，需要作家有宽阔的视野和深厚的科技素养、精神素养、经济素养，对人情世故练达与了解。我在许多场所都曾经讲到，报告文学其实是纯粹的知识分子的写作，以为入门的门槛很低，但是真正写好者凤毛麟角，需要作家有犀利的目光、有深邃的思想和敏锐的文学、审美感受，看尽人间灯火阑珊处，看到别人未发现的东西。徜徉大衢车水马龙中，却有一种思想的高贵、殿堂气派与雅正之美，更有一种上古之气，这些恰恰更是非虚构书写所必需的。

我喜欢的报告文学与非虚构，它是小的，但它的细部能够以小见大。它轻似鸿毛，可弱水兴波，以轻见重，以一个家族的命运，折射出一个时代、一个社会。所以，我将报告文学和非虚构视为一个两面千手观音相，一个心脏、两个脸庞，它的正面是国家面孔，它的背面是众生世相，国之美的脸庞，自然是牡丹花开，富丽堂皇，民之美面孔，自然小家碧玉。前者是长安城里的牡丹花，后者是开在村庄柴棚篱笆墙上的牵牛花，都跳动着一颗心，这颗心就是真实的人物、真实的事件、真实的地点，以真为美，以真为大，以真为善，以真为王，这些真实的题材、真实的故事、真实的细节，激荡在报告文学里是宏大叙事，沉淀在非虚构里就是家长里短。一旦合流，就是那种大江东去里有风花雪月，珍珠浪花跳荡中是黄河青山，小人物底蕴里沉淀着一部史诗，主旋律的大江大河家门口是小桥流水，大海惊涛过后是海上生明月，柳浪闻莺又是一场惊涛拍岸，这样的报告才是好文学，这样的非虚构才有真实的撼动力量，亦大亦小，亦轻亦重，亦诗亦画。黄河之水天上来，听得见花开花凋，小桥流水中看得到潮起潮落，这样的作品，经得起时间巨流河的淘洗，经得起一代又一代读者的挑剔，最后留在书架上传世，能够再造一个灵魂的天堂，让作品与读者共住。

新时代主题书写的嬗变与前瞻

作者：徐剑

发表：2017黄河口报告文学创作高端论坛主旨发言

我们正步入一个新的中国时代。这个新的划界，是以党的十九大胜利召开为标志的，并以"习近平新时代社会主义特色思想"为煌煌硕果。新在何处，中央宣讲团有权威性的表述。诸如社会基本矛盾的变化的阐释、四个伟大、四个自信以及新华社文章对新时期领路人的八种概括与认定，等等。在此不一一赘述。理论之树常青，文学之花常开。处于这样一个新变当中，报告文学作家当然应有属于自己的独特、崭新的思考与表达。我以为，在这个新的中国时代，中国作家是要勇敢地站到阵前的，不能做旁观者，不能让文学缺席，不能让最纯粹的民族言说远离时代。这是由于作家表达和叙事谱系，有自己独特的叙事坐标。诠释一个新的时代，留下一个民族、一个国家、一个族群进入中国时代的演进史、心灵史、精神史，文学书写责无旁贷，中国作家责无旁贷。而且作家关于新时代的书写，一定要经得起时间、历史和读者淘洗，并且能任选家残酷挑拣。

从这个意义上说，中国作家在新时代的叙事方面，应有更阔大的格局，更长远的眼光，让自己的作品，真正成为不负时代、不辱种群、不悖良知的心灵之书、诚实之论、大美之言，而且始终做到恪守底线，尊重规律，爱护作家，善待艺术，立足当下，心向未来。否则，那就不是文学，而只是报告、讲稿，或者说，报告文学的真义，势必将遭到消解。

检视中国作家报告文学的书写，应该说，这种非虚构门类，注定了它是与中国时代贴得最近的，也是最具前沿精神的文学载体。中国时代，其实就是以人民的利益为根本出发点的时代——而这一条，恰恰体现了我们党的创建宗旨。缘此，中国时代的中国文学，始终不能忘记的，便是人民群众。当然，作为主题出版，第一要务是讴歌党，讴歌祖国，讴歌人民，讴歌英雄。但是，最有力的笔触，最称得上浓墨重彩的诗章，应该是苍生在上。因此，报告文学的书写和表达，一定要上承天心，下接地气。唯其如此，文学才有真正的力量，才能展示它的预见性、揭橥性、思辨性和悲悯度、温馨感，才会有大时代的意义和化外之功。

基于上述诸点，我们迫切需要解决的问题应该是：在这个大时代的文学叙事天空之下，作家应该有怎样的政治和哲学站位与姿势？应该秉承一种怎样的文学法度与道统？应该有怎样的哲学向度和历史深度？结合近来学习习近平总书记在十九大上的报告的体会，尤其是总书记对优秀文化的论述，我感到，面对一个中国时代降临的书写时，报告作家起码要处理好三个关系。

新时代与风神韵

一个新时代的来临，总是让作家欢欣鼓舞，总是让文学跃跃欲试。回首建国将近七十年文学之旅，确实令我们欲说还休。中华人民共和国成立初始，如歌行板："解放区的天是明朗的天，解放区的人民好喜欢。"文学家也不例外，胡风老人作为左翼文化界的擎旗者，真心欢迎和拥抱这个时代。他那首著名的诗《时间开始了》，四千六百行的诗行，或可以说是开国之绝唱。今天，我站在黄河入海口边，尤其是想起他那几句诗时，真是心潮逐浪："我是海/我要大/大到能够/环抱世界/流贯永远/我是海/要容纳应该容纳的一切/要澄清应该澄清的一切/我这晶莹无际的碧蓝/永远地/永远地/要用它纯洁的幸福光波，映照在这个宇宙中间/海在沸腾。"激情可谓激情如火，虔诚可谓虔诚近佛。

这个阶段，以《时间开始了》为发端，"十七年"的文学出现了一个高潮。以《红旗谱》《红岩》《红日》及《三家巷》《青春之歌》为标志的文学高原系列，特别是柳青的《创业史》更是为这个时代开了一个文学新境。

对于那个远去时代的文学书写，究竟应该如何判断其文学、文化与精神的价值，这大体上可归于文学史家的话语范畴，我不想妄评。因为我相信大家心中都有相关坐标，无须我来饶舌。我唯一想提醒的，就是不能以当下意见来比照和替代那个年代的历史意见，不能以今天的人类性的文学书写来贬低嘲笑那个年代的革命性书写。其中有一点不容否定，那就是过去时代的书写，曾影响几代人的青春、人生和理想，并持续至今。

第二个新时代，无疑是改革开放。小平同志以大政治家的人生沉浮阅历，以一位老军人的胆识、气魄，以一位总设计师的非凡眼光，遽然打开了中国改革开放的大门，重新开启中断了百年、千年的中国模式，即：中央集权、神州一统；政府动员、集中全社会力量，发展经济办大事，让民众休养生息。就中国传统的执政方式而言，这是在施仁政，是一种罕见的政治开明，它开启了思想解放和文学解放的一个新时代。正是因为这样，所以才有了上个世纪八十年代文学的启蒙时代，才有了报告文学的一次井喷，才掀起了一个又一个的文学新浪潮，才迎来了文学的黄金时代。而报告文学作家，在这样的伟大变革当中，曾占尽风流、览尽风光。但之后，一批报告文学的大将随风而去，从此星光黯淡。他们所碰到的冷暖两端，有许多值得反思的地方。其中一点，或许就是他们离当下太近，离前沿太近，太自信，太依赖观察、晓谕、规劝、反讽，以致踩雷而未觉。但是，作为这支队伍的旗手，徐迟先生却以文学的中道和大雅，岿然不动，终成丰碑，这同样更值得后来者思考。

第三个时代，即是以习近平新时代中国特色社会主义思想为标志。这个中国时代才刚刚降临。现在大家都在积极地接近之，拥抱之，临窗犹看时代花。身处其间，作家自然不能缺席，不能失语，这本就是题中应有之义。事实上，刚刚降临的这个时代，必定是中国历史上意义非凡、变动不居、影响很深的一个时代。

既然如此，那么，作为时代的观察者、书写者的作家们——尤其是报告文学作家，应该如何看待这个时代的相关特性？如何看待自身的经济体量？如何看待令西方谈中色变的中国模式？如何打造与强劲发展的中国经济相称的话语谱系、文学谱系？等等等等，这些，恐怕都是文学家需要沉下心去凝视，坐下来很好地自省与反思、去呈现的东西。

必须承认，这些既是挑战，也是机遇。面临这类挑战和机遇，作家可以做的事情，就是拿出重量级的思考成果来，拿出重量级的作品来，就是忠实记录能反映一个时代本质、反映社会发展进程的历史和现实图景，得出不同于学者、专家和一般受众的见解。只有如此，作家才能真正称得上是不失立场，时代才能真正称得上是气象万千。当此之际，客观、严谨地书写学习和思考的细节乃至其结果，这样的担子，几乎就天然地落在了作家肩上。我以为，此种中国模式亘古未有，值得思考、书写。而且，在观察、思考、书写的过程中，要树立起一种认识，那就是，或赞或弹，都必须符合我们国家、我们民族的长远利益。恶意抹黑固不可取，盲目自大同样面目可憎。我想，中国模式代表的应是一个漫长进程，它无法毕其功于一役。它不是一日、数年，甚至不是一百年可成，它很可能是一千年、两千年、三千年……这是历史大势，是世界大势，是让人思接千载、让天地灿然有光的壮丽画卷，它是那般宏阔辽远，大气磅礴。不过，其中也可能会存历史迷局、书写短板。因而，需要我们认真妥善地去把握、处理相关题材，需要我们抚今追昔、觉是知非。从离我们最近的两个时代——前六十多年或前四十年切入，再俯瞰当下，我们这个新时代，其实是中国走进全球化的一个大时代。

经过几代人的努力，数十年间，风水轮流转，中国开始崛起。结果虽然喜人，但过程亦堪称悲壮。无数付出，或者毁弃，甚至牺牲，代价沉重，而这都是融汇于过程之中的。那么多农民工兄弟的辛勤劳作，造就了都市繁华，也承载了他们的内心悲欢。只见物的繁华，不见人的苦乐，应当是对生活真实、历史真实的一种伤害。就目下情况而言，强劲发展的经济，需要可以与之相匹配的文化表达来呼应。

这里有一个评估与衡量的问题。对于气势雄强的文化、文学的书写和表达，我觉得须依照三个坐标体系来评估与衡量。一个是红色坐标，一个是历史坐标，一个是世界坐标。红色坐标，自然是我们党的路线方针政策所倡导、所褒扬的方面，是正向书写，是现实摹画——也就是说，它首先应是民族的号角，是精神的旗帜。历史坐标，则是三千年的文化、文学的衡量标尺，即文以载道。这也是一种国家意义的书写。《诗经》《左传》《史记》《战国策》皆如此，它们都是一种王朝庙堂的正史书写，并最终成为文学的经典。习总书记在十九大报告中，对于优秀传统文化，表达了无限的温情和敬意。这种坐标，其实就是《国风》，是《春秋》，是《战国策》，是汉文章，是唐诗、宋词，是元曲和明清笔记、话本小说的坐标。再一个是世界坐标，那就是人类优秀文学作品的评价体系，即对人类命运，对爱情，对荣誉、尊严、牺牲等人性的深刻独特的书写。

具体到报告文学的写作，我想说三个字：风、神、韵。

风非风，此风非彼风，它并不仅仅是文人墨客、高人韵士的风骚、风流、风情、风月，而是一种文学初心的回归，是上古的正大气象，是诗三百里的国风传统，是人民性的书写，亦即风雅颂之风，是关乎小人物生命、生活、生存方式的低吟浅唱，是关于人的情感哀婉悲怆的观照，是关于你家我家的离合悲欢的表达，是关于你的我的风月浪漫的言说。它的主体是人，是平头百姓，是弱势群体，更是大写的人，是关于苍生的命运、情感、荣誉、勇气、牺牲、灵魂、孤独、希望、自豪、同情和怜悯之精神的写照。它讲的一定是中国故事，是我们这个民族所怀有的光荣与梦想，尊严与荣耀。离开此，便不是文学，或者说，不是好的文学。

神是神品，是上品的风骨、风神，就是一个民族哲学的向度与精神维度。我在不少场合发言时谈及这样一个观点：中国作家不缺生活，不缺技巧，甚至不缺想象，缺的是作家在一个时代的站位和观察姿势，缺的是我们对中国时代崭新独到的发现乃至深邃宽广的历史照亮和哲学思考。而当下中国作家所缺的，或许就是独到深邃思想对中国时代的精神发现与洞照，既缺一种新时代的文化风骨、风神，又缺古老大国所独有的文学风神韵；既缺一个民族的精神之魂，更缺一种面向世界书写的文学自信和话语权。经过四十年的改革开放，中国融入了全球化的大潮，大门洞开，但中国山脊却从此扁平化：经济高速发展，百姓日渐富裕，可是不少人却心无真信仰，唯认孔方兄。评价一个人成功的标准，只有赚钱的多寡，奢华的隐现。可以说，这是一个创新与欲望一样失控的年代。有的学者讲，这个年代最可怕的是民族精神溃败。这话也许说得过了。可是无法否认，我们这个民族四十年间，最缺的就是信仰，心无敬畏，胸无宗教，心灵之域无精神可支撑，更没有悲天悯人之怀。也正因为如此，所以这个时代给我们呈献了人性的多样性、复杂性，人生诉求的多元化，其情其境，堪称空前绝后，闻所未闻。面对五千年来的这样一个大的历史变局，作为一名中国作家，我们对于这个时代所应有的态度，不应只是贴近，不应搞事不关己，或者持诌媚之态，而应该是在一个更广阔的历史纵深，更高远的视角之上，对这个时代进行独到准确的把脉和哲学思考，用思想之光照亮心灵皱褶，在穿透这个机遇与风险同在、奇迹与挑战并行时代的过程中，振起精神之魂。

至于韵，那就是风韵、情韵、余韵以及诗韵和韵律之美。文学是要讲究文本、文体的。不是说遇上一个好题材，你拿到手了，就成功了。有许多作家将一个好题材写坏了，珍宝就此被委弃糟蹋。这种现象比比皆是。因此，如何写得情韵盎然，回味无穷，如何写得趣味十足，一咏三叹，如何写得铿锵有力，击节而歌，如何写得余韵绕梁，三日不绝，这些都是我们在文学之韵方面要下大力气解决的问题。

表扬稿与黑白灰

不必讳言，当前报告文学的创作，确实充斥着大量的表扬稿。有的洋洋洒洒，厚厚几大本，代入感却很差。记得今年参加中国作家入会评审，还有连续四年参加中国作协重点作品评审，我发现，一些申请入会的老先生，写了一辈子，厚厚几大卷，貌似著作等身，但真的是不堪卒读。以至最近参加乌金奖终评，认为会出一批报告文学的精兵强将，但仍是表扬稿居多，给人一地鸡毛之感。

表扬稿是什么？就是散点的好人好事集纳，尽管亦有人点缀其中，可基本上是见事不见人。纵使写人，也是假大空，其典型病症就是仇视真实和拒绝叙事，激动人心的场面、场景和温润的细节，一样都没有。

还有，表扬稿就是高大上。铁血英雄，莫道有情。连人间烟火气都不见，让凡人无法接近、亲近，只能敬而远之。

另外，表扬稿还充斥着大量的企业家传。人物基本上是平面的，过五关斩六将，一路走来，毫无败绩，更没有他的内心挣扎和人生自省。

再有一点，表扬稿的弊病，就是只有报告，而无文学，以纪事为乐，为快，只知就事论事，并无人物的命运、爱情、生死、荣誉、尊严和牺牲的动情抒写。

习总书记提出四个讴歌：讴歌党、祖国、人民和英雄。这是总的指导原则，不能动摇。那么，怎样才算是讴歌呢？我理解，按总书记的要求，讴歌就是必须坚守格调健康，情感真实，不负时代的基本面，褒奖民族精神、国家公义、心灵律令，要见人见事见史见思，做到思想精深，艺术精湛，制作精良。但一味把作品写成表扬稿，是不是讴歌呢？很难说。你总不能一上来就站在高音部吼吧？调子拉得很高，以大就大，以重举重，以刚治刚。以至于词曲变味，荒腔走板，涂脂抹粉，自娱自乐，这种力竭而休，不是讴歌。因此，校正表扬稿写作，最好采用绘画的黑白灰。

黑白灰是绘画的三个重要元素，通俗一点讲就是明暗、空间和主次。将这种元素引进报告文学里头，非常有必要。对表扬稿的一次反动和越轨写作，则可看作是一种恰到好处的唤醒与回归。

绘画元素的明暗，可以理解为人类的光明与晦暗、黑与昼、生与死的搏击，是命运的沉浮与轮转，是爱情的绝地逢生，是失败的尊严与涅槃，是人的生命与生存、荣誉和牺牲的重塑，是革故。它的对象依旧是描写人，是大写的人的浮世绘、工笔画。写人在历史与时代之中的担当与牺牲，沉浮与宿命，写人性的美丽与悲怆，人情的温婉与良善，还有人性的复杂与黯然。这是一个人类通行的亘古不变的写作真理。倘若没有我们对人类文学古老真理的唤醒与抒写，我们所写的爱情就不是美丽与凄怆，而是肉欲与风月，我们悲歌的壮烈赴死就将变成毫无意义的牺牲。纵使是胜利抒写，也是一种看不到希望的成功。故而，所写命运甚至历史宿命，也必是一种沉落于宗教因果低层次的轮回。

再一个是空间，我以为这个词用于报告文学文本的鼎新尤其好。绘画空间说法，其实就是一个时空概念，是文本结构中的多维度与多向度。其于小说和报告文学以及别的文体，都是一个必须逾越的门槛。跨过这道坎，便可以走向文本创新的自由王国，打通创作的任督二脉、寻找到一种属于通灵天地的密码和"葵花宝典"，并达至天马行空之境、纵横捭阖的时空之域，使自己的书写左右逢源，凿穿壁垒，链接历史与现实、风情与民俗、召唤与复活人文精神。

最后一个是主次。一切文学都是写人的，唯有从人性、人的情感和人的命运出发，才是文学的真谛。四十年间，我们经历了一个奇迹与梦想不断发生的年代，好多工程震古烁今、空前绝后。然而这些大工地、大工程、大创造后边，站着一支亿万人的民工队伍。青藏铁路，他们是主角；两万多公里高铁修建，他们是主角；南海填岛，他们仍旧是主角。所有大工程背后，都有他们的身影。然而一旦落幕，他们便默默地离开，留下甲方，留下官员。然而，我们知道，真正创造历史的是他们，而最应该留下的也是他们。然而事实是，我们去采访，甚至连名字都很难问到，更不用说被人记得。唯其如此，作家才更有责任为他们代言，将他们的平凡、质朴的故事，写成新史诗。这形同一场大的决战，硝烟散尽，辉煌落幕，剩下来讲故事的人，需要做的，就是如何讲好和写出新的时代史诗。我以为，我们的采访视线和讲述重点，都不能离开那些最普通又最可敬的大众，不能离开那些创造了奇迹而又默默无闻的平凡人物，应该从他们真实的故事里去寻找新时代新史诗的主线。所以，无论是人物、场面、脉络、细节都是有主次之分的，都会有主线、暗线与伏线之分。可惜的是，我们不少作家，只期抓住一个好题材，以为这样就成功了一半，而宁愿置认真采访于不顾，置脉络与细节的挖掘于不顾，置深邃精妙的思想提炼于不顾，置精湛的美学元素鼎新而不顾，最后写成了一地狼藉，难以卒读。因此，避开表扬稿的写作，最好的办法就是引进绘画的黑白灰之道，写出人性人情之美、之善，也道出其黯，甚至其灰、其黑来，让读者通过对比，形成通识，知道何为至真至善至美。

文学性与信达雅

对报告文学作家的队伍，从整体上看，我们是充满自信的，相比于上个世纪八十年代，无论是在创作的体量、数量和文体的变化上，都形成了超越态势，构建起了中国文学方阵的一支主力军。一旦国家民族有事，有灾，有重大工程和事件，最早接受召唤的就是这支队伍。可是我们也不能不正视这样一个事实：有的报告文学写作，报告大于文学，新闻多于报告；有的语言太制式化，写得太老实，太新闻腔，遭到文学界同行的诟病。这是一个不争的事实。缘此，报告文学作家被矮化、恶化的现象，时有发生。

新世纪以降，一批诗人、小说家、散文家加盟于报告文学作家队伍。这对于改善报告文学作家队伍的素质与结构，是一件可喜的事情。

然而，报告文学的过度想象化、文学化，过度小说化的倾向，使之不断地突破报告文学的边界与地线。失度，就会失真；失真，便会失态；失态，最终就必致失语。为此，对于过度的文学化，我想提三个字：信达雅。

信达雅，出自严复的《天演论》。对于翻译而言，信则不伪，就是真实。达则有度，度存极致，是为畅行不拘，志节中正，杜绝过之而犹不及。其实，说的还是一个度的把握问题。雅则为分文野，见辞彩。夫子云，言而无文，行之不远。

在特别强调文学性的今天，我有一种忧虑，就是，过度的小说化，其实会伤害报告文学这个文体本尊。这也是我在底下会反复重申信达雅的一个主要动因。

我要特别突出信，强调真实。真实是报告文学的生命和底线，失真则亡。我们这个时代，真实大于想象，根本用不着虚构。谈到这个问题，我想请各位同道记住奥地利作家茨威格说过的一句话："我丝毫不想通过自己的虚构来增加或者冲淡所发生的一切的内外真实性，因为在那些非常时刻，历史本身已经表现得十分完全，无须任何帮手。历史是真正的诗人和戏剧家，任何一个作家都甭想去超过它。"我们处在这样一个色彩如此丰富的时代，每天都要直面高岭低谷，直面离奇而又真实的社会景观，整个世界五光十色，高速呈现它的原貌与异变、美丽与创伤，有周情孔思，也有饱暖淫逸，其千态万貌，纵使作家再怎么飞扬文学想象，穷尽绮思，都很难抵达真实的彼岸。也就是说，真实生活远比作家更富有想象力，因而作家需以行走之姿，走到，听到，看到，从大量的真实事件和人物中去发现独特生动的细节和文学精彩。我写作遵循一个原则——三个不写：走不到不写，听不到不写，看不到不写。

第二个是达，达而有度，达而准确，达而极致。好的文学在于度，在于藏，将深邃的哲思藏于故事之中，藏于人物的命运之中，藏于细节之中，令人过目不忘。纵使需要点睛之笔，也是寥寥几句。引而不发，引而不语，令人扼腕长叹，而非站出来大发议论，大声说教，尤其对心灵鸡汤类的慰藉，读者是最为反感的。因此达至有度，达成极致，就是文本、语言、叙事、故事，既要志节中正，又不能太陈旧。内心要有所守，有所本，但写法不能太老实，要革新，要敢于超越，敢于创新，以求实现文学的经典化。

雅，是取义、恭俭，是文采，是才华横溢而不炫耀，是真正的中国风格和气派。回想当初，新文化运动的潮头拍击之处，直如摧枯拉朽。大批新的文化人物，仗剑执戟，以弑父阵形，全力掩杀，冲向中国古汉语、古文学的天空，甚至无所不用其极。此皆因了西学东渐，以夷为师。在这样的背景下，一批五四运动的大将、大师，尽被西化。结果，一场新文化运动，在很大程度上，或者说，是在某种意义上，成了难定毁誉的灾殃。兵燹所及，祸延四海，横亘中国天空的古汉语之巍峨大厦被付之一炬，硝烟过处，唯留冷灰。于是乎，中华民族的精神之魂被抽空，五千年的文化脐带被剪断。那些新文化的旗手们，像泼脏水一样，将中国文学之魂，一并倒了出去。从此，上古时代的中国正大气象不再，古汉语之高贵、典雅、洗练之美尽失，唐诗、宋词的平仄押韵节奏之美烟消云散，而中国文学则由是被高度欧化，变成了一个个繁复、冗杂、累赘的长句。这样一来，中国文学失去了本色，迷失了自己，完全找不着北。太史公的经典细节之美，唐传奇简约之美，元杂剧的一咏三叹之美，明话本章回小说之雅，《金瓶梅》浮世绘之群雕，《红楼梦》之高古典雅，几乎悉数流失，使中国文学无魂、无文、无神，成了一条无源无水的干涸河床。纵使已经有了攀抵诺贝尔殿堂的文学作品，大体上也关联某种外来文学流派的爆炸特性。

　　与其说，而今我们所处的是一个最辉煌亦雾锁楼台的时代，还不如说，财富丰沛，物欲横流，文化多元，创造与欲望皆全面失控，更近于当下情境。这使中国作家真正可以生逢其时，此乃一个催生伟大文学的年代。其真实的时代故事本身，就是一部伟大的史诗之作。然，幸亦不幸，文学正逐渐走向边缘和寂静，热闹何其之幸，寂寞何其不幸？！不过，幸与不幸间，作家都要能淡然处之，其实，寂然一点亦好。寂寥时刻，可以反思过去，自省内心，叩击灵魂，关注精神的矛盾和挣扎，瞄准未来，重新归零，以求再整装待发，吮吸中国古典文学菁华。我以为，重要的是必须继承中国精神、中国气派、中国风格，重拾山河，回到中国古汉语和中国文学的高贵、典雅和古典叙事上来，以真实、真情、真言、真人、真性情、真故事为文学载体，并将此作为叙事之核，将平民百姓置于文学之顶，以人为上，以人性为重心，写人的真性情与真情实感，以真正的中国风格和气派，经营好自己古方块字的文学世界。将每个汉字、古汉语当作一兵一卒、一车一帅来运筹，注重谋篇布局，排兵布阵，使心仪目见处，无不是旌旗猎猎，虎帐辕门，沙场秋点兵，使词格完美，使结构变幻莫测，使句式变化无穷，使斧钺铿锵之音律抑扬顿挫，使简洁高贵重新成为文学的法则，展现增一分则长、少一分则短的贵族气度，使文字更加老到，老辣，处处氤氲文化水汽，使之成为参透世事、藏有无尽禅机的古典表达，一如大先生鲁迅、沈从文、汪曾祺他们那样，由此抵达彼岸，抵达文学之境。这才是真正的中国元素、中国风格和中国气派，才是真正意义上的信达雅。

《诗经》《论语》《史记》：
报告文学的中国气派与世相之美

作者：徐剑

原载：《文艺报》，2022年12月12日

站在这个讲坛上，我突然想起九百多年前，中国先贤朱熹，胜日寻芳，览无边光景，伫立于泗水边，高吟一首诗："胜日寻芳泗水滨，无边光景一时新……"我斗胆借用一下，改为：秋日寻圣泗水边，无边光景千年新。

百年、千年过尽，夏日曾来到尼山朝圣，今日再返，何其有幸，可以上承朱子，心随景从，登临仰圣，目送泗水，读千岁春深。

历流年久远，我再入尼山，凝神于夫子的铜像之下，参悟于源头意义上的中国文心与坐标，感发于《诗经》《论语》及《史记》，追溯报告文学的中国气派与风格，发掘文学的世相之美。

夫子当年删诗三百，类分风雅颂，尽现下里巴人与阳春白雪之美，为中国留下了最美的诗歌读本，至今仍朗朗上口，为诗之"兴观群怨"留下了九鼎重器。

同样，他的《论语》则是教化中国人仁义礼智信的仪规与标准，千年斯文发轫于此，半部论语治天下。夫子的尼山甘泉，像一口永不枯竭的智慧之井，至今仍然让世界受益。

还有一部《史记》，则是写了《孔子世家》的皇皇大作，堪称史传文学，更是报告文学气派与风格的巍峨雄峰。

首先，我谈一下何为中国文学的文心，我们要追求怎样的中国风格和气派。

我以为，报告文学叙述中国故事，诠释中国精神，是中国梦的国民读本，是弘扬中国风格和气派的文学叙事，唯其如此，才能更好地解决中国文学有"高原"缺"高峰"的问题，同样，也可以光大中国风格和中国气派，走向世界。

何为中国气派？那就是上古的正大气象。远可以溯春秋战国时代诸子百家思想之底蕴，其犹如一口深深的人类精神之井、思想之泉，令中国作家淘之不竭、取之不尽。

而今，我们所处的是一个变动不居的世界，资财丰沛，文化多元，全球化浪潮，洪波涵澹，奇景迭出，让局促的文学想象瞬间变得涛澜汹涌。中国作家由骇然而肃然，大家所感受到的，是前所未有的特殊情境：真实大于想象，晴好间以混沌。混沌者，乃是欲望化和碎片化的驳杂诉求，令有的人战栗、悸动或迷失自我，无法追寻时代，无法找到自己，更无法肇新文学，本可以诞生一部部史诗级作品的时代，我们却集体深陷有"高原"缺"高峰"的尴尬与窘迫，文学不得不接受一个残酷的现实，从主流走向边缘与寂静。

其实，对于中国作家来说，寂然未必就是坏事，退守蛰伏书斋，拉开距离去观察社会，寂寥时刻，可以反思过去，瞄准未来，不怕重新归零，再图整装待发。

窃以为，讲述中国故事，凸显中国精神、气派和风格，中国报告文学作家任重道远。有一个核心问题，就是必须回归于中国古汉语的高贵、典雅，回归古典叙事，回归文史哲高地，深淘春秋战国以来中国哲学思想之井，以中国化的叙事风格和语言，通天心，接地气，将人民捧过自己的头顶，以人为上，以人性为圆心，写真性情，写真实感，说真话，以一缕人性的温馨阳光，照亮灵魂的皱褶，用中国风格和气派，以古方块字之维，构建好自己的文学世界。要将每个汉字当作一兵一卒、车马炮来运筹，注重谋篇布局、排兵布阵。转瞬之间，旌旗猎猎，虎帐辕门，沙场秋点兵，提升词格之美、结构之美，寻求文本的诡谲多姿与句式的无穷变幻，寻法道统，重拾古汉语抑扬顿挫的韵律铿锵之美，崇尚真正的简洁高贵之美，使自己的文字更加老到、老辣。

我知道走向叙事文学的中国气派之途，路漫漫其修远兮，唯有不断地上下求索，上达上古之正大气象，向下亦有具体路标。这路标，便是大先生鲁迅、老舍、茅盾、巴金、沈从文、汪曾祺等一批五四之后的中国作家的作品，其中既有前沿的世界文学意识，更有中国古典文学的高贵、典雅、洗练和音声之美，是真正的中国风格和气派，是坐标与参照。

在语言的叙事上，我开始了大踏步后退的实践，退到古汉语的神髓处，雅正、高古、简洁和音乐之美上。晚明小品空蒙、性灵、禅意、洗练、高雅，说易亦易，说难则难。作家操刀，在读者看来不过小菜一碟。然治大作如烹小鲜。大作好写，犹如长江黄河，烟波浩渺，惊涛拍岸，气吞山河。可匠人好为黄钟大吕状，极易唬人。千字短文，形似小石潭中秋水，清澈剔透，鱼翔浅底，池边生兰芷，水中若长杂草，一览无余。作家功力之深与浅，文笔老辣与稚嫩，寥寥数语，便可测试出来。因此，吟物显志，叹事成理，写人立传，切入角度要巧，叙述向度更宜摇曳多姿。唯有极具思想穿透力，并以沉淀诗意叙事，最终才能显现文化韵味，凸显中国气派。

第二，文学就是人学，报告文学概莫能外，全方位展现世相之美是报告文学的不二属性。

在写作时，报告文学作家要瞄准人物、人情、人性和命运的落点，把文学的视线聚集到人生、命运以及人的处境和人类的前途之上，甚至是死亡上来，允许写人情之美，写人性之怆，写命运之舛，因为大时代的变迁，必然折射到个人的命运之上。报告文学的落点必须对准人，对准那些创造了历史的底层普通人，对准那些改变了历史的大人物，但这绝不等于是表扬稿，小人物有小人物的挣扎、尊严、友情、爱情，也有人性的悲悯与感动。大人物有大人物宽袍广袖的从容、自信，也有身处时代旋涡之中的艰辛、艰难和悲哀、悲怆，甚至难言之隐。而从根性层面论，我认为，文学的落点尤须对准普通人。唯有平凡物，才是文学书写的永恒坐标。世相百态，"大"与"小"都不可或缺。那种涉及小角色灵魂隐秘，扪及世相苦难，还有那些非常温暖、充溢十足动感和磅礴力量的文字，包括最真实，因而也最打动人的人物、故事、精神，如果能相挽共进，一并纳入，既有典藏式叙事，也有羊皮纸叙事，则报告文学一定会有更健康、更优美的生态，更能映射人性光辉，从而能更好地进行生命观照，更好地书写生存伦理、文化伦理，更好地体现人文关怀，更有益于叙事拓展、理论创新。

总而言之，凡人的故事也是中国故事，小人物的梦同样是中国梦的壮丽华章。我们的时代和社会，正在"两个一百年"的历史交会点上稳步迈进。伟大的复兴之梦，是由普通百姓的人生梦想连缀、叠加而成的。小人物之梦构成了中华民族伟大复兴之梦的青史断章，普通人圆梦的故事沉淀为中国故事的精神底色。唯有普通人的圆梦之旅一帆风顺，中华民族的伟大复兴之梦才会出彩。当然，报告文学既然是多元化存在，那么，我们就不单要为青史留名的人事风物提供足够版面，为杰出的思想表达画出足够场域，也要给予凡人小事最大的话语权。我特别希望作家们能将激荡人心的笔触对准小人物，或粉底重彩抒写，或泼墨大写意，或工笔手绘，或白描勾勒，写出普通小人物在圆中华民族复兴之梦、人生梦过程中的艰辛温馨和感动，最大限度地展示生存、尊严、牺牲、荣誉以及生命的代价与崇高。苦辣酸甜里有民族的正气歌，欢乐忧伤中有国家的无韵离骚。

对于报告文学而言，世相之美，关键是细节的典型之美。《史记》千百年来被历代文人墨客奉为民族的信史与文学圭臬，可谓中国报告文学的巅峰之作。它最精彩之处不仅仅在于其春秋笔法的微言大义，而且在于那一个个波澜壮阔的场面，那一个个如珍珠项链般被穿起来的经典细节。因了细节的经典，其刻画的人物个个性格各异，呼之欲出，令人过目不忘，千古咏叹。人们可以忘记篇名，却单单能记住文中的人物。刘邦、项羽就不说了，仅举舞剑的项庄，还有生食彘肩的樊哙为例，那种人物的不同动作、神情、性格，便堪称文学教科书，直让人拍案叫绝。这就是报告文学的非凡魅力。然而，当下的部分报告文学作品中有大量作品忽略、缺失细节的刻画，更遑论精彩的经典细节。厚厚一本书，汪洋一片，事物苍苍，云山泱泱，见事不见人，见景不见人，或者见人不见神，代入感差，甚至不堪卒读。

没有了细节，书便不会精彩。疏于写人，重于写事，这是大忌。有些作品倒是写人了，串场匆匆，走过的人物成百上千，却难留身影、倒影，或恣意铺陈，或大而无当，或仅为过场，情景和细节寥寥无几，一笔掠过。没有奔流不息、直指人心的细节予以支撑及加以展开，人物的命运沉浮，在惊涛骇浪的时代大变局中的使命担当，皆流标于空泛贫乏。人隐于事后，物居于人前，这怎么能写得出、写得好精彩的中国故事呢？

报告文学作家应该有写鸿篇巨制的文学野心和精神担当。对于报告文学作家的写作而言，要有勇气直面这么几个词：精神、命运、生死、爱情。要使报告文学回归文学，回归古典，回归哲思，回归中国化叙事，回归中国文心和坐标，回归中国气派和世相之美。我们要不断强调"报告文学所特有的参与意识、批判意识以及丰富的社会内容和社会影响力，使它不同于一般的文学样式"，要让报告文学真正成为"大于文学的文学"。

古今中外的精品之作、扛鼎之作、传世之作，无一不是在文学叙述中对"文心"，也就是精神思想元素，有独到的发现与深邃挖掘。上乘之作，一定是精神品质高拔的，站在民族的人类的高峰之上的，有独怆然而涕下的时代、民族、个人、历史的命运感，有爱情的美丽与凄怆，能直面死亡的残酷与冰冷，直通读者的心灵，能为读者再造一个天堂的力作。可以说许多作家都是穷尽一生，却困惑于此。

第三，新史诗是报告文学未来的写作新坐标、新高度。

报告文学要想写出真实生活的精神标高，达到新史诗的高度，我认为它不靠技巧，不缺语言，甚至不缺生活和想象，最缺的是精神品质，缺的是作家在大时代中的站位和姿势，亦即心里没有设定新的坐标，实际上是远离文心，忘记了中国气派与世相之美。

新坐标是什么？就是中华民族的新使命、新史诗、新变化、新高度。只有能够真正认识到这一点，我们才能在社会的发展进程当中，深刻洞察历史经纬，厘清事实，反映时代的变化轨迹，呈现其中所蕴含的力量。

这种力量，是真理、信仰、文学的力量。只有呈现了或者说拥有了这种力量，报告文学才是有力量的，报告文学只有拥有了这种力量，才能称得上获取了更正确的坐标、崭新的坐标，达到了新的高度，才能称为从文心共有抵达了现代性的与时俱进，才是真正表现了独特的精神气质与文学气度。

当下的社会正面临百年未有之大变局，因此，我们更要认真深入领会习近平总书记在中国文联十一大、中国作协十大开幕式上的重要讲话精神，树立正确历史观、时代观，要有一种思想和精神的穿透和照亮，以此测试我们驾驭重大题材的能力和功夫。作家身处这样一个转型的时代和社会，能不能有更高、更新、更深的哲学历史视角，能不能有独到发现，能不能用新的文学美学元素来诠释这个时代、社会与人生，以期构成一部作品的精神品质，构成作家独特的叙述表情和文学品相？这确实是我们必须扎实答好的时代问卷。

总之，面对纷繁复杂的世界局势，面对光怪陆离的社会现象，面对难以预测的人生命运，作家的认知力、感知力、叙事力、思想力、思辨力都遭遇到了巨大挑战。文学作品特别是重大题材作品既然关乎家国情怀、前沿命题，就要站在人民的立场上，坚守原则和底线，不忘文学和人性维度，揭示真相，针砭时弊，照亮迷茫，驱散黑暗，更重要的是能够见证时代、社会和国家的发展，以新的文学图式描绘未来。

报告文学必须占领新史诗的新高地。新史诗写作，未必全都是世界级的杀伐决断，不一定都是哈罗德·布鲁姆所讲的对抗性的带英雄气概的"史诗"，它恐怕更多包括民族普通成员的日常习得、心理状态、精神结构跟思维方式，亦即索尔·贝娄式的"对当代文化富于人性的理解和精妙的分析"。换言之，我们不妨从言必称宏大叙事的倾向中脱出，进入丰沛的精神世界、情感世界、知识世界，书写、创造新史诗。直面一个个重大的历史事件，在新的坐标点上，以更高站位，从更巧妙的角度，用历史、哲学和美学的眼光审视，对新的社会现实做出更文学化、更打动人心的诠释，让新史诗上承《诗经》《论语》《史记》等古典经籍独特的细节之美，并充分展示新时代的新风尚。

这些典籍的细节之美，也关乎先贤文心。像太史公的《史记》与老杜的"三吏三别"，前者为史，后者为诗，对此，法国编年史史学家吕安就曾说过，"诗比史更真实"。无论是作为诗的史，还是作为史的诗，太史公与老杜有一个异曲同工之处，那就是细节之美。对于"细节"这两个字，我强调过很多遍，个人觉得就是再突出强调一百遍、一千遍都是必要的，因为无细节不文学。唯有写出令人耳目一新、闻之动容、思之泪目、一眼万年、关乎文心的细节，报告文学的新史诗化写作才算是修成了正果，中国气派和世相之美才有了魂魄。

报告文学的中国气派和世相之美，系于我们的笔墨淘洗之间、文化精神的建构之时、话语秩序的形成之际。经国文章，千秋之事，华章宜待秋水洗。当下秋草黄，风霜尽，夜露白，一壶浊酒万事休。沉醉之后，看秋山红遍，西风残照，汉家陵阙，这才是真正的中国气派。也许今生今世，我辈作家无法达到庄子之《逍遥游》、老子之《道德经》、屈子之《离骚》、太史公之《史记》、柳宗元之《小石潭记》、苏东坡之《赤壁赋》，甚至张宗子之《湖心亭赏雪》、曹雪芹之《红楼梦》之境界，但是我们常怀一颗中国文学的文心，在讲述中国故事的正道上追求报告文学写作的中国风格与中国气派，在中国文学的叙事坐标中描绘中国社会独有的世相之美，以新史诗写作为方向和目标，那么，便至少可以千山我独行，便至少可以让报告文学这一伟大的文体永立时代的潮头，再过五十年、一百年、五百年、一千年，后来的选家和读者，可能就会读到新史诗的《史记》。

下编

对话徐剑

万里河山任驰骛

对话人：刘斌（资深媒体人、报告文学作家）
原载：《时代报告·中国报告文学》，2015年第6期

采访徐剑时，时值五一国际劳动节，北京霁雨天晴，阳光和煦，天气好，心情好，谈话的兴致也高。见面之地，选在了二炮大院。徐剑一身戎装，站在电梯口迎我，让我这个曾经是铁道兵的老兵有一种梦回的感觉。徐剑个子不高，阳光，透亮，在我的印象之中，拿捏重大题材如此游刃有余、八面来风的作家，应该是执铜板琵琶唱大江东去的关西大汉，可眼前的徐剑，和我预想中的多少有些出入。可是当他眼睛里迸射出坚毅从容、春风大雅的神情时，我忽然觉得，这就是我心中的徐剑，钦慕已久，今天终于得以一见。

进入其办公室落座之后，徐剑为我沏了一杯云南普洱茶，茗香袅袅，寒暄话题自然与"劳动"相关，谈劳工神圣、劳动光荣，聊天道酬勤、劳有所获。徐剑戏称自己是一个拼命三郎型的作家，是一个血气方刚的军人，更是一个默默耕耘自己一亩三分地的农夫。

知夫莫若妻。一次，夫人吴玉明问他："老徐，你除了会写书，还能干什么？"徐剑沉思片刻，回答："我唯有像老农一样去经营呵护自己这块土地。"

"恰逢'五一'节，我们聊了劳动，再谈谈收获吧。"我说。

徐剑笑了，笑声里透出"老农"对劳动对土地的深情，洋溢着"农夫"收获的喜悦。

"先让你看一样东西。"他说着随手递给我几册线装宣纸大本说，"从去年'五一'到今天，我练了一年书法，365天从未间断。皇天不负苦耕人，嘚瑟一下，你点评点评？"

我小心地翻了几页，那端庄秀丽工整规范的柳楷，那清丽俊逸潇洒轻盈的行书真是赏心悦目，仅仅一年就如此见效，何其了得。他即兴谈了练书法的感悟，访谈正文再展开。

谈罢书法，又聊创作收获。他说："从2004年写《东方哈达》至今满满十年，劳动节的前夕，觉得该为自己创作盘点了，平时太忙，今天借你的采访正好回顾梳理一下。"

十年是一个重要的时间节点，这十年是徐剑的创作高峰期，收获丰盈喜人，积累了大量宝贵的创作经验，出版了《东方哈达》《灵山》《冰冷血热》《遍地英雄》《王者之地》《国家负荷》《雪域飞虹》《浴火重生》《玛吉阿米》等作品。其中，《浴火重生》《东方哈达》《国家负荷》，还有《大国长剑》列入了国家"中国报告"英文出版计划，《东方哈达》《国家负荷》已出，《浴火重生》《大国长剑》待出，同时，还完成了《逐鹿天疆》《梵香》《坛城》《经幡》等，其中有的获中宣部"五个一工程"奖，有的获全军新作品一等奖，还有的获中华优秀出版物奖等。每一本书都充满鲜明的主旋律特征，每一部作品的结构叙事都独具特色，难能可贵的是各不重复，不断出新超越，对重大题材驾驭达到了游刃自如的程度。

2005年，写青藏铁路的《东方哈达》在《中国作家》杂志刊出，一位著名评论家颇有见地地说："十年之内，就写国家重点工程的作品而言，很难有超过《东方哈达》的。"今天，这位评论家的话似乎果然应验了。徐剑很平静，口头说，书中写：我就是农夫，我就是老农，日复一日，年复一年，经营自己的一亩三分地。

最近，徐剑疾呼回归中国文学的道统和法度，继承好灿烂的中国传统文化，继承好优美的中国语言传统，发扬光大中国古典文化，讲好中国气派中国风格的中国故事。在访谈正文，我们会一一道来。

徐剑说自有手机短信之后，他便开始尝试即兴写古体诗词歌赋为领导、师长、朋友贺年祝辞，很多年过去了，这些诗歌竟然被朋友保存着，有的甚至被编辑朋友发到了报纸之上，令徐剑有点始料未及，觉得是一直在"玩"，并未太当回事。微醺了，就填上一首词，吟上几首诗，却在不经意间满溢情怀、情感和才气。诗词之外有怎样的肺腑之言？访谈正文详加叙说，这里仅录他的三首近作，先睹为快。

[忆素娥·甲子] 太行巍，晋赵男儿甲子会。甲子会，经国文章，瑜哥笔伟。马家军败青史谁，寻找黛莉文最贵，文最贵，剑胆琴心，长恨歌催。

[长相思·清明] 梨花雪，几片雨，缤纷坠落葬大地，冥纸化蝴蝶。鸣杜宇，血泪啼，神州道上正清明，亲人成追忆。

[采桑子·龙泉寺] 云谲波诡碧水荡，龙泉诵汪，宋柏涅槃，佛手龙头矗天苍。唐兴古寺黄梅赞，横枝轩窗，赋诗粉墙，诗心一片云之南。

徐剑是深邃的，徐剑是坦诚的。当笔者把访谈主题和具体提问要点发出后，他很快回讯：所提问题独到，符合我的追求和探索，会有很多可讲的东西。

访谈正式开始时，徐剑拿出一沓A4信笺纸，共有8页。那是什么？那是他手写的答问提纲。原来他在繁忙中做了书面准备，足见其人格魅力，也是对"报告文学名家系列访谈"的重视，令人感动。

徐剑有一个幸福美满的家庭，夫人吴玉明知书达理，贤惠质朴，女儿徐晓情聪明美丽，所学专业是西班牙语，在埃菲通讯社驻北京分社做翻译工作，在职读研究生。这位掌上明珠回到家里，"老徐"长、"老徐"短地叫个不停，叫得徐剑心里温温的。从"爸爸"到"老爸"，再到"老徐"，虽然"爸爸"的昵称消失了，可是"老徐"的亲切把父女情深的浓度提升到了制高点。徐剑一听到"老徐"的呼声，心里乐开了花，蜜一样地甜美，顿时绽开幸福的笑容，天生的福相娃娃脸显得更青春了。

徐剑说，每个人都是一本书。现在让我们打开"老徐"这本大书，读一读他的创作之路人生故事，探究一下他驾驭重大题材的秘籍和"葵花宝典"，从他的真知灼见中，认识一下宝贝女儿心目中的"老徐"吧。

书法、诗词、文学的道统与法度

刘斌：徐主任，我们今天访谈的主题是重大题材驾驭，其中有一个具体内容是"学养"，书法艺术和古典诗词都属于这个范畴，您特别提及讲好中国故事，要回归中国文学的道统与法度，我们先就这些话题聊聊。

徐剑：好的，先谈书法艺术。去年"五一"，我突然心血来潮，要写书法，要写好中国字。就这么简单，一个念头产生，马上行动，备好笔墨纸砚，选好字帖，每晚夜深人静，展纸提笔，像小学生那样，先读帖、临帖两个小时，心静下来了，再用楷书或行书写日记，写长篇小说片段，每天4小时，天天如此，365天不间断。

刘斌：毅力可敬。刚欣赏了您的习字本，何其了得，主要读、临哪些帖？

徐剑：我是双重性格，有柔软的一面，也有刚烈的一面，做事比较有毅力，从不虎头蛇尾，要做的事一定持之以恒坚持下去，像农夫打井一样，淘一口深深的文化之井，非见水不可。唐楷我先临颜真卿的《多宝塔碑》《东方朔画赞碑》、柳公权的《玄秘塔碑》，行书是书圣王羲之的《兰亭序》《圣教序》《快雪时晴帖》等。

刘斌：有基础有渊源吧？

徐剑：有一点童子功，小的时候受一个人影响。我的家乡在昆明东郊大板桥镇，宋元以降，是当时昆明府入京大道之上的一个重要驿站。我有一个远房大伯叫徐加祥，他出身不好，家庭成分高，但字写得好，一手好楷书，又有学问，街上店铺和每家门上对联都是他写的。看他写字是一种享受，对我有潜移默化的影响，开始学他的样子写写画画。上中学后，老师发现了，选我参加昆明市中学生书法大赛，开了眼界，初、高中期间我把学校的墙报几乎全包了，写粉笔字。时隔多年，直到去年"五一"下了狠心，再开始练习书法。开始执笔僵硬，运笔无章，慢慢就写顺了。

刘斌：艺术门类各异，但彼此相通，有文化积淀会很快上路入道。练了一年，您在书里书外有怎样的感受？

徐剑：感触很深，主要有三个方面。其一，通过读帖临帖，对书法艺术有了进一步认知。书法艺术是中国文化瑰宝，有赏心悦目的美感，无形之中得到浓郁的精神滋养。颜楷端庄雄丽，朴茂硕实；柳楷工整规范，骨力挺拔；天下第一行书稀世珍奇，飘逸俊雅，读来真是兴味无穷，心旷神怡。润物细无声，这些对我的人品、书品和文品修为大有裨益。其二，对意志品质是绝好的历练。时光流逝人渐老，难免滋生颓废和慵懒，但我又不是一个玩物丧志之人，应该有澡雪精神，不断拓展自己的视野，应该清醒神志，保持良好的追求上进心态，天天写书法是最佳途径。其三，作家应该入静，绝虑凝神，虚静安宁，气沉丹田。耐得住寂寞，抵御这个拜物教时代社会上的各种诱惑，怎样排除喧嚣尘世的烦忧，书法就像一道天然屏障，屏蔽掉杂音杂念，让我进入完全平和清静的境界，那种完全没有浮躁、超然洒脱、心无旁骛、安静从容的状态太美妙了，这是书法为我营造的，也是我最看重的一点。

刘斌：您的作品中有大量充满激情的古体诗词，内容丰富，情感充沛，耐人回味，有何样渊源？

徐剑：说来话长。我六七岁的时候，当时正值"文革"伊始，一次在街边废品站捡到一本没头没尾的小册子。当时上小学二年级，认不了几个字，但一下子被书中的长短句吸引住了。书中写道："碧云天，黄花地，西风紧，北雁南飞。晓来谁染霜林醉？总是离人泪。"我拿着这本小册子去问那个大伯，这是什么书。他翻了翻，然后用一种诧异的眼光盯着我的脸说了三个字：西厢记。后来我把这本小册子保存了很久，它在我的心中埋下了文学的种子，我很想进大学中文系，把这么美的文字系统地读懂读透。

刘斌：您是早熟的童子，早年的梦想实现了吗？

徐剑：破灭了。我们这一代人受的教育是残缺的，断裂的。我16岁时，幸运地走进了毛泽东思想大学校，进了解放军这座大熔炉。后来部队又送我去湖南日报学习，去武汉军校读书，但是，心中想读懂《西厢记》的梦始终没放弃，我一直把王力教授主编的《古代汉语》四卷本带在身边，有时间就读。我的古代汉语知识和古典诗词知识都是自学的。

刘斌：学习研读您的诗作词作，发现您写的宋体词多一些，唐诗风格律诗绝句少一些，您喜欢豪放派，还是婉约派？

徐剑：豪放与婉约，我都喜欢。年轻时喜欢李白，三十岁以后喜欢杜甫，他那种心系百姓苍生、悲天悯人的大情怀让我感动，一生颠沛流离，怀才不遇，仕途失意，"朝扣富儿门，暮随肥马尘"。为了自己的嗷嗷待哺的孩子不至于饿死，为讨一杯冷炙和残糕，多么屈辱的事情都做了。也许正是这样受苦受难的诗心，最终，写出了《自京赴奉先县咏怀五百字》《茅屋为秋风所破歌》《三吏》《三别》《登岳阳楼》等经典名篇。特别是"安得广厦千万间，大庇天下寒士俱欢颜""无边落木萧萧下，不尽长江滚滚来"等千古绝唱，影响了我大半生。然，一个年龄段有一个年龄段的特征。人过不惑之后，我竟然喜欢上了婉约派，从温庭筠、韦庄、皇甫松直至李煜、柳三变、李清照，尤其是大清的纳兰性德，简直可以说爱不释手。因为这些诗词更接近艺术，能够抵达灵魂的天堂，引起情感和美感的共鸣。可是知天命之后，我又迷上了苏轼。东坡在诗、词、文方面皆有极高的造诣，政治失意，坎坷的流放经历，芒鞋竹杖穿林过，一蓑烟雨任平生，其诗词歌赋入佛入道，完全是一副禅宗境界。他的诗赋逾越世相之美、艺术之美、生命之美，直抵宗教之美，堪称中国古典文学又一座高峰，可以说是天命所赐。

我喜欢中国古典诗词豪放派的大气阳刚之美，也喜欢婉约派情深意切的阴柔之美，每逢春节、元宵、中秋，我都会即兴填词，发给亲朋好友，传递亲情友情。没想到，有的在他们手机里保存了好多年，一直舍不得删掉，令我很意外，还被朋友拿去发表了。

刘斌：我们简单聊了一下书法和古诗词，是想引出一个重要话题，3月30日中国作家出版集团和文艺报社共同举办了"如何讲好中国故事"的座谈会上，您讲了一个观点：写好中国故事，要写出文学的大气绚烂和中国风格之美，就要回归中国文学的道统和法度。您是怎样做的？

徐剑：这个话题很重要。我记得回归中国文学的道统是铁凝主席一次讲话中提出的，而法度却是我练书法之后感悟出来的。中国文学的道统就是文以载道，精神品相要有思想穿透力；法度，则是中国气派、中国风格的叙事方式，包括文本结构、语言、韵律之美等法则、规矩与度。这种回归不是一天两天短时间见成效的，它是日常的、常态的。多年来，我知道自己受教育的断裂情况和知识结构的缺失，自觉加强中国古代诗词歌赋的学习，自觉加强晚明话本、笔记小说和晚明小品的学习。中国古代文学里有情怀的高度，有情感的温度，中国古诗词有高贵、简约和韵律之美，所以我坚持写宋体诗词，写半白半文的抒情散文，不是为了复古，而是洗练自己的文字，这就是回归中国文学的道统和法度。

刘斌："道统"和"法度"学问深奥，涉及到儒学之源、宋明理学心学，涉及到朱熹、韩愈、王阳明。我理解道统是儒学传承的一个轨迹，一脉相承吧，"道"是逻辑的，"统"是历史的。法度是法典中的一个概念，就是制度、法则、规则、准则、秩序。您研究得深，请谈谈回归道统和法度的现实意义。

徐剑：意义非常大，我们现在存在最大的问题，就是传承断裂，知识断裂，淡漠道统，淡化法度，没有规则，无拘无束。只有寻根溯源，回归原点，重本尊源，承续灿烂的中华文化，承续丰富的中国文学，承续优美的中国语言，一句话，回归中国文学的道统和法度，才能承前启后，才能写好中国气派、中国风格的中国故事。重大题材驾驭，涉及到历史文化问题，涉及到学养和视野问题，都与回归中国文学的道统和法度密切相关。

重大题材何以驾驭？

刘斌：现在我们进入访谈的重点内容，谈重大题材的驾驭。首先提一个问题，驾驭重大题材应具备哪些基本品质和学养？

徐剑：我先讲一下对报告文学写作的个人看法：报告文学是最纯正、最洁净的知识分子写作，与别的文体不一样，它是难度最大的写作，能写容易，写好不容易，写出精彩写出厚重更难。优秀报告文学作品特别是重大题材作品关乎家国情怀，具有前沿精神，能够预见到一个时代、一个社会和一个国家的未来和发展轨迹。特别是这些关乎国计民生的重大事件，是对作者气度、胆识、胸襟、见地、视野等多方面的挑战。现在喜欢阅读纪实文学和报告文学的读者越来越多，能写报告文学的人也很多。从业记者都能写吧，有写通讯的基础就能从事报告文学的写作，这支新闻大军浩浩荡荡。可是，由于工作性质不同，他们多数成不了专业作家。现在全国能写出好作品的报告文学作家凤毛麟角，活跃在一线的屈指可数，许多人不写了，何建明主席精力充沛，还是领跑者。可喜的是新的方阵上来了，青年一代正在崛起，长江后浪推前浪，这是十分可喜的。

刘斌：记得您讲过，好的报告文学作家应该是"四个半"家，这是品质所要求的吗？

徐剑：是的。报告文学对作家的品质要求很高，优秀作家的认知力、感知力、叙事力、思想力、思辨力应该是一流的，应该是半个社会活动家，半个历史学家、半个哲学家，半个杂家，半个文学家，四个半合在一起，才会是一位够格的报告文学作家。

首先就社会活动家而言，也许上午你去中南海、钓鱼台采访高层官员，下午可能出现在田间地头与农民促膝谈心，晚上又可能钻进地下室了解北漂一族的生存状况。三教九流、达官贵人、布衣百姓中都有熟人朋友，有共同交流的话题，能广泛集纳社会多方面信息。

第二是半个历史学家、半个哲学家。报告文学作家一定要通晓中国的历史，清醒认识中国的现实，预见中国未来发展轨迹，关注现状，关注社会民情，要有哲学家的思辨能力和批判精神。有了历史学家和哲学家的立场、视角和眼光，对重大题材就能看得透看得深看得远，不至于偏颇、肤浅和短识。

第三个半是半个杂家。优秀的报告文学作家可以是某一领域的学者，但成为多领域专家是不可能的，成为"半个"是可以做到的，天文地理、政治军事、经济商业、教育科技、诗词歌赋、琴棋书画等无所不晓，无所不通，这样与被采访者交流起来，不至于说外行话，利于交流，便于采访。这方面我有许多成功的经验，也有失败的教训。

刘斌：难能可贵，请介绍。

徐剑：《国家负荷》这是一部写国家电网的重大题材，我没有这方面的知识储备，我写过航天、核工业，写过水利、铁道，但是进入国家电网时，看到资料上的那些科技专业名词如同天书，怎么办？也得迎难而上，途径是读书、请教、做功课。采访中国工程院院士薛禹胜时，就遇到了问题。他笑称是《红楼梦》中薛家的后裔，薛家一门出了12个院士。刚落座时，他就给我一个下马威，说："我知道你是写核导弹的，那技术不复杂，我们搞国家电网才复杂，有许多世界级难题，你们是"二维"，我们是"多维"，"多维"是没有边际的。"好在我事先做了功课，对国家电网的基本情况，包括技术关节点有了解，我们就顺着"多维"深入对话。话很投合，他给我讲了许多"多维"的细节情节，还讲了他多维的情感世界的故事，最后他感叹地说："徐作家，你不得了。我接受大小采访多了，但是他们提不出问题，我就懒得讲了，你讲了那么多内行的话，我就憋不住了。你把我心里的话、隐私的事都掏出来了。"

刘斌：只要案头工作准备充分，功课做得充实到位，就能提出问题，顺畅交流。新闻采访学中有句名言：做合格的对话者。您的这个成功案例正好说明了这点，半个杂家太重要了。再讲讲您失败的案例。

徐剑：一次，我到监狱采访一个盗墓犯。他已经被判无期徒刑，监管警官告诉我："你尽管问，他会有问必答。"但是，我没有采访罪犯的经验，我们隔着铁栏坐下，他就直勾勾地抢先问我："你是干什么的？"我严厉地说："你没有资格问我是干什么的，现在是我提问，你回答。"他马上沉下脸不说话了，后来怎么开导，他就是紧闭嘴巴一言不发。后来警官告诉我，犯人神经极端敏感，需要平等对话。我恍然大悟，由于没有心理学知识，特别是缺乏犯罪心理学常识，特别是没有平等的心态，结果肯定是事与愿违。

最后是半个文学家。有关文学的内容太多了，优秀的报告文学作家应该是文章高手，各种文学门类都可以涉猎，散文、诗歌、小说，样样皆通，出手不凡，是一位出色的文学家。

刘斌：您的"四个半"家提法很有见地，有这样的知识结构，为驾驭重大题材奠定了素质基础。那么，驾驭重大题材应该具备哪些学养呢？

徐剑：主要有四方面学养：气度、胆识、见地和姿势。气度就是气魄和度量，就是站在一个恰到好处的俯瞰视角，视野开阔，视界高远。气度决定一个作家的视野、视角和视界。有了宽宏的气度，才能举重若轻、举大若小，把重大题材驾驭好。有人说，拿到一个好题材就能成功。我说，错。题材决定论没有根基。你拿到一个好题材只能说明你有了一张重大题材的入场券，或者说你拿到一张重大题材的参观票，离成功还远着哪。搞不好，眼花缭乱，晕头转向，困在迷城里走不出来。在错综复杂的环境中，没有气度，没有犀利的眼光，找不到适合的视角观察世界、了解世界，就会有驾驭不了、担不起挑不动的感觉，费尽九牛二虎之力还找不到路径，不能发现关节点，两眼无神下笔无力，使尽浑身解数还是一团乱麻，说明你气度不够，难以达到自己的美好愿望。

刘斌：气度如此这般重要，您是怎样提升的？

徐剑：决定气度大小的因素很多，最主要的是经历，经历对提升气度至关重要。我的人生有三段主要经历。一是军旅生涯，从基层士兵开始，从连队到团的机关，再由团到基地机关，继而总部的机关；从遥远的莽原山沟来到首都北京，从青山绿水的南方来到四季分明的北方，北地的宏阔无边，华南的小桥流水，每一段经历都汲取了大地的精华，得到了命运的馈赠。二是秘书经历。我的第一位首长是抗日战争出生入死的小八路，经历过抗美援朝，经历过核试验，是总参谋部的高参，又当过野战师的师长，屯兵伊利，准备一战，战略谋划和基次很高。在这位老将军身边工作，他的战略眼光和看问题的高度深度，对我有耳濡目染的影响。我跟的第二位首长阴法唐将军，他那种泰山压顶不改色、每临大事有静气的气度，温婉平静、心若止水的气质对我影响至深。三是行走的经历，特别是青藏高原的行走经历，让我的灵魂受到洗礼，让我的身体和精神受到极限的挑战。

我夫人说我是"自虐狂"，在残酷地虐待自己，我乐此不疲。我去西藏16次了，把每一次雪域高原之旅都当成一次新的开始。我曾爬过5座海拔5000多米的雪山，连续七个半小时在路上行走。这样的经历是助推器，有了这样的经历，天地小了，气度大了。

第二方面学养是胆识，胆识是胆量、气魄和见识。驾驭重大题材要具备"三胆"：史胆、文胆和学胆。史胆就是历史的纵深感，能贯通过去、现在和未来，看到的不是一时一事，而是长久；文胆要宽大无边，文学是有野心的，有大的企图，新的标高，要像攀岩者一样，不畏险阻勇敢向上，还要有文学的通感，把小说的技巧、散文的手法、诗歌的方式都调用起来，把各类文艺元素都调用起来，为你的真实报告添彩；学胆是学识见识，要博览群书，融会贯通，将陌生的领域变成可以穿越和融入的文学的黄河青山。

第三方面学养是见地，可贵的是要有独到见地。中国作家不缺技巧，不缺技术，不缺想象，缺的是发现，缺的是见地，特别缺"独到犀利的见地"。独到的见地，缺的是站在历史的高度、时代的高度、国家与民族的高度去结构去叙述去表达。我常常思考：我们为什么出现不了像《战争与和平》《追忆逝水年华》《静静的顿河》那样在世界文坛产生强烈影响的鸿篇巨著，根本问题是没有见地，我们的思想和表达达不到史学家的深度，达不到哲学家的高度，自然也达不到文学家的广度，没有深邃、博大、精致的艺术空间。

刘斌：您的《东方哈达》《国家负荷》《大国长剑》《浴火重生》已经在国内外产生很大影响，请从"见地"角度谈谈这四部作品的深刻性。

徐剑：《东方哈达》不是单纯写一条铁路的建设。我站在柴达木盆地，站在昆仑山的南山口，看到的是一条由历史通向未来的天路，是一条两千多年来汉藏两大民族和亲和睦的心路，是中华民族图强自强实现梦想的大路。有这样的见地，作品就有大气象了。《大国长剑》是揭秘中国年轻导弹部队诞生成长的历程，展现国家意志，展现官兵隐姓埋名、永远沉默的奉献精神。《国家负荷》《浴火重生》是科技创新，老工业基地新生的重大题材，展现科技强国、改革创新的民族精神。有了这样的见地，就写出了重大题材的内核，而不是表层叙述，一般记录。

学养的第四方面是姿势。姿势是技巧，更是风格。重大题材创作最忌套路和空话，最忌一上来就站在高音部，撕破嗓子地喊。我提倡的写作姿态是小缺口切入，由小及大，由小渐大，举重若轻，抽丝剥茧般地娓娓道来，低调入文，出其不意。就拿《浴火重生》来说吧，这是东北老工业基地，包括沈阳铁西区、齐市一重、钢都煤城的振兴改造史，我不用全景式叙述方式，用小缺口切入，从我们居家过日子的红双喜高压锅和红梅牌味精写起，逐步引出历史的沉重、变革的阵痛，用4个普通工人世家的故事，刻画出东北老工业基地脱胎换骨的历史画卷，展现了共和国工业发展与文明的心灵史。著名评论家李炳银老师评论："该书充满和弥漫着浓重的情感成分和日常生活气息，是文学表现工业变革题材的成功范例。"著名评论家梁鸿鹰评论："该书表现了我们国家大工业在世界上所占的位置，通过对中国工人精神的大力颂扬，彰显了中华民族在世界上所负的使命。"

历史文化视角

刘斌：历史文化视角决定重大题材作品价值，请谈一下您的见解。

徐剑：命运、生死、爱恨、生存，这8个字是文学的永恒主题，在重大题材写作中如何把国家命运、民族命运、家族命运、个人命运融为一体，站在历史文化的视角观察与书写，关系到创作成败。写《大国长剑》可以单一地写这支年轻的共和国导弹部队从无到有、从小到大的壮歌，但是，我从全球战略格局的大视角去写，把政治格局、背景和军事文化做了充分表述，中国在极其困难的情况下打造这张王牌是为了世界和平，为了国家安全，警告搞核讹诈的战争狂人，不要再叫嚣，世界上不是只有你们有核导弹，我们中国也有，不要轻举妄动。站在这个历史文化大视角写，自然而然题材就写大了。《当代》头题发表后，全国几十家报刊转载，香港《大公报》《文汇报》也发表，全世界都知道中国有了看家重器——第二炮兵。这部作品一书获三项大奖：中宣部"五个一工程"奖、中国人民解放军文艺奖和鲁迅文学奖。

刘斌：历史文化视角要有人性的光亮、情感的温度，您在创作中是怎样体现的？

徐剑：我讲一下《鸟瞰地球》的情况。当年我在一个导弹工程团，这个团驻在湘西一个小县城。团长是一位抗日战争时期的老兵，我是团政治处书记，一个十九岁的小排级干部。我们团的任务是构筑导弹阵地，就是把一座大山掏空，里面修筑许多曲里拐弯的坑道，然后把导弹和装备放进去。当年的开挖技术十分落后，工人放炮，除碴、运碴、浇筑，全都是人工，靠年轻士兵的体力和身躯去拼。我一说，你就清楚，你当过铁道兵。施工中经常发生塌方，半夜紧急电话不断，天亮前团机关就要组织人悄悄去挖坑埋战友尸体。我很震惊不理解，问老团长："我们老家有习俗，人死要放鞭炮，吹唢呐，排着队送行，这叫白喜事。为什么部队不能这样呢？他们年纪轻轻地为修筑导弹基地而牺牲了！赤条条而来，悄无声息而去。"老团长说话很粗，骂我："你懂个屁，一个新兵蛋子。当兵为什么？为保卫祖国，准备打仗啊。可是部队三天两头出事故死人，丧气不丧气？我们愁还愁不过来，你还要放鞭炮、吹唢呐，抬棺木过街，让老百姓怎么看？小城怎么安宁？"

我无言以答，默默下了决心，要把这些牺牲的战友的故事写出来，他们有的当年进了山沟连县城都没去过……就这样，我创作了《鸟瞰地球》。重大题材的历史文化视角在哪里？个人命运与国家利益怎么结合？我不去写高层决策，不去写宏大全景，就写这支工程部队，就写奉献与牺牲，整部书倾注了我的情感，当年每一座导弹阵地旁边都留下了一座烈士陵园，里面长眠着一个排、一个连的战友。多年以后，我回去把一块一块墓碑上的名字记录下来，写进书中，长长的一列名单，最小的只有十六岁，最高职位的是副团长，五十二岁。我要用我的笔把战友的名字镌刻在文学的纪念碑上，让战友把生命贡献镌刻在历史丰碑上。

刘斌：我记得结尾大概是这样的："地方上搞开发，要平掉烈士陵园，战友们把军帽摘下来，一顶一顶排过去，一直排到烈士陵园大门口。要平掉烈士陵园，先从我们的军帽上轧过去吧……"动人心魄啊！

徐剑：是的，写到这里，戛然而止，给读者留下思考空间。历史文化视角对重大题材写作是十分重要的，用历史文化的眼光才能抓住这个题材的精神内核，抓到关节点，抓到"图腾"。《鸟瞰地球》我抓到了"情感"。《浴火重生》我抓到了"命运"。东北老工业基地改造的重大题材事件错综复杂，怎么理出头绪？我顺着历史的轨迹追根溯源，找到文化源头，宁古塔的流人历史，柳边墙的禁地，把当年山东、河北、河南人闯关东的历史、当地满族人的发达历史、白山黑水沉淀下来的文化基因，从历史文化视角深入挖掘后，寻找时代的投影，就有了高度厚度，有了文化的分量、浓度。

宏大叙事的独立表达

刘斌：历史文化视角很难把握，容易资料堆砌，碎片化拼图化，这方面问题在后面探讨"背景资料应用"和"结构"时再继续向您请教。接下来我们谈一下"宏大叙事"的独立表达。

徐剑：你的问题提得十分到位。重大题材实质就是宏大叙事，就是主旋律。我是穿军装的，吃皇粮的，不能拿起筷子吃肉，放下筷子骂娘，受滴水之恩，当涌泉相报。我们不为国家为民族为人民写作，为谁写作？关键是主旋律怎么个表现？宏大叙事如何表达？高大上那一套多被诟病，重复新闻体也遭反感，所以你提"独立表达"提得好，我觉得独立表达要做到三点：独立立场、独立情感、独立语言。不受任何因素左右，不受任何声音干扰，与各方面保持距离。

第一点是独立立场。当年中国作协组织重大题材创作时，有四个题材：西气东输、南水北调、长江三峡和青藏铁路。关于"水"1999年我写过《水患中国》，就不沾边了。我没去过新疆，想写西气东输。炳银老师马上反对，说："你熟悉西藏，你不写青藏铁路谁去写。"鼓励我，"非你能写，非你能写好！"在炳银老师力荐下，才接了青藏铁路，真是十分感谢炳银老师。我在做前期准备时，就对作品有了初步定位：写出历史文化品位，绝不写工程报告政绩表扬稿。我一上去，就把原铁道部的一位领导得罪了。他给我画了框框，这样写那样写指示一通，我没按他的要求去写，结果就给"颜色"看，有一次让我自费买飞机票。所以说坚持独立立场、远离领导是要付出代价的。

我对看不上眼的事、感觉不好的人往往采取远离态度。有一次，在海拔4200米的沱沱河，刘志军一下车就让医护人员前呼后拥地抬进了宾馆。我的第一感觉不好，太过分了吧。你正值盛年，没有那么恐怖吧，否则你就别上来，上来就要和大家一样自己走。他们安排几次要我采访他，我都委婉谢绝了。但我对青藏铁路有限责任公司总负责人卢春房感觉很好，他原是你们铁道兵一师的，我们是同年的兵，很谈得来。他就说："你是作家，你想采访谁、怎么写，我不管，你有什么问题，有什么困难，我来解决。"我在国家电网、在东北老工业基地、在鄂尔多斯等地采访都是这样，邀请方只管联络，从不指手画脚，我也始终保持我的独立立场，不受官方意见左右，更不会为他们去写政绩工程，我关注的是大时代背景下的人、人的情感以及人性之美、之丑、之恶。

第二点是独立情感。作家一定要有悲悯之心，要有平民情感，大众情结，普世情怀，和被访者交朋友，乐他们之所乐，忧他们之所忧。有一年，我在青藏铁路工地过中秋夜，恰好是昆仑山的月亮最圆最低最亮之时，家人不团聚，我问几个女工：为什么此时不给咸阳的家人打电话？她们说："不能打，去年打了，孩子在那边哭，我在这边哭，老人在那边流泪，我们在这边流泪。中午打，情绪会好一些。"还有一个女工说："电话一通，女儿就在那边先唱：妈妈妈妈我爱你，就像老鼠爱大米……"她们哭，我也落泪。

刘斌：《东方哈达》有许多感动的故事，确实催人泪下。您说过："你们的故事把我讲哭了，我一定写出来让读者看哭。"能达到如此效果，可见，作家有独立情感太重要了，请谈独立语言。

徐剑：独立语言的学问很深，我先讲一下语言的洁净和美感问题。一次在青藏铁路工地的座谈会上，一位年轻作者说，他有一个素材：四对夫妻挤在一顶帐篷里住，晚上……我本来是一个很儒雅温和的人，但他这样践踏文学，污染语言，实在无法容忍，当即打断："你不要再讲下去了，无聊不无聊，这么低级趣味。你可以呼吁为每家独立支一顶帐篷，可以用纯洁美好的语言赞颂夫妻恩爱，为什么这么低俗呢？"我在《东方哈达》中写过铁路工人王成和湘妹子黎丽琴的真实爱情故事，两位年轻人在昆仑山隧道打通时在工地举行了浪漫婚礼。在他们的爱巢采访时，我半开玩笑地说，高原缺氧，安全第一。王成明白我的关心，说："作家放心，我们在洞房里吸氧，等工程完工了，我们才考虑生育。"小黎在一旁羞涩地捶了王成一下。五天后，他俩穿着西装、婚纱在隧道边举行了圣洁的婚礼。

我还写过一双夫妇同在青藏铁路，男的叫刘正道，女的叫方文红，方文红那年二十七岁，女儿刚刚两岁，追丈夫而去，高原反应十分严重，上楚玛尔河四次，又吐又晕，连续放倒四次，最后挺住了。但夫妻同工，不能同住，更不能同房的，这样有猝死的危险。刘正道住男宿舍，方文红住女宿舍，只有到周末，两人才一同到楚玛尔河畔，背靠着背坐在草地上看蓝天白云，看藏羚羊在眼前轻灵地跃过，玩累了，两人手拉手地回去，女的帮男的洗洗衣服，男的给女的讲讲故事，多美好。可是十年之后，我碰上中铁建的一位文友，他说"你写的方文红得癌症死了"，我错愕不已。我说，方文红为何会死啊，她才三十七岁。一个文学的丽人之梦，被冰冷的命运撞得粉碎。

所以，我讲独立语言，首先要有独到的发现美的眼光，用自己纯净的文明的语言表达，这是最基本的。宏大叙事的独立表达说到底是作家立场观点的表露，是真善美情感的声音，是不受外界任何因素干扰和影响，不受制于人，远离邀请方干预的独立写作。如果你的语言没有情感的温度，只是宣传语言的图解，新闻语言的翻版，那么你的写作就失败了，你的作品可能只有一天的生命，一段时间的历史，搞不好不出一年，你的书就成了垃圾废品。

背景资料的运用及美学原则

刘斌：接下来请谈一下背景资料的应用及其美学原则。

徐剑：写重大题材，了解一个事件的来龙去脉，阅读一些背景资料，查阅相关的书籍是十分必要的。这对于真实写作，不出谬误和硬伤有重要意义。我每接受一个题目，邀请方都塞给我许多书和报刊资料，我嘴上不说，心里犯嘀咕：

有了这些书还请我干什么？这是要我搞资料汇编吗！不就是要我写新观点新事实吗？所以，我对背景资料应用一般只有一个目的，就是甄别人名地名，核对时间、数据。我也很少用数据，为什么要用数据说话，数据准确吗？可靠吗？刚谈到我们写报告文学是要用独立立场、独立思考、独立情感、独立的文学性语言表达，数据是无法代替的。有一次，《人民日报》约我写一篇有关水利的东西，陈启文也在场，塞给我们几本书，我翻了一本，一大堆数据。我直言，这个人不会报告文学。陈启文也有同感，说，罗列这么多数据，普通读者是没有兴趣的。对历史文化含量大的资料，我是要认真研读的，但是我一定要到现场去，感受那深埋于历史废墟之中的文化历史信息。写《东方哈达》我就从拉萨带回了三十集的《西藏文史资料》读本和夏格巴写的《西藏政治史》套书回京认真研读。

背景资料的美学原则很简单，就是不炒冷饭，绝对不说别人说过的话，绝对不重复别人的观点和叙述。即使对同一个历史事件，我也要有我的新发现、新见解，有我的新思考、新诠释。背景和现实之间一定要有一个时光隧道在联通，是情感的共鸣，思想的碰撞。我的书是一定有历史有文化的，起点是历史文化，落点也一定落在历史文化上。应用背景资料与获取新素材相比，我更注意后者。

刘斌：您是怎样获取新素材的？

徐剑：没有捷径，就是亲自到现场，亲眼观察，用心感觉，认真采访。

刘斌：都知道您有很深的西藏情结，16次登上青藏高原，讲讲刻骨铭心的经历，谈谈写重大题材必须到现场的重要性。

徐剑：第一次进藏时，我不到三十岁，跟着阴法唐将军，经昆仑，过可可西里，跨越五道梁，一路西行，到日喀则时我感冒了，一病不起。大家都知道，在高原患感冒是要命的事，昏睡了三天三夜，高烧不退，处于半昏迷状态，只靠大剂量地注射青霉素，两位藏族女医生护士昼夜守护，一位老摄影家用脸盆给我接尿。我心想要魂归天国了，就是那种感觉，生死在一瞬间，与死神擦肩而过，命中注定要经过那场炼狱。那是一次真正意义的生命涅槃，回到内地，一切都顺了，且以后是越去越顺。

1998年第二次进藏，我四十岁。到了喜马拉雅山的南坡，采访1962年中印边境自卫反击作战的战场旧址，从错那县海拔5200米波拉山口盘旋而下，入克节朗河谷，可以遥望六世达赖喇嘛仓央嘉措的故乡达旺。当然那边是印占区，人是过不去了。当时，是藏南的雨季，天气恶劣，道路泥泞，爬第一台地时，从海拔2600米至2800米，羊肠道，牦牛足迹坝，我有些吃不消，坐下来大口喘气，呼吸急促，心都蹦到嗓子眼上了。我问陪同的老班长："除了哨所战士，还有谁上去过？"他说，连长的四岁女儿。"怎么上去的？""炊事班长背上去的。"我又问："还有什么人上去过？"老班长说，指导员家属。"怎么上去的？""一边爬一边哭，走一步，哭一步，爬着上去的。"我一听，咬咬牙站了起来，说："走！四岁的孩子能上去，军嫂能上去，我一个七尺汉子一定能上去。"于是走一步，停一步，一步一停蹭上去了，爬了四个多小时。路上，老班长还给我讲了一个情节：哨所的米都是官兵扛上去的，到了山上，有一半不能吃。为什么？汗水把米袋浸湿了，做好的米饭成了面饭，满是汗臭味。后来有了经验，肩上垫一块塑料布，汗浸不到米，汗味少了，但还是没有山下米的芳香。没有这个亲身经历，是找不到感觉写不出感动的文字。

我在雪域高原行走，爬雪山，拜圣湖，那灵山灵水圣景让我的心魂得到彻底的洗礼，亲眼看到许多神奇美妙的现象。一路走，我还一路读书，读西藏的历史文化书，在现实中寻找历史的回声。

生活真实和艺术真实

刘斌：青藏铁路通车典礼时，您做客CCTV演播室直播间，在上下午七个小时的现场直播中，娓娓讲西藏的历史和现实，讲读书与行走的感人故事，感觉您真是把背景资料用活了，成了"西藏通"。下面请谈谈生活真实和艺术真实的问题。

徐剑：写重大题材是有边界、有底线的，就是有一个度，一个底线，不可逾越。这个度这个标线就是真实性原则，必须严守生活真实、事实真实的准则，要保真，不能失真，绝对不允许虚构、想象、瞎编。否则真要出问题，惹上官司，被人告上法庭，甚至要被判刑。我胆小，还因了这身军装，不想青史留名，也不想臭名远扬。

重大题材写作一定要"保真"，对生活真实要有敬畏之心，老老实实做案头工作，研究透彻来龙去脉，老老实实做准备，老老实实与人交朋友，老老实实做田野调查，要像考古工作者那样一丝不苟，探求真理，挖掘真品，拒绝赝品。

艺术真实是在生活真实的基础上的重新组合，二度创作，赋予文学的审美品位，进行艺术的唯美表达。我们现在所处的时代是一个多彩的时尚时代，是一个斑斓的多棱镜，这是一个最好的时代，也是一个最龌龊的年代，有伟大也存犬儒，有阳光也存在阴暗，奇迹不断发生，丑闻也层出不穷。这给我们提供了取之不尽、用之不竭的创作资源，只要善于发现真善美，发现正能量，就有重大题材，能不能写成好作品，就看你进行艺术真实再造的功力了。

刘斌：讲得精粹精彩。我这里有一个问题，重大题材写作有些时候要写到国家高层领导人，作者不可能在场，应该怎样真实艺术地表达？您是如何把握生活真实和艺术真实的？

徐剑：报告文学写作特别是重大题材写作绝对不能虚构，这是原则，要经得起事实和历史的检验。所谓用小说的叙事方式写报告文学，是讲用小说的艺术表现形式而不是动摇文体根本，可以用小说的结构、语言和叙事，对场景进行描述，增加艺术感染力，基本事实必须是生活真实。《东方哈达》中邓公会见阴法唐将军时讲"还是走青藏路好"的那个情景，是我几次采访阴将军仔细核准的，老人多次回忆了在北戴河与邓公见面的情景，我只不过在场景方面文学化一些。热地与江泽民的电梯对话是我采访热地时热地书记亲自讲的，对话如录音一样真实，只不过两人的神情有些文学性描述。没有当事人的讲述，我不敢随意写进作品，更不敢凭空想象。"失真"就失去魅力，因为是赝品，就没有任何史料价值，更失去了文学意义，唯有真实，才能永久。

重大题材结构

刘斌：我们谈论一下重大题材的结构。结构是作品布局构造的艺术，贵在创新，您的书每一部的结构都不一样，请先梳理一下。

徐剑：以《东方哈达》为线，在此之前的《大国长剑》《麦克马洪线》基本是全景结构、线性结构，以时间发展顺序写。虽有立交桥交错的结构掺入其中，但是文本意识并不自觉。

《东方哈达》开始，结构的意识增强了，有了大开大合的气度，有了历史文化的视角，有意识地图新求变，每一部作品都不重复，寻找超越。《东方哈达》采用上行列车和下行列车双线并行结构，现实和历史并行，青藏铁路与唐蕃古道并行，劳动与情感交织，命运与梦想交织。古人与现代人辉映，逝者与生者同场，把众多的鲜活素材、厚重的历史文化信息有序地编织在一起，我以引导者观察者的身份，在第一现场身临其境进行叙述。

《冰冷血热》采取主辅两条线并行的结构，主线是抗冰雪保供电，辅线是我与女儿的情感线，女儿就在北京西行的列车上，阻于冰雪道上三天三夜，通过骨肉情感牵挂突出主题。当时还想发掘第二条分支辅线，从广州南上汽车之上，想找一个被困在路上的朋友，通过彼此讯联的过程强化主题，可惜时间太急，没找到。

《王者之地》采用大音乐会的节目单结构，把蒙古族颇具代表性的音乐元素都用上了，如古乐歌、呼麦合奏、马头琴独奏、长调，组成一台恢宏的音乐会。

《国家负荷》采用了金木水火土，东西南北中的五行阴阳结构，电的产生是金木水火土，电无处不在，东西南北中，构成巨大的电网。结构一出，左右逢源，采访和写作就十分有序顺畅。

《浴火重生》是以京都天坛、地坛、日坛、月坛及社稷、人间六个板块结构，拼图组成，讲述五个家庭四代工人的命运，展现共和国从游牧文明、农业文明向工业文明进展的缩影长卷。

《雪域飞虹》采用的是电的两极——正极和负极的结构，交叉叙事。

刘斌：听说待出版的《焚香》《坛城》两部作品结构也很出彩。

徐剑：《焚香》如果不讲结构，平铺直叙，极易写成猎奇、侦探纪实，因为盗墓贼盗塔挖出了舍利子，冥冥之中，并不知道与大宋王朝的一段历史有关。

于阗王子到中原搬兵，我从今天的盗塔切入历史，展示伊斯兰文化东渐，于阗王国破国在即，派王子到西天求得佛陀舍利子，入大宋汴京城求救兵。从佛陀舍利产生的源头说起，几经劫难，最后失而复得的故事。用什么结构呢？想到十三级佛塔，一级一级，一层一层，十三级写了十三章，直到塔顶，舍利回归，重放佛光。

《坛城》是写拉萨八廓街旧城改造的。八廓街环绕的大昭寺就是一座坛城，拉萨传统的转经之路有三条，都是以大昭寺内文成公主带进去的释迦牟尼十二岁等身像为中心，沿大昭寺大殿一周为小转，沿八廓街一周为中转，沿林廓路一周（约10公里）为大转。我住的宾馆岗嘎乃曲就在八廓南街，早晨我站在宾馆的天台上，就看到阳光下大昭寺，由大昭寺我就想到三转，一转一轮回，三转不就是历史（昨天）、现实（今天）和未来（明天）吗，找到了事件的"图腾"和开启幻城的密码，书名和结构一下就出来了。就这么简单，你从历史文化视角，从地域特色出发很容易找到有特点的出彩结构方式。

明年我们二炮诞生五十周年，我正在构思《镇国重器》，结构还没想好，总不能重复《大国长剑》，挑战自己，等待灵感女神降临。

刘斌：您的作品中充满感人的细节，如何采集最能表现主题、最感人最独特的细节？

徐剑：细节决定成败，这句话有道理，一部作品没有细节，没有故事，它就没有生命力，没有艺术感染力。怎样能挖掘到珍贵的细节？没有捷径，就是把你的探头扩到最大的灵敏位置，向生活深处钻，向重大题材的深处钻，"深海探宝"就是这个道理。下去采访，不要把"我是中国作协采访团的""我从北京来"挂在嘴上。你放下架子，弯下身子，人家会被你的真诚打动。人家会把你当兄弟，会与你掏心窝子讲话，就会谈出你要的独特生动的细节。

刘斌：这是真经，以心交心。

徐剑：挖掘细节还有许多方法，除了观察、感受、体验，还有喝酒。中国是酒文化的国度，无酒不成席，酒越喝越厚，酒后吐真言，酒逢知己千杯少，酒为媒是联络情感的一个途径，当然还有许多戏法，关键要以诚为本。

叙事方式自觉求新

刘斌：请谈谈叙事方式自觉求新问题。

徐剑：叙事方式说白了，就是如何讲、怎么讲。最近中国作家出版集团和《文艺报》连续召开座谈会，对于如何讲好中国故事，与会同仁提出许多很有见地的建议。我提的问题是，作家应该思考自觉求新。齐白石先生有句名言：学我者生，似我者死。我的理解：你向优秀的人学习会得到提升，但是一味模仿不再创新，一定会退步。以前我崇拜苏联的肖洛霍夫，他1965年获诺贝尔文学奖，长篇小说《静静的顿河》我看了四遍，曾雄心勃勃想模仿他，后来感觉路子不对，还是要正本溯源，回归中国文化，于是开始拼命读古典名著，提高感知力，提高叙事水平。创新一定要自觉，不断否定自己，超越自己，摒弃陈旧的、僵硬的样式，变换花样，推陈出新，不仅叙述内容需要历史文化含量高，而且叙事方式要新颖、独特，多种多样，不模仿别人，也不重复自己。

刘斌：您的叙事语言已经形成独特风格，灵动、个性化，富有诗意，谈谈您的语言修为之路。

徐剑：孔子说过，文而无文，行之不远。年少时，我追求辞章华丽，文辞优美。三十岁前，喜欢读"二余"作品，觉得余秋雨和余光中先生作品繁复富丽，辞章华美。四十岁再读，读不下去了，有点想呕的感觉，觉得他们太秀了，不应该是他们这个年龄段写的文字了。近年来，我尤喜欢胡适、周作人、沈从文、汪曾祺的叙事语言，他们从小就有系统的国学教育，白话文中充溢古典文学语言的传统风格，字里行间隐含着简约、高贵、凝练、韵律、典雅，白话中具有精美华丽的韵律感、意境美。我还非常喜欢晚明性灵派的作品，公安三袁和张岱的语言风格清新灵动，凝练华美，广览简取，富有诗意，出差的时候都要带上张岱的《西湖梦寻》或《陶庵梦忆》。汪曾祺先生的语言和美文达到了炉火纯青、入禅入佛的境地，具有神韵。要说我的语言风格，主要是多年来从中国古典文学、古代汉语、古代诗词歌赋和唐宋八大家散文中汲取了丰富的营养，从一些名家大师的作品中汲取了精华。

刘斌：一方水土养一方人。彩云之南的雄奇峻美、行走大地的眼界视野对您的语言风格有什么样的影响？

徐剑：对我的语言影响非常大。大家都知道我是云南人，就说这张脸，许多人都说"很云南"。云南是个美丽的地方，昆大丽（昆明、大理、丽江）是国内外首选旅游抵达地，说着说着就给我家乡做广告宣传了。我是从散文起步的，当初就写了许多云南的灵秀和野性，写山茶花、青石板、茶马古道。

当兵出云南到潇湘之地，又是一种全新的感觉，另一种风景，是沈从文笔下的边城小溪，青山翠竹，古朴的吊脚楼，是刚烈的湘人，多情的湘女。记得入伍时，在闷罐车里，看不到日月，看不清外面景象，只听带兵的排兵说：你们光荣幸运，当上了特种兵，要带你们去南方的大海边……军列转来转去到了桂林，在兵站吃饭，别人抢红烧肉，我直勾勾地望着突兀的山峰发呆。吃完饭又上汽车，在盘山路上走了一天一夜，也不知是什么地方，天亮后发现四周绿树莽莽，一望无际，吊脚楼雨雾缭绕，鸟鸣犬吠，这就是带兵排长所说的南中国海，一片如泣如诉的林海。这是上天对一个萌芽中的作家的特殊恩赐，触景生情，就想用自己的语言把所见的美景表现出来，后来，去长沙湖南日报学习，到武汉读军校，进北京随首长走南闯北，再后来行走雪域高原，万里山河，无限风光，怎能不追求文词的博大宏阔，辞章的大气磅礴和诗意的表达？

刘斌：阅历是财富，生活是源泉。您由散文出道，后来又怎样迈入报告文学的大门的？请介绍一下您的创作转型情况。

徐剑：我的作品开过N个研讨会，感恩，永远忘不了第一个研讨会是散文，1986年8月由二炮和百花文艺社联合主办的，处女作《岁月之河》散文集还没出来，只是在《散文》杂志上连续发了八篇头题作品，在社会上产生了一定的影响。二炮政治部、宣传部和散文杂志社联袂为我举行散文讨论会。军队的名家都参加了，特别是著名散文家刘白羽也被请来了，让我感动的是，他有腿伤，挂着拐杖来的。《散文》杂志当时在全国散文界有号召力，不久百花文艺出版社办了一个大型刊物，是一本纪实杂志，编辑就向我约稿。当时，什么叫纪实我还云里雾里，就是写身边的真人真事，编辑点拨，写读者想知道有意思的，不要写好人好事表扬稿。心有灵犀一点通，我就以我们部队女军官的爱情婚恋为素材写了《走向婚姻的祭坛》，发表后那期杂志发行150万份，全国各地的车站、码头、机场到处都有，书摊上还挂着大张海报。内部人说我写得真实，社会上读者说有趣儿，还有人说写得有点儿黄，许多人因为这篇纪实记住了我的名字。

1992年，二炮创作六集电视专题片，叫《爱的丰碑》，是弘扬"爱二炮，爱阵地，爱本职"三爱精神的，我是主笔。当时的二炮政治部主任是一位文化水平高、非常挑剔的人，他带着二级部长审这部电视片，说写得无可挑剔，一个字也改不动。部队领导认为：瞎参谋烂干事好培养，作家可是百里挑一难找的。于是，当时我就一部散文集《岁月之河》、一部报告文学《走下婚姻的祭坛》，就被调去当专业作家，何能何德，进大军区创作室门槛是很高的，我却无意之中，一脚踏了进去。当了专业作家之后，压力无形之中是巨大的，时逢二炮成立三十周年之际，我调动了从秘书甚至是军旅生涯的生活积累，创作了《大国长剑》。

刘斌：有个词叫"等待"，机遇眷顾有准备的头脑。二十年，你等到了《大国长剑》，又是一个二十年，你等来了《东方哈达》。请谈一下，您是怎么等待的。

徐剑：这两部作品是我的代表作，也是我的成名作，属于我们今天探讨的重大题材，你用"等待"这个词非常准确。评论家曾评论：徐剑如果没有多年的导弹部队基层和高层生活经验，是不能完成《大国长剑》的；如果没有雪域高原的深厚情感和不惧艰险的行走，是不能完成《东方哈达》的。

这两部作品确实是我饱蘸激情和热血写出来的，是用情感和灵魂写出来的。我没有过多研究报告文学的理论，但是，我把握了这个文体的核心本质，就是报告文学的落点，始终瞄准大写的人，写人的命运和情感，写人生存状态和人性的温馨和感动，写我熟悉的人和事。以一种敬畏之心，把大写的人高高举在头顶，放在心上，真诚地对待我采访过的每一个人，发现、挖掘感动的精神火花。我说过，我从来不去费神费力地寻找所谓"重大题材"，我就老老实实经营我的一亩三分地。天道酬勤，人在做，天在看，你辛勤耕耘，必有收获，你有实力，机遇女神会降临到你的头上。

刘斌：您说过，您有两翼：一只翅膀是刚阳，是金戈铁马的导弹部队军旅生活铸成；另一只翅膀是宗教情怀，是行走大地雪域高原的滋养。有了这岁月磨砺、经年等待的两翼，才得以在报告文学的天空中向着高远飞翔。

徐剑：是的，我是AB血型，又是双子座，人家说这种血型的人性格分裂、矛盾，我也感觉自己的性格、追求、境界、思维方式与血型有关，时而不自觉地对立，时而又自觉地融合，时而理性到冰点，时而感性如烈焰，一半是冰一半是火，一半是哲思一半是抒情。所以，我觉得十分适合写非虚构的东西，写纪实文学的体裁，这正好符合报告文学要求。等待，就是积储能量。蓄势待发，机遇到来时，就能一触即发，不负重托众望。没有"等待"的养精蓄锐，雄厚积淀储备，就不可能薄发。如果不脚踏实地地等待，不处心积虑地等待，就是拿到重大题材，也会茫然无措，甚者会糟蹋掉。

刘斌：最后谈一个问题，您对"天分"怎么看？您的天分与遗传基因有没有关系？

徐剑："天分"是存在的，但又很神秘，人无文学的天分，绝对成不了作家，但天分到底在一位作家成长之旅中占多大的成分，我没深入研究过。我就是从小就喜欢古书中的文字，觉得太不可思议，太美妙了，想读中文系写书当作家。入这个行后，一发而不可收。有人问我，写作很苦吧，我说没有觉得啊，一个人能够按照自己的爱好选择职业，在这个时代，是一件很幸运的事情。我是一个幸运的人，从事的是一件幸福的工作，还有了不大不小的成就，这可能就是所谓的"天分"吧。现在我们昆明市十七中学里挂着两个所谓名人的画像，一位是"国军"的空军中将，一个是现为人民解放军大校的我。知道我的乡亲们都很自豪，讲我们古镇出了一位军旅作家，现在北京。家乡的人把我当成大名人在媒体上宣传，但我心里很清楚：一路走来，我付出了多少汗水和辛劳，又有多少贵人一路支持和帮助。没有这些，我会寂寂无闻，一切都是零。我是客家人，祖上是填四川、云南，从江南一路南迁过去，祖辈是农民，老父亲今年八十二岁了，还在种菜，始终没有离开那片生于斯长于斯的土地。打电话常讲的一句话是：要守规矩，不要犯错误。老母亲要求严格，记得小时候她眼睛一瞪，我就不能乱接礼物，所以，我在家是听话的好孩子，在学校是努力的好学生。当兵上火车时，她嘱咐我别抽烟，我记在心里。当兵至今，一根烟也未吸过。但是，她没说别喝酒，所以我现在喝酒比较厉害，戒不掉。成名后，她又教导我："你是喝墨水的，不是喝粪水的，要懂人情世故，要学会感恩，不要追名逐利。"我又记住了。我和接兵带我入行伍的老排长保持了三十多年的战友之情，他患肺癌做手术，我一直在手术室门口守了四个小时，弥留之际，我就在他身边陪着，直到他离开人世。

我很幸运，成了一位报告文学作家，可以阅读天下这部大书，社会这部大书，人生这部大书。采访一群人，书写一个重大事件，在翻阅一部部人间浮世绘之中，世相的真实，生命的真实，灵魂的真实，文学的真实，令我大受裨益，灵魂不断受到洗礼。我思故我在，我写故我存。报告文学成全了我，也成就了我。故我对这个文体，始终存有一种敬畏之心，惜墨如金，惜文如命，从不敢怠慢它，每一部书都力求比上一部更好，从不砸自己的牌子，更不敢砸报告文学的这个牌子。

刘斌：感动，受益匪浅，谢谢您。

徐剑：也谢谢你，辛苦了！

"经幡"与"重器"：
非虚构作家徐剑的"神性双翼"

对话人：温星（作家、媒体人，中国作家协会会员，昆明市文艺评论家协会常务副主席）

原载：《边疆文学·文艺评论》，2019年第1期

时光倒流12年。初识徐剑，是在那个初夏，北京的烈日之下。

他带我进入二炮军管区，进入他凌乱的家中。我当然是有备而来，做了大量功课，便开始提问。其间，一部下来电，他掐断，又来，他发火："娘的……"我乐了，"这才叫军人本色，你让我想起《亮剑》中的李云龙！"徐剑追问为何。我说："面对初次见面的记者，你决不端着，毫不掩饰内心的悲喜、爱憎，足见是一条值得一交的耿直汉子。"

由此，徐剑成为我"天涯海角·云南精英"大型人文专栏的开篇人物。

在开篇人物的开篇，我如是写道——

以"剑"字为名，以部队作家名世，三十多年的老军人，大校军衔——不难想象，头上汇集了这么多雄性因子的，将会是一个如何伟岸而又阳刚之人。

当我在二炮总部大门外与这位大校面对时，我却困惑了。眼前身着便服的中年男子其貌不扬，不高，略胖，竟长着一张娃娃脸，憨憨的。如果混入人群，必定转瞬即逝，难以找寻。

"是温星记者吗？"但是，他握住了我的手。刹那，一股力量传来。在北京三十几摄氏度的烈日下，我突然发现他眉宇之间剑光一闪，英气逼人。

成为我笔下的人物，于徐剑而言，或许并不重要；但走入他的世界，于我，却意义非凡——作为一个以新闻工作安身立命的人，我只是业余偶尔写作，长达12年来持续关注并撰写关于一个作家的评论和推介文章，绝无第二例。这也让我颇为自得，以"云南最熟悉徐剑的读者、媒体人和评论者"自居。

于是，12年后，我又有了这样一个与徐剑深度对话的机会。只是，上次在北京，在他守卫森严的部队宿舍区家中；这次，则是在他的家乡，昆明大板桥，一个即将横空出世的书院里——宝象书院。

西藏给了我一个精神的高度

温星：徐剑，徐大哥！让我们从你最新的这部《经幡》开始谈起吧。说实话，这是你迄今最令我惊艳的一部作品，这既是源于我对西藏的无限神往，当然也源于这个文本本身。据说陆陆续续写了多年，将你18次进藏的体验积累全都放了进去？

徐剑：《经幡》这本书对我而言有着特别的意义。我60了，脱下穿了大半辈子的绿军装，那天我站在当兵前的起点——昆明大板桥宝象河水库，俯瞰家乡的这条母亲河、宗教之河，物是人非。蓦地发现，我始于此，止于此，是在文学上对某些题材的书写画一个句号的时候了。佛陀说，方生方死，方死方生。有时候结束恰恰预示着另一个开始，这就是我重视《经幡》的原因，因为，它最为纯粹。

温星：《经幡》特别纯粹，这正是我的感觉。

徐剑：为什么这么说呢？因为这本书没有任何功利目的。它是我从1985年以来，对西藏33年研究的一次致敬性书写。18次进西藏，我在西藏的所行、所到、所思、所想，对西藏神山圣水的敬畏，对苍生的悲悯，对自己心灵的澄清，还有对自己灵魂天国的祈祷、救赎和圆满，都在这部书中留下了痕迹。西藏的行旅和书写拯救了我，在此基础上，我安静下来，写了《经幡》。我把自己对西藏刻骨的生命体验和对西藏历史的文化、民俗的研究，有机地融为一体，所以，我对这本书的重视程度远远超过其他所有的写作，或者说，这是军队叙事、国家叙事、重大工程叙事层面之上的一次真正纯文学的写作。

我曾有一段话，在网上广为流传：我每次从西藏回到内地，回到北京的时候，突然觉得自己把魂丢在那里了。西藏给了我一种文学的高度，一个精神的高度，也给了我一种宗教的高度，更重要的是给了我一种民族的精神海拔，这一点很重要。所以，这本书真的可以说是我的一个标志性写作，虽然没有那么厚重，读者喜欢这本书，确实让我有点意外，但又是意料之中的。

温星：阴法唐将军是你人生中最大的贵人，《经幡》中也闪现了他的身影，在你其他作品中，如《东方哈达》，他则是主角，"戏份儿"很浓重。如果当初缺了他的引领，你觉得自己是否依然会走进西藏，并让西藏走进你的人生和文学世界？

徐剑：这个问题有意思。阴老是我的大贵人，我生命里一直有很多贵人。阴老在一个特殊的历史时空空降在我的生命中，把大西藏的历史、文化、宗教、民情、风俗、地理等，一下子暴风骤雨般推到我面前，尤其是在北京生活的我的面前。阴老给我带来一股雪域的藏地风，那种藏地风令我特别惊愕。我是一个喜欢行走的人，如果没有阴老，我肯定也会进西藏，但不会那么早。我特别感谢阴老，他作为一个老西藏，在西藏工作了26年，把自己一生对西藏的认知，在1985年那个夏天，那个历史时空中，呈现在我的面前。我特别记得第一次到他家见到他的一瞬间。从相术上讲，他就是个大贵之相，看他年轻时的照片，并不是那种丰润饱满的传统贵相，而是一种特殊的贵相，我觉得老人家在西藏的历练，达到了一个圆满的程度。从某种意义上，他是我的西藏导师、精神导师，是引领我走进西藏的第一人。我觉得阴法唐老人还是引领我进入藏地文化之门的文化导师，我今天所有写作上达到的哲学、历史、宗教高度，都离不开这位老共产党员的指引，当然也有二炮李旭阁司令的帮助，那另当别论。

温星：藏族群众朝圣途中磕长头的画面，对于许多红尘中人而言，是有点难以理解的，更多则是震撼，震撼于藏族群众的那份信仰与虔诚。红尘中人往往缺乏最基本的虔诚，无信仰可言，你如何看待这个问题？一般而言，这个问题对文学创作的影响，表现在哪里？对你来说呢？

徐剑：到西藏，你会找到一种执着，一种信念，一种境界，一种精神，一种信仰，一种宗教的皈依。我在天路上见到过许多朝圣的人，从秋天收割完青稞出发，或者从将牦牛赶入冬牧场，就开始上路，去实现一生中最大的追求——磕长头磕到拉萨，三步一个长头，五体膜拜，历经一个漫漫冬季，直到春天，甚至夏天，才能抵达心中的净城、圣城。他们不是一个两个，而是一群人，沿路随处可见那种磕长头朝圣的香客，苦行僧般的朝圣之人。

我回答记者采访时曾经说过：你是一个飞扬跋扈的人，那么你就到唐古拉或者喜马拉雅，在两神山垭口纵然一跳，或者跑上100米，你就会知道，说不定100米是能把你放倒的；你就会知道人的生命多少渺小和脆弱，生和死之间只在一步；你会知道，坚强和脆弱只在一步；你会知道，人在高原、神山和天空面前是多么渺小。如果你是一个脆弱的人，到天路上走走吧！看看那群执着三步一个长跪，不论泥沙石子还是硬化路面，哗地五体投地匍匐而下，额头着地的藏胞，找回生命的坚忍、坚定和坚强。如果你是一个没有信仰的人，那你到西藏的庙宇，到大昭寺，到色拉寺，到哲蚌寺，到甘丹寺的门前去看一看，看那些执着地磕十万个长头，在街上转经的人，你一定就会找到一份虔诚，一份纯洁和一份对天地的敬畏和悲悯。西藏给予我们的是一种精神的提升，是一种精神的皈依，一种宗教的纯洁。那种纯净和纯洁会给自己进行一次精神的洗礼，是对红尘灵魂的一种安妥，更是对心烦意乱迷失的一种澄清，疗伤过后，再重新回到人间，然后信心满满地前行。

西藏历史舞台上的两位传奇女性

温星：我们还是回到《经幡》的文本中来吧。最初，大卫·妮尔是如何进入你的视野的？你又为何决定要好好地写写这位西方女性？

徐剑：《经幡》开笔是从大板桥写起的，机缘是我妈妈七十大寿。"十一"长假，在大板桥给她做完寿后，原总政联络部在香格里拉办了一个摄影家学习班，拍了三年片子，很想出版一部摄影集，邀我写成一篇云南藏族聚居区的大文章，就联系我，让我去转一下，时间十天至半个月。那一年中甸更名香格里拉，机场刚刚开通。我去过藏地许多地方，唯独香格里拉是一个空白，可是大卫·妮尔、洛克和希尔顿的书中描写，早使我对它憧憬不已。我就利用"十一"长假，和两位摄影家一起去了香格里拉。2002年在青藏铁路采访返京时，我从西藏背走32卷本的西藏政协编的文史资料，买了西藏人民出版社出版的所有西方冒险家的西藏著作，集中阅读。

我特别留意巴黎丽人大卫·妮尔。其实她进入西藏纯粹偶然，她出身世贵之家，对西藏的藏传佛教入迷。她是一个传奇，学会了梵文之后，就想进西藏，到日喀则就被堵回去了。后来，她辗转内地，到了北京，拿了民国政府发的护照，到塔尔寺学佛三年半，学了一口流利的拉萨官话，试图从玉树进藏，还是被藏兵堵回去了。她与义子尼泊尔喇嘛庸登一起，又从云南丽江方向，进入香格里拉，找到了香巴拉王国，她那本书叫《一个巴黎丽人的拉萨历险记》。这本书很有意思，实际上，希尔顿写《消失的地平线》，就是受到了她的启发和影响，所以二战结束前后，《消失的地平线》这本书的出现，让迷茫的欧洲找到了一个精神王国，香巴拉，香格里拉，梦幻般的世界。

在2006年这个时间节点上，我就沿着她的道路，在香格里拉转了十天，对香格里拉、对迪庆藏地有了充分的了解，所以在《灵山》里面，用大卫·妮尔和我今天的视角切入，一会儿是我的叙述的现实视角，一会儿又是大卫·妮尔的历史视角，还有时是我和大卫·妮尔在蓝月亮山谷天梯上，一个今天的作家和大卫·妮尔在进行天地对话，妙趣无穷。这本书在写作技法上，是《东方哈达》之后在文本和结构上的突破。

温星：大卫·妮尔离开藏地这个"历史舞台"几年后，刘曼卿又出现了，从某种意义上说，她承担起了与大卫·妮尔惊人相似的影响藏地历史的重大使命。这是一种历史的巧合吗？

徐剑：《经幡》里面写到的第二个女性是刘曼卿。刘曼卿母亲藏族人，父亲刘华轩回族人，先后担任清王朝驻藏大臣秘书和九世班禅秘书。刘曼卿在拉萨出生，度过童年，藏族文化在她幼小的心灵中打下了深深的烙印。1911年，内地革命骤起，清廷驻藏军发生内讧。英帝国主义乘机挑动西藏地方的上层统治集团组织民军，与驻藏边军作战。一时间，拉萨大乱。刘曼卿温馨的家也被乱军所焚。不得已，他们一家只好迁居印度。1918年，12岁的刘曼卿随家人经海路返回祖国，来到北京。1929年，饱受情殇的刘曼卿由南京启程前往西藏。一个柔弱女子为国家利益不顾个人安危，毅然踏上西去之路，两个仆人和一个长官一起走上了艰辛的冰雪之路，就是今天的川藏进藏大道。风一程，水一程，一路走过来。

伟大的灵魂都是雌雄同体

温星：在精神层面，这两位传奇女性之间，是否有着某种相互继承或者说相互观照的关系？

徐剑：因为历史时空的错位，大卫·妮尔和刘曼卿互不认识，但是通过我的书写，将她们连在了一起。刘曼卿与大卫·妮尔的视角完全是不一样的，一个是西方人的视角，一个是民国政府官员的视角。大卫·妮尔用西方人、东方学家及人类学家的视角去看西藏，看当时旧西藏的传奇神秘，带着一种欣赏的目光，而不是厌恶的眼光；带着一种仰视的眼光，而不是鄙夷的眼光；带着一种敬畏的眼光，而不是漠视的目光。所以，我与大卫·妮尔的视角在某种程度上是重合的。刘曼卿的视角是民国政府的视角，是一种居高临下的视角，是代表政府来走过这片大地，她是来西藏视察的，同时，她又代表妈妈和爸爸来看西藏，所以她对西藏的视线就非常复杂，是爱恨交加，是打断了骨头连着筋的视角，也是官方叙事的视角。

温星：我能读出，对于笔下的这两位风华绝代的女性，完全可以说你已经达到了迷恋的状态。对于书中的第三位主人公热振活佛，可真没有如此感觉。

徐剑：你说我对我笔下的这两位女性有迷恋，是的，这点我不否认，甚至有些时候，"我"在书中与她俩是交叉融合的。就像伍尔芙说的一样，伟大的灵魂都是雌雄同体。一个好作家的写作就应该是雌雄同体的。有一个作家朋友曾经对我说，你的文章结构和气势上金戈铁马，大气宏阔，但是你的叙事细腻，柔美灵动，是豪放派和婉约派很好的结合。所以，我对这两个女人的那种欣赏，可能和我骨子里面的气韵相契合。40岁之前喜欢豪放派，之后我喜欢婉约派，婉约中带有理性，柔美灵动的书写，才能从情感上与读者引起共鸣。

温星：读完《经幡》，我的一个判断是，你的18次进藏，18次贴身感受那片神奇的雪域大地，虔诚的程度，就犹如藏族群众身心贴地磕长头。而《经幡》，堪称你这些年来关于藏地历史与文化所有积淀和思索的集大成之作。之前关于西藏主题的《麦克马洪线》《雪域飞虹》《玛吉阿米》等，都是在为《经幡》的爆发酝酿情绪，积蓄能量。

徐剑：我藏地题材的书之前已有六本，《东方哈达》《麦克马洪线》《雪域飞虹》《玛吉阿米》《坛城》及《梵香》，它们和《经幡》孰轻孰重，这也是我在思考的一个问题。这几本书有一个共同点，都是国家层面的叙事，可我自认为"西藏系列"比我"导弹系列"更接近于文学叙事。我是一个汉族作家，一个军旅作家，对西藏的叙事而言，我既有优势，也有短板。优势就是我对西藏的极度狂热和痴迷，我每次离开西藏，就觉得自己的魂被扔在了西藏，然后又几度回去喊魂，去找回自己的魂魄。西藏成为我的精神的高地，精神的殿堂。我累了，疲惫了，惆怅了，忧伤了，愤怒了，我就回到西藏修补，进行灵魂的修补。

我写西藏的第一本书，应该是《麦克马洪线》，这也是我迄今最厚重的一部书，采访了8年，写作10个月，是我对战争与和平、江山与家国的一次思考。我认为这本书在写法上是传统的，注重讲故事，在结构上没有新意，但它是一个铺垫性的尝试。正因为如此，2004年读完鲁院后我才写出了《东方哈达》。《东方哈达》是我在结构上的一次突破，或者说是在写国家重大工程系列上的一种突破，我把国家重大工程的建设和当地的历史文化有机融合为一体，既可以纵横捭阖，又可以和风细雨、小桥流水。

不该忽略西藏本民族语言写作

温星：藏文化出版物，一直是大热门，相关作品也多如牛毛。我不是一个很全面的阅读者，但肯定是一个很讲究品位的阅读者。就个人的阅读范围而言，长篇小说方面，我所推崇者极其有限，如阿来的《尘埃落定》《格萨尔王》《瞻对》，范稳的"藏地三部曲"及马原早年流浪西藏时的相关作品。就散文而言，堪称经典者则更凤毛麟角，我愿意郑重地将你的《经幡》纳入藏文化经典散文的范畴。

徐剑：我也很喜欢阿来的《尘埃落定》，他的写作达到了一个前所未有的高度，就是因为他的这本书。范稳"藏地三部曲"，我认为最好的是《悲悯大地》。他们两位，都是藏地主题写作的翘楚，都达到了一定的高度，值得祝贺。

我觉得藏地题材的写作，千万不要忽略西藏本民族语言写作的人。我认识的一位藏族作家次仁罗布，他的语言非常幽默，非常风情。扎西达娃的写作开创了西藏魔幻现实主义的写作方式，有开宗之义。马原、范稳、阿来，也包括我，汉族作家写西藏，我们的文字有沉重的东西，有国家叙事，有主旋律，有英雄情怀，但是与西藏本民族的写作相比较而言，他们写得更幽默，更风情，更有味道。归结到一点，无论藏族作家还是汉族作家，我们都有一个"情"字，对西藏这块土地爱得深沉。

温星：你和他们最大的不同，何在？

徐剑：如果说不同就是，他们是小说家，我是一个非虚构作家，我走遍了西藏，阅读了西藏，我甚至比藏族人还知道他们昨天的历史。一个汉族作家，可以爬7座大雪山，可以3次去拉姆拉措湖，看到湖的时候泪流满面。一部《经幡》出来之后，获得对西藏文化和历史痴迷的读者的青睐，有很多人的喜欢，老评论家给予我肯定和赞美，有友情的评价。像刘大先这些青年评论家，也给予了特别高的评价，让我有点儿始料不及。事实上，我还是很重视他们的评价的。

温星：在我阅读印象中，你的藏文化写作更多都是以散文形式呈现。我记得，早在1986年，部队上就和百花文艺出版社联合，为你举办了一次高规格的散文研讨会，彼时，你仅28岁，连续在《散文》杂志发了几篇头条，但还未出版过文集。

徐剑：我始终认为，我的文学童子功就是散文。我还记得，当年那场研讨会，七旬高龄且骨折未愈的文坛泰斗刘白羽老先生蹒跚步入会场，我那个激动啊，那份感恩将永世铭记。散文的写作其实是我非虚构写作的一个前奏，是一个序曲，一个铺垫。现在有的散文作家写作时任意虚构，你虚构了故事，虚构了情感，虚构了场面，虚构了情节，虚构了你的思想，这不就是小说了嘛，我不赞成这样的散文写作。

重器，是我的国家叙事

温星：也算是受神秘藏地和藏文化的熏染吧，你的散文往往有一种大气苍凉的气质，比如2017年出版的《祁连如梦》中的一些篇章。不过，就获奖情况来看，让你频频加冕各种桂冠的，还是长篇报告文学，而你的这类作品，往往都是关乎国家战略和国家利益的重大题材。如果用两个字来归纳，我认为都是"重器"，与我们前面一直在谈的你的藏文化类写作形成鲜明的对照，那些，我统称之为"经幡"。"重器"与"经幡"，我认为就构成了你充满神性的非虚构文学体系的"两翼"。

现在，我们就重点来谈谈你充满霸气的其中一翼——"重器"。早在1998年，你揭秘我国战略导弹部队的《大国长剑》，便在首届鲁迅文学奖评选中折桂，而在那之前，这部作品已经斩获解放军文艺奖、中宣部"五个一工程"奖这两项军内和政府的最高奖。第一次玩这种"大家伙"，写作过程中是否遇到了困难？"一剑挑三奖"的成功，给你带来了什么？

徐剑：《大国长剑》"一剑挑三奖"，确实算成功了。有个记者采访我时曾说：你叫徐剑，你父亲给你起这个名字的时候，或许就注定了你将来要写这部《大国长剑》。我16岁当兵，部队这座大学锻造了我。获奖之后，主要就是作家身份的认同，我意识到自己是一个军旅作家。在东莞中国高能物理研究所做讲座的时候，我就特别说到一个自豪的事情：中国的"导弹武器"有两个型号，一个是"东风"，毛主席的"不是东风压倒西风，就是西风压倒东风"，还有一个型号叫"长剑"，就是出自我徐剑的《大国长剑》。我写了那么多书，不如我为我的部队贡献的这一个词。"长剑"是一个图腾，这个名字会永远存在下去。多年之后，不会有人记得这个词出自谁的笔下，但它是我为这个民族贡献的一个词。我觉得这是最幸福的一个事情。

温星：紧接着的一个大部头，应该就是《东方哈达》。这其实也是你西藏题材中的一部，我且把它归入"重器"来谈，因为实在够宏大呀——青藏铁路建设始末，那个年代不折不扣的"天字第一号工程"。这样的题材，中央相关部门交到你手中，我想，是很说明问题的。文学诸体中，结构于小说而言，是最为重要，甚至是致命的，但在其他文体创作中，作家们往往忽略结构。你的报告文学对结构也是非常考究的，甚至到了近乎苛刻的程度，即便有再好的内容，即便搁置多年，若不能找到一个绝佳的结构来编织、架构，便绝不动笔。这方面，我个人印象最深的，就是《东方哈达》。

徐剑：我对结构的涅槃，是在读鲁院的时候，去庐山采风，内心总有一种中年作家的恐慌感，自我怀疑，觉得其实作家都在制造文字垃圾，十年、百年、千年之后，还会有人记住我们的作品吗？那个时候就一直在阅读，读世界一流的大作家的经典作品。在庐山接到铁道部的电话，去采访青藏铁路，之前已经有四年的采访，这是最后一次。坐在火车上，突然之间就有了关于结构的构思，就是"上行列车"和"下行列车"的结构。在那个时刻，我突然发现了一个图腾，任何一个工程，任何一个社会，任何一个国家，任何一个时代，都有一个可以作为图腾的东西。从《东方哈达》，我对结构开始了探索，力求每一本书的结构都不同。报告文学评论家李炳银说，徐剑的每一本书都是创新，都可以达到一个新的高度。

温星：《东方哈达》有50万字，但在我看来，它的重要性，与篇幅无关。它为你的生活和之后的写作，带来了什么？或者说，产生了怎样的影响？

徐剑：《东方哈达》在参评"五个一工程"奖时有异议，专家组给我提了五条意见让我修改，我没有修改，我主动退出了评奖，也包括鲁迅文学奖的评选。评论家萧立军请我喝酒，我喝得酩酊大醉，但还是记住了他的一句话。他说，徐剑很好地解决了国家重大工程的写作问题。从此我的约稿不断，稿费优厚，也算是虽败犹荣。

温星：我所称之为的"重器"类题材，去年，你又出版了《大国重器》，这部和前些年的"导弹三部曲"、《原子弹日记》等，应该是一脉相承？

徐剑：长篇报告文学《原子弹日记》《大国长剑》《鸟瞰地球》《导弹旅长》，加上《大国重器》构成了我的国家叙事，尤其是军队题材的书写，就是我金戈铁马的"导弹之翼"；同时我也有西藏题材，《经幡》《麦克马洪线》《东方哈达》等，所谓"宗教之翼"。其实，这两个是相辅相成的，它们共同构成了我的哲学体系。

温星：你凭借这部作品，与莫言、余华、徐怀中等一道，获得中国作家优秀贡献奖。我还记得授奖词："其作品以火箭军和西藏为两翼：一翼导弹，一翼边疆；一翼金戈铁马，一翼人文悲悯；一翼宏大叙事，一翼柔美灵动；一翼从容大度，一翼诡谲传奇；一翼铁衣冰河，一翼经塔煨香。其人，春风大雅，有容乃大；其文，清灵毓秀，纵横捭阖。"如是点评，尤为精到。我认为，这部作品的成功，固然是因为作品本身的品质，但也不无当下国际大势的背景因素。你如何理解文学与时代的关系？

徐剑：今年春节后，我回昆明待了整整两个月，完成了《牵挂》和《天风海雨》两本书的书写。3月9号回到了北京，3月15号，便与莫言、余华、徐怀中等一道，参加中国作家优秀贡献奖的颁奖典礼。颁奖词是编辑汪雪涛写的，他的父亲汪兆骞老先生也曾经是我的责任编辑，这是我与他们父子两代的文缘、善缘。

文学一定具有时代性，但是好的文学作品也是具有前瞻性的，甚至是预言式的。这就对作家提出了非常高的要求，要具有人类意识、普世价值观、悲悯心、博大精深的哲学思想，才能在文学的世界里凤翥九天。

温星：《大国重器》也被我和国内的多个评选机构评为了2018年多个全国性榜单里的年度好书之一，我想，它的重要性未来还会进一步凸显。

徐剑：《中国作家》用一期杂志全文刊发了《大国重器》，这是我国家叙事、军队叙事的完结篇。这本书还非常幸运地获得了中国好书奖，但是因为我要去西藏参加一个采风活动，错过了中央电视台的颁奖典礼。这本书是否能够成为经典，它的重要性几何，现在还不可知。一部经典，是要经得起时间的检验的。

从家乡，从大板桥，重新出发

温星：你无疑能进入当代最重要的非虚构作家行列，更是最重要的军旅作家之一。在当下中国文坛，我认为这是没有争议的。但这方面我一直有个遗憾，觉得家乡读者，甚至作家同行基本都不知道徐剑为谁，是绝对不应该的一个现象。这些年来，云南文学界在统计云南文学成就的时候，总是说仅五位鲁奖作家，夏天敏、于坚、雷平阳、彭荆风及海男，其中，夏天敏是首位。但夏老师是第三届呀，你这个首届获得者一直被忽略。

徐剑：我是云南人，更是毋庸置疑的云南作家，离开云南这么多年，我乡音不改，只是鬓毛衰。我可以非常自信地说，我是云南作家非虚构写作中走得最远的一个人。云南作家中获得鲁迅文学奖的不在少数，从时间节点上来说，我的确排在前面，但是因为一直身在部队，回家的机会少，所以，很多人不知道我也在情理之中。作为一个作家，书写家乡是分内之事，去年我受云南省委宣传部委托，写了一部云南面向南亚东南亚辐射中心建设的长篇报告文学《云门向南》，马上就要与读者见面了。这是我作为一个作家，回报生我养我的土地的最好方式。

温星：就是因为你在家乡实在没有"名气"，从12年前那个长篇访谈开始，这些年来，我每写一篇关于你的文章，都会有一些读者和作家同行来问我：呀，徐剑这位大作家竟然是昆明人？我一直挺自得，这也算是我作为一个文化记者和评论者的一点责任吧。

徐剑：这个问题啊，儒家圣人早就给出了答案：人不知而不愠，不亦君子乎？这也是我的答案，春风雅量也是我毕生追求努力的一个方向。

温星：今年初，你已经正式退休，我非常高兴地看到，你会将更多的时间和精力放在家乡。你本就是一个家乡情结极其深厚的人，只是特别伤感的是，令堂已然故去两年，好在令尊健朗，聊可欣慰。在你的《祁连如梦》《玛吉阿米》等几部散文集中，其实描写亲情的作品并不算多，但每每读来总令我非常动容。

徐剑：母亲的去世，给我打击还是挺大的，我写了一篇文章《母亲那双深情的慈爱之眸》，把我所有的情感倾注其中，写的时候几度落泪。其实在《经幡》中，尤其是"灵湖""灵地"部分，我夫人和女儿也经常闪现在我笔下。作为一个职业作家，读书行走的这些年中，夫人和女儿是我最坚强的后盾、最温暖的港湾，她们是我最亲的人。家和万事兴，我文学成绩的取得与家人的支持密不可分。

温星：你曾说，从军职退休，将是你文学及人生的重新出发，这个出发的起点，就是家乡昆明，就是大板桥？我觉得，这个起点，说得更小、更具体一点的话，也可以说就是今年4月14日，你在昆明东方书店的那场《经幡》发布会和读书活动。因为，这是你第一次正式在家乡读者中，也是在家乡文坛的亮相。16岁即出滇从军，你走得太远。"少小离家老大回，乡音无改鬓毛衰"，对贺知章的这首诗，想必你尤有感触。故乡一去，竟然就是近半个世纪啊。我很荣幸，能够为你策划、主办并主持这场回归家乡的"首秀"。

徐剑：感谢这份情谊。大板桥是云南古驿，云南进北京、北京回云南的必经之地，这个地方风水特别好，有蜿蜒流淌的宝象河，还有晴翠接荒城的杨梅山。我退休了，正计划在大板桥建一座宝象书院。对，就是我俩现在坐的这个地方，这块"灵地"，这片热土。以后，这里有茶有酒，朋友们都可以来吟诗作赋，做文章，写书法。我也会在宝象书院写出我想写的作品。

告别西藏，徐剑成就当代主题写作典范

对话人：温星（作家、媒体人，中国作家协会会员，昆明市文艺评论家协会常务副主席）

原载：人民网，2021年3月14日

《金青稞》，由国务院扶贫办与中国作协高位主导的"脱贫攻坚题材报告文学创作工程"成果之一，出自当下最重要的宏大主题及非虚构作家之一、中国报告文学学会副会长徐剑之手。此前，徐剑已20次进藏，捧出7部厚重"藏书"。但并不为读者所熟知的是，实际上，他是云南人。此次的全国扶贫书写，他依然选择了西藏。

一位汉族作家、非藏地作家，第八次书写西藏，是否能实现自我突破？这是我正式读到《金青稞》文本之前，所怀有的一缕担忧。但显然，我多虑了。非但如此，徐剑人生中第21次入藏所捧出的成果，一如既往地给了我太多的感动与惊喜，关于西藏的历史与文化，关于西藏的民俗与宗教，关于西藏的爱情与人性，自然，还有关于西藏的扶贫与发展。而且，最后一个维度即扶贫与发展中的西藏，在生动的故事化文本中，有机地将前三种维度的西藏统摄交融为了一体，从而，成就了这部"绝不说教的、精彩好读的扶贫主题典范之作"。

云南与西藏，写作视角的错位

温星：如果我没记错，这部《金青稞》已经是你关于西藏的第八部作品。"脱贫攻坚题材报告文学创作工程"分配题材时，听说你本是可以选择的，为什么最终依然决定写西藏？

徐剑：这个浩大工程共25部，由国务院扶贫办和中国作协共同部署，《人民文学》《中国作家》《文艺报》《民族文学》四家"国刊"分别认领。《中国作家》认的比较多，主编程绍武老师在西藏待过3年，他给我打电话，说这个任务"非你莫属"。我也觉得交给我是最佳选择。当时我正在独龙江，带着我的学生一半（李玉梅）采访，写独龙江扶贫，在那里待了将近一个月。西藏扶贫这部，实际上就是独龙江扶贫的姊妹篇。

独龙江水是从西藏察隅的雪山上流过来的。我在独龙江采访结束时，特意带着我的团队四个人到了察瓦龙，丙察察最难走的路，我们走了三分之一。我到察瓦龙的意思就是让团队的人知道，独龙江当年是被西藏土司管理的土地。《怒放》与《金青稞》是姊妹篇。

温星：很有意思，我注意到了，写云南怒江的《怒放》，你是带着李玉梅一起写的。她是一位山东作家，已经有那么一点错位的感觉。这次写西藏的重任，又交给了你。那西藏又是一位什么作家来写？

徐剑：《民族文学》找了一个西藏作家来写云南扶贫，罗布次仁，西藏作协副主席。我们两个特别有意思，他从拉萨出发，往西南滇东北走，我从北京出发，往西藏的藏东昌都及以北的那曲、阿里走。我们俩，一个云南籍作家去写西藏，一个西藏作家来写云南，这种反差很有意思。罗布次仁可能写西藏也是最合适的，但是没让他写，却让我写；我写云南也是最合适的，却没让我写，让罗布次仁写。这种角色交叉或者说错位，一定会孕育出好的文学作品。

八部"西藏之书"，八种"西藏真相"

温星：中国当代文坛，在非藏族及非藏地作家中，我认为，你应该是对西藏用情最深，也书写最深的人。在我看来，你用八部作品，为世人呈现出了关于西藏的八幅图景、八种风情、八种"真相"。

徐剑：你这个问题提得非常好。这一切，皆因认识阴法唐老人而起，他今年已98岁高龄，耳聪目明，故我的《经幡》第一时间献给他，《金青稞》出版后也如此。很多年来，我一直把阴老当作自己的精神导师，我的第一部有关西藏书的写作，也是因他而起。记得是1985年，那一年他63岁，从西藏调出来，到第二炮兵来当副政委。彼时，我任第二炮兵党委秘书。一个25岁的青年人和一个63岁的老人，就在那个时空交点上注定了西藏之缘。

我的第一部"西藏之书"是《麦克马洪线：1962年中印边境自卫反击战纪实》，8年采访300多个参战的老兵、高级将领。阴法唐当时就在麦克马洪线东段的克节朗河谷，距离仓央嘉措老家达旺很近的娘姆曲指挥了一场战役。他以一个师吃掉了印军一个旅，俘虏了印军的准将旅长达尔维。我写《麦克马洪线》这52万字时，可以说是我最好的年华、最好的体力、最才情飞扬的时候，它是一场战役，是一场最漂亮的边境自卫反击作战。可以说，这本书至今仍是我30多本著作中的压卷之作，虽然《东方哈达》写得厚重，虽然《天风海雨》写得水灵，虽然《天晓：1921》写得沉雄，可就厚度、重量，都不及《麦克马洪线》。

第二部就是《东方哈达》。前者2003年写完，整整10个月，每天都从早晨太阳升起，一直写至深夜凌晨时分，后者是2004年动笔的，写了一年半。二者都是皇皇50多万字，加在一起超100万字，是我写西藏最重要的两部作品。

后来我的散文集《玛吉阿米》，写青藏联网工程的《雪域飞虹》，还有关于八廓古城改造的《坛城》，直至《灵山》，还有后边的《经幡》，已经有关于西藏的7本书。但这些写的是战争，是昨天的历史，是文化与宗教，是风情、风俗和风景，总之，是文化的西藏、历史的西藏。

如你所言，这八部作品、八幅"图景"，构成了西藏的人文风光、地理风光、宗教风光、历史风情以及人间烟火。随着《金青稞》脱稿，也等于我完成了一个大转山，全景式地走完了西藏，从东至北，至西，至南，至中间，然后呢，其实就是一个人的圆满，一个作家的圆满，一个汉地行道者或者说一个汉地崇拜者、信仰者的圆满。

第21次进藏，"老西藏"马失前蹄

温星：我知道你已经是多达21次进藏，既然如此，这次竟还是遭遇了高反等比较危急的状况，这点我颇为意外。

徐剑：我这个老西藏，这次为什么马失前蹄？疫情过后，5月15号，我刚完成《天晓：1921》，还刚经历了人生当中的一次免疫力下降，带状疱疹好了没多久。5月22号晚上，夫人和女儿在北京给我摆62岁的生日宴，为我饯行。所以，这次进入西藏多少有点匆忙，带了3个月的药，箱子塞得满满。本想直飞西藏昌都的邦达机场，在八宿县，在怒江边上，可因为下雪，飞机6天都没降下去。我一绕，就飞到玉树，再走了一天的路，800公里，然后到了贡觉。其实整个藏东的采访，到三岩地区，到泥石流塌方之地，然后到昌都一路走来，进了类乌齐、丁青，都没有任何问题。跨进藏北，到那曲地界上的时候也一直很好，根本不用吸氧，马失前蹄的原因是我有点大意了。

温星：那几天晚上，你还发朋友圈了，我见我们共同的好多作家朋友都在留言关心。

徐剑：那天我在巴青县，丁青和巴青有我们历史上的三十九族地区，当年霍尔家族统治之地。霍尔部落，是蒙古人过来的。这个部族特别有意思，虽是在西藏的土地上，但又不同于康巴，在很久的历史时期，它与西藏噶厦政府都没有多少关系，游离于噶厦，一直是在中央政府管辖之下。这个部族，我觉得最有意思的是它的黑帐篷，就叫霍尔杰布，杰布是王的意思，霍尔王的黑帐篷。我从巴青新县城到老的巴青宗（县城）去采访，一个单边儿90公里，来回180公里。

那天到了老巴青镇上，见到乡党委书记，他让政协主席陪着我去采访，就找霍尔家族的后人多确旺旦。在他家的白帐篷里面，他给我唱了很多古歌。他夫人在旁边烧牛粪，白帐篷透气性不太好，牛粪烧得太热，我那天穿的冲锋衣又比较厚，背上出了好多汗，特别痒。那天吃了饭晚已经8点半，快11点才回到县城宾馆。我觉得我身上发痒，就想洗澡。

温星：哪能洗澡呀，这应该是个常识！

徐剑：我真是忙晕了，犯了大忌，身体再好，到了西藏也不能随便洗澡。那天晚上洗澡时太晚，将近11点了，水放了半天不热，温温的我就进去了，结果一冲，等我钻进被子里面，身体就发抖。第二天就咳嗽，后来的高反皆因这个咳嗽。到西藏这种地方，再坚强的汉人，再身体好的汉族，你都没法和藏族相比。我采访过中国唯一的高原病学院士吴天一教授，他是塔吉克族。他跟我说，经过他的研究，在抗缺氧方面，汉族和其他少数民族加在一起，都没法和藏族相比。

最疲惫的大转，转山转水转圆满

温星：西藏共有64个县，你这次集中地花52天，走了也写了19个县，这些采访区域和行程路线，是如何确定的？

徐剑：这个"脱贫攻坚题材报告文学创作工程"25部书的写作，很多人都是选一个点，选一个村庄，最多选一个地区，一待十天半月就足够，没有像我这么跑的。他们那种是最容易写、最好写的。那么，我为什么要把19个县走完？我就是想看多层次的，或者说是多种文化的、历史的、宗教的、风情的差异性，或者说想探索那种地域海拔与文化的等差啊，那种文化的等差更强烈的地方，从中来挖掘扶贫的故事。

再者呢，就是因为我对西藏熟悉，我知道什么有代表性，我知道该去哪里。你比如说藏东就是康巴人，藏北就是安多人，那么，阿里有更多古国象雄人的后代，像日喀则就是后藏，拉萨和山南是卫藏，到林芝就是藏南了。把这一圈走完，实际上，就把整个西藏地理性的海拔和地理性差异及文化性差异，宗教和风情、民俗和民族性的差异，都进行了一次全方面的了解和比较。

我这一趟，还有点就是带有告别的感觉，告别西藏的那种感觉。可能就是这份告别的心理，想给自己的西藏岁月画一个句号了，所以，我选择这种最疲惫也最笨的办法，去走。

温星：告别西藏？我想，我是能理解的。一个汉族作家，非藏地作家，为西藏写了8部书，8部皆堪称厚重之作，是该告一段落了吧。

徐剑：是的，我也退休了，解甲归田。该重新出发了！

温星：你这种写法毫不取巧，肯定会极度疲惫。我认为，这是对历史负责的一种写法。

徐剑：首先要对自己的作品负责，其次才可能对历史负责。我对西藏的象雄文化和最古老的苯教，有着强烈兴趣。其实这个苯教有萨满教的性质，它就是对山水、山河、山川、大山和湖泊的信仰和膜拜，西藏的苯教其实始于此。它们与我们经营西域36国的地域，有很多的交接，比如说拉达克地区、克什米尔地区等。我还是想把这个历史再搞透一点，所以选择了大转，转山转水的圆满。

对于西藏，我就想把还没去的点补上，所以这次也有补空白的意思。特别是像西藏阿里有的寺庙想去看一下，我对那里的文化，对它的宗教、风情，甚至绘在墙壁上的壁画，想更有发言权，这一定要亲身走到、看到、听到才行，这又是一层。

主题写作与"三不写"原则

温星：我想，很多读者都会关心一个问题，作为一部官方授权的主题出版物，《金青稞》究竟怎么写、写什么具体内容，是否全都是你能够按照文学规律来自己做主的？在官方定位和个人写作诉求之间，是否存在一定冲突？

徐剑：命题作文如何才能写好？其实有很多写法和学问，对于我这种处理主题出版、把握主旋律写作非常老到的作家来说，不是问题。首先你要采访好。不能全按官方的路子。西藏扶贫办给了我约100万字材料，我看了半个月，说实话，没找到一条好线索，全是新华体，云山雾里的。那么，就只有到现实里去找，用自己的脚去找，用田野调查的方法去找，用人类学家考察和考古的方式去找。

当我掌握了大量鲜活的、独特的、传奇的、生动的、感人的老百姓的故事，写起来就如鱼得水，八面来风。我始终跟媒体说的老话，也是我的底线：走不到的地方不写，看不到的地方不写，听不到的地方不写。嗯，不是我亲眼看到、亲耳听到、亲身走到，我是绝对不会写的。正因为我有非常现实的感受，采访到了大量生动精彩的故事，写起来就可以纵横捭阖。

我的书写成后，首先在《中国作家》发了15万多字，责任编辑汪雪涛读了特别震动，说充满了吸引力。

温星：你著名的"三不写"原则，这次贯彻得如何？

徐剑：一如既往。我这次写扶贫没有同质化的重复，一如我在前年的博鳌中国文学论坛上所说，我虽然是当兵的，但熟悉每一个中国农民的面孔。这话怎么说呢？因为我们这支军队的成员，本来多数就是农家子弟。所以，我的叙事必须要走出千篇一律、千年一曲的咏叹调。而许多作家写起农村来，就斥之黑暗、愚昧、落后、丑陋，甚至无耻龌龊，其实不完全这样。会有落后，会有愚昧，那是因为没有文化和教育；我们会有丑陋，我们会有农民的瑕疵，那是因为贫穷；我们会有农民的目光短浅，那是因为生产资料太少。当这一切都满足了以后，那么农村牧区西藏就会有新人，就会有新的藏边人家，就会有新的乡愁和诗意。我所叙述的就是这种新的乡愁、新的乡关、新的家园，或者说农村新的后浪，他们才是这个时代，他们才是这个社会，他们才是这个国家的未来，所以，我的书写既和上面的精神相符，又和广大读者的气息相吻合。

我的"三不写"原则，我认为这次也贯彻到家了。我这次把西藏的历史宗教文化翻了个底朝天，我对西藏有了更深的、更独特的体验和感受，这些东西在《金青稞》里面有所表达，将来还会在别的书里面有更充分的展现和展示。所以，我觉得这部书我是圆满地交了一个答卷，交了一个按照作家的观点、立场、方法和风骨来写的一部独立作品，绝非命题作文。

那些催泪的无辜与爱情

温星：我读到了许多非常感动的关于藏族群众生活和奋斗脱贫的故事，无法去一一例举，能否分享一下其中最让你受触动的部分？

徐剑：其实我一直有意淡化西藏比较忌讳的内容，一个是兄弟"共妻"的现象，一个是单亲妈妈，就是打狗的故事。其实在牧区，特别是康巴地区，后一种打狗也就是单亲妈妈的故事特别多，也成为了一种西藏现象。

巴青县拉西镇上一个叫扎西罗措的姑娘，属虎，和我女儿晓倩一般大。她生了5个孩子，才34岁。她家特别好，六人之家，150平方大房子，家具、电视和卡垫、氆氇，都是政府配的。但听她故事的时候，我有一种悲伤和惆怅。她当年放羊，就在帐篷里面生活，从小在帐篷里面长大。一个从那曲来的小伙子，帮别人放牛，反正就是孤男寡女吧。他们每个帐篷都有几只猎狗、牧羊犬，对女孩而言，这是一道安全屏障，如果一个男孩要进一个女孩的帐篷，首先就得把守卫的狗打走。牧区自然没什么性教育可言，只要一个男人喜欢她，对她一笑，说不定他们一对眼就会住到一起。

温星：我想，和云南的一些少数民族同胞一样，如今藏族人结婚应该也还有相当部分不会去走法律程序吧？

徐剑：现在结婚登记率还是比较高了。当年，他们没领结婚证，没和父母说，就住在一起了。在西藏，女孩地位特别低。那个男孩和扎西罗措一起住过帐篷，住过寺庙，住过学校，最后分了这么宽敞的房子。当她怀上最后一个孩子，那个男孩走了。为什么？西藏人算时间算不准。我经常说时间停止了，文学就开始了。算不准时间，男人觉得扎西罗措怀的孩子不是他的。误会，怀疑，吃醋，最后扔下五个孩子，什么也不管，一分钱不给。

扎西罗措挖虫草，一年挖三四百根，能卖个3万多块钱，还有各种保障加一起，大概一年六七万，日子还过得可以。实际上，扎西罗措每天都倚门而望，希望丈夫归来。但是，这类误解很难化解。现在西藏对这个事情，对这种单亲妈妈，特别是对那种被男人睡一觉就跑掉，然后怀上小孩，独自带孩子的单亲妈妈，他们实行了严格的村规民约教育。如果男人不养，就要赔，处罚还是扭转了很多男人的观念，保障妇女权益，遏制这种现象。

温星：这位单亲妈妈太坚强了！

徐剑：是的。那天刚下过雨，我在扎西罗措家采访完，坐上车，与她说再见时，我突然眼睛里噙满了泪水。我就是比较，把她和晓倩来比较，晓倩多幸福，她多艰难。然后我说："你想你丈夫吗？"她就用双手蒙着眼睛，豆大的泪水从指缝里流下来。

我觉得扎西罗措非常不幸，遇人不淑。但她又是幸运的，她有村委会，有政府，有西藏自治区党委，甚至有西藏这个大家庭背后站着的中华民族。我们西藏的扶贫在某种意义上就是一种政治工程，就是脱贫工程，一个藏家小院，连排别墅，一分钱不交地就给了她一栋小屋。你要是从历史的纵深来看的话，这个故事如果是在噶厦政府，在达赖喇嘛亲政的那个年代，像这种女孩和她的孩子们只能沦为乞丐，沦为风雪中与狗争食的乞丐。

温星：这是一个相当催泪的爱情故事呀！尽管婚恋内容在这部扶贫主题书中只占次要地位，着墨并不太多，但让我感动的还真不少。比如罗布第一次给扎西措姆打电话，说："我要你。我们到县城会合，租房过日子吧。"第一次见面，扎西措姆就许了罗布，"我跟定你了。今晚就是你的新娘，你去哪儿，我就去哪儿"。藏族群众的爱，似乎就是这么单纯而又直接。我们常常说藏地是纯净的天堂，藏族群众爱的方式，跟生存环境之间，有着怎样的关联？

徐剑：书里的爱情，有些美好，有些圆满，有些残缺，有些让人惆怅，有些以悲剧落幕。其实够多了，21万字，大概六七万都在写爱情，因为我也想从爱情的角度，从单亲妈妈的角度，从兄弟共妻的角度，来解读西藏。我知道，没有人会认为几兄弟那种"搭伙过日子"是爱情，其实也有的。

讲一个关于罗布的爱情故事。罗布是丁青县一个特别帅的小伙，皮肤黑黑的，方方的脸，今年应该三十二三岁。当年他哥哥娶了媳妇，叫他一起搭伙过日子。但罗布不想重复这种生活，拿着50块钱就出来了。当时他正和一个女孩扎西措姆在煲电话，隔了六七公里路，两个人都没见过面，煲了半年。净身出户时，罗布发个短信：我要你，嫁给我吧！他去接那个女孩，两个人在村口相见，见了那个女孩的妈妈之后，两个人就跑到城里面过日子，现在过得特别幸福，特别的好。罗布走出来是对的。

"共妻"现象，存在即合理

温星：好吧，我一直都还有点藏着掖着，没直接提出关于"共妻"的问题，但是啊，你已经主动说了很多。因为，我们谈到了好多书中的爱情，扶贫大主题之下的爱情。在西藏，共妻与爱情，难道在某种程度上不可分割？你怎么看？

徐剑：太多人来问了。我说我欣赏，一点也不丑陋啊，它不庸俗，更不龌龊，它就是一种西藏文化。西藏风雪连天，大雪可以下一个漫长的冬季，可能把所有牛羊都冻死。一个家族，如果说兄弟像汉族一样的，娶个媳妇就分一次家，就会把财产分尽。如果遇到自然灾害，荒年来的时候，他们就可能没有吃的。所以，需要一妻多夫来维持一个家族的稳定，这种婚姻制度就能保障不把生产资料分出去。而且，这个一妻多夫真的很稳定，一个家庭，妻子就是妈妈，就是情人，妻子就是姐姐，妻子就是老婆，她把一个家庭安排得特别好，很和谐，没有汉地当年一夫多妻的争风吃醋、阴谋和陷害。

温星：存在即是合理，存在即有价值。那么，这些方面，西藏方面觉得书里可以直接去描写吗？我注意到，你全书并未使用"共妻"一词。

徐剑：你很细心，很敏锐。《金青稞》书稿拿到西藏自治区扶贫办去审时，他们对我所写到的西藏的各种风情、文化乃至宗教，没提任何异议。当然，"共妻"这个提法，他们说能不能简化一点，打狗的故事能不能也淡化一点？所以，书里我写的是搭伙过日子。

温星：这种特殊婚俗，据你观察，是基于怎样的历史背景和社会基因？随着逐渐脱贫、物质无虞，如此婚俗是否有所变化？

徐剑：西藏历史上传承下来的，不仅有一妻多夫，还有一夫多妻，姐妹几个嫁一个丈夫，甚至还有朋友共妻的现象，就是一个男人可以和他朋友共一个妻子。这些都是西藏恶劣自然环境造成的历史的文化现象，是千年遗存。而且还有宗教在其中，慈航众生，和谐相处。兄弟之间不会为一个女人而争风吃醋，不会为妻子对哪个情感重一点、轻一点而大打出手，不会为一点物质而闹得四分五裂。

作为一种文化现象，作为一种风俗现象，作为一种婚姻现象，为什么到现在一直没有绝种，而且在某些地方还有扩大之势？因为这种现象，对一个家庭是和谐的，对一个村庄是和谐的，对一个部族是和谐的，这种力量很强大。何必去横加指责？它是一种历史和文化，要从人类学、民俗学及社会学的多角度去看待。

"徐剑书的意象和符号学"

温星：你的长篇报告文学，往往都有着一个非常独特且精巧的框架结构。比如《东方哈达：中国青藏铁路全景实录》，采取"上行列车"与"下行列车"交错并行的叙述方式，把历史和现实有机地贯穿在了一起；又如《经幡》，以"灵山""灵地""灵湖"三部分，分别讲述法国汉学家大卫·妮尔、民国女特使刘曼卿等三位主角的历史故事，三个故事相互独立，且又相互交织，密不可分。《金青稞》所采取的却是一种完整按照你的采访行程和足迹来推进的写法，为什么用这种相对简单的结构？

徐剑：说到结构了，其实"徐剑的结构"一直是我引以为豪的。2004年我从鲁迅文学院出来以后，这16年间，我每一部书的结构都不一样。这个就是个人的经历、学识、经验和观察已经积累到了一定程度，就会有一揽众山之感。还有一点就是我对事件的采访。我曾经和很多人讲过，如果你对一个事件的采访真正了解透了，一定会找到它的符号，找到它的图腾，找到它的logo，这个logo找到了，结构就出来了。我将这个唤作"徐剑书的意象和符号学"。

可这次我确实特别苦恼，因为西藏地域太大。我这次的行程就是一趟转山转水。转山的行程，也是一种香客大转，看尽雪域山河人物多样性，却无一个符号可以一窥全貌。

大转山的行程就是，昌都入，藏东藏北，然后羌塘，然后阿里，再到后藏，实际上就是藏东横断山、藏北羌塘、西行阿里、雅江藏中，然后到了拉萨，就是圣城的中心，再到山南、藏南，就是整个转了一大圈，是一个大转的线路。所以在结构上，19个县，那我就用转山这个结构来写吧。我还有很特别的两个点，或者说有三个点，就是我有一个大的意象，就是香格里拉、香巴拉、弄哇庆，或者说大青稞的那种诗意的一个意象。那么，用青稞这个大诗意来作为一个意象，就是黄金屋，就是金灿灿的收获。其实黄色是属于皇家的，黄色属于宗教，黄色又是中国人最吉祥的颜色。金灿灿的青稞实际上就是一个大的诗意和意象。

为什么我后来没有用转山的大结构来写，因为我在《坛城》里已经用过小转、中转和大转，再用个转山的话，就重复自己了。所以，我最后就采取了藏东卷、藏北卷、阿里卷、卫藏卷逐一写来的结构，用几个特别有代表性的地标，来完成圆圆满满的西藏的一次大的转山、转水、转圣城、转圣地，转莲花宝地，转我自己最神往的一块莲花高原。

导弹和西藏造就的"文学双翼"

温星：你在后记里感慨，有了前面7部书写西藏作品的积淀，西藏扶贫的书写已然是"最自然的文学连接"，也就是说水到渠成。从某种意义上，我觉得你之前的20次进藏，似乎都是在为第21次积蓄力量，也似乎都是在为《金青稞》孕育能量。

徐剑：有两个概念：35年，21次。第一个概念追溯至1985年，阴法唐老人到第二炮兵。我一生当中有两个精神导师：一个是阴法唐老人，他给我带来了西藏；一个是李旭阁将军，我的老司令员，他给我带来了导弹。一个是金戈铁马，一个是尤野无边，宗教圆满，或者是风马旗摇。这实际上是对一个汉地作家、一个军旅作家最大的拯救。如果仅有老李司令员给我带来的金戈铁马，我永远只会是一个军旅作家的歌咏、主旋律的抒写，绝对不会有柔情无边的另一面。

所以，导弹和西藏造就了我文学的双翼。我这35年的准备，是一步一步走过来的，由铁路到电力天路，由电力天路到《坛城》，然后由《坛城》到《玛吉阿米》，再到《经幡》和《灵山》，最后，才到了这部《金青稞》，它是一步一步的。就像我刚才在前面说到的，由历史的西藏、文化的西藏、地理的西藏、宗教的西藏，到了平民的西藏、烟火的西藏、牛粪冉冉的西藏，就是你的视角会一点一点地下沉，之后下沉到芸芸众生之中，我觉得这才是真正的西藏。

那么，《金青稞》实际上就是由殿堂之高、由殿堂之雄从宫殿里面走出来，由文化的深邃和风雅走到了老百姓的烟火生活里面，由宗教风情和信仰执着走到了具有牛粪烟火味世相的真实。所以，我以前基本都是描写的宗教世相、文化世相、地理世相，这回写的则是众生世相，就是由殿堂世相、文化世相、宗教世相折回到了一种苍生世相，最后是一种心灵的世相，就是一种精神之美，应该是这样的一个自然链接。

两位藏王、文成公主与杜甫

温星：在《金青稞》十章中，你曾三次以"插曲"的形式，反复去讲述《格萨尔王传》说唱非遗国家级传承人的故事，有何深意？

徐剑：格萨尔王史诗说唱艺人是一种天人神授。一个藏族孩子，可能他在牛圈羊圈睡了一觉，有个人把他舌头拉出来，在上面写字，可能会有一个人在他的边上，或者在他的梦中给他唱歌，叨叨絮语，然后，他可能会像发烧似的昏迷几天，醒来后就会唱歌。他所唱的，就是《格萨尔王传》。这是一种非常奇特的西藏现象。

我到西藏就提出来要采访格萨尔王艺人，他们一下就找了三个。他们唱的是岭格萨尔王的故事，其实岭格萨尔王这个岭国并不存在，只是创世记史诗中的故事，被一代一代人传承，他们就在梦中编出了一个岭国及格萨尔王。说唱艺人主要是在那曲，以那曲为主，昌都或者丁青、巴青不多。我用他们的故事作为插曲，其实就是造成一种相当于互文的效果。

其实，我在听他们唱的时候一句也没听懂，我就让他们给我翻译，有时候翻译也没办法，我说你哪怕断断续续翻译一些词给我，我自己能把它还原。我可以按它的旋律把它还原出来，所以，那些史诗都是我汉式的表达，汉式的诗话，最后呈现出来的还是比较有味道和有意思的。

温星：诗圣杜甫高唱"安得广厦千万间，大庇天下寒士俱欢颜"，这岂止是中国文人的祈祷与呼喊，更是历朝历代贤良君王的责任与担当。比杜甫年代更早约100年的松赞干布的一个执政理念，其实也可以看作是他的诗歌作品，被你作为整部《金青稞》的题记，放在了扉页上，实在是太惊艳了——因为，松赞干布的身份恰是一代藏王，而这首诗所讲的主题正是扶老将幼，百姓安居乐业，人人得享广厦与安康，亦如百年之后杜甫的名句。

徐剑：杜甫的名句其实一语成谶，一语道破万事。他还有一句就是"朱门酒肉臭，路有冻死骨"。我们的社会，历朝历代，都没有很好解决老百姓的吃穿问题。所以，邓公改革开放之初确定目标，就是要小康，要大同社会。其实，这是夏朝商朝就出现的概念，在关关雎鸠的时代就有了这种梦想。而这个梦想，几千年之后才终于实现。杜甫的梦想实际上是一种圣王文化，让穷人都能住上好房子，让穷人不再冻死风雪，让穷人不再沦为乞丐，这是人类文明的一个极高标识。

很多年前一个专家跟我说，布达拉宫的墙上有一段话，你要去看一下。是时间柱史，是松赞干布遗训，还是什么，我一直没有去找。其实，1300年前盛唐时，松赞干布就非常渴望向大唐学习，文成公主进藏后，他依然向往大唐，大唐文明当时就是人类文明制高点。他也追求那种小康之梦，他也追求老百姓能过上幸福的日子。所谓的德政，就是休养生息，所谓的德政就是让穷人能过上好日子，这个意义上讲，我们的扶贫就是一种德政。

温星：你援引作为本书题记的松赞干布的那首短诗，境界太好了，请允许我念出来，跟读者朋友们分享：我想要普天之下的老者，老有所养，不再冻死风雪；我想要苍穹之下的幼者，幼有所托，不再流落街头；我想要芜野之远的弱者，弱有所扶，安得广厦千万……出自君王手笔，这无疑就是一种古今同理的德政。

徐剑：这首短诗其实是文成公主大戏里面松赞干布的唱词，我也一直苦寻出处。幸好那位西藏专家给了我指引。那次，在次角林里面，我坐在那里吃饭，看布达拉宫的夜景，看夜中的拉萨河时，那一刻，我觉得我的题记找着了，就是这样的。在次角林文成公主大戏的那个地方，我找到了这个题记。

当我站在拉萨圣城的原址上，我站在长安城的原址上，我站在昆明这个原址上，我觉得我跟格萨尔王、松赞干布这两位圣贤藏王，还有文成公主，还有杜甫，跟他们的气息都是相通的。这就是文人，这就是中国文化人所祈求的那种圣德文化。

我们要的是一种德政，要的是一种百姓休养生息，要的就是邓公那种开明练达。办一件事情义无反顾地办下去，他老人家可以说发展经济100年不动摇，100年都不能改变发展。100年中国社会如果没有战争，没有折腾，能100年搞经济发展，那还得了啊！我们才搞了42年，还差58年，搞100年就搞100年，我们就可以真正搞成世界老大，我们真的就可以重现汉唐辉煌。

《怒放》+《金青稞》，期待"青稞怒放"

温星：前面你已经多次提到《怒放》，它跟《金青稞》几乎同期出版，只是前者写云南，后者写西藏。二者不仅主题相同，所写的也都是社会经济发展程度非常滞后的少数民族自治地区，仅仅是巧合？

徐剑：《怒放》主要写云南怒江，再说具体点，主要是写怒江独龙族的扶贫和发展变迁。独龙族是一个很小的民族，只有6000多人，实际上比较像西藏的门巴人和登人，他们比独龙族人口还更加稀少，都构不成一个民族，但属于一个种族。独龙族跟他们那种个子、那种长相特别相似，尤其是那种近亲繁殖，所以造成他们个子都相当矮。独龙族属于直过民族，以前还是刻木记事、结绳记事，他们伟大的"直接过渡"和变迁史，我觉得冥冥之中似乎一直在等待着我去深刻地书写和记录。我特别喜欢独龙族附近的丙中洛，人神共住的地方，更宁静。

西藏是单一的藏传佛教，在香格里拉附近，在芒康、八宿和察隅会有天主教、基督教的进驻，他们都是三江并流、人神共住。我觉得很幸运，很有缘分，因为一江相连，一水相连，一山相连，一座大山隔着两个民族。当我写完了独龙族和独龙江，然后沿着茶马古道这条路进去，又写了《金青稞》。

温星：如果把你这两部作品的书名放在一起，我觉得有一种深刻的寓意，"青稞怒放"。等节后吧，我来策划一场签售和研讨会，主题就叫"青稞怒放"，就针对你的扶贫书写。我认为，这两部作品在全国主题出版物中具有典范意义。

徐剑："青稞怒放"，巧妙的勾连，你这个创意太好了！等疫情好转吧，我回故乡，回昆明。《怒放》在前，《金青稞》在后；《怒放》是花开，《金青稞》是结果。云南的独龙江和西藏的察隅，其实就是一座大雪山流下来的一条河水，它们两个在某种程度上是割不断的。我读夏瑚的边陲日记，一万多字的文章，他就提到独龙族人实际上是察隅一带的野番。有意思的是，在很长的历史时空当中，大概四五百年的历史时空当中，独龙江是由西藏统治，西藏的土司统治着独龙江，他在那里收税，是他的领地。

温星：这点其实并不为很多人所知，我们在对话开篇便已经谈到。这是非常重要的一个历史文化和地域时空的背景，值得最后再重点强调一下。

徐剑：冥冥之中吧，所以，我写完独龙江之后又写西藏，写了《怒放》，落果《金青稞》，这就是一种由作家来衔接的文化。我期待着"青稞怒放"活动能成为我们的另一道风景线，文化的风景线、人文的风景线和文学的风景线，也期待着在我的家乡，与更多的家乡读者见面。谢谢！

以笔作剑，书写强军征程上的中国气派

对话人：高满航（中国作家协会会员，国防大学军事文化学院教师）
原载：《解放军文艺》，2020年第6期

你的经历和积累足够了，才有可能写出一本人生的大书

高满航：徐老师，您16岁入伍，当兵之初在火箭军（原第二炮兵）的工程部队，从给导弹筑巢的工程兵到以笔作剑记录战略导弹部队发展进程的军旅作家，客观来讲，这是跨度非常大的转变，有哪些人哪些事，在哪些方面改变了您？如果对您的文学道路进行阶段性的归纳和总结，您觉得要成为一个作家，尤其是优秀作家，最重要的是要具备哪些素质？

徐剑：当年坐着闷罐火车离开云南昆明的大板桥老家时，我想得最多也最担心的就是：这趟火车会开去哪里？我今后的命运会怎样？我做过各种各样的幻想，想着会不会去战场，想着能不能适应新的生活，更远一点就是想着能不能当上干部。但想来想去也没想过我的归宿是文学，我会成为一个作家。今天来看这种转变，当然更多的是要感谢促成我不断成长的很多人和事。我觉得人生的每一段经历对一个作家的成长、写作，都是财富。

　　我年轻的时候就调到了基地宣传处当干事，后来又到当时的第二炮兵指挥学院（现火箭军指挥学院）去上学，然后再回到基地。没过多久又调到第二炮兵机关，在政治部办公室和组织部党委秘书的岗位上先后干了很多年。这么多年来，我印象最深的就是在李旭阁司令员、刘立封政委和阴法唐副政委他们身边工作的日子。首长们都是从战争年代枪林弹雨走过来的，为人做事高风亮节、一身正气，他们身上洋溢的那种特有的英雄主义和理想主义的高贵精神，时时刻刻都在感染和改变着我。李旭阁司令员是中国首次核试验的办公室主任。他在总参作战部当参谋的时候对口的就是特种兵、空军和炮兵、第二炮兵，后来又到第二炮兵工作。他的那些传奇经历，对我一生都有很大的影响。我在他身边当了六年秘书，我觉得他把他认识问题的方式方法，尤其是他的哲学观、历史观灌输给我，使我受益颇深。得益于他的言传身教，我看问题的视角、高度、纵深都越来越客观和全面，可以说，是他将我带到导弹阵营，给我灌输了这支英雄辈出的部队特有的那种金戈铁马的基因。

　　再一个就是阴法唐副政委，他现在已经98岁了。他很年轻的时候就参加抗日战争、解放战争，后来又到大西南，是解放西藏、建设西藏的功臣，后来到第二炮兵任副政委。他带给我更多的是西藏高天厚土一般的高耸博大的山峦，空阔无边的芜野，以及相伴而生的那种悲悯情怀。我一直觉得作为一个作家，我很幸运遇到了那个年代，那些人和事，使我人生道路更具体地说是文学道路更加的多彩和饱满，使我运笔的源泉既有南方的精巧灵动，又有北方的奇崛雄阔，这种得天独厚的优势也促成我36岁就以导弹题材的报告文学《大国长剑》拿下了首届鲁迅文学奖、中国人民解放军文艺奖、"五个一工程"奖，这在当时是一个不可思议的成绩，尤其在我那个年纪，简直不可想象，那时候我甚至还不是中国作家协会会员。我是1998年才加入的中国作协。

　　当然，除了经历人和事蓄积文学的底蕴之外，我那时候也是赶上了一个难得的属于文学的黄金时代。而且我也遇到了既重视文化更重视文化人的好领导张西南，他当时是军队颇有名气的评论家，可以说是他手牵手把我送进了中国文坛，把他认识的一个个作家和一家家文学刊物编辑介绍给我，使我从文学的边缘走到了文学的中心，在很大程度上拓宽了我文学创作的视野，提升了我的文学素养，这是促成我走上专业文学写作成为专业作家至关重要的一步。

当然了，我更感谢中国战略导弹部队这片雄奇的沃土，它本身就是一本独一无二的奇书，而我只是一个文学的记录者。我觉得只要把火箭军将士无私奉献、荣誉、尊严和生死的故事记录下来，就算不加修饰，不用文学的叙事、辞藻等技巧，也会非常之精彩。《大国长剑》在《当代》发表的时候，我是没有信心的，把稿子送给副主编汪兆骞后，就休假回云南过年去了。我虽然想发表，但内心知道自己水平不够，《当代》门槛又那么高，肯定没戏的。可没想到汪兆骞看了稿子后到处找我，那时候没有手机，只有BP机，但他没有我的号。最后是我回到单位他们才打办公室电话联系到我，电话一通就急切地说："徐剑你赶紧来，你的书我们要用。"这是我没有想到的，那次《当代》发了头条十多万字，之后有全国三十多家报纸杂志连载。

我心里清楚，不是说那时候我的水平有多高，而是战略导弹部队这个题材具有极大的吸引力，只要你写出来了，就有独一无二的优势。我总结自己走过的路，深知走到作家这一步不是偶然的，不是一下子就挖到了一个文学的金娃娃，而更多的是去经历，经历不同的人、不同的事，去积累，生活的积累、文学的积累，你的经历和积累足够了，才有可能写出一本人生的大书。

高满航：您当兵是在二十世纪七十年代，那时候工程部队的施工条件非常艰苦，设备也相对落后，主要依靠人工作业，官兵受伤司空见惯，甚至经常面临猝不及防的塌方和牺牲。您在许多作品里都谈到了那段刻骨铭心的岁月对您的影响和塑造，也提及过那些牺牲在坑道并永远长眠在大山里默默无闻的战友，那是些什么样的经历？对您的人生和创作有什么样的触动和改变？

徐剑：就像你说的，当兵之初的那段经历对我来说刻骨铭心，一辈子都忘不掉，最惨痛的一次记忆是由于猝不及防的塌方，和我一个火车皮拉到部队的战友有七个重伤，八个牺牲。后来我在团里当政治处书记，那年我19岁。我们组织股有个吴干事，晚上七八点钟，他带着几个警卫排的大个子兵，扛着锹拿着镐去后山挖墓穴，晚上十点半左右一辆大卡车把牺牲烈士的棺木拉过来，趁黑悄悄埋进他们挖好的墓穴里。我当时很不理解，就问老团长，为什么不放着鞭炮、吹着唢呐，让烈士们轰轰烈烈地走？老团长姓石，是1938年入伍的老八路。他当时就骂我"你懂个屁"！他说我们来这里当兵干什么，就是保卫祖国，就是上不告父母下不告妻儿来默默地给导弹筑巢，活着默默无闻，死了也是赤条条走，不要打破小城的宁静。他说得很绝情，但我看得到他眼里噙着泪花。

就在那一瞬间，我被震撼，决定如果将来有机会，一定要拿起笔来为我的导弹工程兵的岁月，为我的永远把青春的生命埋进墓穴里的战友，为我从16岁开始的那段毕生难忘的历史写一本书。后来我就写出了《鸟瞰地球》，我把在烈士陵园抄的牺牲战友的名字都写进去了，把他们为这个国家的贡献镌刻进历史。这本书后来得了第七届中国人民解放军文艺奖。后来我把这本书和《大国长剑》一起带到我当兵的那个地方的烈士陵园，祭奠那些牺牲了的战友和虽默默无闻却永远活在我心中的烈士。

文学道路看似容易，实际很难，写好更难，没有捷径

高满航：众所周知，您在文学创作上是"半路出家"，但一出手就获得了首届鲁迅文学奖等分量很重的奖项，可以说很早就奠定了自己文学的地位。以您的写作和成长经验而论，您觉得文学的道路有没有捷径可走？您觉得在写作的过程当中有没有什么东西是必须坚持的？

徐剑：现在想起来，虽然出了很多书，得了很多奖，但在文学这条道路上的确没什么捷径可走。不可否认，写作是要有天赋的，是要有特别敏感的艺术感觉，要有超常的想象力，但我觉得更重要的是要有坚定不移的信念。我在走上专业创作道路之前的业余时间更多写的是散文，也有很强的发表欲望，那时候都是盲投，不像现在还认识人，有人来约稿子。那时候写完就按着杂志上的地址寄过去，用就用，不用再投别家。我记得27岁那年断断续续在天津的《散文》杂志发了六七个头题，后来他们很重视，给我开了一个作品研讨会，刘白羽老先生拄着拐杖来参加，我很受鼓舞。

后来呢，我把更多的精力用到了非虚构，更具体地说就是报告文学的写作中。在此期间我遵守和坚持了"三不写"原则，就是走不到的地方不写，看不见的真实不写，听不到的故事不写。既然我写的是非虚构，那么但凡落笔，就必须走到、看到、听到。当年《麦克马洪线》写了五十三万字，都知道我的书很厚，却很少有人知道我采访那段历史花了整整八年时间，谈了三百多个1962年参战的老兵，采访笔记的字数是成书的数倍乃至数十倍。

采访的过程中，有一次，我从中印边境一个叫错那的地方出发，去实地察看阴法唐副政委指挥的一次战役的战场——娘姆江河谷，那地方在喜马拉雅山的南坡，靠近印占区，离仓央嘉措的老家达旺不远，我们从最后一个叫"勒"的地方上山，海拔大概在两千六百米。我们才爬过第一个台地，大概海拔上升到了三千米，我就受不了了，感觉心都快蹦到嗓子眼了，喘不过气来，我当时甚至都觉得随时会死，就不想再往上爬了。当时陪我去战场遗址的一个老兵，给我做思想工作，说他们指导员的家属都上去了，一个新婚不久的川妹子，第一次兴冲冲来看丈夫，结果呢，一路走一路哭，她不是哭爬山的苦，而是哭丈夫的不易。他还说一个四岁的小女孩也上去了，来看爸爸，是战友们轮番换着背上去的。

我当时一听，就臊得不行。那一年是1998年，我40岁，阴法唐副政委1962年在这里指挥那场战斗的时候也是40岁，他当时和他的战友们不但要走遍这山山水水，而且对面是敌人，是枪林弹雨，随时要战斗，随时要面临牺牲。他们守住了那片国土，而我却走不到，无论如何都说不过去。后来我爬了四个多小时，爬到海拔四千五百多米才到了那个战场旧址。开始的时候准备看一个点，后来我们继续往上爬，看完第二个点，又看了第三个点，看完了整个战场，也对那场战斗有了更直观、更清晰、更全面的认识。

文学道路看似容易，实际很难，写好更难，必须扎扎实实地夯地基、打基础，没有捷径。写非虚构也好，写虚构也罢，你都要踏踏实实地去学习积累，去体验观察，去感受生活和人生。以前就有"读万卷书、行万里路"的说法，我们当下处在信息大爆炸的时代，更是要从田野调查的实践中获取真实可信的第一手资料，进行挑选甄别，攫取最感人的最特别的最新鲜的最独特的，也最能深刻地反映作品主题的东西，并结合自身丰厚的文学和生活积淀，淬炼最精华的思想和文字，这样的东西才最值得也最久远。

不管什么样的题材，最重要的是要回归到一点，就是写人

高满航：您的火箭军三部曲《大国长剑》《鸟瞰地球》《大国重器》在全军乃至全国都产生了重大影响。尤其是2018年出版的《大国重器》，在对火箭军前世今生的叙述里，让我们看到了战略导弹部队从无到有、从小到大一步步成长起来的艰辛历程，可以说是外界走近火箭军了解火箭军的重要窗口。结合火箭军三部曲的创作，您能不能谈一谈在创作涉军敏感题材作品时怎样才能做到既不触碰"雷区"，又原生态呈现精彩？

徐剑：《大国长剑》《鸟瞰地球》《大国重器》，这三本书都是国家重大题材。《大国长剑》是从1984年大阅兵开始写起的，1994年才成稿。《鸟瞰地球》写的是大型号导弹阵地工程，我前面也说过，既是对我牺牲了的战友的文字缅怀，也是对我那段刻骨铭心军旅生涯的记录。《大国重器》是火箭军从无到有、从小到大的五十年历史。可以说这三本书的书写对象都是绝密级的，导弹呀，阵地工程呀，甚至很多现在都还没有解密的重大决策，所以说，很多人觉得不好写，不能写，不敢写，但是我就写了，而且送审也很顺利。在送审《大国重器》的时候，专家组只提了两个细节，两分钟就搞定了，之后在备案审查当中也没有出现过任何问题，直到顺利出版。

在这些重大题材的把握上，我觉得军事文学也好，国家叙事也罢，你一定要记住一点，就是你书写的出发点绝对不能是猎奇的，也不是揭秘的。当然了，肯定有揭秘的成分，但记住，一定不是以揭秘为目的，而是要写人，人的故事，人的情感世界，人的命运、牺牲、荣誉以及生和死，等等。以这样的视角或者说方式去书写，又有什么是不能写的呢？可以说都能写，而且越是稀缺性的主题，就更有可能写得更精彩，因为是站在一个独一无二的平台上写人类共同关注、共同拥有也共同面对的东西。

我一直在说，沈从文老人给我们这个世界的书写留下一句很重要的话，就是"贴着人物写"，无论虚构还是非虚构，都不能违反了这条"一元规律"，我认为它是一元的，不是二元的或者多元的，就是要紧紧地围绕着"人"来写，围绕人的情感，围绕人的爱恨情仇，围绕人的荣誉、牺牲、尊严，挖掘人性的多面和复杂，甚至灰暗。

2016年中国作家重走红四方面军长征路，刚出发，文清丽就给我约稿，她说"你给我写一个东西"，我回答说保证完成任务。回来后，我洋洋洒洒写了三万五千字日记体非虚构《喊魂》，里面提到了很多敏感的人和事，当时投给文清丽，她是第一责编，很有胆识，作了技术和政策把关。最后是《解放军文艺》的姜念光主编拍板，他说他有两个基本的判断：一是这个文章好，可以发；二是不会有涉密审查和政治审查等方面的问题。后来文章发出来反响很好，也没有任何异议，说明我的把握是准的。

再回到火箭军这个题材。这么多年来，我在这个上面没出过一次问题，没泄过一次密，归根结底，不是我运气好，不是谁眷顾我，而是我每一次动笔之前都会花很大的工夫去认真采访。我一本书的写作，起码要用完五到六个采访本，之后才敢写。比如说我这次写南海填岛这本书，从动议到成书花了两年半的时间，光采访就九个月，虽然字数只有二十六万字，但出版社很满意，我也满意。他们让我总结经验，我说没有什么经验，只有采访，所有参与这项伟大工程中的每一个要素的具体的人你都采访到了，书也就顺理成章地写出来了。南海填岛我避开了外交，避开了国防，避开了军事冲突，等等，我就写普普通通的填岛人的故事。重点写了三个船长，也是三个失败的男人，一个婚姻失败，一个事业失败，一个因为嘴上"放炮"，被下放当了加油工。他们后来怎么当船长，怎么在南海带着他们的船员们打了一场世纪之战，打了一场史诗般的填海战役，这是读者想知道的，也是我必须去探究的。填海人的故事非常精彩，我采访的时候很感动，写的时候就变成了激动，我是按照美国大片的那种风格写下来的。他们每一个人都是英雄，自己的英雄，民族的英雄，但却是普普通通的中国男人，所以我也要按自己心中英雄的模样，把他们呈现出来。

还有，就是我最近写的《天晓：1921》。为了写它，我走遍了13个一大出席者的家乡、生活地、纪念馆，把研究他们的所有专家的书，能知道的，找到的，一捆一捆全背回来，全部找来读，那些书摞起来比我还高，把我的桌子都堆满了。研究透别人笔下的党代表，我写起来就可以化繁就简、去伪存真，就能够拨开历史的迷雾，更清晰和客观地认识和书写百年前他们的先知先觉，他们的决绝无畏，他们的义无反顾，我将一百年压缩在开会十天里写。年初，专家先看了四万多字，给出了很高的评价。

不管什么样的题材，敏感的也好，涉密的也罢，最重要的是要回归到一点，就是写人，写大写的人，写普通的人，尤其是把视点瞄准小人物来写，写他们复杂的内心世界，写他们丰满的感情世界，写他们那种崇高的或者卑微的爱情世界。人写好了，文字有了生命力，文章就差不了。

我要让古汉语一切美的元素，都尽量在自己的文章里得到体现

高满航：除了火箭军三部曲，您还创作了《麦克马洪线》《冰冷血热》《东方哈达》《浴火重生》《雪域飞虹》等大量的关注国防建设以及国计民生的重大题材作品，用一部部沉甸甸的作品追寻文学创作中的中国气派。这个"中国气派"是您提出来并积极倡导和践行的，具体到文学创作中，中国气派究竟如何书写和呈现？

徐剑：我的写作自觉地转到中国气派和中国风格上来，确切地说，是从2004年读鲁迅文学院开始的。我们那届高研班是鲁三，有邱华栋、雷平阳、乔叶等很多现在非常活跃的作家，我是唯一的报告文学作家，其他都是小说家、诗人，还有文学刊物的编辑、评论家。我当时是那个班里唯一获得过鲁迅文学奖的，但我压力却非常大。那时我算是青年成名，小有名气，有的朋友还开玩笑说：你都可以上讲台当老师了，还在那里混什么。

可我突然之间就不知道怎么写了，不会写了，只能停笔，很长时间一个字都没有写。直到后来我们到锡林郭勒草原去参观见学，回来后我写了篇散文叫《城

郭之轻》，算起来已经十二三年没有写散文了，但那次却一气呵成写了一万五千多字，这篇文章后来上了《散文》的头题。

学习的四个半月里，我读了很多书，卡尔维诺、普鲁斯特、纳博科夫、索尔仁尼琴、博尔赫斯等多卷部的文集，埋头读，拆散了读完，再自己拼凑起来；也静下心来听课，听各种各样的课，有好的，也有差的，好的一句话能把我点通，差的会听得人昏昏欲睡。我记忆里讲得最好的是周汝昌老先生，他那时候已经90多岁了，但是思维清晰，记忆惊人，他讲《红楼梦》，讲了一个多小时，我很受启发。李敬泽和雷达老师他们也来讲过，雷达老师还是我的导师。

这次学习完了以后，我就开始有一种中年作家的危机，觉得写下去没什么意思，是在不断地制造垃圾。当年11月，我到青藏铁路采访的时候，文本意识被激活，我突然悟到，我一定要写一本和以前截然不同的书。同时，通过长时间的大量阅读，我开始反思。等你写得多了、见得多了、岁数再大的时候你就会意识到了，中国最经典的好句子都是短句子，都是高贵、典雅、洗练、简洁、有强烈的音乐感和韵律感的那种短句子，具有雅正之美，高古之美，但又特别的洗练和意味无穷。我是一个从来不拒绝兼容并包的人，虽然我写报告文学，其实我读得最多的是小说、哲学和历史，是那些世界级大作家的作品，像赫拉巴尔、福克纳、卡夫卡，还有鲁尔福，他那个魔幻主义的叙事非常棒。还有卡尔维诺的《看不见的城市》都很好，我非常喜欢他的《我们的祖先》《意大利童话》。

回到中国文学，我最喜欢四个半作家。第一个是司马迁。太不得了了，他对细节的那种营造，就算在今天，让人看了以后依然被他艺术的美感和那种文学的美感所震撼，由衷佩服、击节叫好。他书中的细节的独特、生动，那种精致，让你可以忘掉篇目，甚至忘掉人物，但你就是没法忘掉他的书写。

第二个是杜甫。他是一种大众的书写、民间的书写。杜甫是一心想入仕的，想在官场上有所作为，可最终在长安城，"朝扣富儿门，暮随肥马尘"，把鞋子都跑掉了。在成都，茅屋为秋风所破，连顽童都欺杜工部之衰。可是你置身这次新冠肺炎的环境里，再看他的"三吏三别"，感叹在安史之乱的大背景下，他靠着那么短短的几首诗，就把一个大时代的历史事件书写得淋漓尽致，是真正的史诗、诗史。我有次给学生讲课，去之前我还读了《石壕史》，我都看过很多遍了，但还是把我读得掉泪。他是把一个作家的文心、一个诗人的诗心和民间的老百姓的那种民心打通了，他真的是既通天地，又接地气的伟大诗人。

第三个是苏轼。他对我的最大的影响在于他的人生沉浮过后的思想体系，他天才的经历，天大的磨难，然后是惊为天人的书写。他刚进士及第时，仁宗皇帝殿试下朝后，兴奋地对太后说："我为两朝都把宰相选好了。"就是这样一个人物，后来却仕途不顺，一贬再贬，密州、杭州、黄州，一直贬到惠州、琼州。可是就算到了再偏远再逼仄的境地，他的精神世界是宏大的，是乐观的，他的心中有江山家国，有山川河流，有炊烟袅袅，更有梵呗声声，有入仕的儒，有出世的道，更有心静的佛，还有秋水文章，慢词汉赋，一人一物皆有命，一虫一鸟皆有趣，一草一木总关情，见山乐山，见水嬉水，见酒滥觞。他把儒释道三者兼容并吸，最终形成自己的哲学体系，在文学世界得到最充分的展示和体现。苏轼把中国几千年文人的追求延伸到了一个登峰造极的地步，无论诗书画文，还是做官，都达到了非常高的高度。他做官修了西湖，到惠州又修另一个西湖出来。他因为自己的理想而在旧党和新党之间徘徊，既得罪了新党又得罪了旧党，一个乌台诗案，就是莫须有，终被流放。可是他被贬得那么远，人都到天涯海角了，皇帝还在问：苏轼最近在写什么诗？你看，高高在上的庙堂仍然在注意着他，所以就在那一刻，就注定了苏轼的不朽。

第四个人是明末的张岱。我对许多文友推荐，叮嘱好好读张岱的文章，才知道什么叫"增一分则肥，减一分则瘦"。张岱的文字精准到了一个字都删不掉的程度。那种干净，那种洗练，读来真是一种极致的享受。看他的《夜航船》《陶庵梦忆》，看他的《西湖梦寻》，一部比一部好，一部比一部精彩。美国的汉学家史景迁，把他的四部散文集合在一起之后，写了一部《前朝梦忆》。用的全是之乎者也，半白半文的叙事，令我惊讶之至，都是被张岱的文字所征服。还有晚明性灵派的散文家也很棒，有本施蛰存编的《晚明二十家小品》，我出差的时候都背着，当枕边书带着，一天就品一小段，简直就是一种享受。

再有半个，就是纳兰性德了，他的一部《饮水词》，凡有烟火处，都有人会吟，其优美和空灵，让人痴迷和陶醉。我不是复古主义者，但我一定要把古人为文的精髓和精华汲取，要把古汉语古典美、雅正美、音乐美、韵律美、诗画美、宗教美等一切美的元素都尽量在自己的文章里面得到体现。我开启中国气派和中国风格的写作重在两个方面的改变，一个是结构上的变化，从《东方哈达》开始。我每一部书的结构都不一样，再一个就是语言上的变化，逆白话文写作而上，追求复古。2013年我从俄罗斯访问回来之后，就在《中华儿女》上开了个专栏，半文半白地写了三年，每篇一千多字，总共四十多篇，后来集结到一起出了本散文集叫《祁连如梦》。我所追求的复古，不是造一种生涩呆滞之文，而是意在回得去，神游一番，知道古汉语的底蕴、意境是什么，方能走得出来，把自己与古代打通。

我追求这种中国风格中国气派，更重要的是想追求一种高雅的、古典的、洗练的、雅正的古汉语那种风格和气派的东西，也是尝试把阳春白雪和下里巴人很好地结合起来。到我们这一代呢，我就想在这方面进行自己的探索，对于中国文学和我自己的写作而言，都是一种回归，也是跳脱西方文学观念和技巧的涅槃。

报告文学应从心出发

对话人：刘浏（中国作家协会会员）

原载：《文艺报》，2023年2月17日

最好的作家既能雄浑大气，如鲲鹏在天之高，
又能柔情似水，沉入人间万家灯火

刘浏：谈及您的报告文学创作，至少有两个题材是绕不开的，一是火箭军，一是西藏。44年军旅生涯，"导弹三部曲"（《大国长剑》《鸟瞰地球》《大国重器》）是中国报告文学军队叙事、国家叙事、重大工程叙事的代表作；35年间21次进藏，"西藏八部"（《麦克马洪线》《东方哈达》《雪域飞虹》《坛城》《玛吉阿米》《灵山》《经幡》《金青稞》）深入走读西藏，让无数读者看到了真实、丰富、深刻的西藏。您这两类题材的创作经历是如何的？您是怎样看待报告文学的题材与写作的？

徐剑：我觉得你对我创作的阅读是非常精准和到位的。你提出来的导弹系列的大国叙事和西藏系列的民族风情叙事，实际上就是我在很多场合都谈到过的"我有双翼"，即两只文学的翅膀：一只就是我自16岁以来投笔从戎即已开始

的、以导弹火箭事业为主体的《大国长剑》和《大国重器》书写，这是铁马秋风大散关、无定河边埋忠骨的文学叙事，这种中国式书写是以司马迁为源头的；另一只翅膀就是西藏。我们这一代作家，大学教育和文学训练是有缺失的，因此需要补课。从发蒙到获得所谓的创作灵感，呈现一闻千悟的文学禀赋，最好还是能和天地人感应，使个人经历与后天所学（历史、哲学、宗教等）打通。如果一个作家既有金戈铁马般的宏阔大气，同时又具民族风情和宗教的温婉与纯净，还能兼擅千秋史笔和文学塑形，则精神深度、广度，及其信度、锐度也能得到充分拓展，并在创作中真正做到如鱼得水，左右逢源。所以我很庆幸，在我进入作家序列的时候，我便有了这种经历。这样的经历使我很早就认识到了，报告文学的书写，永远不能离开生动丰沃的历史场域、真实的人类情感，以及复杂多义的现实世界。

我同时还庆幸，在自己的文学之旅上，曾得到两位极其重要的精神导师的培养与扶持。第一位导师是第二炮兵司令员李旭阁中将，他是1941年从河北唐山滦南老家入伍的。中国首次核试验时，他是办公室主任。我25岁时，在第二炮兵党办做小秘书，他是司令员。我在他身边待了5年，却并不知道他曾是罗布泊原子弹首爆后第二天飞越爆心的天地英雄，这些经历因为保密，全被格式化了。一直到他退休后的1994年夏天，首次核试验30周年之际，他写了一篇题为《首次核试验前后》的文章给我，我才知道他有这样一段秘密而独特的传奇经历。第二位导师也是一员战将，他就是阴法唐老人，今年已经101岁。他是当年进藏的十八军五十二师的副政委，还是1962年对印反击作战前线指挥部政委。他62岁时从西藏自治区第一书记、军区第一政委、成都军区副政委的任上，调到二炮当副政委。当时，26岁的我算他麾下的工作人员。他到二炮，给我带来的是西藏见闻。我一次又一次地听老人家非常详细地介绍西藏。老人家的讲述充满感情，也很有魅力，他娓娓道来，声音洪亮辽远，而那片神秘土地的宏阔与大气就像书画长卷般，在我面前徐徐展开，让我一下迷上了那些故事。我听完他讲的西藏故事、读完他们家所有相关西藏的藏书后，才第一次跟他进藏。第一次进藏是1990年7月19日，我们从北京出发。那时我正处于生命当中最暗淡的一段时光。两位精神导师给予了我温暖关怀，分别开导我，让我知道人生的经历不但有顺境，还有逆境，不但有辉煌的高光时刻，也有至暗时刻。在我最痛苦的时候，就是这两位可亲可敬的老人给了当时的我以极为宝贵的精神安慰与拯救。已经退休的旭阁司令，在看了我第一本散文集《岁月之河》（百花文艺出版社）后，找我谈话，他说这本书写得不错，但是有些内容太感伤了。他开导我，人生经历一点挫折算什么，何必写得那么忧伤？往前看，往远处看，路还很长。我觉得听他这回讲的话是我的第一次疗伤。第二次是1990年夏天，我随阴法唐老人进藏，从北京到兰州，到敦煌，到格尔木，上昆仑山，算是一路行来，一路卸下心理包袱，而且我马上就要写《昆仑山传》了，可是当第一次面对莽昆仑时，虽然军人心性不灭，但我还是深深地被"吓倒"了。说起来，也是不了解高原的脾气，仗着年轻，特别任性。任性是要付出代价的。上了昆仑山，也过了可可西里，我跟着老人家翻过了海拔5231米的唐古拉，过了羌塘无人区，平安抵达拉萨。从山南到日喀则，途经羊卓雍措，车里太热，下车即解开衣服。没承想，当时雪风一吹，我就感冒了，身体极不舒服。到了江孜，在老人家当年任分工委书记的地方，我就高反了，夜里头痛欲裂，想找保健医生要氧气而不可得。等到了日喀则十世班禅额尔德尼·确吉坚赞的驻锡地时，我竟患了最为凶险的脑水肿，人烧得迷迷糊糊。一个藏族女医生带着女护士，给我推960万单位的青霉素。然而，在老爷子看来，这不算什么，他就一句话，"你死不了"，他觉得我年轻，能扛过去。每天早上出去前，他会来看我一眼，傍晚视察归来时，再来看我一眼。三天之后，我才真正从昏迷中醒过来。那是我人生的一次涅槃，而这也应了一句老话，叫从此否极泰来。因为有这样一段经历，后来我就觉得我有文学双翼，完全是得益于这两位精神导师，一个将我引入导弹事业，一个将我引入西藏圣境。我以为，最好的作家是雌雄同体的，既能雄浑大气，如鲲鹏在天之高，又能柔情似水，沉入人间万家灯火。特别是对于一位军队作家，在铁马冰河的背后，有了雪域高原的书写，不啻是一场精神洗礼与拯救。因此，回顾大半生的文学之旅，让我深刻地领悟到，对一个作家来说，不能拒绝自己的任何经历，它从不会过剩，在天分与学识之外，经历才是最重要的。

除了这两翼外，我觉得自己还有一只文学飞翔的尾巴，这就是国家重点工程的书写。我写了国家的很多重点工程，比如新世纪四大工程中的两项——青藏铁路与西电东送（另两项是三峡水库和西气东输）以及东北老工业基地振兴、南海填岛等这样的大题材。所以，实际上我的书写是三位一体的，即军队的火箭题材《大国长剑》的书写、国家重点工程大国制造与基建狂魔的书写，以及西藏的书写。我是幸运的，南方人长期生活于北地，既有西南的钟灵毓秀，又有北方的雄浑阔大，再加上西藏，这些共同铸造了我。

说到底，我觉得题材和写作的关系需要再重新审视。在我们年轻的时候，会觉得题材很重要，尤其是报告文学书写，如果题材不重要的话，可能就进入不了国家叙事的范畴，或者说在人们的心目中，这种报告文学的重量不够。但是现在我越写越觉得题材的重要性必须置于作家写作之后。题材是不可少的，但是要放到优秀作家的视界当中去书写；相应的，优秀作家未必要注重题材，因为题材无处不在，无时不在，无人不在。所以，对优秀作家来说，题材并不重要，写作才重要；对于写不好的作家来说，题材才重要。这就提醒报告文学作家，要反思题材与写作的关系，毋庸置疑，作家的重要性，写作的重要性，先于一切题材和艺术。总而言之，好作家能看到时代暌离、地域阻隔这类题材当中的内在关联性，并把它们串接起来，成为彼此映照、相互交织的时空维度、心理维度、文化维度，优秀作家本应如此。

文心和元气离不开写国之大事，离不开写民族魂，离不开写一个民族的文化和文明，离不开写新时代

刘浏：近年来，您特别倡导"守望中国文学的文心与元气"。为什么会有这样坚定的态度？您认为报告文学的创作可以从中汲取哪些养分以及该如何做？

徐剑：在2022年3月26日我当选中国报告文学学会会长之后的一次发言中，我特意讲到了文心和元气。文心，就是初心。它是最早萌发的情志意态，也是"中有太古声"的精神气象、思想泉流，如果沿波讨源，则我们上可接太史公根

脉，以其磅礴充沛的历史见识、文学知性和人生境界为标杆，让自己的内心激荡亘古豪情。自然，眼下最紧迫的任务，还是回到当下，沉下心研究民众生活，接受并进入他们的话语系统；至于更高层级的期许，则是回归古典心意，回归高贵与纯净，回归中国化叙事，回归以人性为圆心，回归真性情，毫不动摇地坚持写出中国气派。我以这样的概念和文学彼此接引，实际上也是抱着一种很强烈的愿望的，想让我们的报告文学，让这个时代的文学，能够淋漓洗秋碧，令更多蒙昧者可以耳闻弦诵之音，让报告文学作家能够真正负起推动新质文化建设的重任。但目前情况不甚理想，还有一些问题未得到很好解决。比如报告文学的文心始于何处？报告文学的第一口气和第一次的心脏搏动为谁触发？报告文学为谁而写？这些至今还在困扰许多人，都是需要认真思考、对待、解决的。

有人把报告文学看作一种舶来品，我部分同意这种观点。但说到我们的报告文学起于何时，我的观点可能别人不太会赞成，但我还是坚持我们的报告文学始于《诗经》，始于《秦风》《魏风》《郑风》《国风》，风雅颂的风，那才是最好的报告文学。集报告文学之大成者，当然是一代史官司马迁，太史公写的报告文学是元气和文心最初的原点与巅峰。我觉得，报告文学的坐标就是《史记》的坐标，就是为百姓而歌、为百姓而哭，虽颂犹刺。要将文学的焦点、落点、着力点，对准老百姓的喜乐忧愁，酸甜苦辣。这也是一种文心和元气，所以，我们讲文心和元气就离不开写国之大事，离不开写民族魂，离不开写一个民族的文化和文明，离不开写新时代。其实，一个民族能走多远，最后比拼的不是孔武之力，不是经济，而是文化与精神。

刘浏：报告文学创作的过程就是不断地向真实逼近的过程。您的"三不写"原则——"走不到的地方不写，看不到的地方不写，听不到的地方不写"将"追求真实"摆在创作最醒目的位置。然而，我们都知道，绝对的真实根本不存在，只有相对的真实。您是如何看待报告文学要讲真话的？

徐剑：我这个"三不写"是在第九次作代会提出的。我觉得这是一个报告文学作家说真话、写真文、表达"真善美"必不可少的环节。你提出的这个问题是很深刻的。实际上，我们很多作家都局限在自己的视野里面写作，很多人都觉得我的生活、我的感受、我的采访是真实的。我非常赞成你的意见：所有的叙事和所有的真实，都是被虚构了的，或者说是被叙事了的。比如当我们面对一个采访对象时，他其实已经在对所发生的故事细节和人生重新进行叙事，这种叙事会让我们对他的真实性打一个问号。这就是为什么我会强调一本书的采访，如果不记录五到六个采访本，我是不敢轻易着手的。比如，一件已发生的事会有N个版本，我们只有把所有采访对象都采访完了，把各个版本放在一起综合分析，才可能不会"上当"，才不至于被虚构的或者人为夸大的修辞所迷惑，从而才能有自己的独立判断。

"说真话"很难。那种要大家用仰视的目光以示毕恭毕敬的做法，对报告文学而言，就是一场灾难。报告文学作家如果不说真话，那就是昧着良心写作，就是背离公义，就是虚假陈辞。所以，我对自己的要求就是写一本书，没有三个月到半年的采访、没有把所有的当事人谈完，我是不动笔的。当然，"说真话"也是要付出代价的，尤其是涉及负面、涉及社会形象等的书写，如果不说真话，没有像法官搜找、采纳证据一样全面了解情况，那么写出来不就是笑话吗？这样就是坐上了审判长席位，也同样是罪嫌。

"说真话"的作品才会是久长的作品。比如司马迁对刘邦的书写，既写了他的政治抱负，也写了他的性格弱点；再比如对李广的书写，既说出了他的长，也说出了他的短。我认为说真话，特别是在大题材的把握上，一定要是辩证的，有长就有短，有阴就有阳，有对就有错，有成绩就会有缺点，我们应该把这些阴阳、对错、长短、善恶的东西写出来。

我们的书写一定要有纵深的历史背景和时代背景，在敏锐的发掘背后要有深沉的哲学眼光

刘浏："为何而作"对报告文学创作来说格外重要，这一点区别于其他文体创作。比如，1977年9月18日，中共中央发出《关于召开全国科学大会的通知》。10月《人民文学》的选题跟科学挂上了钩，编辑觉得，如能组织一篇反映

科学领域的报告文学正当时。《哥德巴赫猜想》应运而生，作品发表不久之后，全国科学大会召开，成为改革开放的先声，陈景润、徐迟和千千万万中国知识分子迎来科学的春天。作为"科学的春天"的领唱，《哥德巴赫猜想》的创作初衷和目的呼应起来。您是如何看待报告文学"为何而作"的？

徐剑："为谁而作"的问题，涉及到的就是社会主义文学为谁而写的问题。你用一个非常巧妙的角度说了出来，肯定是要为人民书写，为苍生书写。横渠四句"为天地立心，为生民立命，为往圣继绝学，为万世开太平"，对报告文学作家来说，就是要求我们要有预见性，能预见新生事物的未来，而且要有宏观的历史性，也就是说我们的书写一定要有纵深的历史背景和时代背景，在敏锐的发掘背后要有深沉的哲学眼光。你讲到了《哥德巴赫猜想》，它是徐迟老先生的巅峰之作，也是当代报告文学的顶峰之作。迄今为止，我觉得所有的报告文学作家都没有达到徐迟先生的那种高度——不仅仅是"洛阳纸贵"，更是真正的内心高贵。当年陪同徐迟先生采访的编辑周明老师给我讲了许多他采访的故事。在《哥德巴赫猜想》之前，徐迟已经写过一些报告文学，但是都没有达到像《哥德巴赫猜想》这样的高度。当《人民文学》找到徐迟，对他说又抓到一个"书呆子"陈景润，徐迟马上兴奋了起来，调动了自己一生所学，就是我刚才所说的文心与元气，把自己的浑身力量都使了出来，旗帜鲜明地为知识分子而歌，这样才达到了那样的写作高度、广度和深度。

刘浏：报告文学作家具备"多合一"的身份，是采访者、叙事者、知识分子，也是行动派、逆行者、时代的记录员……您是如何看待和处理好这多重身份的？

徐剑：你说"多合一"的身份，其实就是我很多年前提到的报告文学作家"五个半"合体，即半个社会活动家、半个思想家、半个历史学家、半个杂家、半个文学家。"五个半"合成了一个田野调查学者，一个时代书记员，一个春秋太史公……你把逆行者特别提了出来，我觉得很重要。这种"多合一"的身份，其实就注定了中国的报告文学应该是最纯粹的知识分子写作。这种写作不仅要能够枯坐守望中国的文心、元气，还要敢说真话，敢写、善写真事，愿付真情。

所以，它不容易。但是，它极看重中国读书人的良知和脸面，所以，它又是可敬的。

乍看之下，报告文学的入门门槛很低，好像什么人都可以露一手，但那其实是一种假象，真正写得好的一定是凤毛麟角。你看，现在我们这支一线的报告文学队伍，除了个别70后成长起来了，仍然是50后、60后在唱大戏，这就是由于多重身份没有兼顾好所导致的。在我们谈话之始，我就强调了人的经历的重要性。作家尤其是报告文学作家，没有经历是根本写不出人间百态、人情冷暖、人生沉浮、尘世烟火的。

报告文学作家首先是一个采访者，或者是社会活动家，要能和各种人进行对话、打交道，还要在采访之前做好充分准备。其次，报告文学作家是叙事者，也就是文学书写者，要有能容诗歌、散文、小说乃至考古、科学笔记为一体的跨文体叙事武艺。再说及报告文学家之知识分子的特点，那就是能铁肩担道义——为民而歌，为民而作，为民而忧，为民而哭。行动派的身份就更不用说了，我前面讲的"三不写"其实就是一个佐证，比如我前几年写南海填岛之《天风海雨》，用了十一个月的时间采访，四下海南，所有主要角色、次要角色都采访到，才敢着笔去写。我特别赞成你说的逆行者身份，这个提法非常好。所谓逆行，很有可能是要抛开大家都以为是共识的事件逆行、与一定群体的利益相对撞逆行，这就意味着自己注定会成为牺牲者，会付出代价，稿件可能会难见天日，甚至被付之一炬。当然世界能记住的，恰恰就是你的逆行，而逆行留下的文字最后或会成为不朽。还有一个，就是你说到的时代的记录者，即书记官。很多人就讲，司马迁的书写是一种虚构。我说，错。司马迁兼了多重身份：作为采访者，他从小跟他父亲在国家档案馆、图书馆里看史料时，已经在做收集与积累了；作为叙事者，他又习得《战国策》《左传》等史家叙事的文学技巧；作为知识分子，他敢写刘氏王朝，敢写刘邦的泼皮无赖，敢写恶者、兵者、商贾、阴谋家，并且将贤者、法家、儒家都一一展现在我们面前。

刘浏：报告文学作家应该也是艺术家。报告文学创作不是单纯的记录，或是纯粹的叙事，报告文学首先是文学，是具有鲜明文学性与审美价值的文体。您是如何看待报告文学的文学性与审美追求的？

徐剑：包括报告文学在内的文学家，也应该是艺术家。我当选中国报告文学学会会长后，便同大家商量，我们主办的评奖一定要评出权威性、学术性、引领性、艺术性。其中，艺术性关联文学性。最好的报告文学作家既应是最纯正的知识分子写作者，又应是最纯正的文学叙事的艺术家，而不能单是记录、单是报告，也不能单是纯叙事。具体说来，就是不能是空泛的数据罗列、冰冷的过程介绍、"只有楼梯响，不见人下来"的材料汇报，而应有鲜明的文学性和审美价值。

报告文学文体本就应是集大成者，可以让所有文体为我所用。我的《东方哈达》是43岁前后写的，是一部中年变法的作品，这部作品让我深刻意识到了文体的审美价值。比如结构，很多报告文学作家没有结构意识。其实报告文学的创作可以把小说的结构、散文的抒情、诗歌的诗意、科学的严谨等都为己所用。

至今我都非常怀念在鲁迅文学院四个多月的学习，"鲁三"让我从中年作家的恐慌感里彻底跳脱出来。在拿了鲁奖、中国人民解放军文艺奖和中宣部"五个一工程"奖后，那段学习经历让我对报告文学的审美价值、文学性、思想性有了更深的认识，也设定了更高目标：追求报告文学的独特审美价值，也就是使作品文采斐然，趋近古典，却浮冉着人间烟火，这是我的一个理想。报告文学，就是要文得斑斓，文得耀眼，不是华而不实，而是文质皆美，星斗其文。

刘浏：报告文学之所以仍然能成为中国文学重要文体之一，并且在社会生活中发挥重要作用，就是因为报告文学创作始终坚守着三个坐标——面向时代、集体写作、知识分子责任与担当，这是报告文学创作动力的来源。我们看到，报告文学与时代同频共振，从没缺席过任何一个重大历史时刻。同时，我们也能看到，一些作品在过分追求效率的情况下创作失重了，完全依赖材料和文献、语言表达枯燥直白，使得本来主题很好的作品得不到好的文学评价。您是如何看待报告文学作家的责任与担当的？

徐剑：这个问题是我非常看重的。报告文学在中国文学当中，其重要程度大家可能低估了。所以你这个判断是回归了常识，回到了本质。中国作家协会有17

个学会，其中报告文学学会应该是时代精神的孵化器，因为它肩负着国家书写的使命，就是面向时代，面向国家，面向社会，面向全体。报告文学也必须和时代同频共振，任何一个重大的历史事件、任何一场历史灾难、任何一项国家重大工程、任何一个民族奔小康和共同富裕之路等重大的历史时刻，报告文学作家都必须在场，这是我们的起码责任。

确实在我们当下的写作中，有大量的作品创作失重了。有的作品虽然拿了奖，但是就其作品的文学性、艺术性、审美性来说，就其作家的责任和担当来说，让人不敢恭维。我这里所说的担当，不单是拿着重大题材负责完成写作任务的担当，更重要的是文学上的担当，即能不能拿得出配得上这个时代的皇皇大作，与时代同频共振、与一个重大历史事件和历史时刻书写相称的作品的担当。

再说说有些作品完全依赖材料和文献，这也是要注意的。我想讲一个自己的故事。《金青稞》的采访写作，是我完成《天晓：1921》后进入的，领受写作任务时，我正处于带状疱疹刚恢复不久的特殊阶段。我开始采访前，西藏自治区扶贫办给我发了150万字的材料，我把所有材料看完后，基本没得到几条线索，所有的线索和采访都得自己到现场去，依靠自己独立的立场、独立的眼光、独立的发现和独立的解释。我没有用二手材料，我觉得二手材料对于我来说，只是一个背景，一个线索。至于语言表达的枯燥直白，在报告文学创作中也是存在的。这也正是我要说的，要从《诗经》《史记》《战国策》《左传》开始，要回到中国史传文学、报告文学的初心和原点，如果这个问题不解决，是很难成为司马迁这样的大作家的，也无法完成国家、民族、时代赋予我们的使命。

刘浏：从日常观察来看，报告文学的读者受众中青年群体并不大，更别提少年儿童了。您是如何看待读者与作家的关系的？您认为中国报告文学可以在创作与传播等方面做些什么？

徐剑：有关报告文学涉及受众群体这样的观点，我并不完全赞成，至少说这种判断并不全面。我认为，好的报告文学作品，无论是题材、文学性、结构、语言、细节等都非常好的文本，应是老少皆宜的。其实我有几个文本，比如说《东方哈达》拥有很多青年读者，《大国重器》有很多年轻的军事迷喜欢，还有《天晓：1921》，我也收到了很多青年读者的来信，他们告诉我这部作品把伟人、牺牲者、背叛者都拉到人的视角去写，让他们对党史题材的作品有了新的认识。当然，我没有什么值得自满和骄傲的，那只是我生命当中的一个过程和阶段。你提出的这个问题让我想到今后如何更好地让报告文学走向青年，走向儿童。其实有很多题材可以写成少儿作品，用儿童的口吻，借助儿童的欣赏媒介来扩大它的传播。在读者和作者之间，很重要的一点就是我们要视读者为上帝，不管读者是什么年龄段的，一定要了解他们喜欢什么，想读什么，要特别注意他们的阅读诉求。如此，只要确保守住文心、元气，强化报告文学的审美，让报告文学真正成为一个开放性的文体，融百家之长为我所用，同时，又能让报告文学写作成为一个跨文体的写作，注意培养新人，那么，我相信，报告文学的未来，一定是值得期待的。另外，在创作方面，好的题材要把故事书写做实，做全，做好，做深，做独特；在传播方面，可以搭载包括有声书、网络书等各种媒介载体，以及在电视剧、电影方向上尝试成果的影视转化，那么，报告文学的路肯定会越走越宽广。在这一方面我们的老会长何建明做得很出色，他已经有多部作品被改编成影视作品，我也有一两部在改编。可以做的事情有很多，我们想通过徐迟报告文学奖和秋白文学奖来鼓励新生代，鼓励年轻的作家，让他们尽快地进入中国报告文学的第一方阵，承担起党和国家赋予的使命，完成中国报告文学作家的时代书写任务，不辱先贤，真正创作出巅峰之作和高峰之作。

走不到的地方不写，看不见的真实不写，
听不到的故事不写

对话人：舒晋瑜（作家，《中华读书报》首席记者）
原载：《中华读书报》，2023年4月1日

徐剑在军旅作家中有"拼命三郎"之称。

他16岁就坐着闷罐火车离开云南当兵，44年的军旅生涯为他的书写注入了金戈铁马的特质。

他21次入藏，完成了《麦克马洪线》《东方哈达》等一批力作。

憨厚的脸上总带着笑意，这份可亲使采访对象更愿意向他袒露心扉。在徐剑看来，采访是第一位的，挖细节天经地义。

他认为，文学就是写大写的人，书写不能游离坐标，要按照世界文学的黄金律，写国家历史前行中人的命运。写人为王，人性最重；人物活了，书则不朽。

舒晋瑜：什么原因触发您投身写作？

徐剑：当兵之初的那段经历对我来说刻骨铭心。有一次塌方，和我一个火车皮拉到部队的战友有7个重伤，8个牺牲。那年我19岁，在团里当政治处书记，组织股有个吴干事，晚上七八点钟，他带着几个警卫排的兵，扛着铁锹，拿着镐，

去后山挖墓穴。晚上十点半左右，一辆大卡车把牺牲烈士的棺木拉过来，趁黑悄悄埋进他们挖好的墓穴里。我当时很不理解，就问老团长，为什么不让烈士们轰轰烈烈地走？老团长姓石，是1938年入伍的老八路。他当时就骂我："你懂个×！我们来这里当兵干什么？就是保卫祖国！就是上不告父母，下不告妻儿！"他说，我们默默地给导弹筑巢，活着默默无闻，死了也要赤条条走，不要打破小城的宁静。

他说得很绝情，但我看得到他眼里噙着泪花。就在那一瞬间，我有了强烈的愿望：我要为他们写。没有鞭炮，没有唢呐，我就用文学为他们喊魂。后来我写出了《鸟瞰地球》。我把在烈士陵园抄的牺牲战友的名字都写进去了，把他们为这个国家的贡献镌刻进历史。这本书获得了第七届中国人民解放军文艺奖。后来我把这本书和《大国长剑》一起带到烈士陵园，祭奠那些牺牲了的战友。

舒晋瑜：报告文学的题材非常关键。您一开始就确定写导弹题材吗？

徐剑：我先后在基地宣传处、第二炮兵机关、政治部办公室和组织部党委秘书的岗位上待过。首长们都是从战争年代走过来的，身上有独特的英雄主义和理想主义的高贵精神。李旭阁司令员是中国首次核试验的办公室主任。他在总参作战部当参谋的时候，对口的就是特种兵、空军和炮兵、第二炮兵，我在他身边当了6年秘书，他那些传奇经历对我一生都有很大的影响。是他把我带到导弹阵营，带给我这支英雄辈出的部队特有的金戈铁马的基因。还有阴法唐副政委，他很年轻就参加抗日战争、解放战争，后来又到大西南，是解放西藏、建设西藏的功臣，后来到第二炮兵任副政委。在他们的关照下，我得到了很好的成长，就像遇到长夜里为你掌灯的人，他们给了我人格的坐标，特别是给了我时政的、历史的、文化的、精神的营养，让我受益无穷。他们的风骨、风格、气派，反映到我后来的写作上，使我形成自己的风格，关于人生、命运、情感、荣辱，种种人生无解的难题，拿战争年代的生死作为参考就有了答案，有了文学的坐标和人生道路的坐标。

舒晋瑜：以导弹为题材的报告文学《大国长剑》拿下了首届鲁迅文学奖、中国人民解放军文艺奖、"五个一工程"奖，影响很大。

徐剑：把《大国长剑》交给《当代》副主编汪兆骞的时候，我并没有信心，于是休假回云南过年去了。我想，《当代》门槛那么高，肯定没戏。汪兆骞看了稿子后到处找我。那时候没有手机，只有寻呼机，但他没有我的号，最后我回到单位，他们打办公室电话才联系到我。电话一通那边就说："徐剑你赶紧来。你的作品我们要用。"

《大国长剑》在《当代》发了头条，全国三十多家报纸杂志连载。我心里清楚，不是我的水平有多高，而是战略导弹部队这个题材具有极大的吸引力，只要你写出来了，就有独一无二的优势。我总结自己走过的路，深知走到作家这一步不是偶然的，不是一下子就挖到了一个文学的金娃娃，更多的是去经历，人生的每一段经历对一个作家的成长、写作，都是财富。

舒晋瑜：除了导弹题材，您对西藏的书写用情很深。

徐剑：我的第一部西藏之书是《麦克马洪线：1962年中印边境自卫反击战纪实》，用了8年时间采访，采访了300多个参战的老兵、高级将领。阴法唐当时就在麦克马洪线东段的克节朗河谷，距离仓央嘉措老家达旺很近的娘姆曲，指挥了一场战役。他以一个师吃掉了印军一个旅，俘虏了印军的准将旅长达尔维。我写《麦克马洪线》这52万字时，可以说是我最好的年华、最好的体力、最才情飞扬的时候。它是一场漂亮的战役。

后来我陆续写了《东方哈达》、散文集《玛吉阿米》，也写了关于青藏联网工程的《雪域飞虹》，还有关于八廓古城改造的《坛城》，还有《灵山》《经幡》。总之，我写的是文化的西藏、历史的西藏。西藏的雄奇、神秘和悲天悯人，是对一个作家的拯救，使我在宏大的叙事中有了柔美、烟火气和神秘的意境。

舒晋瑜：从写作之初，您的心愿就是给那些为大国的崛起奉献青春和生命的一个个年轻人立传，所以您的作品是饱含情感之作。而且您有一个多年坚持的原则：走不到的地方不写。

徐剑：对，是走不到的地方不写，看不见的真实不写，听不到的故事不写。既然我写的是非虚构，那么但凡落笔，就必须走到、看到、听到。

有一次，我从中印边境的错那出发，去实地察看阴法唐副政委指挥的一次战役的战场——娘姆江曲河谷。那地方在喜马拉雅山的南坡，靠近印占区，离仓央嘉措的老家达旺不远。最后上山是从一个叫勒的地方，海拔大概2600米。才爬过第一个台地，大概上到3000米，我就受不了了，感觉心都快蹦到嗓子眼了，喘不过气来，当时甚至觉得随时会死，就不想再往上爬了。陪我去战场遗址的一个老兵给我做思想工作，说他们指导员的家属都上去了——一个新婚不久的川妹子，第一次兴冲冲来看丈夫，一路走一路哭。她不是哭爬山的苦，而是哭丈夫的不易。一个4岁的小女孩也上去了。她来看爸爸，是战友们轮番换着背上去的。

我一听就臊得不行。那是1998年，我40岁。阴法唐副政委1962年在这里指挥战斗的时候也是40岁。可他和战友不但要走遍这山山水水，而且对面是敌人，是枪林弹雨，随时要战斗，随时要面临牺牲。他们守住了国土，我却走不到，无论如何都说不过去。后来我爬了4个多小时，爬到4500米才到了战场旧址。看完整个战场，我对战斗也有了直观、清晰、全面的认识。

舒晋瑜：您的火箭军三部曲（《大国长剑》《鸟瞰地球》《大国重器》）影响很大。尤其是《大国重器》，浓墨重彩地描写了改革开放40年火箭军的成长史。您是如何把握这些重大题材的？

徐剑：《大国长剑》是从1984年大阅兵开始写起的，1994年才成稿。《鸟瞰地球》写的是大型号导弹阵地工程，既是对我牺牲了的战友的文字缅怀，也是对那段刻骨铭心军旅生涯的记录。《大国重器》是火箭军从无到有、从小到大的50年历史。在这些重大题材的把握上，我觉得军事文学也好，国家叙事也好，需要记住一点，就是你书写的出发点绝对不能以猎奇或揭秘为目的，而是要写人，人的故事，人的情感世界。

中国的报告文学作家比小说家多了很多机遇。灾难、疫情、战争、重点工程……各种突发事件，一定会派报告文学作家去写，这是我们的幸运，也是不幸。幸运是说我们站在殿堂和国家书写的位置，不幸是说要把握好主旋律的书写和人类书写之间的关系，最终是给人类思想宝库提供意义。中国报告文学的写作是纯知识分子的写作，你要舍弃很多，独立发现，独立思考。

舒晋瑜：真正做到独立思考很难。

徐剑：但这是写非虚构最重要的一环。

舒晋瑜：您少年成名，写作道路一直这么顺利吗？

徐剑：2000年前后，我曾一度有种危机感，感觉到了写作的瓶颈，变得恐慌、不自信：你在制造文字垃圾，你的文字能否在历史长河中经得起时间的淘洗？就在那个突然之间不知道怎么写了的时期，我参加了鲁迅文学院的高研班。四个半月里，我读了很多书——卡尔维诺、普鲁斯特、纳博科夫、索尔仁尼琴、博尔赫斯等人的多卷部文集——埋头读，拆散了读完，再自己拼凑起来，也静下心来听课，听各种各样的课。

上过鲁院高研班之后，我最大的改变是文本为经，人物为纬，人性情感沉底。最大的收获是结构上的突破。当然更得益于文学姿势的改变，那就是瞄准人物、人情、人性和命运的落点，把文学的视角支点聚集到人生、命运、人的处境和人类的前途之上，甚至是死亡。我写人情之美，写人性之怆，写命运之舛。大时代的变迁，必然折射到个人命运之上。

舒晋瑜：选择和发现怎样的作家作为参照，在某种程度上会对作家产生无形的影响。在您的创作过程中，受哪些作家、作品的影响比较大？

徐剑：我有四个半男神。

第一个是司马迁。《史记》是中国传记文学和报告文学的文心和坐标，细节描写独特、生动，让人击节叫好。司马迁写人物写到了"天花板"，有强烈的画面感，到现在很多作家也达不到。第二个是杜甫。他是一种大众书写、民间书写，短短几首诗就能把一个大时代的历史事件写得淋漓尽致，是真正的史诗、诗史。第三个是苏轼。他对我最大的影响在于人生沉浮过后的思想体系，即使到了偏远逼仄的境地，他的精神世界也是宏大的、乐观的。苏轼把中国几千年文人的追求延伸到了一个登峰造极的地步。第四个是明末的张岱。我对许多文友推荐过。好好读过张岱的文章，才知道什么叫"增一分则肥，减一分则瘦"，那种干净，那种洗练，读来真是一种极致的享受。再有半个是纳兰性德。他的一部《饮水词》，凡有烟火处，都有人会吟，其优美和空灵，让人痴迷和陶醉。

我希望汲取古人为文的精髓和精华，把古汉语古典美、雅正美、音乐美、韵律美、诗画美等一切美的元素都尽量纳入我的作品。

舒晋瑜：2022年，您当选中国报告文学学会第四任会长，您如何看待这一重任？中国报告文学创作存在什么问题？

徐剑：一个伟大的时代，需要用纪实的文体来记录它的伟大变革与发展，这个文体就是报告文学。徐迟先生《哥德巴赫猜想》为发轫，拉开中国思想解放与启蒙序幕。《哥德巴赫猜想》留下了属于报告文学诗意的表达和文体之美，兼收并蓄的广阔的文学视野，以描写、结构、语言等跨文体的应用，留下了陈景润这样一个真实可触摸的文学人物，实际上和司马迁的写作是异曲同工。陈景润放在文学的历史人物长廊里毫不逊色，这是一个作家的成功。此后一批报告文学大将挥戈马上，何建明以《落泪是金》始，写出《根本利益》《国家行动》等力作，为报告文学保持高曝光度与大流量，引领了中国报告文学潮流。

我担任会长的第一句话，就是要让报告文学重拾初心。中国文学的文心与元气就是诗三百兴观群怨，就是太史公的秉笔而书，不虚美，不隐恶，就是唐宋八大家的文以载道，就是北宋张载的横渠四句：为天地立心，为生民立命，为往圣继绝学，为万世开太平。守着这个古老的文心和元气，我们的文学才可能成为高峰之作，才能经得起时间的检验。

舒晋瑜：ChatGPT（聊天生成型预训练变换器）的出现让不少以写作为生的人心生忧虑。您对于未来报告文学发展有怎样的期许？

徐剑：我对网络没有任何拒绝和怀疑。网络给了我们便捷的生活，带来了很大便利，但代替不了艺术的心灵之花。所以说到这一点，我对报告文学的未来比别的作家更乐观。用百度写作的作家是偷懒的作家。一个作家以百度为资料库，一定没有大出息。百度来的资料，没有和主人公的接触，没有人和人之间的气场感应。你要采访的人物和书写的对象、你要采访的山河之间应该产生情感或纠缠，否则是短命的写作，走不远。人生是各种各样的，一千个读者就有一千个哈姆雷特。计算机怎么算得出人的命运情感、算得出人的心灵的褶皱和人性细微的沟壑呢？

舒晋瑜：您一直都是忙碌的工作状态吧？

徐剑：每次接到任务都是新的出发，都是上一次写作的归零。16岁离家参军的少年还很迷茫，61岁归来的徐剑已经很从容。尽管鬓发斑白，我还可以重新出发。

关于《天晓：1921》的对谈——
洞见与还原：红色历史深处，
那些百年沧桑的背影

对话人：温星（作家、媒体人，中国作家协会会员、昆明市文艺评论家协会常务副主席）、刘珈彤（诗人，昆明市文艺评论家协会副秘书长）

被反复推辞的"国民读本"

问：我记得大约2019年年中一点，第一次听你提及想为即将到来的建党一百周年创作一部纪实作品。当时我就觉得，不论对任何作家而言，这都是一项艰巨的挑战，因为百年前国际政治波谲云诡，建党历程艰苦卓绝，还因为会有太多作家直奔这个主题而去。

徐剑：其实，刚开始的时候我不想写这本书。为什么不想写？因为这个题材大家都耳熟能详，会认为没有挑战性，这恰恰是极大的挑战性。而且，写这个题材，会让人觉得作家都是奔着大奖和发行量去的。像我这种生于50年代末60年代初的人，是在无数轮党史和革命史教育背景下成长起来的。听了很多，看了很多，对这个题材太熟悉，就会感觉再去深挖也挖不出什么东西来。

问：对，这就是我所说的写作的难度和挑战。为什么还是决定要写呢？

徐剑：是万卷出版公司的朋友找到我，他们出过我好几本书。2019年三四月份，北京还有点冷，他们副总编朱洪海和编辑部主任李坪专程拜访我，说："徐老师，我们要请您写本书。"我说："写什么书？"他们说："写一大。"我说："一大已经没什么好写的了吧？"是的，一开始，我是不想接的。后来，我们一起吃饭，过程中，朱洪海说："徐老师，我们来找您写不是为了拿奖，也不是为了有多大的业内影响，我们是想请您写一本'国民读本'。"

问：呃，革命题材写成"国民读本"，这听起来挺新鲜。

徐剑：对，正是"国民读本"这4个字吸引了我。他说，不管是什么样的题材，如果是国民读本，发行量一定很大，一定是妇孺皆知、老少皆宜。我们当时喝着北京二锅头，吃着四川火锅，特别辣。我就把这个火锅看成革命的洪流，里面的岩浆在滚滚流动。我说，我看到了里面的众生，他们都笑了。我就说，那这个书有意思，有价值，可以写。但我的写作任务本就已经太重，想推荐我的学生或朋友去写，他们说不行，就是冲着我来的。最终，我当然就只有接了。的确，"国民读本"这4个字，它吸引了我，我也觉得这是有挑战性的。

问：要写这样一部大书，做了哪些准备工作？

徐剑：我回到家里，找了书架上所有关于党史的书，淘汰完了，剩三种：胡华的《中国革命史讲义》、张国焘的《我的回忆》，还有胡绳的《从鸦片战争到五四运动》。当然，过去我也读过胡乔木的《中国共产党的二十年》《中国共产党的三十年》。在朋友推荐下，后来又读了叶永烈的《红色的起点》，等等。系统的案头工作，我做了大概3个月到4个月，几乎把权威派、学院派、江湖派、海外派专家写的这段历史都整理了，对13位一大出席者的情况都反复了解、反复研究了。

问：你是我国军方重要作家，"红色作家"，我相信你过去关于党史的阅读和积累体系本就应该是相当庞大的。这其中，对你影响最大的是哪些书籍？

徐剑：中国革命博物馆党史研究室选编的《一大前后》，这套书非常了不得，把一大代表的回忆文章和采访文章都嵌在了上面，对我帮助特别大。中央党史研究室出的《中国共产党历史》；也非常重要。另外，我重读的张国焘的《我的回忆》，也不可忽视。大量研读史料是最基础的，但绝不能只靠史料资料，我势必要走遍13位出席者的家乡，要在行走中重新去发现新的蛛丝马迹。我有一个观点，如果作家要研究一个领域、一个大事件，那么，你必须通过大量的阅读和行走，先让自己成为这方面的专家。唯有如此，你才可能比别人写得好，写得精彩，写得独到，写得言之有理。我大概读了四个多月的书，花了半年的时间去行走，去采访，写作也大约半年。

奇特结构：10天，写尽100年

问：我知道，有时候，你把"行万里路"看得比"读万卷书"还更重要，接下来，就谈一谈你行走的过程中，发现了哪些史料和相关著作里都看不到的东西。

徐剑：为什么要行走？这实际是一种田野调查，很多党史专家的研究不会在意田野调查，他们觉得党史馆的资料都是他们整理他们编的，已经够全面了，有资料就行，有文献就行，没有什么还能再发现的了。但我觉得并不是这样。有很多历史的细节，任何现成资料里都是绝对不会有的，他们进不了历史学家的视野。

问：嗯，比如说？

徐剑：比如说我这本书里一个非常非常重要的视角——王会悟。第一次与她遇见，是在中国作家创作中心的安排下到乌镇看茅盾纪念馆。茅盾纪念馆旁边有一个很小的馆，我在里面发现了王会悟的照片。有点惊鸿一瞥的感觉，我当时被照片上穿着旗袍、戴着眼镜、盘着中国传统发型的王会悟那种江南的美，所深深吸引。上面标注说，是李达的夫人。当时我刚开始酝酿《天晓：1921》，突然就觉得，我的第一个叙述者就应该是她，王会悟。

问：当时你仅仅刚看到了那张照片，对这个小人物其实还非常不了解。

徐剑：是的，我全书的结构也还没出来，但是我找到了一个叙述的人，一个讲述的视角。这个人不一定是"你"或"我"，不能因为"我"的在场，而忽略了第三人的在场。而王会悟，恰恰就是具备这样属性的在场。她的视角，是我在行走中的第一个发现。所以，作家一定要注意你的第一感觉，你可能有N个开头和N个结构，但你要注意你闪念出来的第一个结构。

问：讲到这里，在这个阶段，你就把王会悟作为你的一个重要的叙述视角，我觉得还是有点难以做出这个判断，有点冒险。

徐剑：对！这只是一个作家突然间的艺术感觉。但从你的经验和生活经历里面来看，你会觉得这个人挺好。为什么觉得挺好？她不是一大的主要参与者，又不是主要组织者，她仅仅只是一个会议的组织者，她是很多事情的在场者。开会的时候，会议的地点，会议的警卫，参加会议的人吃喝拉撒睡全是她安排。开会的时候她不会在现场，但是她一定在门外。她认识所有出席者，参会者是怎样的表情，她的观察可以比谁都细致，而且，她的丈夫李达是这次会议的主要组织者和宣传者之一，所以，她的视角，就具备了很好的稀缺性。

问：话虽如此，但王会悟毕竟是一个几乎被所有党史资料和研究者完全忽略的小人物，却由你钩沉而出，有点神来之笔的意味。

徐剑：这是我当时的艺术感受，还远没有到真正开始构思叙事的结构。

问：《天晓：1921》最终的结构，在我看来，才是一个更大的、真正的冒险——兵出险招啊！

徐剑：这样的结构，我很得意。那年10月份，我再次到了毛泽东主席的老家，从韶山到陈独秀的老家独秀峰走了10天。突然觉得，这是冥冥之中的10天。行走这段路的第二天就开始下雨，一直下了10天，恍若那风雨如磐、惊天动地的10天啊！也就是这10天，我确定了我的结构。我决定了，把这100年，"压缩"到10天来写。

历史的和徐剑的写作原则

问：在你如此结构之下，书中将一大在场者兼叙述者的重要使命交给了王会悟，而且，你也让她成为了全书登场的第一个人物。你赋予了她很多细节，起到了许多看似不重要其实很关键的细微作用，而这些细节，我想，所有史料里肯定是不曾记录的。这里，就有一个历史写作"大处不虚，小处不拘"的方法论问题。王会悟究竟是一个什么样的人？

徐剑：她唯一有记载的身份，是李达的原配夫人。之前，我以为他们是一对神仙眷侣，应该是白头偕老的，直到我读了很多书，到了李达纪念馆，才发现并非如此。我到了李达家，看到他为了迎娶王会悟把家里的老房子改成了彩色玻璃装饰的那种，可见他对这个江南女子多么用心。但是，请注意，我在李达纪念馆，发现照片上他身边站着的女人，却并非王会悟，而是另外一个女人石曼华。我当时大吃一惊，如果不是因为这次行走，我根本无法从历史资料中发现李达和王会悟已离婚。

问：实际上，稍为人所熟知的李达夫人，就是石曼华，而非在一大中做出过特殊贡献的王会悟。这让我想起鲁迅先生和他的两位夫人，许广平人尽皆知，而原配朱安一生凄凉，无奈地隐身于历史尘烟深处。

徐剑：有关王会悟的资料很少，寥寥几笔。因为书中部分章节，要让王会悟成为一个主要的叙事视角，那么，我就得搞清楚，一大前，维经斯基来的期间，她到底见过张国焘没有？我当时看了很多资料，觉得两个人装不在一起。但有一天，在张国焘书里，我突然读到，有一天，他去成都学校拜访陈独秀，陈独秀问他："你住在哪里？"张国焘说："我没有找到住的地方，下车就到了你家。"陈独秀对他说："那你就住底下的厢房。上面的房间住着一个女青年。"这个女青年就是后来成为李达夫人的王会悟。我当时就蹦起来了，这就打通了，让王会悟成为那段历史叙述者没问题。

问：可以说，没有你所坚持的行走与寻访，王会悟这个人物及其视角，或者说这条线索，肯定是不可能被发现的。我不由又想起你的"三不写"原则，为写这一部作品，你几乎踏遍了半个神州，去到了十三位一大出席者的诞生地、求学地、战斗地、壮烈地，乃至叛变者的葬身之地，甚至本已去过多次的毛公故里，你依然再度专程前往。其实，若单从写作的基本需求来看，有些周折并非必需，是可以偷懒的。在写作及文本本身之外，我觉得，其实你也在追求一种类似于朝圣的仪式感。

徐剑：嗯，仪式感。走不到的不写，看不到的不写，听不到的不写——这就是我的原则，算我多年来报告文学写作的制胜法宝吧。这也相当于是一个上下求索的过程，会有很多意外的收获和感动。

我再举个例子，比如说，我在行走中发现了一个董必武的小故事，他和他曾经夫人的故事。因为参加长征要求50公斤的体重，她只有49公斤，就不能跟着丈夫走。她送了他三天，还是不行。这也太讲原则了，真到了残酷的程度。董必武说："你不在长征的名单里，你要回去！"最后，夫妻俩挥泪相别，从此天上人间，再也未能见面。后来，走投无路的董夫人回到了广东老家，被父母安排改嫁他人。多年后，董必武专门回到当年分手的地方，写了一首诗，动人心魄，催人泪下啊！历史的很多细节都是被选择的，走进历史真的太诡谲，太复杂了。

寻访的发现与历史的戏剧性

问：那么，究竟该怎么写？我想，很大程度上决定于你行走，也就是寻访过程中，究竟有着怎样的新的发现和感悟。

徐剑：行走的过程中，你会发现，你已经掌握的，和所预期的，所发现的，会很不一样。很多的党史为什么写得那么科学，那么理性，那么冰冷，或者说那么没有温度、没有吸引力，就在于过于客观地叙述了事件，有的甚至叙述得比事件本身还完整，还合情合理，其中完全忽略了人的因素，和许多一定会存在的不确定因素。我们的文学一定要归于人性上来。人的命运不是碎片化的，要把碎片化的内容研究成一个问题，一个专题，研究成一本书。这过程中，往往会忽略太多细节，而那些情节、细节，恰恰是我和别人的作家写作的不同。

问：行走和寻访中，你发现了什么？你的谋篇布局是如何逐步完善的？

徐剑：为了这本书，第一次我背着一个双肩包，不要任何人接待，全程没有陪同，自己到了上海。其实，只要我打个电话就会有高规格的全程接待安排，是我故意将自己融入到平民当中和一段历史空间上的原点，重新去感受。从北京出发前，我第一次问我女儿要怎么坐高铁，看着她给我画的地图，我一路找到了一大会址。参观一大纪念馆时，我发现那10幅油画挺好，每一幅都可以讲一个很好的故事，呈现了一大会议的重要过程，我就想用这10幅画来结构全书。

问：这个结构听起来也不差，后来为什么把它否了？

徐剑：一位党史专家跟我说，油画是艺术创作，有一些内容和历史事实或有出入。这个想法被否决后，我郁闷了好多天。不久，我受邀第二次去嘉兴南湖革命纪念馆讲课，那时候有台风，下起了暴雨。后来，我觉得，那几天的电闪雷鸣和百年前一大时很像。开始，我从湖上进烟雨楼的时候雨还不大，但等我过了烟雨楼，坐船走下甲板到红船纪念馆的300多米，基本把我淋湿透了。我在红船纪念馆看了两个多小时，有两张不同风格的油画给了我启发。一幅画的内容是先于一大前的"南陈北李"相约建党，上海的画法，北方的李大钊穿着裘皮大衣，南方的陈独秀则穿着西式皮袍，他们在枯藤、老树、昏鸦的乡村道路向前走来。还有一幅，画的是故宫东角红楼出来，"南陈北李"两个人要上马车。两幅画设计的场景完全不一样，一个是开始，一个是中途。这场雨，两幅画给了我特别有意义的启发。

问："以十日写百年"的《天晓：1921》的独特结构，这个时候应该已经搭建起来了。你的"徐氏结构"，经常都是独特而又让人着迷的。我想起了《东方哈达》，想起了《经幡》，就我个人对你的阅读而言，至少这两部的结构印象是极为深刻的，都是在历史和当下的两重时空维度中交叉穿梭，事件的脉络和人物的行踪——包括你自己的行踪，都在书中闪展腾挪、任意切换，但整个思维和文本依然是非常清晰的。如此特质，同样强烈地贯穿在《天晓：1921》之中，"我"，似乎就在那个云雨飘摇的时代中穿行与观察，似乎就在那些时代骄子的群体中思考与记录，有时，甚至还跟他们有"交流"。

徐剑：确实，很多时候，我觉得我就是在历史与当下之间穿梭往复，与历史人物对话。比如，我行走的第一站是到刘仁静的老家湖北应城，国电湖北公司工会对我的实地采访给予了支持，是他们把我的第一站引到了刘仁静的老家。他们给我找了一个纪念馆旁边的接待中心住宿，这个纪念馆和董必武有关系，讲述着一段董必武在抗日战争时期和陈赓组织游击队的往事。

我咨询纪念馆的人，说想了解一大的事情，想了解刘仁静。但是他们告诉我，没有人知道刘仁静。后来纪念馆馆长给我发了一个信息说，过去一个姓朱的政协干部曾在市政府当过办公室主任，跟县委书记去看过刘仁静。于是，我当天下午就到了这个朱主任家里，老人已经80多岁，非常惊讶，说我是第二个向他了解刘仁静的人。我问第一个是谁，他说，大概是1983年或1984年北京广播学院的一位老师，他写过一篇关于刘仁静的文章。

问：快40年了，他已经被历史遗忘了。

徐剑：这些年，他可能也会偶尔被人提及，但作为一个"退出者"，一个从正角变成丑角、从红脸变为花脸的人，无颜回到家乡——这些话，我没有写进书里。他会觉得家乡是荣归故里的地方，一个失败者或者说退出者，是不会被家乡纪念的。这是我们中国传统文化的价值判断。

后来，他们带我去看了刘仁静作为一个杂货店老板儿子的生存环境。他的老家已被改造，没有了旧时的模样。可石板还在，城墙还在，还有上学的孩子们回来。看着这样的场景，我感触那时的刘仁静真的是"惟楚有才"。一个16岁参加五四运动、18岁成为党代表的人，是如此年轻，如此有才华，最后又是如此黯然，如此戏剧，被一辆公共汽车撞死。

被历史忽略与遮蔽的牺牲

问：历史总是充满戏剧的，很多时候，感动之处、伟大之处，就充分体现在这些戏剧性上。

徐剑：是的。我一路走来，发现这样的故事太多了，说都说不完。再讲一个让我特别感动的。我要到何叔衡老家宁乡市沙田乡长冲村杓子冲，湖南作协主席王跃文给我派了一辆车，说地图上70多公里路，我以为一个半小时左右就到了，结果那天山重水复走了三个半小时。到了以后，我发现了两个有意思的内容。一个是何叔衡纪念馆的字是胡耀邦写的，我对书法比较看重，觉得写得很好。还有一个是，进去以后，我看见一个大宅院，惊叹何叔衡出生于一个大世家，和毛泽东的出身形成了鲜明的对比。我当时想，这样一位清朝的秀才本来是要考举人的，因为废除了科举制再无出路，后来他才和毛泽东一起去就读了湖南第一师范，1930年又跑去莫斯科留学。此人一生都在读大学，一生都在赶考。

那天采访快要结束的时候，他们家一位重孙媳妇说，"老师，你要不要去看看袁少娥袁老夫人（何叔衡之妻）的坟？"当然要去！在看的过程中，发现毛泽东和他们的故事可多了。最让我感慨的一点是，他走出去后，就再也没有回来过。他们有两个女儿。到新中国解放后，在新中国做官的功臣都回来了，何叔衡始终没有。袁少娥老夫人一直憋着不敢问，后来还是忍不住悄悄问女儿："你爸怎么没回来？"她心里有个天大的疑问：是不是何叔衡在城里又找了，重新成了家？这个疑问，很长时间里，女儿不敢给妈妈说，妈妈也不敢向女儿问。

问：早就牺牲了，早就牺牲了，未亡人一直蒙在鼓里啊！

徐剑：直到1957年春，老夫人弥留之际把女儿们叫到床边说："我和你爸爸生不能同日生，死不能同日死，但死可以同穴。如果他去世了，你们把他的骨灰找回来，和我同穴而葬吧！"两个女儿没办法回答。其实，爸爸长征的时候就没有和延安四老一起。1935年2月24日，党派人护送何叔衡和邓子恢、陈潭秋等转移，夜间，在福建长汀水口附近的一个村庄休息时，被敌人包围。那时，何叔衡已是60岁的老人，行走很吃力，敌人又已经迫近。他怕拖累其他同志，毅然选择纵身坠崖，早已壮烈牺牲。

还有，就是我在书中也着重写到的一个细节。1930年，何叔衡从莫斯科回来后，令他无比心痛，他最欣赏爱护的养子、女婿夏尺冰被割了人头，挂在城墙上示众。他的女儿失去了照护，自己痛失了爱子。何叔衡把两个女儿叫到跟前，说当年毛泽东考察三湘写成《湖南农民运动考察报告》，里面说"革命不是请客吃饭，不是做文章，不是绘画绣花，不能那样雅致，那样从容不迫，文质彬彬，那样温良恭俭让。革命是暴动，是一个阶级推翻一个阶级的暴烈的行动"。

问：革命必然有牺牲。多少先辈们，就这样牺牲了，还有他们的家人。

徐剑：我在好多地方讲到这段历史的时候，都会湿了眼眶。他们是大革命的参与者，是播种者，最后，却不是收获者，他们的子女后来过得也不是那么好。何叔衡死的时候真的很惨，他从悬崖跳下去后，被撞伤，被乱枪打。当他苏醒的时候，有匪兵要抢他身上的三百多元港币，那是准备同瞿秋白经广东、香港赴上海用的。他为了保护党的资产，被子弹打死。他的尸体没有收殓，暴尸荒野。那天，我给袁老太太鞠了三个躬，像这样天大的遗憾还有很多。

问：你后来重新去田野调查的地方，那里的人对一大的出席者是怎么看的，有哪些触动你的点？

徐剑：是这样的，很多一大出席者的家乡都有不少历史专家，他们或许比我了解得更多，他们会或多或少透露出一些让你惊讶的东西来，会让你觉得我们曾屏蔽了很多重要的历史细节。我们会为名人讳，为伟人讳，为圣者讳，毕竟我们没有那么直接地接触过历史的真相。所以，作为一个报告文学作家，一个非虚构作家，你一定要小心你的二手资料。如果你非要看二手资料的话，你一定要甄别，一定要知道哪个是真，哪个是假，哪个是历史的物证，哪个是历史的屏蔽，哪个才是历史的真相。这个太重要了！

陈独秀：倔强的"盗火者"

问：毫无疑问，历史就是由无数人物组成的，写史，就是写人，就是写人性。前面我们主要谈到了《天晓：1921》这本书的结构、你的写作原则、你走遍大半个中国去寻访的收获、历史的戏剧性，等等，已经顺带谈到了王会悟，还有刘仁静、何叔衡，谈得稍微零碎了一些。接下来，我们就专门谈人物吧，或者说专门谈你在书中对人物的塑造。本书核心当然是写建党，我觉得，与此同时，你也写活了那些早期革命先辈的人物形象，让他们不再只是历史教材和党史著作中那种传统的高大而又僵硬的形象。

我们重点先聊聊两位最核心的人物——"南陈北李"，准确说，是聊聊你对他们形象的塑造。我们先说"五四运动总司令"，也就是党的首任总书记陈独秀。

徐剑：嗯，陈独秀无疑是极具领袖魅力的一个人。

问：对，但他的性格缺陷也非常明显。书中有一个场景，"陈独秀回国了。他伫立于黄浦江畔，手擎一个思想的火球，将它投向长街黝黑的东方之城。火球沿街衢闾巷而滚，所过之处，火光四溢，一窗、一门、一户、一院、一个里弄、一条老街，瞬间亮了起来"。这当然完全是文学手法了，我觉得你几笔就把他无所畏惧、大刀阔斧但又急躁、骄傲、刚愎自用的性格勾勒了出来，非常生动、传神。

徐剑：我描写陈独秀举着一个火炬，然后将其投向中国大地，在数千年封建帝国的大厦倾覆之后，是他通过五四运动和新文化运动启蒙了一代中国人。我突出了陈独秀的矛盾性格，他是思想大家，特立独行，甚至有点放浪形骸。其实，除了他，当你研究那些民国时期成长起来的政治家、思想家、文学家时，你会发现，他们每一位都那么有性格，个个都非常特别。他们经历特别，他们学历特别，他们思想特别，他们是那个时代的叛逆者，那个时代的掘墓人，他们就是那个时代的"盗火者"。

问：我觉得，他们的特别之处，还在于他们都特别痛苦，不是为个人自身，他们为那个时代而痛，为那个时代而苦。

徐剑：可能是天命注定，你要写这样的一本书，你也就必须去体悟他们的痛苦，必须去和这样的一群人走过一样的精神之路。你写他们的时候，你要和他们在一种历史的时空中精神对话，他们会在你面前讲述，他们经历的一幕一幕会像画卷和电影一样在你面前闪现，他们的精神之苦也一定会要让写作者受一场精神之苦。我写到3月底的时候，突然得了带状疱疹，全国各地开始找药，那种挣扎的疼痛，让我在3月份的家里只能穿一件丝质的睡衣，睡衣贴到身体时依然火烧火燎地疼。

问：全身心投入写作时突然生病，这或许是某种仪式感，注定要让你更加痛苦地沉浸在这个事情之中。在陈独秀人物的塑造上，你特别在意的是什么？

徐剑：第一是陈独秀的成长经历。我很注意一个人童年、少年、青年的成长轨迹，它会影响一个人的一生。陈独秀两岁失孤，跟着大伯长大，一个没有父亲的孩子，无论大伯给他多大的温暖，他得不到父爱的那种抚慰。虽然，他是一位伟大的革命家、伟大的学者，但诚如你所言，他性格当中是有明显缺陷的。他在一个不完整的家庭中成长，以至于成婚之后对高家姐妹始乱终弃，对两个爱子弃之不管。但我觉得，陈家两兄弟是非常成才的，尤其陈延年，可谓英雄少年。

问：你书中对陈延年、陈乔年两兄弟并无多少着墨。创下收视率的现象级电视剧《觉醒年代》里对他们的刻画较多，基本是尊重历史客观的，两位少年革命家，确实也令人感佩。

徐剑：关于陈独秀身上或者说他形象塑造的第二点，就是他对革命的传播。陈独秀是个特立独行的人，适合做一名学者，一位教授，但他最后成了一名革命家。我给他的定位是一位启蒙主义者，他是一名大思想家。他回国，是举着巨大的火炬而来的。他就是普罗米修斯。书里我也写道，十月革命一声炮响，给我们传来了马克思主义。马克思主义是怎么传来的？不是从苏联传来的，实际上是绕道了日本，由日本的社会主义者将俄文翻译为英文，英文翻译为日文，经过几次倒手，才传到了我们中国。所以，日本的党史专家石川祯浩提了一个说法，他认为马列主义传播到中国，日本的社会主义者是功不可没的。李大钊、陈独秀在日本的时候，基本上是在一起编杂志，那时候他们便相识相知。

问：对于陈独秀特立独行的性格，你在写他的过程中，是有着充分理解和体察的。但无比骄傲的陈独秀，后来的命运走向反差太大，真是令人唏嘘。

徐剑：是的，写作者需要亲自去体察笔下的人物。像牺牲者，比如陈潭秋、何叔衡，他们死得都非常壮烈。但被疾病折磨最厉害的是谁呢？陈独秀。

我去陈独秀老家，大概是晚上九点半在重庆高铁站下车，下着特别大的雨，出租车很难进来，十一点半才进宾馆。第二天午后，我到江津区陈独秀旧居陈列馆，雨也很大，我看了3个多小时。我在里面看到后来的陈独秀，这么骄傲的一个人得了高血压。他到重庆后，当时有个托派组织叫罗汉的人，想让陈独秀和他们一拨儿人重新回到党的怀抱。可当时毛泽东还没有完全掌权，当时托派少主刘仁静是唯一得到托洛斯基真传的人，刘仁静带回国很多东西。罗汉想在毛泽东和陈独秀之间打通一条路，但张闻天要让陈独秀写检查，要声明和托派断绝关系。陈独秀是骄傲的，绝对不可能写检查。他在上海被抓后，押到南京的火车上，还呼呼睡大觉，这种人心多大多宽，一辈子不写检查。后来他血压很高，蒋介石要给他钱，他不要，只有包惠僧给他钱他要，还有当年在读黄埔军校的时候他帮助过的一些人给他钱他要。

问：那时候，他已经走投无路了。

徐剑：是啊，他穷到什么程度呢？给一个小人物写小传记，这么大一个伟人，去干这种事。一个安徽同学让他去住学院，他的所有盘缠和行李都搬到门口了，同学的老婆坚决不让进。陈独秀那一瞬间是多么耻辱，颜面扫地。当时他已经病得不行了啊！有人给他出主意，说有一种偏方可以降血压，就是蚕豆花。陈独秀就用蚕豆花泡水，结果疯狂地泻肚子，死了。

李大钊：伟大的士，伟大的"天问"

问：相较而言，李大钊则是更为沉稳、也更加成熟的共产主义战士和我党早期领袖。你在书中对每个人物的刻画都是很分散的，每个人物都服从于你纵横历史现场与当下寻访足迹的行文需求，灵活机动地出现在他该出现的相应节点上，李大钊也不例外。但对李大钊，有一节集中书写，是在他生命的最后关头，在《第四天牺牲者》里面，用了五六千字的篇幅。你写他遭受绞刑的场景，触目惊心，"那是一种刚进口的西方刑具，一根套绳，卷成一个活扣，挂在一根横木架上。从天上往下看，那绳索是一个句号；从地下往上看，那绳索是一个问号。天问！他一直在上下求索，问天，问黄土地……"

徐剑：相对于陈独秀的特立独行，大钊先生是一位温文尔雅的君子，待人特别好。刘仁静没有学费了，他可以给刘仁静垫付学费。在北大的时候，李大钊任图书馆馆长，我看了那时候他们的工资表，陈独秀和蔡元培最高，300银元一个月，胡适200银元，李大钊200不到，比他们低。但李大钊是一个非常厚道的人。那个时代，他有很好的传统的教育背景，中国的士文化在他身上有很深的影响。他选择了一种信仰，一种新的学说，选择了一种新的主义，但在他身上，依然保留着"士"的可贵品质。

问：李大钊实际上是中共统一战线的开山之人。你书中引用了他殉难之前所写《狱中自述》的片段，这个全文，我在《李大钊年谱》（云南教育出版社）中早读到过。值得注意的是，这是他的绝笔，里面丝毫没有提及共产主义，也没有提及建党的事情，他完全回避了自己生命中最重要的这些事情。

徐剑：对于李大钊而言，他的共产主义已经在《我的马克思主义观》里，通过报社公之于众。那时候这些言论被当作邪说，他何必还在狱中留下什么"证词"，被拿去迫害他的家人和后代呢？他不想牵连太多人。

其实，大钊先生最从容的还是他面对死亡的淡定。为了写好他，我看了他很多照片，比如他在日本的照片，在北京的照片，甚至当囚犯被剃了头、戴着眼镜的照片，特别是从他老家河北省乐亭县修复回来的高清照片。很多个夜晚，写他的时候，我一直与这位百年前的智者对视。1924年，他和孙中山先生携手走出广州国民党会场，那是他的高光时刻。但是，他走出监狱的时候，他伫立在绞刑架下的那个瞬间，眼睛里还是一派中国的君子风度，没有一点怕死的感觉，没有一点惊慌。这就是李大钊！

问：大钊先生的底蕴和气质，就是古代真正的士的底蕴和气质，无人能比，无出其右。

徐剑：看看大钊先生，你会觉得"士文化"是多么了不起。从他的眼睛里，我就想到了明朝一家子跳潭的人，一家子上吊的人，想到了国家灭亡的时候，燃烧在那一代代忠臣骨子里的气节。相信所有读者，都能从我书中读到李大钊就义时那份镇定若惊雷的从容。他的那个绞索，从上面看是个句号，从下面看是个问号，真正的就是一个"天问"啊！我甚至觉得，他的从容，很符合中国人得道飞升的感觉，左边一个北大学生，右边一个北大学生，一男一女像金童玉女一样陪着他走向刑场。人生何其有幸，人生何其不幸，人生何曾灾难，人生何曾光荣？你会觉得在他们绞死李大钊的一瞬间，让他成神了，他走进了中华民族最伟大的英烈谱系中。这种死还要什么口号，还要什么自述！

问："南陈北李，携手建党"，这早已是党史中载明的基本常识。但其实，陈独秀和李大钊都没能参加一大，当时难道他们还有比出席一大更重要的事情？太多人都不理解，这究竟是怎么回事？

徐剑：李大钊对学生，对同事，对图书馆管理员毛泽东，对所有人都非常温厚、宽容、大度。到大家选党代表去上海开会时，他为什么没去成呢？当时，他是要为北大教师们的工资和校方谈判。他牵挂着教师的薪资问题，那么多人要张口吃饭，因此他不能去，就说："算了吧，我就不去了！"他们当时商量，说罗占龙也去不了，李大钊也去不了，就说张国焘、刘仁静去吧。当时说这两个代表去，问李大钊先生的意见行不行，他就说可以啊。后来，大家讨论说，李大钊是很宽厚的人，叫谁去都可以，叫罗占龙也好，不叫罗占龙去也好，叫刘仁静去也好，不叫刘仁静去也好，他都不会投反对票，他就是这样一个温厚的君子。

"其作始也简，其将毕也必巨。"实际上，我理解，李大钊和陈独秀从思想上觉得已经建党了，认为开会只是走一个组织程序，所以就没有去。如果他们去了，是否又会是另外的一大史册？

问：历史不容假设。李大钊没去，陈独秀当时已经到南方政府任职，似乎就更分不开身了。

徐剑：陈独秀那时候是广东省教育委员会委员长，陈济棠交代很多事情要让他去做，根本走不开，所以，他指定了包惠僧作为代表去。"南陈北李"都没能参加一大，确确实实，成为了很多人的遗憾。但在我看来，他们当时并没有把开会这个事情看得天大地大，而是觉得已然水到渠成。关于建党，两大巨头已经很好地在思想上、理论上、组织上有了最早的学会的雏形，上海有，北京有，万事俱备。所以，开会在他们看来或许只是手续的问题，有维金斯基、马林亲自做证，有李达、张国焘在，他们自然地觉得不会有任何问题了。

被钉在历史耻辱柱上的叛变者

问：张国焘、周佛海、陈公博的回忆著作，无疑也是关于建党的珍贵史料。但众所周知，由于他们后来都叛变了，所以里面必然有些描写会故意扭曲，同时，也会刻意美化拔高自己。客观上，这些著作曾经蒙蔽过不在少数的读者。《天晓：1921》的创作谈里，你说当年刚参军时，便偶然得到了一部张国焘的《我的回忆》，读了几个通宵，感觉"非常惊讶"。

徐剑：我去了张国焘家乡，到他家时我吓了一跳，他是一个北大的学霸，家里宅子特别大。我在想他怎么会看得起毛泽东呢？家庭出身条件差他太远了。他怎么可能了解人民的疾苦呢？他是注定要失败的。很多人觉得我写张国焘写得多，其实我觉得不多，当时他在历史中何其兵强马壮！我写这些人的时候，感受到很多人的宿命，好像一个天道、天运在转，在影响。所以，我感叹，"天笑国焘"。

问：你对陈公博最终命运的描写，也充满了戏剧性，特别有意思。陈公博、周佛海、汪精卫等虽然都是臭名昭著的大汉奸，但一分为二地说，他们的书法真的都很不错。1945年8月汪伪政府散伙后，出逃到日本的叛党者、叛国者陈公博被引渡回国，在监狱中等待死刑执行期间，就不时被典狱长和狱警索要墨宝。一天，典狱长又来索要，他幻想着这幅字高层或许能看到，便心存最后的侥幸，希望借此让高层意识到自己还有最后的价值。但在挥毫写下这人生中最后的对联，也是最后的墨迹之后，他就立即被押往了刑场。你这一节的小结构也是让人拍案叫绝，在陈公博落纸书之间的短暂时间之内，你就以他脑海里追忆或反思的意识流手法，为读者将他令人唏嘘的一生都过了一遍，犹如充满宿命感的一组电影镜头闪回。行刑前的这个情节，是有据可查，还是你"小处不拘"虚构的？

徐剑：这些都是有据可查的。"大海有真能容之度，明月以不常满为心"，这幅对联，就是他的绝笔。当时，陈公博觉得是汪精卫拯救了他，给了他机会，又给了他位置，所以对汪精卫心怀感恩。这种感恩完全是一种义气和情感。在周佛海动员他跟着汪精卫走的时候，他还在犹豫，本来他是回家看老母亲的。他的老婆说他，你不跟着汪精卫走，难道要跟着蒋介石走？这一句话让他上了贼船，钉死在了历史的耻辱柱上。

问：你去到周佛海家乡湖南沅陵县，那里竟然有一条逆流河，这真是一个莫大的隐喻吗？隐喻这个卖国巨奸。

徐剑：我也非常惊讶，就在周佛海家门口，那条逆流30公里的倒淌河！他出生的地方叫冷泉村。他是典型"凤凰男"的一个案例。周佛海父亲在清朝考了举人，民国初年，到福建一个地方当公安局长，因为缉毒得罪了乡绅，竟然被杀。他妈妈，一个寡妇，带着他和妹妹一起回到了湘西老家度日。湖南的乡音，他根本听不懂，立志要出人头地。他上中学时写了一首诗，表达雄心壮志，想要"拜相入阁"。所以，在上高二的时候，听说日本留学只要200大洋，他立马让他妈妈把7亩水田全卖掉，卖了300大洋，他全部卷走，根本不考虑妈妈和妹妹。

他去日本之前，妈妈还给他介绍了一个叫刘媚的女孩，而且怀了孩子。结果，他回到上海时，跟湖南商会会长的女儿、王会悟的一个女友打成一片，立马把老婆休掉。此后，他开始一步一步往上爬，加入了共产党，又参加国民党，当了国民党宣传部长，又当了蒋介石的副侍卫长，都觉得官小。终于有机会，他上了汪精卫的贼船，当了"总理"。

问："拜相入阁"的梦想，终于实现了。

徐剑：那你说周佛海这个人的人品，真的就非常差吗？他对乡亲们又特别好。凡是找到他的乡亲，有文化的就给人安排当官，没文化的就给钱让人家回去。他是一个家乡当地人不能忘记却又羞于提及的一个人。其实，文学也好，非虚构也好，历史也好，小说也好，都写出了一种复杂的人性。周佛海是一个情场老手。在日本帝国即将投降前期，他去日本养病，还吸引了一个18岁的女护士，还令其怀上了一个孩子。那个护士从此再也没有嫁人。到20世纪80年代，这个日本女人还找到了上海的一位大学教授，说她是周佛海的妻子，给这位教授5万日元，请他帮忙找一下周佛海的后人，想给他的后人寄一些衣服，给周建一个衣冠冢。后来我去了那个衣冠冢，暮色苍凉，我站在那里，冷冷地看着它。他是一个对女人和国家都见异思迁的人。

摇摆不定的"两面派"

问：百年以来的红色革命和红色道路，实在艰苦卓绝；百年前的开创之初更是血雨腥风，付出了巨大的代价。你在《第八天：背叛者，失败者》这一章里，对13位建党元老命运的分类总结，真是太让人感慨。刚才聊到的张国焘、周佛海、陈公博，自然属于叛变者、汉奸，肯定是不容原谅的，历史已然盖棺定论。另几位争议则会比较大，我称之为摇摆不定的"两面派"。当然，这里的用词我希望是中性的，非贬义的。比如，刘仁静，他后来非正常的戏剧性的死亡，前面我们提到了一下。刘仁静是13人中生命线绵延最长的，曾经脱党，甚至还写过反共文章，但依然得到中央谅解，被安排在北京师范大学任教，还当上了国务院参事。

徐剑：刘仁静一生都有传奇，刘仁静一生都有偶然，一生都有必然，他一生都有那种宿命。他是13个党代表中英文最好的一个人，他是因为婚姻问题跑到俄罗斯解闷的一个人，他是聪明绝顶的18岁年轻党员，但他不是一个坚定的革命者，与他总在很多学术流派中游走有很大关系。本来要让他好好做党的组织者，但他一直游离在国民党和共产党之间，一直游离在自己的信仰和别的学术之间，这些事情看似偶然，但一定是必然的。他写过很多咒骂共产党的文章，同时，也写咒骂国民党的文章，弄得回到老家后根本就没法待，还坐了牢，判了几年刑。当时，他已无立锥之地。但即便如此，新中国成立以后，毛泽东、周恩来还是给他写了信，对他很宽容。

问：这份宽容的胸襟，确实难得。以前我关于党史的阅读，从未关注到这位。《天晓：1921》里说，1987年8月5日凌晨5点多天将欲晓之时，刘仁静如往常一样，执一把剑，外出晨练，却在北师大校园中被一辆22路公交车撞倒殒命，享年84岁。历史总是有很多意外，乃至令人唏嘘的地方，但种种意外与偶然，或许都是某种不无因果的必然。

徐剑：刘仁静离我们很近，也离我们很远。13个代表里，他年纪最轻。那时候，我经常到北师大听课，他还活着，但当然毫无交集。当我后来决定要写他的时候，我会想，22路车是我经常坐的一路车，他原来离我如此近。他最终也死在二炮总医院，我在写他的时候，我觉得天妒英才、天毁英才啊！一切都是一种历史和人生的宿命。

22路车朝着一个老人转了过来，他还在练剑术，身体很好，他如果不出意外，可以见证共产党建党100年，他可以看到老百姓过上了好日子。这样的日子没有贫穷，没有饥饿，没有战争，没有动乱，没有杀戮，没有流血，没有牺牲，这样的岁月静好的日子，他本来应该看到的，可惜他走了。他的故乡记不得他了，所以，我徐剑把他写到了书里。

问：我所定义的这类"两面派"，还有一个就是李汉俊，你对他"最后的棋局"的描写，也堪称传神。

徐剑：李汉俊家乡，我自然也专程去了。说到他，现在当地人看他们两兄弟的态度依然比较复杂，并没有毛泽东那么宽容。他家乡的大道特别的宽敞，但是给他们两兄弟的路非常小，他们家乡的老屋已经倒塌，种的黄豆有半个人那么高，地上只有一块碑，写着李汉俊、李书城出生地。我说为什么不建纪念馆，他们说要建停车场，搬迁的是钉子户，人家坚决不让。其实，李汉俊是得了共产党和国民党两党烈士证书的，共产党的烈士证书是我见过的，毛泽东签发的。

一条潜龙从潜江而出，但是他在共产党和国民党之间摇摆。这里我特别写了一大段，马林给李汉俊写了一封激情洋溢的信，说让他回来吧。过去，他和陈独秀有一些观点上的分歧，两个人都非常有性格，一吵就各奔东西了。

李汉俊14岁到日本留学，学了西化的那套东西，他懂4国语言，日语、德语、英语、法语，写了700多万字的学术理论，写了大量的文章养家糊口。他死得很惨烈。之前，董必武建议他出去躲一躲，但他觉得国民党右派不敢对他下手。他换了睡衣，在下象棋的时候，当时的武汉公安局局长带了宪兵，就要把他抓走。他说："我这盘棋还没下完，我能不能换个衣服再走？"那伙人根本没同意。我写他，就写了一盘棋。很多人说我写李汉俊这段特别好，把李汉俊始终在共产党和国民党之间游移的过程隐喻成小兵在楚河汉界游走，结果一盘棋还没下完，他就被杀了。也有人问我，到底那时候有没有下棋，我说我哪敢胡编乱造，这些都有记载的，我只是采用了意识流的手法，这个绝非虚构。

12位，13位？ 党代表，出席者？

问：嗯，当然不可能胡编，书中，处处能读到你考证、辨析的内容。比如，出席一大的元老，究竟是12位，还是13位？你就罗列了很多文献记载，但两个说法似乎都有支撑。

徐剑：一大元老的数字，一直有争议。毛泽东与斯诺会谈时，说是12名党代表；胡乔木写《中国共产党的30年》，里面也是说12名党代表；但在20世纪30年代，董必武接受采访时，却说是13名党代表；陈潭秋在俄罗斯共产国际的刊物上发表文章，也说是13名。1960年之前，董必武还坚持是13名党代表。后来某一天，中央党史馆的人拿了一批书面文件给他，里面有一张复印的名单被说成是原件，上面只有12名党代表，于是，老人家又改口称12名。后来一直到1974年，人家才告诉他当时那个是复印件，意思就是可能不准确。他才感叹地说，12名和13名之争，其实本身就是一种历史。

问：真是扑朔迷离啊，最终，你采信的是13名，而且你的提法是出席者或参加者，并未将他们称为一大的13名代表。

徐剑：我肯定倾向于13位啊。我们看一大整体的构成。你看湖北，一般来说一个地区就两个人，湖北有了陈潭秋、董必武，又有一个包惠僧，这就3个了。包惠僧到底算不算广州的代表？广州的正式代表当时就是一个陈公博。可是后来，李达和张国焘派包惠僧去请陈独秀回来参会，听陈独秀有什么指示。但陈独秀说，广州事务太多走不开，让包惠僧代表他参会。那么，他是不是就该算陈独秀的代表，而非正式的一大代表？

还有一种说法，第13名党代表是最后一天没有参会的那个人。但那个人是谁，有两种可能。张国焘回忆说，13名代表中没有何叔衡，说何叔衡影响力不够，早就离开了。但是在1929—1930年时候，俄罗斯给董必武传来一封信，问他当时参加会议的是哪13个人，当时，张国焘认为何叔衡不是。当时有个大东旅社谋杀案，因为有这个谋杀案是有报道明确可查的，才顺带知道究竟是哪一天到的红船开会。

我更倾向于包惠僧不是，后来，毛泽东让包惠僧去国务院文史馆当了文史员。他乘这个机会写了很多回忆录，他说他是陈独秀的代表。

问：若按这个说法，包惠僧肯定就不是一大代表，而是陈独秀个人的代表。我从阅读一开始，就留意到了，你对13位的提法是"一大出席者"，而一直谨慎地未称之为"一大代表"，这点是跟之前的绝大多数党史著作完全不同的。

徐剑：是的，这样更中性，也更接近于历史真相。他们都参加了一大，这是确定无疑的。我认为陈公博是，何叔衡是，他们都是选出来的，13人中，包惠僧不是，他是一名旁观者的角色。

问：13位出席者，当年已是命运殊途，各自历史地位与评价自也判若云泥。在书中，我读到了你不辞辛劳寻访的很多意外、惊讶，还有唏嘘，还有震撼。比如李汉俊故里未建故居，难道真因为邻居是钉子户，征地困难？比如，在13元老之一刘仁静和俄共远东密使维经斯基的翻译、共产主义青年团创始人之一杨明斋的家乡，相应的专家领导对这些功勋卓著的革命先驱竟然一问三不知。你在寻访中，所看到的红色遗迹遗址的保护情况，是怎样的？

徐剑：现在大兴红色旅游，红色革命潮流滚滚。实际上，有些地方做得非常大，比如毛泽东韶山纪念馆，那是20世纪90年代建的，现在每天都在过节，人们熙熙攘攘而来，即便是在毛泽东雕像前献花篮都衍生了一个产业。何叔衡纪念馆、陈潭秋纪念馆、董必武纪念馆，没有见到太多热闹的场面。或许，我们更容易记住那些在历史上留下丰功伟绩的人。董老时常调侃自己是个跑龙套的人，我觉得他这位前清秀才、留日学法的老先生，他还有很多精神没被挖掘出来。

有时候，这样的对比让人有些忧虑，我们太往热闹的地方去了，太往站在舞台中心的人去，我们太往像太阳、月亮一样的人物那里去了，而忽略了很多。比如何叔衡，我觉得在情感教育方面，他在旧时代和新时代交替时的信念，也是很好的教材，但党史研究中对他的挖掘远远不够，我在书中也只是写到了一些，留给后人去思考。这本书让我有一点安慰的就是：我用作家的方式，用属于党的追随者的视角，用老百姓能读下去的叙述来讲了这段历史，完成了革命语境成长下的少年对一段历史的理解。

毛泽东：雄才大略何处而来

问：应该说，在建党大业之中，毛泽东并未起到核心作用，因为当时他尚未进入核心决策层。书中，你对此的叙述是客观的，并未去刻意拔高。但是当然，从你再次专程前往韶山拜谒等相关描写中，已然能让读者看到后来毛泽东与中国共产党乃至整个中华民族命运的血脉相连。中华民族选择了毛泽东，这是一种历史必然。写这位新中国的缔造者可以有太多角度，你的切入和着墨最多、情感流露也最为强烈的，我觉得是他临终前的护理记录、73个补丁的睡衣，还有他晚年情感的脆弱，我读来都非常动容。

徐剑：我再次去毛泽东韶山纪念馆，看到了很多东西，想到了很多东西，让我确定了毛泽东的写法。我17岁少年时第一次到韶山，那时候在湖南日报社实习，后来，中年、壮年时都再去过，一共去了4次。这次去或许是因为带着书写的使命，感觉完全不一样，毛泽东纪念馆把毛泽东在丰泽园和中南海用过的所有东西都展览了出来。我走进去，最让我感动并由此找到写作灵感的，就是那睡衣。

问：你对历史最终选择的阐述方面，除了人的核心因素，还留意到了"天时"与"地利"的因素。最典型的就是韶山毛泽东故居的气象，还有更细微的地方，就是那件睡衣，那件满是补丁的睡衣。你说73个补丁修修补补，方将"天运地气一衣藏"。我们都知道，政治家革命家毛泽东同时还是一位传统文化造诣深厚的大学问家，所谓气运之类的因素，他自然是不会忽视的。但要说这件睡衣啊，所有毛泽东传记里都写过，还真是很难写出点新的感觉来。

徐剑：关于这件睡衣，在书中，其实我还没有放开讲。整体而言，书稿31万字，毛泽东的章节约3万字。这件薄薄的睡衣，有73个补丁，我觉得这是一件"法衣"，我一直没用这个词，但是我觉得，这件"法衣"可以挡风遮雨，会给弱势的众生带来温暖和阳光。彼时的中国，那些底层的、弱势的，诉求没办法实现的人，能在这件"法衣"上找到希望和寄托。我看到了毛泽东的那种青年志气和艰苦朴素，也看到了一个老百姓对自己的旧物的爱惜。在这件睡衣上，我找到了很多思考。

再一个，我看到了另外一张纸，它是当时的绝密文件，记录着毛泽东最后的19个小时。在生命最后的时光里，他读了11次书，加起来3个多小时。这个人是一生不离书的人，这个人是一生和文房四宝连在一起的人，这个人是通今达古的人。他人生最大的乐趣有三，第一读书，第二读书，第三还是读书。偶尔跳舞和游泳，是他的闲情逸致。你看他床上，书就占了一半，只给自己留了一个小小单人床的空间。在书中，他觉得能找到温暖，能找到治国方略。

问：他是政治家，但他的学识渊博和博古通今，确实不得不令人叹服。

徐剑：我后来有一个很大的感叹，他的雄才大略何处而来？从读书而来！因为读书，他对中国的历史是通晓精深的，对中国的老百姓是了解透彻的。他的革命智慧和待人智慧，可以说都从读书而来。比如，我写到他的念旧。一双新的棕色的三接头新皮鞋，买回来后，他会让警卫员先穿三个月。一般人会觉得，是想等三个月不磨脚了他再穿，但我由此看出的，就是他的念旧情结。书中，我讲述了他处理和章士钊的一段关系，其实，用的是曹操给诸葛亮送鸡舌香典故的思维。

问：嗯，曹操曾给诸葛亮写信，说"今奉鸡舌香五斤，以表微意"。

徐剑：是啊，鸡舌香就是丁香。曹操给诸葛亮送鸡舌香，并不是因为诸葛亮口臭，东汉后期朝廷官员面见皇帝时口含鸡舌香是一种风气。送鸡舌香，来表达同朝为官、共事朝廷之意。毛泽东派警卫给章士钊送"鸡"，就是不计前嫌，我由此引出了他每年给章士钊1000多元扶助金的故事。你看，他做这事儿，就有很高明的智慧在里面。

大历史高度与人性高度

问：我们回到这本书，它不仅仅是站在了大历史的高度，也站在了人性的高度上来写群像，所以有这本书的成功。

徐剑：在这本书中，对伟人，对牺牲者，对光荣者，对名人，对传奇者，对背叛者，对成妖成鬼的人，我都把他们拉回到一个人的尺度来写。比如伟人，我把他当作父亲和叔叔来写，那么就是一种伟人的平民化；比如平民，我把他伟人化，像王会悟、李达、陈公博、周佛海、李汉俊，这样的人，我把他们当作传奇来写，所以是平民的伟人化。我写毛泽东，一个风烛残年的老人在抚摸毛岸英的衬衣、帽子的时候，本质上，就是一个普通的父亲在感受孩子的体温和心跳。写到这一段的时候，我开始掉眼泪，毛泽东是秦皇汉武都不看在眼里的人，面对父子之情的时候，在那一瞬间，他其实也就是一个最平凡不过的父亲。

问：我读这些的时候也是尤为动容。我觉得，这部《天晓：1921》诸多荣誉的取得，是匹配它历史的高度和人性的高度的。

徐剑：我想说《诗经》是中国文学的元气所在，司马迁的《史记》是中国报告文学的巅峰之作。如果说，《诗经》可以"兴观群怨"是我们的言气和文心的话，《史记》则是用春秋笔法，通古今之变，而成一家之言，是我们文学最精华的东西。《史记》中最精彩的是细节，是一个个珍珠般的细节构成了故事，最后变成了一篇精彩绝伦的本记、列传、世家。

问：《史记》的写法，其实就是大处不虚、小处不拘的。

徐剑：《史记》的小处也是有考证的，就像我徐剑写报告文学的细节也是需要去考证的。如果我一天能采集考证到一个细节，一个月就是30个故事，一天两个细节，一个月就是60个故事，这些细节和点连缀起来，珍珠般的面子就出来了。这要看作家的眼光，尤其历史眼光。

问：但不得不承认，历史记录中其实也有不少是神话传说。

徐剑：从夏朝和周朝开始，我们就有了史官制度，当时就有了很多竹简。司马迁担任大汉帝国图书馆管理员时，是看遍这些、读透这些的。司马迁对历史是了解的。现在考古越来越证实，他写的东西连很多细节也真是都有出处的。

我觉得报告文学作家要向司马迁学习，向杰出的小说家学习，学习他们的结构、叙事、语言、诗意。报告文学的写作门槛很低，也很高，它是一种纯知识分子的写作。它记录大历史、大时代，它也可以是批判现实主义的。它需要报告文学作家有哲学家的深刻、历史学家的宽容，最后才是文学家的叙事。

问：在记录历史这个维度，有时候，文学家确实比史学家还更靠谱，比如唐朝的很多底层真相，如今我们只能问杜甫。

徐剑：对！我读杜甫"三吏""三别"时终于明白，关于安史之乱，有"三吏""三别"用诗的笔法记录了一段大的历史。很多历史学家总是为名人讳，为伟人讳，为圣者讳，这样就必然屏蔽掉了很多历史真相。

比如，刘邦和项羽，你更喜欢谁？我估计所有人都喜欢项羽。我写过一篇散文，我觉得四面楚歌并不是灭亡之歌，它是招魂之歌，它把西楚霸王召回了自己的故乡。他是中国最后的一个骑士，一个英雄。他自刎，是为了自己的女人、家乡、历史从此永恒。你看看那个政治流氓刘邦，他被人追的时候，可以把老婆和父亲推下车，这样的人，把家国江山交给他，你有安全感吗？项羽的失败是有价值的失败，这种牺牲是有未来的牺牲。刘邦得到了大汉王朝，但是他在人性上是失败的。

怎么评价政治家，要拉开时间差，不要20年、50年去评价，如果你再200年、500年去评价呢？在较短时间里，你看不清历史。作为专业作家，一定要有历史的宽阔无边，还需要哲学的深邃和独特，需要思考到生命古井最底层的生命之水。

问：对了，插一句，近年来很热门的非虚构写作，你认为跟传统的报告文学之间，是什么关系？

徐剑：二者都是以非虚构、接地气的形式写作，都能贴近乃至深入这个时代的真相，是一个大类。但在我看来，非虚构属江湖叙事，报告文学是殿堂叙事。殿堂叙事要吸收江湖叙事中底层人物的情感，亦如云南作家徐剑要到北方去吸收大气，亦如军旅作家徐剑要有金戈铁马的霸气，也要有云南风情的温婉。

问：我们这篇对谈篇幅实在有点长了，你知道我的意图，是想把它作为这部《徐剑论集》的代跋，所以，我们不仅深入地谈《天晓：1921》，也通过《天晓：1921》谈到了你的很多文学理念。这是你"壮年变法"三部曲的第二部，但在出版顺序上成了最后的压轴，就获奖情况来看，也斩获了中国好书、中华优秀出版物等国家级殊荣。因此，在我看来，它于你的创作，甚至于当下的"大国叙事"，某种程度上，都具有里程碑和分水岭意义。那么，你之后的创作呢？透露一下吧！

徐剑：刚才我们聊到了神话与历史的写作。现在，我就在着手准备一部《昆仑传》，写中华文明的来处和缘起，里面就会有西王母的神话。这会是一部非常厚重的大书，我会用三到五年来探索。《昆仑传》我会跨文体写作，它是报告文学，又不是报告文学；它是小说，它又不是小说；它是诗，它又不是诗。我会有后现代、意识流的跨越和穿梭！

我有好的身体，我对自己从来没有懈怠过，我总是希望下一部比上一部更好！

《西藏妈妈》：一条慈航大爱的雅鲁藏布江

对话人：温星（作家、媒体人，中国作家协会会员、昆明市文艺评论家协会常务副主席）

原载：《中国艺术报》，2023年10月21日

2023年9月，聚焦西藏爱心妈妈群体的长篇报告文学《西藏妈妈》由广东人民出版社重磅推出。此前，数万字的部分书稿，已分别被《人民文学》《中国作家》两家"国刊"抢先发表——如此"待遇"，实属罕见。《人民文学》主编、中国作协党组成员、书记处书记施战军评价："《西藏妈妈》是新时代文学中自觉践行以人民为中心创作理念的生动而厚重的标志性新成果。"

那么，这部《西藏妈妈》究竟新在何处？为何成为中国报告文学学会会长徐剑"变法三部曲"突然冒出的第四部？又为何让徐剑在公开宣称"告别西藏"之后，再次入藏并再次出手，捧出了其"西藏系列"的第九部厚重之作？

从三部曲，到四部曲

温星：刚看到《西藏妈妈》出版的消息，说实话，很意外。这部作品，被你视为"衰年变法"之收官，然而"衰年变法"本为三部曲，包括《天风海雨》

《天晓：1921》《金青稞》，如今为何冒出第四部？这是我的第一个疑问。

徐剑：你觉得很突兀？为什么我把《西藏妈妈》作为"衰年变法"或者说"壮年变法"的第四部？本来规划的是三部曲，第一部是国防海疆安全的《天风海雨》，早就完成，种种原因，一直没能出版，读者还看不到。《西藏妈妈》也是去年写的，其实很重要，所以我想可以加进来。准确说，《西藏妈妈》是我三年疫情期间写的第三部书，前面两部是《天晓：1921》和《安得广厦：云南百万大搬迁纪实》（与学生合作），都是在人生情绪或者说大环境比较晦暗的情况下完成的，但整个创作过程心里却是一片阳光。

温星：嗯，这几个题材和故事，给了你阳光和温暖。

徐剑：我为什么说心里一片阳光？又为什么用《西藏妈妈》来为四部曲画上句号？这部书，其实我是在看淡了生与死，或者说是由死向生、向死而生的心态中，在寰宇之内惊恐、惊慌的大氛围中，来看人类自我防护与拯救，来看人间大爱。2022年8月写完，我把书稿发给出版社，就上了昆仑山，开启了与另一个中华文明源头重大题材写作的链接。这是很重要的一个时间与写作节点，请注意。

《西藏妈妈》与《金青稞》

温星：我理解，本书应该是这些年你不断深入藏地与藏族群众之中，尤其是第21次入藏采写《金青稞》过程中，所接触到的藏地特殊妈妈们给你的感动的总爆发，在某种程度上，可以说是采写《金青稞》的"副产品"？

徐剑：遇见西藏福利院的故事，纯属偶然。2019年3月初，我刚解甲归田，人有点迷茫。当时我的另一部长篇散文《经幡》已经出版，《大国重器》正在热销。《大国重器》是我对火箭军（二炮）的致敬性书写，也是对我自己44年军旅生涯的总结性书写，获得这年的中国好书。央视做中国好书的颁奖典礼，李潘本要把《大国重器》作为重中之重，来串联整个台会，要专访我，还要我帮着写主持脚本，并请著名演员李幼斌一起朗读书中片断。彼时，恰逢林芝山寺桃花盛开，我很想去看。当时已经进藏20次，却从未见过此盛景，于是婉辞了央视，去看西藏雪岭古桃树。那一株株古桃树，红如少女，白如桃妖，真的是成精得道了，令人沉醉。

温星：为看美景，放了央视鸽子，你把首席读书栏目主持人李潘搞得有点郁闷了吧？

徐剑：哈，不上央视，却要去西藏看桃花，这样的作家有点轴，有点憨包气吧？但正是看桃花，遇上了西藏妈妈。因为在到嘎拉村看桃花的前夕，自治区政府组织了一次采风，到工布江达县，看西藏的"双集中"供养政策，县级福利院养老，地市一级养少，老少分开的，做得非常好。有很多爱心妈妈，年轻的，中年的，稍微再老一点的，都有，有的有家，有的单亲，有的是还未婚的未生娘，他们都来当妈妈，照顾孤苦无依的老人与失怙失恃的孩子。当时我就接触到了四个孩子和一个妈妈，非常感动。

他们都住在一个套房里，是四个孩子一间，睡高低床，还有客厅、洗澡室、厕所，硬件非常好。这是广东援藏力量建起来的，在藏地可以说非常奢侈了。当然，肯定不光是硬件，在规章制度、孩子的养育教育方式等方面，也都比内地很多大城市细腻，所以深深地吸引了我。所以，你将《西藏妈妈》看成是《金青稞》的副产品，其实也对。一开始，我的书名并不想叫《西藏妈妈》，我想叫《绿度母》，或《绿菩提》，但后来觉得还是《西藏妈妈》更通俗，更好传播。

所谓"变法"，大道化简

温星：我国现代艺术史上比较著名的"衰年变法"，通常指齐白石在花甲之龄前后那几年自我颠覆而臻于创作之化境的现象，你之前的三部曲，我细读过《天晓：1921》《金青稞》，在结构、文本等方面，确实都实现了自我突破，那么，《西藏妈妈》呢？

徐剑：许多大艺术家，都曾有过所谓变法或者说自我颠覆蜕变的情况，比如吴昌硕、黄宾虹、齐白石、傅抱石、启功等大师。作家亦然。孔子说，四十不惑，五十知天命，六十耳顺。六十是人生一个很重要的岁月生命刻度，你对世界的认识，你对自我的认知，你对国家的理解，你对一个民族的体察，随着个人阅历、学识、经历、经验以及思想、艺术、美学方面的成熟，而更老到，更有情怀，更有境界。如果老是在重复自己，就毫无意义。"通会之际，人书皆老"，这是孙过庭说书法的话，对于文学也一样，"通会之际，人文皆老"。所以到这个时候，尤其需要自我突破。

温星：但最难最难的，就是自我突破，就是百尺竿头更进一步。

徐剑：你可能明显看得出来，在《天晓：1921》《金青稞》中，我这个变法的形式、主要结构是文本意识的觉醒，从束缚之域，走向自由王国。《天晓：1921》呢，用10天的结构，写了百年的风云变幻。一大开了10天，我写了13位出席者或者说13位党代表的一生，视角很好。更重要的是，将伟人、英烈、失败者、背叛者，或者成妖成鬼的人，都放在人的视角和人的尺度上来写。所以，这部书虽然没得"五个一工程"奖，但拿到了中国好书奖，还有中华优秀出版物奖，大概14个各种奖项。这无疑是一次成功的变法。

《金青稞》的结构又是另一种方式，千山为经纬，青稞为生命之点，一路雪山，一望牧场，这种少数民族题材我写得比较放松，但这种放松不如《西藏妈妈》。《西藏妈妈》的写作是我在一种非常悲悯、敬畏的慈航大爱中展开的。我觉得，《西藏妈妈》在语言的叙事姿势和准确把握上，可能要胜于前几部，叙事的技巧、笔法、章法，还有很多对于心灵心理的着笔，都是我过去很多书中未曾运用的。

再一点，我的变法，很重要的就是大道化简，化繁为简。这是文学常常遇到的一个麻烦问题，大与小，轻与重，刚或柔，殿堂与江湖，国家叙事与民间叙事，等等这些，该如何来处理它？我觉得，这次最重要突破，就在于我是用非常放松的做减法的心态来创作这部书的。望着西藏的蓝天白云、山川牧场、雪山河流，满山的杜鹃、牛羊，还有黑帐篷、白帐篷，在阳光里一一展开，敞开心灵写作，手是温暖的。这是一种春天的写作，放松式的写作，青春式的写作，甚至是宗教式的写作，把博爱上升到了我们头颅之上，是一种仰望式的写作。

温星：确实虔诚满满，所以，就没有去玩更多的结构，你以往精巧的"徐氏结构"似乎消失了？

徐剑：这部书，我就是化简，化有形于无形，简到看似已经没什么结构了。但其实也是有结构的，我是用西藏人与人之间最寻常的称呼来结构。比如未生娘，未生娘就是没有生小孩的年轻姑娘，有玛吉阿米，有妈给、阿佳，有阿妈拉、阿雄，等等，基本上是用西藏最普通的称谓来连缀结构这部书，翻翻目录就能发现，一览无余，你能看得很直观。可是书里又充满了西藏所特有的神秘性、传奇性，甚至陌生感，还有民族情感、民族风俗。因为西藏这块土地上发生的故事完全和内地不同，那种大爱慈航，那种人间博爱，无处不在，无时不在，无处不是异像，无处不是一道内地难以看到的风景。

她们共同的名字：西藏妈妈

温星：因为故事本身的特殊性和你细腻的刻画，这部书感动我的地方确实很多，在这方面，超出了之前对你任何一部作品的阅读体验。比如，初孕的昌都福利院护理员门拉，独自带患淋巴癌的小卓嘎到华西医院，每天背着他去挂号，一天比一天早，一直早到凌晨1点多，第15天终于挂上专家，第27天确诊，手术8小时，术后发烧，严重感染，ICU 20多天……从未进过城的门拉，刚怀孕的门拉，为一个毫无血缘关系的孩子，独自扛着。小卓嘎醒来时，对她叫了一声"阿妈拉"，门拉彻底破防，泪水狂飙！读到这里，我的泪也没能忍住。让你自己最感动的，又是哪些人物和细节呢？

徐剑：这个书里面像这种感人的故事比比皆是，每一个故事拿出来都很吸引人。气质上，它和《金青稞》完全不一样，《金青稞》目光所及的是广袤的牧区和农区，是人在贫穷环境下，政府帮，工作队帮，或者乡亲们帮，产业来扶贫，给安排很多职位，来摆脱贫困，那是一种命运之战。而这个呢，是一种情感之战，一种情感的交流，是像雅鲁藏布那条大河一样，爱有多深，河有多深，江有多深，那么，我们西藏妈妈的情感就有多深，这是非常打动人的。我写妈妈，写姐姐，写阿佳，写那种有家的或者没有家的，写成家的或没成家的，写文化高的或者没有多少文化的妇女，她们都只有一个共同的伟大的名字——西藏妈妈。这种爱是西藏融入日常的一种宗教，一种信仰，一种生活方式，一种寻常的日子。

其实，还有一个问题我没有展开来说，西藏有很多男孩子读大学去了，有不少男孩子当喇嘛去了，男女比例失调，使一些女孩儿成为了剩女，就造成了很多的单亲和单身群体。这些女性许多都来当了爱心妈妈，她们在抚养和自己毫无血亲关系孩子的过程中，自己也找到了家，找到了亲情，找到了大爱，甚至找到了归宿。

西藏还有一个让我特别感动的地方，就是当一个孩子痛失父母之后，第一个站出来擎起一片天的是舅舅和舅妈，第二个可能是叔叔和婶娘，第三个是姨妈和姨夫、姑妈和姑父，都会站出来，他们自觉地把亲人的孩子当作亲生孩子来抚养，甚至比对自己亲生的还要好。

我觉得，这是因为藏族同胞们从会说话那天起，从会思考那天起，从睁开眼睛看世界那天起，就有那种宗教梵呗的经声、螺号声等精神无形的开示，在熏陶他们，在滋润他们。

"一条情感的雅鲁藏布江"

温星：大爱无声啊！另一个"西藏妈妈"大曲宗说，她把当爱心妈妈看作是一种皈依与归宿，而且不是她给了孩子家，而是一群孩子给了她温暖的家和作为妈妈的幸福。在丁克家庭越来越多、选择不要孩子的父母越来越多的当下，如此幸福观多么令人感慨。你觉得丁克现象会不会有入侵西藏的那一天？

徐剑：在内地，在物质文明发达的地区，丁克问题确实非常严重。而在西藏，凡是发现弃婴，只要孩子正常，都会给知识分子家庭、公务员家庭或者社会地位和收入都比较好的家庭优先领养。留在福利院的，多数是有些残疾的婴儿，或者稍大些的男孩儿女孩儿。这样的故事数不胜数。我书中的第一个故事，小男孩儿捡到的那个婴儿，就是双目失明的，可能是被一个汉族打工的爸爸给扔掉的残疾婴儿。

采访时，我亲眼看见一个细节，西藏妈妈在哄孩子的时候，给孩子唱汉语歌的时候，孩子特别开心，妈妈甚至会幸福得流泪。你看我还写到了那对父女的故事，父亲年轻时是个赌徒、二流子，生了一窝孩子，烦了，就跑到天边去了，游荡红尘，不管妻子和孩子死活，后来女儿和他都在拉萨市儿童福利院里，彼此就隔着几百米，却依然像隔着一座万年的冰山。

这就是你提到的拉萨儿童福利院的爱心妈妈索朗卓嘎，可能是因为从小就缺乏父爱，缺乏家庭的庇护，所以对自己的婚姻没有任何奢望，而把全部心力和爱都给了福利院的孩子，她甚至由此找到了自己的新生，找到了自己的幸福，找到了情感归宿。西藏福利院的这种家庭，彼此都没有血缘，却能融汇成一种博爱，一种宗教般的人间大爱，然后，汇成一条情感的雅鲁藏布江。

这种爱就是天堂之爱，这种爱就是世外桃源之爱，这种爱唯西藏所特有，我们内地没有，内地太过于注重血脉，太过于注重传宗接代，太过于物质与现实了。

诗性、散文闲笔、小说叙事姿势及其他

温星：你写达娃曲珍时，赞美她及她这个群体伟大的母爱，"西藏阿妈的心，就是天上的月亮，云中的观音，像雅鲁藏布一样，博大得很，怎么会千疮百孔，再滴血，经声一起，祥云风来，就会满血复活。""雅鲁藏布千万里流淌，激流拍岸，容得下冰川冷泉，容得下山崩岸塌，一路深潭浅滩，大浪淘沙，最终化作一条桃花江，这就是西藏的母亲河啊！"近年来，你的报告文学常常呈现出诗意化、散文化倾向，这里也算我们前面谈到的你"衰年变法"的表现之一吧？

徐剑：对，这部书里面有很多闲笔，不少抒情，甚至大段的风物风光描写，还有由故事引发的感慨和议论。这种感慨和议论其实都挺节制的，寥寥几笔，近似白描，我断不可能把它写成一部煽情之书。但这部书一定要给人以思考。你说的大曲珍是姐妹俩一起来打工，都没结婚没家庭，姐妹俩寄钱回去，一直把哥哥的孩子养大。几个哥哥是一个共妻的家庭，经济比较拮据。呃，你在《金青

稞》里面也看到了这种共妻的情况，这是西藏的一种特有风俗，我是完全抱着一种理解与尊重的立场来写的，这是西藏的一种客观存在，自有其合理性。

温星：这个现象我还曾专门提出来跟你探讨过，西藏情况太特殊了，存在即合理。理解，尊重，包容。

徐剑：但是这里呢，我也写到了大曲珍片刻失落的心态。帮哥哥们养大了孩子，孩子们都很成器，有的当公务员，有的做了医生，都飞走了。但姐妹俩无悔。她们现在有了更多更多的孩子，都是她们在福利院带大的，都在读大学，有些比哥哥的孩子还优秀，这些孩子永远都会当她是妈妈，都会给她养老。我写另一个那曲的故事，她的丈夫开车带着两个孩子回家，车祸以后，那么多孩子都争着来给他输血，就是最好的例证。

所以，大曲珍的故事好像有点忧伤，但忧伤中却始终有一种温暖在流动。你看我写的另一个福利院家庭，西藏妈妈养育出了十几个大学生孩子，他们节假日回来的时候，都喜欢待在福利院里面，就是和妈妈们在一起，这就是妈妈们最大的安慰。

《西藏妈妈》写到了情感，写到了命运，也写到了妈妈们自己家庭的破碎，但她们都能在福利院里，在那些孤儿中，寻找到自己的心灵归宿与寄托。就是这些平凡又伟大的女性、寻常却又极不平凡的爱心妈妈，无论她们过去拿多少钱，又有过怎么好的职业，但都把当西藏妈妈视为自己的修行、情感的修行、家庭的修行，乃至一个民族的修行。

温星：这种情感和细腻部分的描写，在书中的分量是挺多的，其实，是有可能被认为过于煽情的。

徐剑：这种情感或者说品质，只有西藏才有啊！在书中，我多数都是以闲笔的形式来记录和表达，文本上呈现出来的，也就是你所说的诗意化、散文化。这方面，《西藏妈妈》比之前的《金青稞》走得还更远一点。就创作理论而言，尤其是现代主义的写法，一部好的文学作品，其实应该把情感藏住，把情感压缩到零度叙事。但我觉得，《西藏妈妈》是一部情感的颂歌，一群普通人命运的颂歌，这是一群孩子在失去父母至亲后，家庭天空塌下来之际，重新找回自己的生活和天空的情感历程。这样的爱是人间大爱，像诗一样，像雪山的桃花，千年不败，千年灿烂，千年如画，千年如歌。

在诗性、散文化的同时，我自己认为，《西藏妈妈》的写作其实离小说也只有一步之遥，我运用了小说的叙事姿势、小说的叙事语言乃至小说的叙事结构，但是我拒绝小说化、虚构化。我不知道你读时会不会有一种错觉，如果尝试着把这些真实的人物名字和地名都换掉，是否会疑心这就是一部小说？其实它很像一篇篇短篇小说连缀而成的一个整体，但它是非常真实的，故事、情节、细节，我一点都不敢编造。真实，这就是报告文学的三魂七魄，是边界与底线。

温星：你之前的多部作品里，其实都有着小说般精巧的结构，比如报告文学《东方哈达》，比如长卷散文《经幡》，等等。但在前面我已经谈到，这次，你的重点没在结构上。

徐剑：我为什么这样写？就是要探讨一下这种报告文学或者非虚构，它和各种文体，散文也好，小说也好，彼此之间的边界在哪里，我到底可以走多远。我以一种近似探险的、冒险的文学方式，来进行这一次的写作。但是我又写得很轻松，是沐浴在大爱里，在春城的春光里，在云贵高原上来仰望西藏，仰望西藏妈妈，同时呢，以此来对自己的"变法"画一个句号。在文学上说，这个句号之所以特别，之所以重要，就是因为它是我在小说、散文、诗性等跨文体方面跑得最远的一部报告文学，但它又是有边的，我收住了，画上了这个句号。

"他视角"与"我视角"

温星：第三人称是你作品中非常偏爱的视角，《西藏妈妈》也不例外。但第三人称的局限也是明显存在的，有些人不习惯，不喜欢。很有趣的是，我猜想本书的责任编辑或许就是这么一位，因为，我发现文本中有多处第一人称与第三人称表述同时存在的地方，是他（她）处理的吗？

徐剑：他视角，也就是你说的第三人称，是我近年来在散文创作中喜欢的一种视角。其实就好比一个大工程结束后，几个工程师或老工匠坐在一起，聊这个工程的始末，比如青藏铁路工程，比如南海填岛工程。又好比一场战争结束后，几个老兵在荒野中点起篝火，一起回忆这场战争。那个讲故事的人，就是"他视角"。他也好，你也好，我也好，就是一个叙述的视角，我觉得他视角我运用起来是行云流水的，非常流畅。

但是呢，出版社编辑阅读和编辑的过程中，总觉得他视角会造成一种叙述主人公身份的混乱，就试图把他视角改成我视角。其实，我视角更有问题，更不可能成为一个上帝的"全能视角"。他视角是可以什么都看到的，但讲故事的"我"则被限制了，很难任意地跳跃、转换。当下报告文学创作中，很多作家都没解决好这个叙述视角的问题。

温星：我觉得，他视角是第三方观察，确实可以存在于几乎所有人物的讲述与故事的推进中。但如果编辑把你书中的他视角全部改成了"我"，改干净了，倒也无伤大雅。但我大致阅读便已经发现了，还有不少地方，在同一部分甚至同一小段中，都存在两种视角表述并存的情况，以至于让局部文本的表达显得稍微有些混乱。

徐剑：嗯，只有等加印或再版时，再来做这些细致的调整和修改了。

藏地独有的慈航大爱

温星：在福利院、孤儿院照顾孩子的这个特殊妈妈群体，当然是哪里都有的。但通过你的描写，我真切感受到，整体而言，"西藏妈妈"的慈航母爱与大爱精神，显然超出大多数汉族地区和大城市里她们的同行。你同意这个看法吗？为什么会是这样？

徐剑：你谈到西藏妈妈的大爱，超过了内地孤儿院福利院里面的大爱，甚至超过了我们汉族至亲之间的那种情感，你这个判断和我是高度一致的。为什么会这样？其实我在前面已经阐述到了，就是西藏的这种慈航大爱、博爱，是深入人心、深入血脉且融入日常生活里面的，成为了他们的生活习惯，成为了他们的生活方式，甚至成为了他们生命的本身。他们早上转经，晚上转经，他们在佛堂、经堂里面念经，都是在修行。这就是他们的一种宗教，就是他们的一种历史，这就是他们的一种文化，是融入民族DNA里面的东西。再怎么样的雪风，再怎么样的严寒，这种爱都在血脉里奔腾。他们用这种爱证实了自己的存在。

在我看来，这种大爱凝结而成的这部《西藏妈妈》，是迥异于所有汉族汉地大爱故事的另一种爱的读本。这种爱的读本只有西藏才有，但并不只属于西藏，还属于中国，还属于全世界，属于人类命运共同体。大爱无疆！人的一生慢慢走来，从小到大，命运有时候会莫名其妙地砸下来，像大雪无情落下，砸在一个孩子身上，可能就是一座冰山，可能就是一场雪崩，那么，有这种大爱的存在，我们就可以有一条宽广的大江大河，就可以有爱的牧场和草原，就可能擎起一片爱的蓝天。

"我在寻找一个中国作家的拯救"

温星：这部《西藏妈妈》中，我能读到《金青稞》的一些影子和线索。这些影子和线索，可能是容易被忽略的，因为它们表面看上去比较破碎，但你却从中提炼出了这样一个关涉藏地全民福祉的大主题，那便是西藏的"双集中"政策。其实，这依然是一个在外界看来容易被忽略的政策，你是从哪一年开始关注到的？

徐剑：你在《西藏妈妈》里面看到了《金青稞》的影子，在《金青稞》里读到了《西藏妈妈》，这就算是有心了。我在很多场合说过，西藏为什么如此吸引我，为什么我会进藏达22次？为什么甚至在65岁高龄依然要去，用20多天的时间去海拔最高的地方，住在喇嘛家的经堂，烧着牛粪，度过一个漫漫长夜？其实，我在寻找一个中国作家的拯救，救赎自我灵魂的拯救。

在2019年1月28号之前，我是穿着军装进藏的，我肩负使命，带着国家主题书写的重大责任，这是天经地义的，义不容辞，身份注定也限制了我的书写。但退休后，我可以更放松地用一个作家更独立的立场，更独立的观察，来书写这个大时代中的国家和民族、人心与人性。

我曾经说过，看一个国家是否有泱泱大国的气度，就要看它怎样对待少数民族和极少数民族，比如独龙族，比如苦聪人，比如达曼人，就看我们怎么对待这些民族兄弟，怎么把他们一起带入新时代，一起带入中华民族共同体，共同建设一个大同的小康社会。而怎么看待一个社会，就要看它怎么对待妇女儿童。读一下吧，我这部《西藏妈妈》里都有答案。

温星：西藏早在2013年便推出了"双集中"政策，确实让外界比较意外，我看你在该书后记中，怎么又说至少比其他省区超前了整整20年？

徐剑：我说西藏超越了内地10年、20年，就是因为有内地强大的物质文明的支撑，阿里建设是由山东和陕西来对口援藏，日喀则是上海支援，那曲是浙江和辽宁，广东支援林芝，山南是湖北对口。援藏制度实施中，带给了西藏很多种物质文明、体制文明，就是那种扶弱济贫的传统。这些都是非常值得书写的。援藏的一方与西藏之间，可以说是真正的水乳交融了，西藏妈妈的故事就是中华民族命运共同体的一个最好的诠释。所以，我还特意在书中写了三个汉族家里的故事，看看汉家妈妈又是怎样的，汉家妈妈在这块高原上又是怎么爱和被爱的。

"西藏是对我最大的拯救和滋润"

温星：我清晰记得，2022年，我俩深度对谈解析《金青稞》时，已出版8部西藏题材作品的你说过此作已有"告别西藏"之意。当时我就表示，你不可能真正告别西藏，或者说，这将会是一场"漫长的告别"，乃至"永恒的告别"。以后，即便你不再专门写西藏题材，你其他任何作品里，恐怕也都会永远隐藏着一份西藏的背景或元素，因为，西藏已然深入你的骨髓与灵魂。

徐剑：对，我俩在对话解读《金青稞》的时候，你在帮我举办"青稞怒放"活动的时候，我都说过可能我要告别西藏的写作了。其实，更多是因为少数民族题材备案和审查非常严格，非常麻烦。很多内地专家并不完全了解西藏，他们可能会曲解你满怀虔诚的书写。你要去甄别作家的善心、初心和文心，就是看你对这个民族是不是有敬畏、悲悯，是不是理解、包容。我觉得如果是在敬畏、悲悯、理解、包容的前提下来写，不会出任何问题。

我说过那次进藏可能是我的告别之旅，我也追问过自己，走完22趟的西藏还有什么可以吸引我的地方？其实还是有的，可可西里无人区和羌塘无人区。如今，这个梦终于变成了现实。

温星：梦想成真，我知道，你指的应该是《新山海经》吧？

徐剑：对，就是我策划或者说主持的《新山海经》丛书，青海人民出版社鼎力支持。我邀请了一个梦幻团队，阿来老师、邱华栋书记、徐则臣、老赵瑜和石一枫、刘大先，当然还有我自己，一起对中国最有名的大山名川、大江大河和大湖，展开一轮非虚构或者说田野调查式的书写。这次气势恢宏的书写，证明了我一刻也未曾离开过青藏高原。其实，每一次离开，我都把自己的魂扔在了那里，而每一次进藏，我都有一种打鸡血的兴奋。

这本书审读过程中，一位专家曾经说，西藏是徐剑的精神原乡。我能离开西藏吗？不能，西藏是对我最大的吉祥和保佑，西藏是对我最大的拯救和滋润，西藏那块博大神秘的干净的雪域，是对我最大的加持，我怎么可能离开她呢？我最好的作品和最好的年华都献给了西藏，这就是我对她的情感。青藏高原！她是我文学的另一翼，与火箭文学一起比翼齐飞。

壮志雄心再出发

温星：再回到我们开篇话题的第一个关键词"变法"，其实，不管是齐白石还是汪曾祺的"衰年变法"，都发生在60岁左右，现在看来，完全可以说是壮年。你自己的表述里，对于《天风海雨》《天晓：1921》《金青稞》的合称，也存在"衰年变法三部曲"或"壮年变法三部曲"的不统一。我觉得，这应该是折射出了你为自己小结，并发愿"再出发"的壮志雄心。

徐剑：知我者也！我在前面已经谈到，《西藏妈妈》是我更接近于小说叙事的一次书写，是一次具有一定冒险意义的文学之旅。之后，我会再展开一个全新维度的书写，就是《昆仑山传》，我们刚才提到的《新山海经》丛书之一种。

这部书，会是我集报告文学、非虚构、散文、小说、戏剧、诗歌等形式，融植物志、地理志、科学笔记、新水经注的一次跨文体与文本写作的重大尝试。

它可能是现代的，也是古老的；它可能是前卫的，也是传统的；它可能是中国的，也是世界的；它可能属于青藏高原，也属于整个宇宙。这部书，会让我们看到华夏民族是怎么融入当下人类命运共同体的，会让我们看到我们民族的前世、今生和来世，看到我们民族的信仰图腾……也就是说，未来几年，我会把最大的精力投入到《昆仑山传》的写作中去。

温星：昆仑山是"万山之祖"，位于青藏高原北缘，你果然没法告别西藏，没有走出藏地，没有走出你的精神原乡。我们中华文明源头的密码，或许就深藏于昆仑神山深处。听你如此介绍这部《昆仑山传》，我觉得，它的宏大与浩瀚，我已经有点难以想象了，非常期待。

徐剑：这也是我对自己最大的期待。既然你问到了我"再出发"的雄心，顺便还可以透露一下，前不久，人民文学出版社臧永清社长、李红强总编邀我小聚，特意提出请我来写建军百年。当时，我灵机一动，立马想到一个书名，嗯，写过了《天晓：1921》，再写建军，就叫《红星：1927》。今后，我想我会有一系列的党史和军史的书写。

军史方面，我计划中还有《东进：1939》《北上：1945》《南下：1949》，等等，会与我之前的《天晓：1921》形成一个红色叙事的大系列。在这个系列中，我会将我军那些金戈铁马、夜梦冰河的岁月——重现，将那些可歌可泣的战士、将军、元帅们，拉回到一种人的视角，将他们奋斗牺牲的故事——重现。

尊重历史的苦难与荣光

温星：看来，你不仅无法告别西藏，更无法告别军旅——尽管已经从火箭军创作室主任位子上退休好几年，你的军事题材书写反倒有增无减啊。一下预告这么多，肯定会令很多人惊讶的。

徐剑：温星，我是可以剧透给你的，我不怕告诉大家我正在或将来会写什么。一个好作家不怕别人也都在写，你捧出来的东西是那个历史阶段最好的，就行了，就立得住了。臧永清社长跟我约建军百年书稿的时候，我记得他说了一句大出版家的话，他说："我不要你获什么奖，你给我一部可以留下的书就好了。"

前段时间，我去了华为任正非的莫奈花园和莫奈书房。我自己觉得挺可悲，在他那个超级大书架上，我没有看到中国当代作家的小说，也没有发现自己的书，却欣喜地看到了中国报告文学，那是另一位军旅作家的作品——王树增的《长征》和《解放战争》，放在任正非书架上。可见这种世界级的大企业家，是读历史的，也是尊重历史的，尊重我们中华民族曾经的那场苦难的战争和荣光。

温星：谁又能不尊重历史呢？忽视历史的人，只会被历史抛弃。这就是我们研究历史、书写历史的价值所在吧！

附录 ‖

"灵魂经幡""大国重器"
及当代报告文学理论建构
——徐剑创作观察

至"壮年变法三部曲"概念抛出及《天晓：1921》《金青稞》《西藏妈妈》等三部著作陆续出版，徐剑为自己的创作画下了一个完美的分号。伫立于这个"分水岭"，他归"剑"入鞘，略作休整，旋即催马，重又出发。

此时，徐剑已然拥有了一重全新的身份——中国报告文学学会会长。继陈荒煤、徐迟、张锲、何建明之后，他成为第五任中国报告文学"掌门人"。其自身之变法，无异于一场变革，乃至革命，其痛苦而高光的过程，恰覆盖了中国报告文学学会换届的历史性节点。

当然，不管是原来的副会长，还是如今的会长，作为当代最重要的宏大主题报告文学作家之一，徐剑自身之重量与高度皆毋庸置疑。由徐剑擎旗领衔的中国报告文学的"徐剑时代"，已徐徐开启。兼具创作者、理论研究者及领导者三重身份的徐剑，在新的征程上，将何所作为？

【一】

2024年，迈入人生66岁门槛的徐剑，迎来了自己军旅与文学生涯的"双五十"周年。

沿时光之河回溯整整五十年，1974年深秋，昆明东大门古镇大板桥迎来了新一季征兵的队伍。时年16岁、在派出所干临时记录员的徐剑，被排长王爱东一眼相中——命运，便在那一刻彻底改变。如果不是幸运地穿上了军装，如果没有去到南方某二炮基地，会有后来的作家徐剑，尤其是后来的"导弹作家"徐剑吗？

人生与历史，皆不容假设。

正是在那个日日夜夜修筑工事的隐秘基地，正是在那个思乡煎熬又艰难适应新生的16岁的雨季，新兵蛋子徐剑写下了6000多字的散文处女作《红山茶》。寄给家乡的《边疆文学》杂志，一击即中，得以刊用。

多年以后，以报告文学名世的徐剑满怀感恩地多次宣称，其文学创作的童子功，正是早年以怀古、乡愁、亲情为主要抒写对象的散文。

徐剑之从军与从文，可谓相辅相成，且皆是年少得志，一时风光无两。19岁，他即在基地提干；24岁，调入北京，在二炮总部任党委秘书。繁忙的工作之余，他发力散文，第一篇《剑光，在古烽火台上闪烁》投给核心期刊天津《散文》杂志，一鸣惊人，发成了大头条。

> 古战场上，残阳西斜，苍烟落照。野草丛中，回荡着幽灵般的哀响，凝滞着死寂般的沉静，弥散着浓雾般的硝烟……
>
> 那些捐躯沙场的鬼雄，从白骨累累的荒丘上，芳草萋萋的古城里，九泉之下的黄土中，爬了起来，组成军威严整的方队，从远古深处走出来，向着我这个现代军人走来了。唔！汉高祖的卫队，汉武帝的轻骑，唐太宗的精兵，左宗棠的湘军，他们的脸上充满悲怆的神情，眼睛里拂动着幽怨的云翳，嘴角边颤动着饮恨的呻吟，与悲鸣的西风，凄切的寒

蝉，熔铸在一起，汇织成一曲高亢、雄浑的军歌，在古烽火台上萦绕、激荡着。

　　——徐剑《剑光，在古烽火台上闪烁》，原载1986年《散文》杂志

这是徐剑以"职务之便"近观"长征三号"发射时的一篇感悟，既抒胸中块垒，更怀古之幽情，风格古雅、沉雄，笔触细腻、生动。可以说，其后来散文创作中一以贯之的诸多元素与气质，皆已在其中。那个阶段的《创造荒原的神话》《蹉跎岁月之河》《月亮城》《沉默的远山》《芙蓉楼》等篇章，皆发表于《散文》《美文》《随笔》等大刊，皆如一缕"剑光"，以一颗新星之姿态，"闪烁"于散文界。

1988年金秋，可算徐剑的第一个"高光时刻"，尝试散文创作没几年的他，便迎来了由二炮宣传部、《散文》编辑部共同主办的"徐剑散文作品讨论会"。曾任文化部副部长、中国作协副主席的散文泰斗刘白羽拄着拐杖出席，与诸多名家、领导一道，给予了徐剑莫大的鼓励。

春风得意马蹄疾。一不小心，徐剑就栽了一个小小的跟头。短暂蛰伏中，他写出了自己的首部报告文学，也是国内首部军婚题材长篇报告文学作品——《绿色婚床：走下婚姻的祭坛》（1991年，警官教育出版社），竟极为火爆畅销，卖出了150多万册。

1993年，徐剑又推出了第一部散文集《岁月之河》（1993年，百花文艺出版社），刘白羽老人欣然命笔作序。

　　……他把雄壮的军旅生活与民族的古代战争，经过思考，有机地结合起来，把对人生和自然的奥秘的探索联系在一起。文章描写的虽然是古战场的情景，却把一个当代青年军人对人生、民族、人类的思考渗透其中，既有远古的影子，又有历史的回声，既有战争的刀光剑影，又有深沉冷峻的思辩，充满了阳刚之气，开拓了散文创作的一个新天地。军事文学就应该提高到整个人类的高度来思考。托尔斯泰的《战争与和

平》是不朽之作，就是因为作家站在人类历史的巅峰上俯瞰战争，探究参与战争的每个民族的心态和精神。

——刘白羽《散文：清澈的小湖——序徐剑散文集〈岁月之河〉》，1993年

凭借这两部书，徐剑调入二炮政治部创作室，专业创作生涯由此开启。

【二】

就数量而言，在徐剑截止于2023年共600余万字、约40部的著作中，散文仅占百分之十几，不过《岁月之河》《玛吉阿米》《灵山》《祁连如梦》《恰如一阕词》《经幡》等几部，另外，近年来不断游走于华夏大地的采风、探幽之作应也不在少数，尚未结集。

其中，集大成，也是我个人最为偏爱的，无疑是藏文化长卷散文史诗《经幡》（2019年，重庆出版社）。

《经幡》通过三位藏地传奇人物的故事，讲述了包括西藏和迪庆在内的广袤藏地的传奇历史、百年沧桑。美丽的东方人类学家大卫·妮尔，化装成藏族乞丐，九死一生，跋涉在藏地崎岖的山路上，只为寻找梦中的香巴拉王国；十年之后，民国女特使刘曼卿策马徐行在毛垭坝草原上，只为觐见十三世达赖喇嘛，实现先总理"五族共和"的遗愿；十三世喇嘛圆寂了，热振寺的五世热振成为新的摄政王，他能否摆脱那权力的魔咒？

藏文化出版物可谓长盛不衰。但就个人有限的阅读范围而言，长篇小说方面，我所推崇者极其有限，如阿来的《尘埃落定》《格萨尔王》《瞻对》，范稳的"藏地三部曲"及马原早年流浪西藏时的相关作品。就散文而言，堪称经典者则更凤毛麟角，我认为，《经幡》无疑可跻身其间。

《经幡》的书写，其背景是藏地风云跌宕的历史变迁，其文体为长卷文化散文，其文本则将"我"于当下的足迹与当年三位主人公的足迹交融，灵魂与灵

魂在书中对话，诗性与神性在书中碰撞，既有深邃的历史感，又富现代视角的思辨。《经幡》全书，由《灵山》《灵地》《灵湖》三部分构成，分别讲述大卫·妮尔、刘曼卿、热振这三位主人公的传奇。传奇的背景自然深藏在渺远的历史中，但徐剑的写法，却是让自己不时穿插其间，以现代的视角楔入历史，以大历史观去观照人物的传奇。这就很好地实现了时空层面的历史与当下的交织与交融。而三个人物形象、三块内容之间，既有相互补充、相互继承的关系，又有相互参照、相互映射的关系，共同描绘出了藏地百年的风云历史。这，是我所读到的另一个层面即不同文明背景、不同社会阶层在作品中的交织与交融。

徐剑浓郁执念的藏地情结，在这部《经幡》中，也由此首次系统地得到了艺术而又神性的呈现与抒发。

相较于热振这个纯政治性人物，尤其令我深受触动的，还是徐剑"穿越"于藏地历史天空而还原出来的两位女主的形象。大卫·妮尔和刘曼卿皆为巾帼英雄，有热血，有担当，亦深怀于藏地政局之使命感。但同时，她们也都柔情风华，冠绝一时，让徐剑钦佩，亦让徐剑魂牵、迷恋。比如刘曼卿，书中，徐剑就一直用深情的眼眸凝望着她走向漫长的羁旅和经历百般的险阻，"她的百媚千娇惊艳了雪域，她的豪迈壮烈叹服了土司"，"命中注定，两位中外女性从不同的地域，共同演绎了一个香巴拉的神话世界，而我旨在复活她们的传奇"。

在浩瀚庞大的藏文化体系中，"经幡"，无疑是最为世人所熟知的标签之一，在我看来，它也是徐剑文学世界最核心的两大意象之一。在对徐剑创作进行系统观察和分析的时候，我将他的作品划分为"灵魂经幡"与"大国重器"两大类。如是划分与界定，在《人迹板桥剑凝霜：徐剑论集》序言中，得到了中国作协副主席、著名作家阿来的肯定：

> 温星将"重器"与"经幡"，提炼和界定为"非虚构作家徐剑"之"神性双翼"，在我看来，是富有见地的……在温星的界定中，作为世人最为熟知的藏文化标签之一的"经幡"的意象，指徐剑西藏题材的所有作品，体裁上，包括相关的长篇报告文学，还有他数量不算太多的散

文作品中的大部分，如《岁月之河》《玛吉阿米》《祁连如梦》这几个集子中的大部分，以及长卷散文《经幡》的全部。徐剑之散文，我曾零星地读到过不少，其气质与报告文学迥异，前者常有古典意气唐宋诗词之华美气象，后者则可见接续《史记》之史官笔法文脉因子。

　　——阿来《时代的报告文学与时代的作家》，摘自《人迹板桥剑凝霜：徐剑论集》之序言

　　阿来认为徐剑散文"常有古典意气唐宋诗词之华美气象"，而报告文学"可见接续《史记》之史官笔法文脉因子"，真乃华美精妙之评。

　　少年时代的徐剑，便开始沉醉于大量阅读中国古典文学经典，如《诗经》《史记》《唐诗三百首》《红楼梦》及大量明清笔记小说，深深浸染于司马迁、李白、杜甫、苏轼、张岱、纳兰容若等千古才子之才情与风范。同时，他也临帖习字，2012年起的大约五年内，甚至每晚书写《灵飞经》达四个小时，常通宵达旦。为师古，他甚至在《人民文学》发表过一篇《新李将军列传》，首开"现代明清笔记叙事体"。之后，又在《中华儿女》开设专栏三年，以半白半文之"现代文言"写连载，其高古典雅之文集《祁连如梦》，便是该专栏结集。

　　高古典雅——这，便是徐剑所倡导的"中国气派"。他曾撰文阐述——

　　何为中国气派？那就是上古的正大气象。远可溯春秋贵族气度，骑士之风，战国诸子纵横捭阖，百家争鸣，其思想之高，其文学之瑰丽，堪称人类一个巅峰时代。3000年间，犹如一口深深的人类思想之井、精神之泉，从未干涸，汇成一条文学的长江大河——太史公的经典细节之美、汉赋的繁复绮丽、唐诗的气韵沉雄、唐传奇的简约至要、八大家的载道高远之境、宋词的写意写情襟怀、元杂剧的一咏三叹、明话本章回小说的拍案惊奇、《红楼梦》的高古典雅，令中国作家淘之不竭，取之不尽。

徐剑说，高古典雅之文风气质如何与平白口语的下里巴人融合，乃是他终身追求的目标之一，也应该成为一个作家文本的灵魂。

【三】

"灵魂"这个关键词，在本文论述中，被我加诸于"经幡"之前，由此生造出一个词组"灵魂经幡"，用来指代与言说徐剑的西藏题材散文类作品。就题材而论，藏文化主题书写本身就已经比较容易营造起"直击灵魂"的感觉，就徐剑散文的文本来看，这种感觉更是得到了淋漓尽致的体现。另外，我所谓"经幡""重器"之所指，亦有少部分交叉，比如西藏题材之长篇报告文学《东方哈达：中国青藏铁路全景实录》（2005年，百花洲文艺出版社）、《金青稞：西藏精准扶贫纪实》（2020年，北京联合出版公司）等，既可算作"经幡"，更是关乎国家安全、国计民生之"重器"范畴。

在绝大多数人眼中，徐剑之文学声誉与地位，更多还是来自于"重器"类作品，即他大部头的系列长篇报告文学。

1994年，徐剑捧出成为二炮政治部创作室专业作家后的第一部长篇——30万字的《大国长剑：中国战略导弹部队纪实》（1995年，作家出版社）。这部突破禁区的厚重作品，立即就在军界文学界引发巨大轰动，由《当代》杂志发表12万字后，全国30多家报刊转载、连载，随后，完整版在作家出版社出版，并创造了"一剑挑三奖"的神话，接连斩获解放军文艺奖、首届鲁迅文学奖及第五届中宣部"五个一工程"奖。

彼时，刚卸任二炮司令不久的李旭阁中将在《求是》杂志上撰文，不吝赞美：

> 这是迄今第一部全景式地表现战略导弹部队艰苦卓绝创业史的恢宏
> 力作，是一幅立体式地展示火箭兵风采业绩的雄浑画卷，是一曲弘扬中
> 国军人爱国主义和革命英雄主义精神的壮歌……《大国长剑》所描写的

众多人物，从统帅部的领袖、将军，到基层连队的普通士兵，身上都强烈地辐射着我们这个民族自尊自立自强的气魄，蕴含着中国军人战胜困难、一往无前的凛然风骨。这既使作品增添了一种悲壮、豪放的阳刚之美，也为当代军事文学如何更好地表现和弘扬爱国主义、革命英雄主义这个主定律，作了积极有益的探索和尝试。

　　——李旭阁《爱国主义和革命英雄主义的壮歌》，1996年《求是》杂志

　　《大国长剑》堪称徐剑成名作，为其赢得"导弹作家"美名，是为其"导弹三部曲"开篇。后来，围绕作为我国国防实力神秘重器的二炮部队，徐剑又创作了三部曲之二《鸟瞰地球：中国战略导弹阵地工程纪实》（1997年，作家出版社）、三部曲之三《大国重器：中国火箭军的前世今生》（2018年，作家出版社）。三部曲各有侧重，以近百万字浩瀚篇幅，在不泄露我国核心军事机密、国家机密的前提下，全方位立体地向国人，也向全世界展示并艺术地书写了二炮（火箭军）部队强大的密码和核心的威慑力。

　　在放眼全国文坛也绝无仅有的"导弹三部曲"之外，徐剑的导弹题材长篇力作还有不少，《导弹旅长》《砺剑灞上》《逐鹿天疆》……除其自身深厚的文学功力之外，自然也与他后来升任二炮政治部创作室主任、成为"二炮第一笔"的特殊身份有着重大的关系。

　　若以获奖情况观之，"一剑挑三奖"的《大国长剑》无疑是徐剑最重要的代表作，但就作品的宏阔程度与创作高度而言，洋洋50万言的《东方哈达：中国青藏铁路全景实录》（2005年，百花洲文艺出版社），则是他更上层楼的又一经典。

　　文学诸体中，结构于小说而言，是最为重要甚至是致命的，但在其他文体创作中，作家们往往忽略结构。徐剑并不以长篇小说著称，但对于自己报告文学结构的要求近乎苛刻，到了即便有再好的内容，即便搁置多年，若不能找到一个绝佳的结构来编织、架构，便决不动笔的程度。《东方哈达》的每一章，皆含"上

行列车"与"下行列车"两部分。"上行列车"从作者手执一张站台票走进西藏开始，经历十一站，讲述了孙中山、毛泽东、邓小平、江泽民在修建青藏铁路上的决策细节、青藏铁路修筑中的难题以及筑路人鲜为人知的故事；"下行列车"则用铁路道岔来结构，一个道岔讲述一段跟青藏铁路有关的历史。交错并行的叙述结构，历史和现实以平行推进为主，但在一些节点上，也有关联与交叉，从而有机地交织交融在了一起。

到采写《东方哈达》时，徐剑已八次进藏，可以说熟稔于西藏的绝大部分地区、村落，与成百上千藏族群众交上了朋友，更是将真情倾注于笔下的每一个人物，哪怕是最不起眼的小人物。对于青藏铁路这项"天字第一号工程"面临的世界性难题，比如冻土融化及由此带来的路基沉降问题，徐剑也变成了半个专家。这部书的创作，徐剑花了三年，最终成就经典，并由此拓展了中国报告文学创作更多的可能性。

徐剑的"重器"类重大题材作品序列中，《天晓：1921》（2012年，万卷出版公司）属于尤为特别的一次书写。在建党纪念的一些时间节点上，如90周年、100周年，国内涌现的非虚构类作品不胜枚举，多数流于"伟光正"，很难读到历史及历史人物的脉搏与温度，因此，这其实是非常难写、非常难出彩，还非常容易出纰漏的一类题材。但徐剑，却交出了这份堪称完美的建党100周年献礼著作，他是怎么做到的？

他的观察点是"人"，是13位一大的出席者；他的聚焦处是人性，是13人的或坚守或离开或叛变；他的书写切入角度，则是完全被湮灭在浩若烟海史料中的一个小人物（一大代表李达的原配夫人王会悟），因为这个小人物是历史的旁观者，是"第三只眼"，见证了很多历史细节，却又从未引起过任何党史研究者的重视。

为创作这部作品，徐剑在熟读相关史料文献后，为跳出其束缚，又彻底抛弃了这些史料文献，然后，用了近半年时间，亲自走到、寻访到了所有一大出席者的家乡、出生地、牺牲地、革命地及相关的所有地方，亲自找到、拜访到了他们的后人、研究者及知情者。他在整个过程中的感动、感慨、思索、惊讶与唏嘘，全都直接呈现在了全书的文本之中，自己的情感爱憎与13位的命运际遇交融，当下的发展现状与历史的脉搏因果互证，从而，成就了一部充满人性温度的宏大革命题材非虚构杰作。

诚如中国作协副主席、著名评论家李敬泽评价：在图书、电影等多种艺术形式阐释伟大建党精神的作品中，《天晓：1921》是一部让人印象深刻、充满强大魅力的作品，作品既体现了习近平总书记在六中全会上反复强调的大历史观，又对大量历史细节进行了准确、有力、敏锐的把握，作品充满了情节的吸引力、情感的感染力、精神上的感召力，是建党百年的历史节点上一部非常有光芒、非常重要的作品。

【四】

按照我可能略有些粗暴的简单划分，徐剑涉足高科技领域的几部作品，亦当划入"重器"范畴进行观察，包括：为国家电网特高压输电工程创作的《国家负荷：国家电网科技创新实录》（2011年，中国电力出版社），状写青藏联网工程的《雪域飞虹》（2012年，中国电力出版社），以及关于旨在消除北京雾霾的"煤改电"工程的《蓝天如镜》（2018年，中国电力出版社），等等。

徐剑为数不多的扶贫类题材作品，也算"重器"，因为关乎国家利益、国计民生，因为涉及千千万万老百姓的切身利益，"人民利益无小事"，包括：《金青稞：西藏精准扶贫纪实》（2020年，北京联合出版公司），及《怒放》《安得广厦：云南百万大搬迁纪实》，二者皆为2020年云南教育出版社出版。另外，还有一部，《西藏妈妈》（2023年，广东人民出版社），因是"贫穷与反贫穷"时代背景下的典型题材，这里也一并纳入阐述。这个类别虽然数量很少，但由于是那场"人类减贫史上伟大奇迹"中重大的节点与亮点，故也不容忽视。

《金青稞》（2020年，北京联合出版公司），"脱贫攻坚题材报告文学创作工程"25部作品之一，这是由国务院扶贫办与中国作协共同主导的浩大工程，特别遴选指派此前已20次进藏且创作过七部西藏题材作品的云南籍作家徐剑，担任西藏扶贫的书写重任。如果偷懒一点，徐剑完全可以仅凭历史积累来写，或者，钉在某一个典型的特困点上，单点式地去深度开掘，实际上，创作团队中有多位作家就是这么做的，非常简单。但他决定第21次深入藏地，他集中地用了52天，深度探访（或是再次重访）了19个县。作为"老西藏"，他有些大意，这次竟然高反，差点命丧雪域高原。

在《告别西藏，徐剑成就当代主题写作典范》一文中，与我就《金青稞》一书进行对话解读时，徐剑如是讲述：

> 我为什么要把19个县走完？我就是想看多层次的，或者说是多种文化的、历史的、宗教的、风情的差异性，或者说想探索那种地域海拔与文化的等差更强烈的地方，从中来挖掘扶贫的故事。

> 再者呢，就是因为我对西藏熟悉，我知道什么有代表性，我知道该去哪里。你比如说藏东就是康巴人，藏北就是安多人，那么，阿里有更多古国象雄人的后代，像日喀则就是后藏，拉萨和山南是卫藏，到林芝就是藏南了。把这一圈走完，实际上，就把整个西藏地理性的海拔和地理性差异及文化性差异，宗教和风情、民俗和民族性的差异，都进行了一次全方面的了解和比较。对于西藏，我就想把还没去的点补上，所以这次也有补空白的意思。特别是像西藏阿里有的寺庙想去看一下，我对那里的文化，对它的宗教、风情，甚至绘在墙壁上的壁画，想更有发言权，这一定要亲身走到、看到、听到才行，这又是一层。

> 最后，我对西藏必须是专家型的研究，我得拿到别人拿不到的东西，所以必须这种走法。

对于西藏这片世界眼中依然保持着高度神秘的雪域高原，徐剑爱得格外深沉。在挖掘感人的好故事的同时，他充分结合了藏地扶贫的政策背景，但又绝不说教，绝不复制粘贴任何文件或成绩简报。他用藏族群众最爱的，也是最日常的青稞作为核心意象和文眼，来结构并命名了这部深情的作品——《金青稞》。

"回拉萨城的路上，斜阳正浓。拉萨河两岸地里的青稞，像亿万箭羽一样，插在地里。这是上苍的神手射出的金箭羽吧！精准，怒张，长在每户339建档立卡户的小院前。可是在他看来，这是万千众生心血浇灌的，青稞已经灌浆，秋天又是一个好收成。"《金青稞》第十章《北京的金山上》第二节《德吉藏家的故事》中，徐剑如是写道。圣城拉萨圣洁阳光照耀之下，那一片片金灿灿的青稞的意象，力透纸背，绚烂夺目。

读者们不易察觉的是，受命创作这部《金青稞》之时，徐剑已然开启退休倒计时。或许正因为如此，在谈《金青稞》创作时，他曾提及想以这部作品来"告别西藏"，"我已写过八部西藏之书，《东方哈达》《玛吉阿米》《雪域飞虹》《坛城》《灵山》《经幡》《金青稞》，对了，还有一部待出版的《麦克马洪线：1962年中印边境自卫反击战纪实》，我无憾了。我也想重新出发。"

但是，既然西藏早已深入徐剑之骨髓、之灵魂、之文学基因，他怎么可能告别得了西藏？果然，2023年年中，又一部徐氏风格强烈的《西藏妈妈》（2023年，广东人民出版社）奔涌而来。这是徐剑的第九部"西藏之书"，带给了全国读者更多关于藏地、藏人的慈航大爱与刻骨感动。

这里，需要稍微说明一下徐剑为自己加注的一个概念或者说是为自己施加的一种压力——"壮年变法"。

我国现代艺术史上著名的"衰年变法"，指齐白石在花甲之龄前后那几年自我颠覆而臻于创作之化境的现象，临近60岁退休之际的徐剑壮志尤甚，雄心更炽，反"衰年"之意而用之，为自己立下了创作"壮年变法三部曲"且部部自我颠覆自我突破的宏愿。三部曲，包括关于海疆安全的《天风海雨》，关于西藏扶贫的《金青稞》，以及关于建党百年的《天晓：1921》。其中，《天风海雨》仍处于漫长的审核待出过程中，意犹未尽的徐剑，却又以多年来20多次进藏的素材积累和满怀深情，捧出了被他视为"变法终章"的《西藏妈妈》。

《西藏妈妈》聚焦藏地特殊的"爱心妈妈"群体，她们以自己的青春牺牲和大爱奉献，为藏地众多失孤失怙及残疾的孩子们撑起了成长的艳阳蓝天。书中描写细腻的真情故事，感动了太多人，比如初孕的昌都福利院护理员门拉，独自带患淋巴癌的小卓嘎到华西医院。每天背着他去挂号，一天比一天早，一直早到凌晨1点多，第15天终于挂上专家，第27天确诊，手术8小时，术后发烧，严重感染，ICU 20多天……从未进过城的门拉，刚怀孕的门拉，为一个毫无血缘关系的孩子独自扛着。小卓嘎醒来时，对她叫了一声"阿妈拉"，门拉彻底破防，泪水狂飙！

此类情节与细节，书中俯拾皆是。《人民文学》主编、中国作协党组成员、书记处书记施战军评价：《西藏妈妈》是新时代文学中自觉践行以人民为中心创作理念的生动而厚重的标志性新成果。以至于，出现了书稿出版前便被《人民文学》《中国作家》两家"国刊"同时抢先发表的"待遇"，实属罕见。

【五】

目前，我所看到的翻译为英文、俄文、越南文等外文对外出版的徐剑长篇报告文学，至少有《大国长剑》《东方哈达》《大国重器》《国家负荷》《吉祥天路》《浴火重生》等多种，因题材特殊，它们都被打上了新时代背景下我国"大国力量"象征的标签。如此翻译出版，固然是对作品本身及作家实力的高度肯定，同时，确也是典型的文化输出与"大国外交"措施，是一种基于国家利益的政治策略与国家行为。

本文试着系统梳理徐剑50余年来创作历程之脉络，并在自己有限的阅读范围和审美认知内，重点论及了他重要的代表作，如《大国长剑》《东方哈达》《岁月之河》《经幡》《金青稞》《天晓：1921》《西藏妈妈》等，仅仅只是他作品中的一小部分，显为管窥，片面与浅陋在所难免。

正是用这些作品，徐剑脚踏实地地实践着自己对于报告文学这一体裁的创作，并逐渐去厘清乃至构建着他的报告文学理论体系。至于他同样也颇有蔚为大观之势的散文创作，恰如他所言，是他报告文学创作基础性的"童子功"。当然，反观之，流畅、柔软、优美的散文笔法，亦能为普遍平淡、刻板乃至僵硬的报告文学写法增添文本魅力，毕竟，"言之无文，行而不远"。

在徐剑看来，全国的报告文学创作一直存在诸多问题与乱象，为此，他发表了一系列理论文章，并在许多公开讲座或演讲的场合，结合自己的创作，反复阐述。

徐剑说，报告文学有报告和文学两种功能，堪称"双面佳人"，集新闻、文学为一体。报告是前提，是对即时或已经发生的新闻、历史事件进行新闻性、传奇性、轰动性的再现或复活。然而，它又必须是文学性的叙事。文学落点必须对准人，即大写的人，写人的命运、情感、爱情、生存、死亡、尊严、荣誉，甚至诸如使命和奉献、牺牲这些内容。真实的，却又是文学的，构成了巨大的挑战性与创新性，甚至连一个微小的细节和场面都不能虚构。这种非虚构是全程的，全方位的。因为真实，所以感动，因为真实，所以震撼。

徐剑说，报告文学是一种行走的文学，好的报告文学是行走出来的，好的报告文学作家要经过大量的田野调查、实地勘察、现场采访，是一步步走出来的文学。他始终严格遵守和践行自己的"三不写"原则，即走不到的不写，看不到的不写，听不到的不写，也就是绝不会自己合理想象或脑补一丁点儿不真实的情节。从这个意义上说，报告文学就是"行走文学"。

徐剑说，报告文学这种非虚构门类，注定是与中国时代贴得最近的，也是最具前沿精神的文学载体。中国文学始终不能忘记的，便是人民群众。当然，作为主题出版，第一要务是讴歌祖国，讴歌人民，讴歌英雄。但是，最有力的笔触、最称得上浓墨重彩的诗章，应该是苍生在上。因此，报告文学的书写和表达，一定要上承天心，下接地气。唯其如此，文学才有真正的力量，才能展示它的预见性、揭橥性、思辨性和悲悯度、温馨感，才会有大时代的意义和化外之功。

…………

白居易在《与元九书》提出，"文章合为时而著"，徐剑的相关观点，其实也充分契合此论。多年来，他应"时"而动，行走在祖国山川大地，奔突于时代巨浪间隙，以人类学、社会学甚至考古学的治学态度与方式，既吸收天地灵气精华于胸中，更将时代真相与百姓疾苦描摹于笔端，许多重大的历史性事件，他都是第一时间赶到现场，见证并记录。

1998年长江大水，徐剑随中国作家采访团奔赴荆江大堤，沿洪水泱泱、一片汪洋的荆门，不惧危险，一路采访，石首、咸宁、武汉、洪湖，10余天内，便写出8万字报告文学《水患中国》（第二作者陈昌本。1999年，百花洲文艺出版社），后发表于《解放军文艺》，出版后，荣获中国图书奖；

2008年春节期间南方冰灾，大年初三，徐剑辞别家人，赶到郴州，3月8号结束采访，连续通宵写作，神速成稿、成书，亲历国家电网和解放军联合抗冰救灾的《冰冷血热》（2008年，中国电力出版社）神速出版，5月12日上午，便在人民大会堂浙江厅开了首发式讨论会，后，该书获中华优秀出版物奖。

就在《冰冷血热》不可思议地面世后仅仅几个小时，下午14：28，举世震惊的汶川大地震爆发。次日清晨，徐剑又跟随总政艺术局赶往汶川，徒步进入重灾区核心，写出了《遍地英雄：第二炮兵部队抗震救灾实录》（2008年，中国青年出版社）。后，该书被授予全军抗震救灾优秀作品奖……

【六】

总体而言，徐剑所发表的关于报告文学的理论文章还较少，虽单篇论述大开大合，常有精到精辟之论，综合来看，却还远未能建构起符合其当代报告文学掌门人身份，并对全国该体裁文学事业发展起到有力引领与指导的理论体系。

在2022年第1期《中国作家·纪实版》发表的《报告文学、非虚构的理性辨识与文学分合》一文中，徐剑曾表示，早有开设"报告文学十二讲"专栏的想法。因为，"做了三十年专业报告文学创作，直至鬓发染霜解甲归乡时，蓦然回首间，发现中国报告文学界迄今为止未见一本可称得上报告文学写作入门指南的书，给初学者以导引"。

如此指南与导引，确乎急迫。创作报告文学的门槛很低，但真要写好，却是难上难，"它需要视野、胆识、思想、知识、力量和情怀，需要作家强大的知识储备、思想底蕴与人生襟怀，需要视野的宏阔与大气、文学的阳刚和柔美，因此，必须是半个政治家、半个思想家、半个社会活动家、半个杂家，最后才是半个文学家，这五个半合起来，才是一位优秀的报告文学作家，才能以一支文学之笔作为支点，撬动整个地球"。

在徐剑看来，尽管中国报告文学学会已有2900余名会员，但其中真正能将报告文学写好、写出历史高度的第一梯队，不过区区十几人而已，相对于记录新时代伟大变革与进程的巨大需求而言，人才队伍显得非常匮乏。

这，或许正是他近年来花了不少精力在传帮带上的主要原因。2023年3月，中国北京出版创意产业园区精品文学创作出版平台暨"文学创业板计划"启动，身为中国作协全委、中国报告文学学会会长的徐剑，与《人民文学》主编施战军、儿童文学作家汤素兰、文学评论家王山一道，受聘为文学导师。四位成名已久的名家，将分别与数位通过选拔脱颖而出的青年作家建立起正式的"师徒关系"，长线地指导他们进一步成才成家，而这些青年作家皆是已然崭露头角的才俊，几乎全都已经加入了中国作协或中国报告文学学会。

徐剑的四个弟子中，三年前已实际拜师的李玉梅（笔名一半）尤为突出。她是山东东营市作协副主席，以前主要写中短篇小说。拜师后，李玉梅跟随徐剑来到云南，共同采访并联袂创作了三部云南题材长篇报告文学，她皆为第二署名，包括《云门向南》《怒放》及《安得广厦：云南百万大搬迁实录》。独具慧眼的徐剑证实了自己的判断，非常欣喜，乃至惊喜，鼓励弟子"单飞"，于是，李玉梅以不到一年一部的高效率，很快又自己创作了《国碑》（2020年，浙江教育出版社）、《生命交响》（2021年，中国工人出版社）。

"我这个女弟子未来不可限量，真是写得又快又好，已经足以跻身一线报告文学作家了。"在许多文学圈场合，徐剑都爱讲李玉梅的故事，同时，也感叹于报告文学好苗子之稀缺。

多好的"文学创业板计划"！希望能有更多类似的文学人才培养计划出现，也希望能有更多文学大家无私地为后辈传道、授业、解惑，更希望看到更多报告文学人才和优秀的报告文学作品涌现。

通过网络检索，我却意外地发现，在中国报告文学学会会长徐剑表态早就想开设"报告文学十二讲"并借此为初学者提供"指南与导引"之后，迄今，仍无法找到这么一个成体系的专栏，着实遗憾，也让人充满期待。

倒是已然将"掌门权杖"移交给徐剑的前会长何建明，2023年间，出版了《何建明新时代中国报告文学论》（2023年，漓江出版社）；另一位现任副会长丁晓原，也推出了一部《转型的风景：全媒体时代中国报告文学论》（2023年，东方出版中心）。在某种程度上，可以说，至少这两位已然给出了自己的报告文学理论体系。

尽管如此，作为最为重要的宏大主题报告文学作家之一，也是我国最为重要的军队作家之一，徐剑在关乎国家利益、国计民生的"重器"类非虚构题材创作领域达到当下领军水准，同时，又能兼具相对柔软、直指人心与人性的"经幡"类散文题材创作，便在众多的报告文学作家乃至所有当代作家之中，具有了不可替代的独特价值。从这个意义上说，能在2022年初的中国报告文学学会换届中当选新一届会长，徐剑堪称实至名归，亦是众望所归，任重而道远。

我断言，继多年前的"徐迟时代"及刚落下帷幕的"何建明时代"之后，中国报告文学最新的"徐剑时代"已然开启，未来可期。

温 星

2024年2月17日大年初八

本书研究文章所涉徐剑重点著作目录

《大国长剑：中国战略导弹部队纪实》　　著者：徐剑
体裁：报告文学
首版：1995年，作家出版社

《岁月之河》　　著者：徐剑
体裁：散文
首版：1993年，百花文艺出版社

《鸟瞰地球：中国战略导弹阵地工程纪实》　　著者：徐剑
体裁：报告文学
首版：1997年，作家出版社

《水患中国》　　著者：徐剑 陈昌本
体裁：报告文学
首版：1999年，百花洲文艺出版社

《东方哈达：中国青藏铁路全景实录》　　著者：徐剑
体裁：报告文学
首版：2005年，百花洲文艺出版社

《灵山》　　著者：徐剑
体裁：散文
首版：2008年，万卷出版公司

《浴火重生》　　著者：徐剑
体裁：报告文学
首版：2012年，万卷出版公司

《玛吉阿米》 　　著者：徐剑
　　　　　　　体裁：散文
　　　　　　　首版：2014年，中国青年出版社

《大国重器：中国火箭军的前世今生》 　　著者：徐剑
　　　　　　　体裁：报告文学
　　　　　　　首版：2018年，作家出版社

《祁连如梦》 　　著者：徐剑
　　　　　　　体裁：散文
　　　　　　　首版：2017年，重庆出版社

《经幡》 　　著者：徐剑
　　　　　　　体裁：散文
　　　　　　　首版：2019年，重庆出版社

《怒放》 　　著者：徐剑 李玉梅
　　　　　　　体裁：报告文学
　　　　　　　首版：2019年，云南教育出版社

《金青稞：西藏精准扶贫纪实》 　　著者：徐剑
　　　　　　　体裁：报告文学
　　　　　　　首版：2021年，北京联合出版公司

《天晓：1921》 　　著者：徐剑
　　　　　　　体裁：报告文学
　　　　　　　首版：2021年，万卷出版公司

《西藏妈妈》 　　著者：徐剑
　　　　　　　体裁：报告文学
　　　　　　　首版：2023年，广东人民出版社

编后记：天命长剑仍少年

到这部《人迹板桥剑凝霜：徐剑论集》（以下简称《徐剑论集》）面世，大约应是甲辰龙年（2024年）盛夏，徐剑已踏进66岁人生门槛。而他的军旅生涯和文学生涯，也迎来了整整五十周年。前者，自是从他16岁出滇从军算起，本书中多篇文章都曾提到；后者，起点在于他从军不久后在青春迷茫中写下的那篇青涩散文《红山茶》，六千字，他的"第一次"，给了家乡的《边疆文学》杂志。

不过，我策划、编著这部《徐剑论集》，与这两个"五十周年"无关。

2006年盛夏，京畿酷暑。我专程赴京，到二炮（即火箭军）总部宿舍区，拜访徐剑。连续两天，采访他，采访他的女儿晓倩。一周后，我在云南《生活新报》的大型人文专栏《天涯海角·云南精英》的开篇文章，便以两个整版约八千字篇幅，重磅刊出《徐剑：从昆明大板桥走向世界的"导弹作家"》。此前，《人民日报》《光明日报》等核心报刊早已对徐剑做过篇幅极其夸张的整版专访，我颇为自得地相信，自己的文章如果平淡无奇、毫无可取，这位军方"文胆"级大作家，一定是不屑一顾，更不可能由此与我订交的。

此后，凡出新著，徐剑多数都会签赠于我。出于实实在在地对于他作品的喜欢，也对其为人的认可，作为文化记者和深度记者，也作为评论作者的我，便一直在追踪他的创作，一直在阅读、推介他的作品，恍然至今，竟已十八载。

常年以来，在云南省政府和文联、作协系统的官方语境中，被认定为"云南首位鲁奖作家"的，是以中篇小说《好大一对羊》摘取第三届鲁奖的昭通籍著名作家夏天敏，之后，还有第四届的于坚，第五届的雷平阳、彭荆风，以及第六届的海男——官方口径，"云南鲁奖作家"共五位。但其实，遗漏了作为首届鲁奖得主的徐剑。早在1997年鲁奖设置之初，徐剑的长篇报告文学《大国长剑：中国战略导弹部队纪实》，便已为其，某种程度上也可以说是为家乡云南斩获了这项"最高奖桂冠"。

第一个获得鲁迅文学奖的云南作家，叫徐剑，昆明大板桥人，一个家乡情结非常浓郁深厚的云南人——无数次，我在相关的文章或新闻报道中，在一些文学或读书的场合，都曾谈及这样一个"常识"，我认为云南作家和读者都应该知道的常识。如此坚持，犹如一种职业新闻人的"强迫症"。2019年初，刚刚捧出藏文化史诗长卷《经幡》的徐剑，恰逢解甲归田，衣锦还乡，我立即策划张罗了一场首发式和作家见面会，主题"徐风剑气拂经幡"，这是"徐剑"这个名字首次在家乡文坛和读者中公开亮相。时隔两年，分别聚焦书写西藏、云南怒江扶贫攻坚的《金青稞》《怒放》同期出版，我又立即主办主持了一场"青稞怒放"读书活动，让早已怒放于国内、蜚声于国际的徐剑，在家乡呈现出了一种回归的姿态。

这种"回归"，源于徐剑比许许多多云南人都更加浓郁深厚的家乡情结——如此情结，云南人通常谓之"家乡宝"，这其实是一种非常舒心畅快的自谓自况，谁叫咱们大云南钟灵毓秀、水草丰美、地大物博、得天独厚？在随便掉两颗种子都能长成一片生态多样性无与伦比的大森林的土地上，许多云南人也就因此显得较为懒散，衣食无忧嘛，如此好在，何必还要费心巴力去远方求索、闯荡，建功立业？

但徐剑去了。这一去，便是鬓发斑白、年逾花甲，这一去，便是殊荣加身、誉满神州，这一去，便是远远不止八千里路云和月。

在收录《徐剑：从昆明大板桥走向世界的"导弹作家"》的《出滇记》一书的自序中，我曾写过一首打油诗——

少小出滇几人回，乡音或改鬓毛衰。

壮怀寻梦冲天去，幽情思乡望南归。

旧居难觅残垣里，丛林猛进绿意颜。

故友相见不相识，逐客三杯双泪垂。

这是我为那个我在全国追访的"天涯海角·云南精英"群体描摹的画像，但其实，并不适合于徐剑。16岁便出滇从军的他，非但普通话仍保留着"昆明腔"，那张娃娃脸上也满是云南的憨厚与淳朴，至于旧居与故友也并无多少惊心之巨变。因其每年总是要回乡多次的，老人一直在故乡，这座城市也始终都是他最温情的家。而这个群体中，有些"走出去"的杰出的云南人，对于家乡，已无多少感情可言，当我想要就"云南情结"这一话题与之进行探讨时，他们的反应多少有些令我愕然：家乡没给我什么机会，家乡领导来北京，也从不会探望我一下，家乡根本不重视人才……

其他方面，我不评价，云南对人才，尤其文化类人才不够重视，这确是冰冻三尺的现实。不少人才遭到打压、雪藏，乃至伤心绝望，被迫出走，背井离乡，对此，圈内诸君当感同身受，我不妄言赘述。

徐剑之出滇，乃满腔热血，投身军旅，自不在此列；徐剑之还乡，则是锦衣夜行，锋芒内敛，处处透着低调。说实话，前述在昆明的两场活动、两次亮相，皆是我主动策划、反复相邀，他才同意做的——亦如编著这部《徐剑论集》，也是我一再坚持的结果。我想起云南文艺评论家协会副主席、云南民族大学文学院老院长李骞教授，曾主编出版过《晓雪作品评论集》《雷平阳诗歌作品评论集》《李森诗歌评论集》等至少十几部云南及国内名家的评论集，如此"为人作嫁"之精神是极其重要的，我极赞赏，也一直在积极践行；我又想起中国作协原副主席、中国报告文学学会原会长何建明的《何建明新时代中国报告文学论》，那是当代并不多见的关于报告文学这一文体的"理论大厦"，而作为何建明继任者的又一位报告文学掌门人，徐剑于创作实践和理论研究同样双管齐下，蔚为大观，似乎也到了应该做阶段性小结的历史节点。

这个节点，自然不是本文开篇所提及的两个所谓"五十周年"，也并非徐剑作为一个个体自身的解甲归田，在我看来，应该是作为当代最重要非虚构宏大主题作家之一的徐剑，在2022年初接任中国报告文学学会会长前后的几乎同期阶段，就陆续出版了其"壮年变法三部曲"（实际已经变成四部曲）——这，绝非巧合。在我看来，《金青稞》《天晓：1921》及《西藏妈妈》（另有一部《天风海雨》待出版）每一部的结构、视角及具体文本，皆实现了徐剑一步一个脚印的自我突破，将它们置于全国报告文学及非虚构写作的海洋中来看，也无一不具有着标本与范本的价值。而我知道，跨过"壮年变法"这道人生和文学门槛的徐剑，还将重新出发，去追寻中国报告文学及自己更为宏大的星辰大海。

军旅生涯与文学生涯皆迈入"五十周年"的徐剑，渐已通透，渐知"天命"，其胸中之"长剑"或将由横扫千军之凌厉，化作锋芒内敛之无锋，甚至"无剑"。不论如何，我相信徐剑之大爱、之悲悯、之纯粹，不论再过十年、二十年抑或更久更久，他依然是那个从昆明大板桥出发，从家乡宝象河畔出发，从红土高原出发，走向全国、走向世界的憨憨的拙朴少年。

如是种种，正是我决定系统梳理徐剑创作并编著这部论集的原因所在。由于徐剑著作时间跨度长达近三十年，许多评论文章搜集较为困难，整个过程颇多曲折，感谢我的兄长、老师徐剑"不太情愿的配合"，他非常谦逊，一开始并不赞成我编著此书，但终究没能拗过我的执念；感谢万卷出版公司王维良社长，对这部普通读者可能很难有兴趣的学术著作给予的高度重视；也感谢万卷出版公司本书责编王雨晴女士，对于我屡次突破自己"拖稿纪录"的怠慢和书稿的许多细节问题，她都足够耐心、细致，令我感动。

更要特别感谢的，是中国作协副主席阿来、中国作协副主席邱华栋、《文艺报》原总编辑梁鸿鹰、《人民文学》副主编徐则臣等四位国内文坛大家，他们都特意撰写了精辟的点评，来推荐、加持这部论集。其中，我一直极为热爱和推崇的阿来先生，更是为本书作了热情洋溢的近四千言长序，我荣幸之至，满怀感恩。

请允许我引用阿来序言中的一段祝语，来为我这篇编后记及整部论集作结收官——

　　"祝贺徐剑，祝贺军旅生涯和文学生涯双双迎来50周年的、创作成果丰硕的徐剑。也祝贺温星，他以独到的思维、独到的视角，来策划编辑了这部别具一格的《徐剑论集》，于徐剑本人，于当下的报告文学创作而言，都具有着独到的价值。"

温　星

2024年2月9日除夕之夜